Denn ihr selbst wisset gewiß,
daß der Tag des HERRN wird kommen
wie ein Dieb in der Nacht.

1 Thess 5,2

1. Kapitel

Im Pfarrhaus hatte niemand bemerkt, dass sie gegangen war. Katharina Stöver fuhr an dem Wall mit den Heckenrosen entlang, der zu den vier Strandhäusern führte. Der Dünengürtel zeichnete sich als helleres Band gegen den Nachthimmel ab. Jenseits der Dünen erstreckte sich die Ostsee. Hinter sich wusste Katharina die vertrauten Wiesen und Felder, ihr Dorf und noch mehr Wiesen und Felder, bis Schleswig-Holstein im Westen wieder in der Nordsee versank.

Sie bog auf den Parkplatz ein. Wie erwartet stand nur der Mietwagen dort, mit dem Adrian hier angekommen war. Die anderen Strandhütten waren um diese Jahreszeit sicherlich unbewohnt. Katharina Stöver stieg aus. Sie musste einen Aufschrei unterdrücken, als das Licht des Dahmeshöveder Leuchtturms über sie hinwegstreifte.

Was tat sie hier? War das nicht vollkommen verrückt? Doch Matthias würde bis spät in die Nacht in seinem Arbeitszimmer sitzen, ihre Zwillinge pubertierten vor sich hin, und ihr erwachsener Sohn Gregor war mit seinen Gedanken sowieso überall, nur nicht in seinem Elternhaus. Wen interessierte es noch, ob sie mit Migräne im Bett lag, wenn kein Essen zu kochen und aufzutischen, keine Wäsche zu bügeln, kein Fahrdienst zu leisten war?

Sie zog den Reißverschluss ihrer Jacke zu und schlug den Weg zu den Strandhäusern ein. Katharina hatte nicht erwartet, dass es so dunkel sein würde. Umso intensiver roch sie das Meer, verrottende Algen und das Dünengras, das im Wind raschelte.

Links tauchte nun der Umriss der ersten Strandhütte auf. Rechts, weit hinten in den Dünen, sah sie den Lichtschein eines Feuers. Das kam ihr seltsam vor. Waren das Jugendliche, die an der Ostsee zusammen trinken und grillen wollten? Oder ein Obdachloser, der sich aufwärmte? Nein, der würde nicht den weiten Weg hier herauskommen, es sei denn, er hatte vor, in einem der Sommerhäuser Unterschlupf zu finden. Also hatte Adrian sich ein Feuerchen gemacht? In den Dünen ein Feuer zu entzünden war verboten. Wie typisch für Adrian, sich nicht daran zu halten.

Da war er ja schon. Ihr Herz klopfte schneller. Katharina wollte ihm zuwinken, doch ihr Arm sank wieder herab. War er das wirklich? Die Bewegungen des Menschen am Feuer hatten etwas … Verstohlenes. Als schaute er sich nervös über die Schulter. Hatte er sie gesehen? Und wenn es jemand anders war, wo war dann Adrian?

Die Strandhütten oberhalb des Weges sahen allesamt dunkel und verlassen aus. Auch der Pfad zum Strand hinunter war menschenleer gewesen. Sie war allein – und das da vorn war nicht Adrian. Der Fremde verharrte, als hätte er sie bemerkt. Einen Moment stand er reglos vor dem zuckenden Lichtschein. Sie hielt die Luft an. Erst sah es so aus, als käme er auf sie zu, doch dann ging er zielstrebig in Richtung Leuchtturm davon. Katharina hörte jenseits der Strandhäuser einen Motor aufheulen. Ein tiefes, unregelmäßiges Blubbern, das schwächer wurde und sich in der Ferne verlor.

Sie löste sich aus ihrer Erstarrung, um nach dem Feuer zu sehen. Als sie näher kam, stutzte sie. Es roch angebrannt und auch nach Grillfleisch. Katharina schluckte, weil sie noch nichts zum Abendbrot gegessen hatte. Also waren es doch Jugendliche gewesen? Und da lag etwas vor dem Feuer. War das ein Mensch?

Katharina lief hin und beugte sich zu dem reglosen Mann hinunter. Er trug einen Ledermantel, eine Wollmütze, Stiefel. Es war Adrian. Und er rührte sich nicht. Sein Gesicht schien im Licht der Flammen zu glühen. Er hatte die Augen geschlossen, doch die Lider zuckten. Sie sprach ihn an, fasste ihn an der Schulter, rüttelte ihn, aber er reagierte nicht. Sein Körper war warm, schwer und reglos. Wenn er so nah am Feuer liegen blieb, würde er Verbrennungen oder zumindest einen Kreislaufzusammenbruch erleiden. Sie packte ihn an Oberarm und Hüfte und rollte ihn ein Stück von den Flammen weg. Als sie weit genug vom Feuer entfernt waren, sank Katharina auf die Knie und rüttelte ihn.

»Wach auf, Adrian! Sag doch was! Irgendwas!«

Er stöhnte. Was war los mit ihm? War Adrian gestürzt, oder hatte er zu viel getrunken? Katharina strich ihm über die Wange. Er stöhnte wieder und versuchte, ihr etwas zu sagen. Sie roch Alkohol in seinem Atem.

»Ganz ruhig, Adrian«, murmelte sie. »Ich bin ja da.« Sie streichelte sein Gesicht. Ihre rechte Hand glitt höher, bis an den Rand der Wollmütze. Sie fühlte, dass ihre Finger nass wurden. Hastig hielt sie sie in den Lichtschein des Feuers. Sie waren klebrig, klebrig von Blut. Und da war noch etwas im Feuer: Unverkennbar lag mitten in der Glut ein Pferdekopf. Der untere Teil, Maul und Nüstern, war verkohlt. Das Tier schien die langen Zähne zu blecken. Darüber sah sie einen Streifen Fleisch und Gewebe, schmorende Haut und glimmendes Fell, über das die Flammen züngelten. Die Augenhöhlen dampften. Daher rührten dieser fettige Rauch und der Gestank.

Ihr wurde übel. Wie hatte sie bei dem Geruch nur ans Grillen denken können?

Es war kurz nach dreiundzwanzig Uhr, als es an der Tür klingelte. Pia Korittki, Kriminaloberkommissarin bei der Bezirkskriminalinspektion Lübeck, erwartete keinen Besuch. Ihr Freund Lars war bei seinen Eltern in Bremen und wollte dort auch übernachten. Sie hatte ihn quasi fortgeschickt, weil sie die letzten Dinge in ihrer alten Wohnung lieber allein zusammenpacken wollte. Der Umzug in die neue Wohnung an der Adlerstraße stand unmittelbar bevor. Genervt und leicht beunruhigt betätigte sie den Schalter der Gegensprechanlage.

»Pia? Entschuldige die Störung, ich wollte nur rasch schon mal Felix' Buggy holen«, hörte sie Hinnerks Stimme.

»Hi, Hinnerk. Wollt ihr den wirklich haben? Den braucht er doch kaum noch.«

»Mascha meint, sie hätte ihn übers Wochenende lieber dabei.«

Pia drückte auf den Türöffner und ließ Hinnerk ins Haus. Er war der Vater ihres Sohnes, und das kommende Wochenende würde Felix bei ihm verbringen. Sie hatten sich schon vor Felix' Geburt getrennt, und Hinnerk kümmerte sich jedes zweite Wochenende um den Jungen. Pia wollte das »Buggy-Thema« nicht über die Sprechanlage mit ihm diskutieren. Sie wollte jetzt eigentlich gar nicht diskutieren. Morgen früh kam der Umzugswagen, und sie lag nicht gerade gut in der Zeit.

»Meinst du nicht, dass du es *uns* überlassen solltest, ob Felix den Buggy braucht oder nicht?«, fragte Hinnerk, kaum dass er in der Wohnung stand. »Wieso glaubst du eigentlich immer, dass nur du weißt, was er braucht und was nicht?«

Pia hob abwehrend die Hände. »Kein Problem. Entscheidet ihr. Ich freu mich nur, wenn Felix gern läuft und sich bewegt und nicht die ganze Zeit reglos im Buggy sitzt.«

»Ach, soll das heißen, wir achten nicht auf genügend Bewegung?«

Sie hatte keinen Nerv auf diese albernen Streitereien. »Wenn du willst, nimm den Buggy gern mit. Er steht allerdings schon im Keller der neuen Wohnung. Ich war froh über jedes Teil, das ich vorab rüberschaffen konnte.« Sie hielt einen Schlüsselbund mit drei Schlüsseln daran hoch.

»Was? Mist!«

»Sorry. Aber da du schon mal hier bist ... Magst du einen Moment mit in die Küche kommen, Hinnerk? Ich würde gern noch etwas mit dir besprechen.« Es war eine der wenigen Gelegenheiten, wo Felix mal nicht anwesend war. Kritische Themen in seiner Gegenwart anzusprechen war mittlerweile unmöglich, denn mit über zwei Jahren verstand er natürlich schon viel mehr, als er selbst ausdrücken konnte.

»Mascha wartet.«

»Im Auto?«

»Nein, zu Hause.«

Pia atmete tief durch. Sie musste einfach noch mal mit ihm reden. Zur Not eben hier im Flur. Sie konnte nicht tatenlos zusehen, wie Hinnerk und sie in einen Rechtsstreit hineingerieten, unter dem Felix wohl am meisten leiden würde. »Es geht um das Aufenthaltsbestimmungsrecht. Müssen wir das wirklich auf dem Rechtsweg durchkämpfen? Ich finde, wir sollten wenigstens noch einmal versuchen, uns einvernehmlich zu einigen, schon um Felix' willen.«

»Gern. Dann übertrag es mir einfach!«

Pia zuckte zurück. »Und was würdest du dann tun?«

Hinnerks Gesicht wurde ausdruckslos. »Dann kann Felix dauerhaft bei Mascha und mir wohnen, und du hättest ihn an jedem zweiten Wochenende.«

»Niemals«, entfuhr es Pia, und sie biss sich auf die Unterlippe.

»Tut mir leid, Pia. So sieht es nun mal aus. Du weißt, dass ich mit deiner Arbeit und der Art, wie du sie alleinerziehend mit einem Kind vereinbarst, ganz grundsätzlich ein Problem habe.« Er nahm Pia den Schlüsselbund für ihre neue Wohnung aus der Hand und wandte sich zur Tür. »Das Thema könnte schon längst durch sein. Vielleicht hättest du dann ja gar nicht umziehen müssen.« Er ließ den Blick spöttisch durch die kleine Dachwohnung gleiten. »Ich weiß ja, dass du das im Grunde gar nicht willst.«

»Natürlich will ich«, antwortete sie.

»Ich werfe dir die Schlüssel nachher in den Briefkasten.« Hinnerk schloss nachdrücklich hinter sich die Tür.

Pia ertappte sich bei einem Kraftausdruck, der ihre ganze Hilflosigkeit zum Ausdruck brachte. Immerhin hatte Felix das nicht gehört.

Nach einer Weile konnte Adrian sich aufsetzen. Katharina gab ihm ihr Halstuch, das er sich gegen die Wunde presste. Er wollte partout keinen Rettungswagen und keinen Arzt. Stattdessen musste sie ihm nach ein paar Minuten helfen, langsam aufzustehen. Halb stützend, halb schleppend brachte sie ihn zurück zu der Strandhütte.

Katharina musterte das alte Holzhaus. Es war kein sicherer Ort. Sogar ein Kind könnte hier einbrechen. Was, wenn der Mann, den sie gesehen hatte, später in der Nacht wiederkam? Ihr war auch nicht wohl bei dem Gedanken, Adrian allein in der Hütte zurückzulassen, selbst wenn niemand versuchen würde, hier einzudringen. Wer sollte Adrian helfen, wenn er wieder das Bewusstsein verlor? Wenn er plötzlich Krämpfe bekam oder die Kopfwunde nicht aufhörte zu bluten? Katharina verstand nicht viel von Medizin, aber sie vermutete, dass Adrian auch in den nächsten Stunden noch an so etwas wie einem Schädel-Hirn-Trauma sterben konnte. Sie hatte schon von Unfällen gehört, bei denen die Betroffenen sich eine Weile recht normal verhalten hatten und später doch ihren Verletzungen erlegen waren.

Nachdem Adrian sicher auf dem Sofa lag, verschloss sie sorgfältig die Tür und zog die Vorhänge zu. Weiß-blau, mit Segelschiffen und Möwen darauf – wie sie erkannte, als das Licht des Leuchtturms kurz dahinter aufleuchtete. Es waren noch dieselben Übergardinen wie vor über zwanzig Jahren.

Sie schaltete eine Lampe ein und betrachtete den großen, kräftigen Mann auf dem Sofa. Adrian war ihr fremd geworden. Er hielt die Augen geschlossen. Jetzt, da er nicht mehr am Feuer lag, sah sein Gesicht blass aus. Er wirkte erschöpft und zitterte trotz des dicken Mantels, den er immer noch trug. Sie deckte ihn mit einer alten Wolldecke zu und zog ihm die Stiefel aus. Ein seltsam intimer Moment nach den Jahren, in denen sie nie mehr als ein flüchtiges Nicken oder einen Händedruck getauscht hatten.

Katharina nahm sich einen Stuhl und setzte sich zu Adrian. »Blutet es noch?«

Er zog das Halstuch ein Stück herunter. Der Blutfleck war nicht viel größer geworden. Sie rückte die Stehlampe ein wenig näher heran, doch sie spendete kaum mehr als einen fahlen, gelben Lichtschein. Unter Adrians ehemals rotblondem, nun von Grau durchsetztem und vor Blut steifem Haar sah sie die Wunde. Ein bogenförmiger Hautriss, umgeben von einer ansehnlichen Beule, die blaurot und von Adern durchzogen schillerte.

»Ich glaube, das muss genäht werden. Außerdem solltest du deinen Kopf untersuchen lassen. Mit solchen Verletzungen ist nicht zu spaßen.«

»Morgen vielleicht.« Er schlug die Augen auf. »Alles ist gut, Kathi. Mach dir keine Sorgen!«

Wann hatte sie zuletzt jemand Kathi genannt? Die Erinnerungen kamen hoch. Die Sehnsucht und die alten Gefühle. Sie räusperte sich. »Ich kann dich hier so nicht allein lassen.«

»Dann bleib doch bei mir!«

»Und wovon träumst du nachts?«

»Von dir.« Er versuchte es mit einem Grinsen.

»Ich habe jemanden vom Feuer weglaufen sehen. Kurz bevor ich dich gefunden habe. Wer war das? Hat dich jemand niedergeschlagen?«

»Ich erinnere mich nicht.«

Sie erkannte Unbehagen in seinen Augen. Oder war es Angst? »Adrian, du musst doch wissen, was passiert ist. Was wolltest du überhaupt da draußen?«

»Ich hab ein Feuer in den Dünen gesehen und wollte nachschauen, was da los ist. Es war aber niemand da. Dachte ich. Dann hab ich mich umgedreht, und es wurde alles schwarz. Filmriss.«

»Ich glaube, du bist bewusstlos geschlagen worden«, beharrte Katharina.

Er zog die Decke höher. »Vielleicht bin ich auch nur hingefallen und irgendwo mit dem Kopf aufgeschlagen.«

»Ist dir jemand hier heraus gefolgt? Bist du deshalb in Mönkenbek aufgekreuzt, weil du Ärger hast?«

»Darf man nicht mal mehr seinen Bruder besuchen?«

»Und dieser Pferdekopf im Feuer?«

»Was? Wovon sprichst du?«

Er verschwieg ihr etwas. So war er immer schon gewesen. Er vertraute niemandem. Nicht einmal ihr. »Ich hab Motorgeräusche gehört. Gleich nachdem jemand vom Feuer weggelaufen war. Vielleicht ein Motorrad?«

Adrian sah sie durchdringend an. »Kein Wort darüber, Kathi! Verstanden?« Dann fasste er sich wieder an den Kopf und verzog das Gesicht.

»Ich kann dich immer noch zum Krankenhaus fahren.«

»Nein«, sagte er scharf.

»Da wärst du sicher, vor wem auch immer. Oder soll ich wenigstens unsere Ärztin anrufen? Ann-Christine Philipps. Sie würde bestimmt hier rauskommen.«

»Etwa die Tochter vom alten Philipps?«, spottete er. »Ihr seid vielleicht ein versipptes Pack. Nein, Kathi. Das ist nur eine Beule.«

»Und was ist mit der Polizei? Jemand hat dich angegriffen. Du könntest jetzt tot sein.«

»Keine Polizei.« Seine Hand umklammerte ihren Unterarm. »Und kein Wort, verstanden?«

Er tat ihr weh. Katharina löste seine Finger und stand auf. »Okay, Adrian. Es ist dein Leben.«

»Alles wird gut.« Er atmete ein paar Mal tief ein und aus. Dann versuchte er sein spöttisches Lächeln. »Du kannst ja morgen wiederkommen, Kathi, und schauen, ob ich noch lebe.«

2. Kapitel

Die Uhr zeigte schon drei Uhr nachts, als Pia den letzten Karton mit Kleinkram schloss. Ihre alte Wohnung lag im historischen Lübecker Gängeviertel. Wegen des engen Ganges, den man von der Straße aus passieren musste, und des Treppenhauses mit den ausgetretenen Stufen hatte sie für den eigentlichen Umzug Profis engagiert. Beim Hin- und Herräumen in der neuen Wohnung würden Lars und ein paar Kollegen mit anpacken. Lars hatte sie schon beim Streichen unterstützt und Lampen aufgehängt. Felix' Kinderzimmer war von ihnen beiden mit einer Meereslandschaft, einer Pirateninsel und einem Himmel mit Schäfchenwolken bemalt worden. Es sah toll aus.

Mittlerweile war fast alles verstaut, bis auf Pias selbst gemalte Bilder, die sie nun beinahe widerstrebend aus dem Abstellraum unter der Dachschräge hervorzog. Sie waren zu groß, um sie in Kartons zu verstauen, zu schockierend für unbedarfte Betrachter. Und da sie eine Art Chronik ihrer beruflichen Erlebnisse darstellten, noch nicht zur Vernichtung freigegeben.

Pia betrachtete das erstbeste Bild. Es war das mit dem abgetrennten Arm in dem blauen Müllsack. Einer ihrer ersten Einsätze bei der Polizei. Damals war sie noch in der Ausbildung gewesen. Inzwischen arbeitete sie seit über fünf Jahren im Team der Lübecker Mordkommission. Sie liebte ihre Arbeit, doch es gab immer wieder Verbrechen und Schicksale, die sie bis in ihr Privatleben verfolgten. Um die Erlebnisse zu verarbeiten, hatte sie viele der Eindrücke mit Acrylfarben auf Leinwand gebannt. Wenn sie etwas erst mal gemalt hatte, verarbeitete sie es besser und träumte nicht mehr davon. Doch seit Felix' Geburt hatte sie für derlei Freizeitaktivitäten keine Zeit mehr. Ihr Sohn sollte diese Bilder auf keinen Fall sehen. Aber jetzt musste sie irgendwo damit hin, bis sie sie in ihrer neuen Wohnung auf dem Dachboden einlagern konnte. Sie nahm sich vor, während des Umzugs aufzupassen. Lars hatte die Bilder auch noch nicht zu Gesicht bekommen. Er wusste zwar, dass sie existierten, aber etwas hielt Pia stets davon ab, sie ihm zu zeigen. Er würde es vielleicht nicht verstehen, wie er vieles von dem, was sie tat, nicht so recht nachvollziehen konnte.

Als Kind oder beinahe Jugendlicher hatte Lars schlechte Erfahrungen mit der Polizei gemacht. Sein Vater war unschuldig unter Mordverdacht geraten. Daraufhin hatte in dem Ort, in dem sie gelebt hatten, eine Art Hetzjagd auf seine Familie stattgefunden, vor der sie sich nur durch einen Umzug hatten retten können. Und jetzt hatte er eine Freundin, die bei der Kriminalpolizei arbeitete. Sie lächelte reumütig. Wie hatte ihm das nur passieren können?

Pia lehnte die Leinwände mit der Vorderseite zur Wand und legte ein altes Laken darüber. Sie war zum Umfallen müde. Am Morgen würde sie sich als Erstes um die Bilder kümmern.

Pünktlich um acht Uhr stand der bestellte Umzugswagen vor der Tür. Genauer gesagt, vor dem Rohwedders Gang. Die Umzugsleute parkten draußen auf der Straße und mussten erst einmal den schmalen Gang, dann den Innenhof und das enge Treppenhaus mit den steilen Stiegen bewältigen, bevor sie in Pias Wohnung gelangten.

Um sechs Uhr abends, nachdem der Möbelwagen dreimal hin- und hergefahren war, stand das letzte Möbelstück an seinem neuen Platz, und in jedem Raum der Wohnung stapelten sich die dazugehörigen Kartons. Pias Eltern waren später hinzugekommen, ihre Mutter hatte die Küche eingeräumt, während Pia sich um Felix' Zimmer gekümmert hatte.

»Du wirst das sicher alles noch mal nach deinen Vorstellungen einsortieren«, hatte ihre Mutter bemerkt, als sie Pia die neu bestückten Küchenschränke gezeigt hatte, »doch fürs Erste wirst du klarkommen.«

Pia hatte sich gefreut, sie umarmt, aber insgeheim bezweifelt, dass sie die wunderbare Ordnung je wieder ändern würde. Dazu fehlte ihr einfach das Interesse an solcherlei Haushaltsdingen.

Sogar ihre Kollegen Heinz Broders und Michael Gerlach waren für ein paar Stunden zum Helfen gekommen. Die beiden hatten sich umgesehen und gescherzt, dass Pia sich in der neuen Wohnung verlaufen würde, so groß, wie sie war. Jedenfalls im Vergleich zu ihrer alten. Und einen viel weiteren Weg zur Arbeit habe sie ja nun auch. Mit dem Fahrrad würde sie bestimmt zehn Minuten länger brauchen. Ob sie nun etwas mehr Ruhe vor ihrer Arbeitswut haben würden? Die beiden wurden übermütig. Ein sicheres Zeichen dafür, dass es in Lübeck und Umgebung gerade recht ruhig zuging, zumindest was Kapitaldelikte betraf.

»Soll ich noch mal Pizza bestellen?«, fragte Pia, als bis auf Lars alle gegangen waren.

»Untersteh dich! Jetzt wird geduscht, du schmeißt dich in einen netten Fummel, und wir gehen feiern.«

»Was? Mir tut jeder Knochen weh.«

»Nicht dran denken. Da hilft nur, in Bewegung zu bleiben«, sagte er.

»Was hast du denn vor?«

»Wir sind heute Abend bei Sebastian zum Geburtstag eingeladen. Schon seit Wochen.«

»Stimmt, da war was.« Pia seufzte. Sie war zum Umfallen müde.

»Sag nicht, du hast es vergessen!«

Pia erhob sich. »Natürlich nicht. Aber ich bin heute wirklich zu nichts mehr zu gebrauchen.«

»Tatsächlich?« Lars zog sie an sich. Er war genauso verschwitzt wie sie und von der Schlepperei sicherlich nicht weniger angestrengt. »Ein bisschen heißes Wasser wirkt Wunder. Hast du deine schöne neue Dusche überhaupt schon ausprobiert?«

Feiern, auf denen sie kaum jemanden kannte, waren nicht gerade Pias Lieblingsbeschäftigung. In dem Lokal, in das Sebastian eingeladen hatte, war es zu voll, zu laut und zu stickig. Pia kannte zwar Lars' Freund und dessen Freundin von zwei oder drei Treffen, aber die meisten der Gäste hatte sie noch nie gesehen. Und diese Party schien ihr auch nicht der richtige Ort und die richtige Gelegenheit zu sein, sie näher kennenzulernen.

Irgendwann sah Pia nicht mehr ein, warum die Raucher das Privileg frischer Luft allein genießen sollten, und stellte sich mit einer Flasche Bier in der Hand vor die Tür. Ein paar Meter weiter standen vier Leute zusammen, die sich untereinander offenbar gut kannten.

Ein Mann in einem Ledermantel fiel ihr besonders auf. Er überragte die Umstehenden um einen halben Kopf und war auffallend blass. Dunkle Ringe lagen unter seinen Augen. Er unterhielt die anderen mit einer sichtlich spannenden Schilderung. »... doch als ich ankam, war da niemand«, hörte Pia ihn sagen.

»Irgendjemand muss das Feuer doch angezündet haben?«

»Was brannte denn da?«, wollte eine der Frauen wissen, die er um sich versammelt hatte.

»Nur Treibholz und irgendwelches Zeug.«

»Müllbeseitigung?«

»Wer macht sich denn die Mühe, für so etwas extra an den Strand zu fahren?«

»Jemand, der keinen Garten hat«, sagte der Mann im Ledermantel. Und dann nachdenklicher: »Vielleicht sollte ich es ja sehen.«

»Und du hast nicht gemerkt, wie sich da einer an dich herangeschlichen hat?«, fragte sein Kumpel spöttisch.

Pia merkte auf.

»Es war dunkel. Der Kerl muss hinter mir in den Dünen gehockt haben. Und dann hat er mir mit irgendetwas eins über den Schädel gezogen.« Er fasste sich seitlich an den Kopf.

»Zeig doch mal!« Eine Frau mit dunklen Locken griff spielerisch nach seiner Mütze.

»Lass den Quatsch!« Er drückte ihren Arm weg.

»Wie lange bleibst du noch in der Gegend?«, fragte sie.

»In der Strandhütte? So lange, bis ich eine erfolgreiche Unterredung mit meinem Bruder hatte.«

Pia tat, als wäre nichts interessanter als ihre Bierflasche.

»Wenn du da draußen in Mönkenbek Angst bekommst, kannst du jederzeit zu mir kommen«, gurrte eine stark geschminkte Mittvierzigerin mit kurzem Haar.

»Oder du sagst Lars' neuer Freundin Bescheid«, schlug der andere Mann vor. Pia zuckte zusammen. »Ah, da ist sie ja! Stimmt doch, oder?« Er grinste sie an.

»Ja, ich bin Lars' Freundin.«

»Und Sie arbeiten bei der Polizei?«

Pia hasste es, wenn jemand sie schräg von der Seite auf ihren Job ansprach. Sie war stolz auf ihren Beruf, ab und zu redete sie sogar gern darüber, wenn es jemanden wirklich interessierte. Aber sie mochte es nicht, wenn damit eine gewisse Erwartung verbunden war, dass sie dieses oder jenes kommentierte, oder sie sich gar privat in polizeiliche Angelegenheiten einmischen sollte.

»Das stimmt. Und wo arbeiten Sie?«

Er verzog das Gesicht, drückte seine Zigarette aus und schnippte sie weg. »Eigentlich egal, oder? Wir sind ja zum

Feiern hier. Ich hab nur vorhin gehört, was Sebastian über Lars' neue Freundin erzählt hat.«

»Wenn Ihr Freund ein Problem hat, kann er sich jederzeit offiziell an die Polizei wenden. Rund um die Uhr.«

»Lass gut sein, Jan!«, sagte der Mann im Ledermantel.

»Ich finde es nur interessant«, entgegnete Jan und warf Pia noch einen langen Blick zu. Dann ließ er sich von den zwei Frauen wieder ins Lokal ziehen.

»Kommst du mit, Adrian?«, fragte die Kurzhaarige.

Er winkte ab. »Gleich, Caro. Ich rauch noch eine.«

Adrian hieß der Mann also.

Er stellte sich zu ihr an den Stehtisch. »Dem Jan fehlt manchmal das gewisse Feingefühl«, sagte er lächelnd. »Besonders, wenn er was getrunken hat. Der hat früher schon nichts vertragen.«

»Sie kommen auch aus der Gegend hier?«

»Ja, hört man nicht mehr, oder? Ich hatte mit achtzehn die geniale Weitsicht abzuhauen.«

»Viele kommen zurück.«

Er lachte auf. Kniff die Augen zusammen.

»Geht es Ihnen gut?«, fragte Pia. »Sie sehen so aus, als hätten Sie ganz schön was abbekommen.«

»Sie haben es also gehört? Ist halb so wild. Ich hab die Sache ein bisschen ausgeschmückt. Angeberei. Ich vermute, ich bin nur gestolpert und hab mir den Kopf angeschlagen. Keine Ahnung.«

»Ah ja.«

»Gucken Sie nicht so misstrauisch!«

Pia schluckte den Hinweis, dass ihre Skepsis beruflich bedingt sei, herunter. Sie war es schließlich, die darauf bestand, Privat- und Berufsleben auseinanderzuhalten. Entschlossen stellte sie die leere Bierflasche ab. »Sie wissen ja, wo Sie die Polizei finden«, sagte sie und ging wieder hinein.

3. Kapitel

In der Nacht von Samstag auf Sonntag hatte es Frost gegeben. Auf dem Bürgersteig und dem Kopfsteinpflaster der Dorfstraße war schon alles weggetaut, doch die von Maulwurfshügeln übersäte Wiese vor der Kirche glitzerte vor Raureif. Maulwürfe standen ja unter Naturschutz – und schienen das auch genau zu wissen. Was Ernst Fassbender nicht bereits alles versucht hatte, um sie loszuwerden. Lebendfallen, bis zum Flaschenhals vergrabene Weinflaschen, Autoabgase und Hundehaare ... Ohne Ergebnis.

»Was soll's! Wenn Maulwürfe da sind, ist der Boden um unsere Kirche herum wenigstens in Ordnung«, hatte der neue Pastor die Klagen des Küsters kommentiert. Die Zusammenarbeit mit ihm war, gelinde gesagt, schwierig.

Ernst Fassbender hoffte, dass zumindest die Kirchenheizung nicht endgültig den Geist aufgegeben hatte. Wie peinlich, wenn die Leute während des Gottesdienstes ihre Jacke anbehalten mussten.

Den Pastor kümmerte das wenig. Der Erhalt der mehr als siebenhundertfünfzig Jahre alten Dorfkirche schien ihm nicht so wichtig zu sein. War ihr alter Pastor Meier wirklich schon seit fast zwei Jahren im Ruhestand? Der hatte auch mal losgepoltert, wenn sie unter sich gewesen waren, doch danach war die Luft wieder rein gewesen. Matthias Stöver hingegen wirkte beinahe unnatürlich ausgeglichen. Ernst Fassbender wusste nie so recht, woran er bei ihm war. Stille Wasser sind ja bekanntlich tief. Man kann nicht bis auf den Grund sehen. Doch die Herzen der Gemeindemitglieder, vor allem die der jüngeren, flogen dem neuen Pastor nur so zu. Ernst Fassbender seufzte.

Mönkenbek rühmte sich neuerdings damit, eine »offene« Kirche zu unterhalten. Auch so eine Neuerung von Matthias Stöver. Der hatte ja auch nicht miterleben müssen, wie vor Jahren ein Altarkreuz und zwei alte Silberkelche aus dem achtzehnten Jahrhundert aus der Kirche gestohlen worden waren. Die Verdächtigungen und das Misstrauen, die das Ereignis im Dorf nach sich gezogen hatte. Immerhin hatten sie mit dem Kirchengemeinderat gegen den neuen Pastor durchgesetzt, dass stets pünktlich um achtzehn Uhr abgeschlossen wurde. Auf ein paar Leute im Dorf war eben noch Verlass.

Den einundzwanzig Zentimeter langen Schlüssel für den Haupteingang der Kirche bewahrten sie in einer Schublade in der Sakristei auf. So kam man zwar morgens nur durch die Sakristei in die Kirche hinein, aber wenigstens musste sich niemand mit dem überdimensionierten Schlüssel abschleppen.

Ernst Fassbender wollte mit klammen Fingern die Tür aufschließen, doch sie war gar nicht abgeschlossen, sondern nur zugezogen. Auch das war typisch für den neuen Pastor: diese Nachlässigkeit in Dingen, die er für nicht so wichtig erachtete. Die Tür zur Sakristei ächzte in den Angeln, egal, ob Fassbender sie ölte oder nicht. Aber wer glaubte ihm das? Muffiger Geruch schlug ihm entgegen. Ebenfalls wie immer, dachte er. Es roch nach feuchtem Stein und altem Eisen. Der Küster lauschte angespannt. Die Heizung surrte. Er tastete nach dem Lichtschalter, denn das kleine Fenster neben der Tür ließ kaum Licht in den Raum hinein. Das müsste auch mal wieder geputzt werden. Er würde der Hansen mal ordentlich Bescheid geben.

Die Neonröhre an der Decke flackerte auf, sprang dann zögernd an. Erst dachte er, das Muster des Perserteppichs, der auf dem Steinfußboden lag, spiele seinen Augen einen Streich.

Doch das da war tatsächlich ein Mensch. Der Pastor lag bäuchlings hingestreckt, mit einem dunklen Fleck unter Kopf und Schultern. Er rührte sich nicht. War er ... war Matthias Stöver ... war er etwa tot?

Ernst Fassbender wollte sich zu der leblosen Gestalt hinunterbeugen. Irgendetwas tun. Doch er konnte sich nicht bewegen. In seinen Ohren rauschte es. Die klaffende Wunde am Hinterkopf des Pastors sprach eine unmissverständliche Sprache. Matthias Stöver, der Pastor von Mönkenbek, war tatsächlich tot. Ernst Fassbenders Atem ging flach und schnell. Die abgestandene Luft bedeutete nun etwas anderes. Sie rührte nicht nur von den Ausdünstungen der alten Kirche her. Der Küster wusste, wie der Tod roch. Von dem Geruch und dem Anblick schwindelte es ihn. Er tastete nach dem Türgriff hinter sich. Als er ihn zu fassen bekam, taumelte er zurück.

Draußen, vor der Tür der Sakristei, blendete ihn die Wintersonne. Fassbender atmete immer noch zu schnell. Er würde doch nicht ... In Ermangelung einer Mauer oder eines Baumstamms, die ihm Halt geben könnten, sank er auf dem Weg in die Hocke und senkte den Kopf zwischen die Knie. Eine unwürdige Haltung für einen beinahe sechzig Jahre alten Küster, aber es half und war immer noch besser, als vor der Kirche in Ohnmacht zu fallen.

Matthias Stöver war tot. Er lag mit einer üblen Kopfverletzung auf dem Boden der Sakristei. In seiner Kirche. Die Erkenntnis drang mit voller Wucht wieder in Ernst Fassbenders Bewusstsein, als der erste Schwindel nachließ. Was war passiert? Konnte er sich nicht auch irren? Er richtete sich mit knackenden Kniegelenken auf. Der Norwegerpulli, den Stöver im Winter fast täglich trug, die krausen Haare mit der kahlen Stelle am Hinterkopf. Er war es – eindeutig. Sonst lief hier im Dorf niemand so herum. Eine seiner Gesundheitssandalen, Stein des Anstoßes in der Gemeinde, wenn er sie sogar zu Hochzeiten und Taufen unter dem Talar trug, hatte neben seinem Fuß in der grauen Wollsocke gelegen.

Niemand sollte seinen Pastor so sehen müssen, dachte der Küster. Egal, wie man zu dem Menschen in diesem Amt stand. Das musste er verhindern. Doch was sollte er tun? Als Erstes schauen, ob er vielleicht doch noch helfen konnte, auch wenn er sich sicher war, dass der Pastor tot war. Und dann musste er die Polizei und einen Arzt rufen, doch er hatte sein Mobiltelefon nicht dabei. Er war nicht so verrückt wie die Jüngeren, denen die Dinger quasi an den Händen klebten. Matthias Stöver hatte ihn mehrfach gebeten, tagsüber doch bitte jederzeit telefonisch erreichbar zu sein, aber Fassbender hatte die Anweisung immer wieder unterlaufen. Was früher nicht sein musste, brauchte heute auch kein Mensch. Pastor Meier und er waren doch auch so klargekommen. Bestens sogar. Heimlich fürchtete er, dass seine Frau Lotti ihn mit Anrufen verfolgen würde, gerade dann, wenn er mal ein wenig Ruhe vor ihr brauchte. Doch nun musste er nach Hause gehen, wenn er telefonieren wollte. Oder er klingelte bei der nächsten Nachbarin. Direkt hinter der Kirche wohnte die alte Elsa Grönwald. Das wäre ein gefundenes Fressen für die neugierige Klatschtante. Mit dem Entschluss, Elsa Grönwald diesen Gefallen nicht zu tun, kehrte langsam seine Kraft zurück. Mit wackeligen Schritten ging er noch einmal in die Sakristei.

Der Pastor lag immer noch bäuchlings vor dem kleinen Altar am Boden. Einer der Messingleuchter, die sonst an dem Schrank standen, in dem sie die Abendmahlskelche, die Taufschale, die Paramente und alles andere von Wert einschlossen, befand sich neben ihm am Boden. Die Oberkante des Leuchters war mit geronnenem schwarzen Blut, Gewebe und Knochensplittern verschmutzt. Er sollte nicht so genau hinsehen, sonst wurde ihm wieder schlecht. Ernst Fassbender traute sich nicht, dem Pastor an den Hals zu fassen. Stattdessen tastete er mit langem Arm an dessen Handgelenk nach dem Puls. Er zuckte zurück. Beinahe schmerzhaft kalt fühlte sich die Berührung an. Als hätte er seine Hand in Wasser getaucht. Wasser, das so tief war, dass man den Grund nicht sah.

Pia betrat am Sonntagmorgen mit einer großen Brötchentüte in der Hand ihre neue Küche.

»Weißt du, wo deine Mutter die Bodum-Kaffeekanne versteckt hat?«, fragte Lars, als er sie erblickte. Pia hatte gerade bei strahlendem Sonnenschein eine kleine Erkundungstour mit dem Fahrrad unternommen, um herauszufinden, wo sie frische Brötchen kaufen konnte. Lars bereitete, nur mit T-Shirt und Boxershorts bekleidet, das Frühstück vor. Er stellte soeben die Marmelade und den Käse auf den Tisch, der mit einem bunten Sammelsurium von Geschirr gedeckt war. Die Sonne schien durch das Küchenfenster auf Lars' kräftige Arme und ließ die goldenen Härchen darauf schimmern. Sogar Frühstückseier hatte er gekocht. Ein schöner Anblick, nicht nur der Frühstückstisch. Der Kaffee fehlte allerdings noch, wie Pia aus Lars' Frage schloss.

»Ich weiß nicht, ob die Kanne überhaupt schon ausgepackt ist«, sagte sie zweifelnd. »Ich hatte sie ja in der alten Wohnung bis zuletzt in Gebrauch, und dann hab ich sie in einer der Restekisten untergebracht.«

Lars stöhnte auf. »Pia, es gibt mindestens fünf Restekisten.«

»Sie ist bestimmt in der Kiste, auf der *Reste – Küche* steht. Aber wo kann die nur sein?«

»Keine Ahnung. Wir müssen uns wohl mit diesem Tee hier begnügen.« Lars hielt eine zerknautschte Schachtel mit Teebeuteln in die Höhe. »Lecker Kamille.«

Pia schüttelte sich. Ihr Mobiltelefon brummte.

»Oh, nein«, sagten beide fast gleichzeitig und sahen sich an.

»Ich geh für dich ran«, erbot sich Lars, »und behaupte, du bist unter einem Stapel Umzugskisten verschollen.«

Pia kontrollierte das Display. »Die Dienststelle. Ich muss das Gespräch annehmen.«

»Vielleicht will dir ja noch ein Kollege seine Hilfe beim Auspacken anbieten?«, schlug Lars wenig hoffnungsvoll vor. »Bei so einem Wetter bringt doch niemand seine Mitmenschen um.«

»Hast du eine Ahnung!« Sie meldete sich.

»Verdammt, Pia, hast du etwa noch geschlafen?«, bellte Manfred Rist, ihr Kollege und momentan der stellvertretende Leiter der Abteilung, ins Telefon. »Wir haben 'ne Leiche. Nicht natürlicher Tod. Kannst gleich direkt zum Fundort kommen, wenn's dir nichts ausmacht.«

»Und wohin genau?«

Jemand im Hintergrund sagte etwas.

»Gerlach meint zwar, du bist noch mitten im Umzug, aber solange du irgendwelche Klamotten zum Anziehen findest, bist du verfügbar, oder?«

Charmebolzen, dachte Pia. Pech, dass ausgerechnet Manfred Rist den Leiter des K1, Horst-Egon Gabler, vertrat, während der in der Reha war. Und Pech nicht nur deshalb, weil Rist sich gern mal im Ton vergriff.

»Wo ist der Fundort?« Sie sah, wie Lars bei ihrem geschäftigen Tonfall, verbunden mit dem Reizwort, mit den Augen rollte.

»Mönkenbek heißt das Kaff, liegt in der Nähe von Grömitz. Gib's einfach in dein Navi ein! Falls du schon eins hast.«

»Und wo genau?«, hakte Pia nach.

»Komm zur Kirche!« Er lachte ironisch auf. »Wolltest du doch am Sonntagvormittag bestimmt sowieso.«

»Ich fahre gleich los«, sagte sie, doch Rist hatte die Verbindung schon unterbrochen. Pia sah auf die Uhr. Es war halb zehn.

»Du musst los.« Es war eine Feststellung, keine Frage.

»Tut mir leid. Es geht nicht anders. Ich kann noch froh sein, dass der Leichenfund auf ein Vater-Wochenende von Felix gefallen ist.«

»Ich würde mich in so einer Situation um Felix kümmern. Das habe ich dir schon mehrfach angeboten.« Lars klang leicht genervt, was sie ihm nicht verübeln konnte.

»Darauf komme ich bestimmt mal zurück. Felix wird begeistert sein. Lass dich jetzt bitte nicht von mir vom Frühstück abhalten: Franzbrötchen, Croissants, Körnerbrötchen und ... nun ja: Tee.« Sie schüttete die Brötchen in den Brotkorb und nahm sich ein Franzbrötchen heraus.

Lars bedachte sie mit einem Blick, der jedweden Toten sofort auferweckt hätte, und Pia vermutete, das lag nicht nur an der Aussicht auf den Kamillentee.

4. Kapitel

Während der Fahrt auf der A 1 in Richtung Norden dachte Pia an Lars und die letzte Nacht zurück. Wenn sie mit ihm zusammen war, fühlte sich alles irgendwie leichter an. Doch sie wusste aus einiger Erfahrung, wie trügerisch das Glück war. Dies hier war einfach zu gut, um von Dauer zu sein.

Vor Lars war Pia mit Hinnerk Joost zusammen gewesen, Felix' Vater. Er hatte damals unglücklicherweise etwas mit ihrer Schwester Nele angefangen ... Und Pia hatte sich auf eine Beziehung zu einem Kollegen eingelassen, die von vornherein zum Scheitern verurteilt gewesen war. Doch zu der Zeit waren ihre Liebschaften nur sie allein und den betreffenden Mann etwas angegangen. Jetzt hatte sie ein Kind. Pia wollte keinen Fehler mehr machen. Wenn Lars Probleme mit ihrem Beruf hatte, dann war es wohl besser, das Ganze wieder zu beenden, bevor Felix – und auch sie selbst – sich zu sehr an ihn gewöhnten. Lars sagte zwar, er komme inzwischen ganz gut mit der Tatsache klar, dass sie bei der Kripo arbeitete und es dabei mit Kapitaldelikten zu tun hatte, meistens Mord und Totschlag. Und damit, dass Situationen und Menschen, mit denen sie bei ihrer Arbeit konfrontiert wurde, sie hin und wieder verfolgten, manchmal sogar bis in ihre Träume. Aber das Thema »Beruf« kam trotzdem immer mal wieder zwischen ihnen auf, und zwar genau dann, wenn Pia es am wenigsten gebrauchen konnte. Wie zum Beispiel am vergangenen Abend, als Lars beim Auspacken einen flüchtigen Blick auf ihre selbst gemalten Bilder geworfen hatte. In seinem Gesicht hatte sich Erstaunen und dann Abwehr gespiegelt. Wollte er ihren beruflichen Alltag überhaupt in sein

Leben hineinlassen? Dass sie wie heute an einem Sonntag losmusste, kam zwar nur selten vor, aber es war ein Teil ihres Jobs. Sie würde jetzt auch lieber mit Lars zusammen in ihrer neuen Küche gemütlich frühstücken.

War das tatsächlich so? Im Grunde wollte sie beides. Sie fühlte sich zwischen Privatleben und Beruf hin- und hergerissen. Wenn Pia ehrlich zu sich selbst war, war sie gerade höchst gespannt auf das, was sie in Mönkenbek erwartete. Sie mochte die Aufregung und das Gemeinschaftsgefühl unter den Kollegen, das sich immer dann in besonderem Maße einstellte, wenn sie als Team einen neuen Fall in Angriff nahmen.

Pia verließ in Lensahn die Autobahn, passierte ein paar Ortschaften und fuhr dann über eine weite, mit Windrädern gespickte Ebene in Richtung Ostsee. Der Himmel war klar und spannte sich in einem lichten Blau über dem Land. Die wenigen Bäume hatten sich im Wind gen Osten geneigt. Nach einiger Zeit tauchte der Ort Mönkenbek im Dunst vor ihr auf. Flach und lang gestreckt lag er da, ein typisches Straßendorf. Am nördlichen Ende ragte der Kirchturm in den Himmel, gedrungen wie der dicke, aber gespitzte Buntstift eines Vorschulkindes. Da war es. Pia spürte ein vertrautes Kribbeln bei der Frage, was sie dieses Mal wohl am Tatort erwartete.

Als sie von der Hauptstraße nach links zur Kirche abbog, sah sie schon das übliche Durcheinander an Polizeifahrzeugen und Privatwagen der Kollegen, die an diesem Sonntag größtenteils direkt von zu Hause hergekommen waren. Sogar ein paar Presseleute hatten schon Wind von dem Leichenfund bekommen und lungerten am Rande der Absperrung herum, versuchten, Schaulustigen, die ebenfalls zugegen waren, die mit Kunstpelz bezogenen Mikrofone unter die Nase zu halten. Ein Uniformierter, der den Zugang überwachte, führte Pia auf das abgesperrte Gelände. Das idyllische Ensemble, bestehend aus alter Dorfkirche, Kirchhof, Pfarrhaus und umliegenden

Gehöften, sah durch das Menschen- und Fahrzeugaufgebot und die flatternden Absperrbänder so aus, als fände gerade ein Kirchenbasar statt. Mit sehr ernsten Besuchern allerdings. Der blau-silberne Mercedes-Bus der Kriminaltechnik stand mitten auf dem durchweichten Rasen zwischen zwei Grabsteinen. Der Fahrer war so weit wie möglich an die Südseite der Kirche herangerollt. Als Pia den Weg heraufkam, ging gerade ein Beamter in Schutzkleidung mit einem Alukoffer in der Hand auf die Sakristei zu und verschwand darin. Das konnte nur bedeuten, dass ein Mensch direkt in der Kirche zu Schaden gekommen war. Schöner Mist: Mehr Aufmerksamkeit durch die Presse gäbe es im nördlichsten Bundesland wohl nur bei einem Mord im Kieler Landtag oder in einem der von Promis bevölkerten Clubs in Kampen auf Sylt.

Manfred Rist stand an einen Baum gelehnt und sprach in sein Mobiltelefon. Sein Ersatz für handschriftliche Notizen, vermutete Pia. Als er sie sah, winkte er sie zu sich heran. »Na endlich! Bis auf Kürschner sind wir jetzt vollzählig.«

»Du rechnest nicht ernsthaft damit, dass Wilfried heute hier erscheint?«, fragte Pia ehrlich erstaunt.

»Wir brauchen jeden Mann. Das wird kein Sonntagsspaziergang!«

»Manfred, Wilfrieds Frau ist vor drei Tagen gestorben.« Interessierte sich Rist wirklich so wenig für die Angelegenheiten seiner Mitarbeiter, oder tat er nur so, weil es ihm gerade in den Kram passte?

»Stimmt. Da war was. Aber er hat sich nicht offiziell krankgemeldet.«

»Wahrscheinlich, weil er noch unter Schock steht und gerade andere Sachen im Kopf hat.«

»Sei's drum! Immerhin bist du ja jetzt hier.« Er musterte sie kurz von Kopf bis zu den Stiefeln, an denen nasses Gras und Erdklumpen klebten, als könnte er nicht glauben, seine Kollegin sonntags an einem Tatort zu sehen. »Sprich du mit den Leuten von der Spurensicherung, Pia! Geh ihnen auf die Nerven, oder lass deinen Charme spielen! Was du besser kannst. Ich will über alles Bescheid wissen, was das K6 am Tatort gefunden hat. Und ich will es nicht erst in ihrem Bericht zu lesen bekommen.«

Pia nickte. Bei Manfred Rists allgemeiner »Beliebtheit«, auch außerhalb des K1, stand zu befürchten, dass ansonsten alles seinen vorschriftsmäßigen Gang ging. Und das würde sie wertvolle Zeit kosten.

»Wer ist das Opfer? Ist es schon identifiziert?«, fragte sie, bevor sie sich in Richtung Kirche begab.

»Überraschung«, sagte er sarkastisch. »Du wirst schon sehen.«

Pia legte die erforderliche Schutzkleidung an und ließ sich von einem der Kriminaltechniker an den Tatort begleiten.

Der Tote lag bäuchlings auf dem Boden der Sakristei, einem Anbau an das Kirchenschiff, nicht viel größer als eine Pferdebox. Der Raum hatte einen Zugang von draußen, und eine zweite Tür führte in den Altarraum der Kirche. Ein eilig installierter Scheinwerfer der Spurensicherungsleute leuchtete die Szenerie taghell aus, als wäre dies das Set für einen Film und gleich begännen die Dreharbeiten.

Der Mann, der am Boden lag, trug einen grob gestrickten Pullover, eine helle Cordhose und graue Wollsocken. Das Haar an seinem Hinterkopf war dunkel von geronnenem Blut. Die Haut des Schädels war mehrfach gerissen, Pia konnte zersplitterte Schädelknochen sehen. Mehrere Schläge, mit einer solchen Wucht ausgeführt, dass wahrscheinlich schon der erste tödlich gewesen ist, überlegte sie. Unter dem Kopf und der Schulter der Leiche hatte sich auf dem Perserteppich ein dunkelroter Blutfleck ausgebreitet. Sie räusperte sich. »Wissen wir schon, wer der Tote ist?«

»Es ist der Pastor«, antwortete der Kriminaltechniker. »Matthias Stöver ist sein Name.«

»Das hat uns gerade noch gefehlt!«, stieß Pia hervor. »Ein Geistlicher.«

»Macht doch eigentlich keinen Unterschied«, entgegnete der Kriminaltechniker. »Tot ist tot.«

»Ermittlungstechnisch gesehen, ja. Rein menschlich gesehen nicht: Wir werden uns mit den Gepflogenheiten und dem *Who is Who* der evangelischen Kirche beschäftigen müssen. Und die Schlagzeilen und die Aufmerksamkeit gibt es gratis dazu.«

»Die Spuren sind auch ein einziges Chaos«, sagte der Kollege vom K6 in einem Ton, als sorgte das für einen gewissen Ausgleich. »Der Küster hat den Pastor vorhin entdeckt; er ist ganz nah an ihn rangegangen, um seinen Puls zu fühlen, trotz der offensichtlich letalen Kopfwunde. Dann hat er die Dorfärztin hinzugerufen, die unser Opfer ebenfalls noch einmal kurz untersucht hat. Die Schutzpolizei ist erst ein paar Minuten später eingetroffen. Einer der Kollegen aus dem Streifenwagen hat die Sakristei dann auch noch betreten, um nachzuschauen, bevor er alles abgesperrt hat. Es ging hier zu wie in Venedig auf dem Markusplatz.«

»Ist das die mutmaßliche Tatwaffe?« Pia deutete auf einen umgestürzten Kerzenleuchter von etwa achtzig Zentimetern Länge, der ungefähr einen Meter vom Kopf der Leiche entfernt lag. Am oberen, scharfkantig aussehenden Rand klebten Blut, Gewebe und Haare.

»Wenn nicht, dann hat zumindest jemand das Ding so präpariert, dass es danach aussieht. Ob der Leuchter wirklich die Tatwaffe ist, wird nur der Rechtsmediziner zweifelsfrei klären können. Wir tüten ihm alles ein, was als Mordwaffe infrage kommt. Die Werkzeuge aus dem Schrank und, wenn es sein muss, sogar den Abendmahlskelch.«

»Was für Werkzeuge?«

»Hier liegt so allerlei Kram rum. Schraubendreher, Hammer, Zange. Das Werkzeug wird zum Beispiel zum Aufhängen der Erntekrone und des Adventskranzes benötigt. Außerdem: Dass in so einem alten Gebäude wie dieser Kirche immer mal wieder was gerichtet und repariert werden muss, kann man sich ja vorstellen.«

»Verstehe.« Pia riss den Blick vom Kopf der Leiche los. Die brutale und doch effiziente Verletzung übte eine Art Sogwirkung auf sie aus. »Schau hin!«, schien sie zu flüstern. »So schmal ist der Grad zwischen Sein und Nichtsein, zwischen einem warmen Bett mit deinem Geliebten und einem Sarg in einem kalten Erdgrab. Zwischen Leben und Tod. Dein Ende ist immer nur einen Hieb mit einem Kerzenleuchter weit entfernt. Und jeder, der für einen kurzen Moment hinter dir steht, kann ihn ausführen.«

In ihrem Nacken kribbelte es. Pia rieb sich die Oberarme, um wieder etwas Gefühl in ihren Körper zu bekommen. »Sonst irgendwelche Spuren, die uns für den Anfang weiterhelfen?«

»Hast du draußen neben dem Weg unsere Spur Nummer acht nicht gesehen? Ein halber Schuhabdruck im weichen Erdboden. Könnte was sein.«

Pia krauste die Stirn. »Es hat gestern nicht geregnet. Der Abdruck könnte auch schon älter sein.«

»Der ist noch keine zwölf Stunden alt. Wie aus dem Lehrbuch. Wir haben ihn gerade ausgegossen. Schuhgröße 43 bis 45, würde ich sagen. Derbes Profil, schwere Person. Passt zu dem Leuchter als Tatwaffe: Für den Schlag war eine gewisse Körperkraft erforderlich.«

»Der Leuchter sieht ebenfalls schwer aus, ja«, räumte Pia

ein. »Dazu brauchte es Kraft. Oder aber starke Emotionen. Ich glaube, selbst eine zierliche Frau hätte das zuwege bringen können, vorausgesetzt, sie war zu allem entschlossen.«

»Eine zierliche Frau mit großen Füßen?«

Hauptkommissar Heinz Broders sah seine Kollegin Pia die Sakristei verlassen, als er gerade aus einem der Häuser hinter der Kirche trat. Wieder nichts. Der erste Anwohner, den er befragt hatte, hatte nichts gehört und nichts gesehen; im zweiten Haus hatte niemand geöffnet. Pia hatte es gut, mit den Kollegen vom K6 zusammenzuarbeiten, direkt an der Quelle, während er den Laufburschen spielen musste.

Normalerweise arbeiteten Pia und er als Team zusammen. Im Normalfall hätte sie auch jetzt mit ihm die Befragungen durchgeführt, aber da Wilfried Kürschners Frau gestorben war, fehlte ein Mitarbeiter im K1. Rist, der sich aufspielte wie der Imperator der intergalaktischen Sternenflotte, hatte ihn deshalb allein losgeschickt, um die Anwohner in Sichtweite der Kirche zu befragen. Broders sah ja ein, dass es eine der ersten Arbeiten war, die erledigt werden mussten. Eine solche Befragung brachte nur so lange brauchbare Ergebnisse, wie die Erinnerungen der Leute frisch waren und sie noch keine Gelegenheit gehabt hatten, mit anderen über die Ereignisse zu sprechen.

Ein Mord in der Dorfkirche, und das am Sonntagmorgen vor dem Gottesdienst! Broders war kein Kirchgänger, aber wenn er einer wäre, hätte ihn dieses Zusammentreffen bestimmt auch aufgeregt.

Er näherte sich dem nächsten Haus, das unmittelbar hinter der Kirche stand. Roter Backstein, weiße Sprossenfenster, gerüschte Gardinen. Ein winziger Vorgarten, eingefasst von einer akkurat gestutzten Buchsbaumhecke. Ein paar Schneeglöckchen und Winterlinge im Rasen trotzten dem kalten Wind. Broders' Blick fiel auf ein Fernglas auf einer der Fensterbänke. Er klingelte dieses Mal mit einer gewissen Erwartungsfreude.

Eine vermutlich hundertjährige Frau öffnete ihm die Tür. Sie war nur anderthalb Meter groß und hatte sich mit einem Rollator zur Tür geschoben. Von oben sah Broders fleckige Kopfhaut durch ihr flaumiges, weißes Haar schimmern.

»Frau Grönwald? Guten Morgen! Ich bin Hauptkommissar Heinz Broders. Darf ich kurz hereinkommen?«

»Ach nee, da könnte ja jeder kommen!« Sie musterte ihn, löste eine knotige Hand vom Rollatorgriff und hielt sie ihm entgegen. Er wollte sie höflich ergreifen, doch sie sagte scharf: »Ihren Polizeiausweis, wenn's Ihnen nichts ausmacht.«

Heinz Broders reichte ihn ihr hin. Sie riss ihn ihm aus der Hand, zog ihre Brille herunter und betrachtete den Ausweis, indem sie ihn etwa fünf Zentimeter vor ihre hellblauen Augen hielt.

»Na gut, scheint ja zu stimmen. Oder ist es 'ne Fälschung? Man weiß ja nie heutzutage. Kommen Sie trotzdem rein! Ich kann Ihnen aber nichts anbieten. Sie nehmen wohl sowieso nichts an, oder?«

»Nein, nie«, flunkerte Broders und nahm auf einem zierlichen Sessel Platz, auf den sie flüchtig gewiesen hatte. Die Federung war stramm wie ein Trampolin, die Rückenlehne noch fester gepolstert. Entgegen seiner Erwartung blieb Frau Grönwald vor ihm stehen. Die kennt ihre mörderischen Polstermöbel ja auch, dachte Broders.

»Was ist da draußen passiert?«, fragte sie ohne Umschweife.

»In der Sakristei der Kirche liegt ein Toter.«

»Wie bitte? Sie müssen lauter sprechen!«

Er wiederholte den Satz.

»Ah. Das habe ich mir beinahe schon gedacht. In der Sakristei also, nicht in der Kirche … Wer ist es denn?«

»Das wissen wir noch nicht.« Lange würde er mit dieser Behauptung nicht mehr durchkommen. Vielleicht wusste sie auch längst, wer der Tote war. Wenn sie zum Beispiel mit dem Küster auf Du und Du stand.

»Erzählen Sie mir nichts! Hier kommt doch kein Fremder her, um in unserer Kirche das Zeitliche zu segnen. Außerdem ist sie über Nacht abgeschlossen. Schlimm genug, dass da tagsüber jeder reinkann. Das zieht das Gesindel an. Das kennen wir ja schon. Die Zeiten, in denen man auf dem Dorf sein Haus offen stehen lassen konnte, sind vorbei. Ich hab das schon mehrfach dem Kirchengemeinderat gesagt, aber die ...«

»Haben Sie gestern Abend oder heute Morgen etwas beobachtet, das mit dem Todesfall in der Kirche in Zusammenhang stehen könnte?«, unterbrach Broders sie mit angestrengter Stimme. Es kam selten vor, dass jemand in seiner Gegenwart derart die Gesprächsführung an sich riss.

»Herrgott, sagen Sie doch ›Mord‹! Es war Mord, oder? Alles andere ergibt keinen Sinn.«

»Wie kommen Sie darauf?«

»So viele Leute ... So viel Aufhebens. Das würden Sie doch nicht machen, wenn da nur jemand einen Herzanfall erlitten hätte.« Sie kniff die Augen zusammen.

»Was Sie nicht sagen!«

»Ich bin vorbereitet. Ich zieh jetzt jeden Abend ein frisches Nachthemd an, wissen Sie.«

Broders merkte förmlich, wie ein Fragezeichen über seinem Kopf erschien. »Wieso?«

»Mein Nachbar, der Herbert Michelsen, ist tot. In der Nacht von Mittwoch auf Donnerstag im Schlaf gestorben. Und der neue Pastor will ihn nicht vor Anfang nächster Woche unter die Erde bringen ... Nicht, dass ich abergläubisch wäre, aber der holt bestimmt noch zwei nach.«

»Wie bitte?«

»Der Tod. Nun fragen sich natürlich alle, wer der Nächste ist. Ich bin zwar alt, aber noch fit. Ich tippe ja auf Friedrich Merten mit seiner hartnäckigen Bronchitis.«

»Also wirklich, Frau Grönwald! Das ist makaber.«

»Und sagen Sie, Herr Kommissar: Ist viel Blut geflossen in der Sakristei?« Sie lächelte ein böses kleines Lächeln, das ihre pergamentenen Züge noch stärker knittern ließ.

Allmählich war Broders von ihr beeindruckt. Ob er mit hundert wohl noch so drauf war? Er deutete auf das Fernglas neben den Begonien auf der Fensterbank. »Sie beobachten wohl gern die Vögel, Frau Grönwald?«

»Quatsch! Wenn man sich für Vögel interessiert, hat man es hinter sich. Dann ist man alt.« Sie schnaubte geringschätzig. »Ich informiere mich lieber, was meine Nachbarn so treiben.«

»Ah. Ich sehe, wir verstehen uns. Dann erzählen Sie mir doch einfach, was gestern Abend und heute Morgen um die Kirche herum passiert ist.«

»Schauen Sie raus! Was sehen Sie?«

»Den Kirchturm mit der Eingangstür, ein Stück vom Weg, zwei Grabsteine und einen Abschnitt dieser Straße. Und durchs andere Fenster ihre Nachbarhäuser.«

»Genau. Das von Paulsen und das von Michelsen. Da war noch nie was los, aber seit der alte Herbert Michelsen tot ist, schon gar nicht mehr.« Sie verzog das Gesicht. »Nicht gerade das, was man eine spannende Aussicht nennt, oder? Ich hab schon überlegt, in ein paar Jahren ins Stift nach Lübeck zu gehen, um etwas mehr Trubel um mich herum zu haben, aber dann denke ich: Die Menschen sind doch sowieso überall gleich.«

Broders nickte aufmunternd. Sie würde ihre fünf Minuten Ruhm auskosten und es so erzählen, wie sie es für richtig hielt, und wenn er Kopfstand vor ihr machte.

»Nachmittags waren zwei Touristinnen da, die sich die Kirche angeschaut haben.«

»Wissen Sie, wer das war?«

»Woher denn? Es waren fremde Frauen. Mittelalt, mitteldick, mit Fotoapparat und Reiseführer in der Hand. Ich glaube, aus dem Ausland.«

»Weshalb denken Sie das?«

»Fremdes Kennzeichen. Aber ich hab es nicht notiert. Leider. Ich wusste ja nicht, dass ich danach gefragt werde, sonst hätte ich es mir aufgeschrieben.«

»Gibt es hier ein Hotel?«

»Schon länger nicht mehr. Aber im Sommer vermieten hier viele ein oder zwei Zimmer oder Appartements an Feriengäste. Ansonsten muss man nach Grömitz oder Dahme gehen.«

»Okay, und weiter ...«

»Ernst Fassbender, unser Küster, kam kurz vor dem Abendbrot und hat die Heizung angeschaltet, weil der Chor seine Generalprobe in der Kirche abhalten wollte.«

»Um wie viel Uhr war das?«

»Also, als er bei mir war, war es ungefähr Viertel vor sechs.«

»Bei Ihnen?«

»Er hat mir Bescheid gesagt, dass nachher Licht in der Kirche sein würde, wegen der Generalprobe des Männerchors, und ich deswegen nicht wieder bei ihm anzurufen brauche ... Alles sei in bester Ordnung.« Sie schüttelte missbilligend den Kopf. »Beste Ordnung, das sieht man ja!«

»Warum hat er Ihnen Bescheid gesagt?«

»Ich hab ein Auge auf die Kirche. Hat ja sonst keiner mehr heutzutage. Ich hasse Verschwendung. Licht, das die ganze Nacht brennt ... phh! Alles auf unsere Kosten.«

»Also gut. Was passierte dann?«

»Die Herren aus dem Chor sind kurz vor acht Uhr eingetrudelt. Ich hab sie aber nicht gezählt, weil ich Abendbrot essen wollte, bevor der *Musikantenstadl* anfing. Während der Chorprobe hatten sie Festtagsbeleuchtung an. Gegen zehn vor zehn haben sie einer nach dem anderen die Kirche wieder verlassen.«

»Haben Sie jemanden erkannt?«

»Ich hab nicht so drauf geachtet. Die waren nicht so interessant.«

Broders sah durch das Fernglas zur Kirchentür. Er könnte von hier aus sicher Gesichter erkennen, aber er wusste nicht, wie gut die Augen der alten Frau noch waren.

»Und den Pastor, haben Sie den auch gesehen?«

»Der singt zwar im Chor mit, doch er kommt immer durch die Sakristei rein und geht dort auch wieder hinaus. Und die Tür habe ich leider nicht im Blick«, sagte sie bedauernd.

»Was passierte dann?«

»Ich dachte mir, dass alle weg wären, weil auch die große Beleuchtung in der Kirche ausgeschaltet worden war. Nur ein Licht brannte drinnen noch. Ich habe mich geärgert, aber ich wollte nicht schon wieder beim Küster anrufen, Sie wissen schon …«

»Und danach?«, fragte Broders ungeduldig.

»Ich hab mir noch eine Quizsendung im Fernsehen angeschaut.«

Broders überflog seine Notizen. »War das alles an dem Abend?«

»Oh, nein! Kurz bevor ich zu Bett gehen wollte, sah ich noch mal jemanden.«

Broders merkte auf. »Wann war das?«

»Um kurz nach halb elf. Und um halb sechs in der Früh steh ich immer auf. Ich brauch nicht mehr so viel Schlaf, junger Mann.«

»Was genau haben Sie da spätabends gesehen?«

»Jemand ist um die Kirche herumgelaufen und dann in Richtung Feld gegangen. Er hat sich noch verstohlen in alle

Richtungen umgesehen, bevor ich ihn aus den Augen verloren habe. Das ist verdächtig, oder?«

Broders nahm sich vor, auch noch zu prüfen, welche Krimis um diese Uhrzeit im Fernsehen gelaufen waren, die die Fantasie der alten Dame beflügelt haben könnten. »Wohin genau ist er gegangen?«

»Ich habe ihn leider aus dem Blick verloren.«

»Wie konnten Sie das überhaupt in der Dunkelheit sehen?«

»Unsere Kirche ist bis nachts um zwölf dekorativ beleuchtet. Das hat der Kirchengemeinderat beschlossen. So eine Verschwendung, aber da war es ja mal ganz nützlich.«

»Wie hat derjenige ausgesehen? Haben Sie ihn erkannt?«

»Erkannt leider nicht.« Sie schnalzte mit der Zunge. »Aber es war ein Mann. Ein kräftiger Mann.«

»Noch mehr? Was hatte er an?«

»Ich weiß nicht, ob ich Ihnen das wirklich sagen soll.«

»Wie bitte? Sie sollen mir alles sagen, was Sie gesehen haben. Oder wollen Sie eine polizeiliche Ermittlung behindern?«

»Es war ... Also, ich weiß nicht ...« Sie spielte mit ihrer Halskette, an der ein großer Bernstein mit einem darin eingeschlossenen Insekt hing.

Das ängstliche Zögern nahm Broders ihr nicht ab. »Frau Grönwald, das ist wichtig.«

»Sie glauben mir ja sowieso nicht«, sagte sie kokett.

Broders sah sie mit einem Mal vor sich, wie sie wohl mit vierzehn gewesen war. Sie genoss es, ihn zappeln zu lassen. »Dann eben nicht.« Er erhob sich geschäftig, ploppte geradezu aus dem strammen Sessel hoch. Hatte auch Vorteile, so ein Seniorenmöbelstück. Das musste er sich merken. Und dieses Spielchen konnte er auch spielen. Er sah ja, dass sie förmlich darauf brannte, es ihm zu sagen. »Ich muss jetzt weiter. Wir haben viel zu tun.«

»Herr Kommissar, nun warten Sie doch! Der Mann, den ich an der Kirche gesehen habe …«

»Ja, Frau Grönwald?«

»Ob das der Mörder war?«

»Möglich wär's.«

»Ich weiß nicht, ob ich es sagen soll. Sie glauben mir bestimmt nicht.«

»Warum sollte ich Ihnen nicht glauben?«

»Es war nämlich …« Sie setzte eine Miene auf, die sowohl unschuldig als auch durchtrieben war und mit der sie vor knapp hundert Jahren wahrscheinlich ihre Verehrer in den Wahnsinn getrieben hatte. »Es war ein Polizist.«

»Ein Polizist?«, echote Broders.

Sie nickte.

Halleluja.

5. Kapitel

Der nächste Schritt war der schwierigste: Pia und ihr Kollege Manfred Rist standen vor dem Pfarrhaus, um mit der Familie des Opfers zu sprechen. Die Frau des Pastors wusste schon, dass ihr Mann tot war. Die Ärztin hatte es ihr gleich nach der Untersuchung des Toten mitgeteilt. Falls Beruhigungsmittel oder andere Maßnahmen erforderlich gewesen waren, war Katharina Stöver zumindest in dieser Hinsicht in guten Händen gewesen. Drei Kinder gab es auch, vierzehnjährige Zwillinge, zwei Mädchen, und einen erwachsenen Sohn, der gerade zufällig da war, wie sie erfahren hatten. Pia und Rist sahen einander an, bevor sie klingelte. Sie wusste, dass er von ihr das Maß an Einfühlungsvermögen und Takt erwartete, das er nicht aufzubringen in der Lage war. In solchen Momenten hasste sie ihren Job.

Ein Mann Anfang zwanzig öffnete ihnen die Haustür. Es war offenbar Gregor Stöver, der in Kiel studierende Sohn des Pastors. Er war hochgewachsen, schlaksig, nachlässig gekleidet und hatte lockiges Haar und einen spärlichen Bart. Pia stellte sich und ihren Kollegen vor und erklärte, weshalb sie gekommen waren.

»Schon klar.« Er musterte sie.

Pia sprach ihm ihr Beileid aus. »Wir möchten mit Ihrer Mutter sprechen«, sagte sie dann.

Er zuckte mit den Schultern und geleitete sie in den ersten Stock des Pfarrhauses, wo sich die Wohnung der Pastorenfamilie befand. Das Gebäude war alt, die Dielen knarrten unter ihren Schritten. Der Flur, von dem die umliegenden Zimmer abgingen, war dunkel und schien leicht nach hinten abzufallen.

Gregor Stöver klopfte laut gegen eine der Zimmertüren und öffnete sie. »Die Polizei ist da«, sagte er nur kurz in den Raum hinein und bedeutete Pia und Rist dann einzutreten.

Pia wunderte sich über Gregor Stövers Verhalten. Sie glaubte nicht, dass er wirklich so kühl und ungerührt war, wie er tat, sondern sie vermutete, dass er sich zunächst gegen alle Emotionen abschottete. Vielleicht hatte er aber auch eine Aversion gegen die Polizei. Sollte ja vorkommen. Sie würden später mit ihm sprechen. Es galt herauszufinden, wie sein Verhältnis zu seinem Vater gewesen war, wie er zu seiner Familie stand und was ihn dieser Tage in sein Elternhaus geführt hatte.

Seine Mutter, Katharina Stöver, stand am Fenster und sah hinaus, drehte sich aber um, als die Polizisten eintraten. Die Pose hatte etwas Dramatisches, Inszeniertes. Sie war eine rundliche Frau mit schweren Brüsten, die von einer Bluse aus fließendem, nachtblauem Stoff betont wurden. Ihre Gesichtszüge waren weich, Augen und Nase vom Weinen gerötet. Der Kontrast zu ihrem kantigen Sohn hätte nicht größer sein können. Sie forderte Pia und Rist mit einer vagen Geste auf, Platz zu nehmen, und ließ sich ebenfalls in einen der Sessel sinken.

Pia sprach ihr ihr Beileid aus und begründete kurz das auf der Hand Liegende: Bei einem Todesfall, bei dem von einem Verbrechen auszugehen war, musste die Polizei so schnell wie möglich an Informationen gelangen.

»Ich hatte noch nicht mal gemerkt, dass er weg war«, sagte Katharina Stöver leise klagend. »Als Ann-Christine Philipps kam, um es mir zu sagen, dachte ich noch, Matthias sei schon wieder in seinem Arbeitszimmer.«

»Wann haben Sie Ihren Mann zuletzt gesehen?«

»Gestern nach dem Abendbrot. So gegen Viertel vor acht. Er

musste dann rüber in die Kirche zur Chorprobe. Er singt im Mönkenbeker Männerchor mit.«

»Und danach?«

»Ich hab vor dem Fernseher die Wäsche gebügelt. Um halb zehn bin ich ins Bett gegangen, um noch ein bisschen zu lesen. Da war er noch nicht zu Hause.«

»Ist Ihnen in der Nacht oder am Morgen nicht aufgefallen, dass er gar nicht nach Hause gekommen ist?«, fragte Rist.

Ihre Augen blitzten wütend auf, aber ihr Tonfall blieb gleichmütig. »Nein. Wir haben seit einiger Zeit getrennte Schlafzimmer, weil Matthias so laut schnarcht.«

»Und der Rest der Familie? Wie ist der Tag gestern verlaufen?«

»Mein Sohn Gregor ist am Mittwoch gegen zwölf aus Kiel gekommen. Ich weiß nicht, was er gestern gemacht hat, weil ich nach dem Mittag selbst unterwegs war. Matthias hatte auch rund um die Uhr irgendwelche Verpflichtungen, und die Mädchen waren bei den Pferden.«

»Können Sie uns etwas zu den Terminen Ihres Mannes am Samstag sagen?«

Sie hob die Schultern. »Kaum. Er war vormittags die meiste Zeit in seinem Büro. Und am Nachmittag …? Wie gesagt, ich war außer Haus. Die Gemeindesekretärin weiß da vielleicht mehr.«

»Wer ist das?«

»Sie heißt Ilona Pagel und wohnt in der Dorfstraße über der Schlachterei.«

Katharina Stöver erläuterte noch weitere Details ihres Tagesablaufs. Eine endlose Abfolge von Aufgaben und Erledigungen. Das Reden schien sie abzulenken.

Pia machte sich Notizen, während Rist nur dabeisaß und hin und wieder auf sein Telefon blickte.

»Ich weiß, es sieht furchtbar aus, dass ich einfach ins Bett gegangen bin, als er … als er vielleicht schon tot in der Kirche lag«, sagte sie schließlich in leidendem Ton. »Aber ich war so müde. Es ist einfach zu viel, all das hier.« Ihre ausholende Armbewegung schloss das Pfarrhaus, die Kirche, das Dorf, die ganze Umgebung mit ein.

Pia räusperte sich. »Wir müssen das fragen, Frau Stöver. Bitte denken Sie genau darüber nach, bevor Sie antworten. Hatte Ihr Mann Feinde? Hat er sich mit jemandem gestritten? Können Sie sich einen Grund vorstellen, aus dem ihm jemand Schaden zufügen wollte?«

Ihr »Nein« kam zu prompt.

»Manchmal sieht ein Konflikt für Außenstehende eher harmlos aus, doch für den Betreffenden steht plötzlich alles auf dem Spiel. Jemand könnte die Nerven verloren haben.«

»Und derjenige hat meinen Mann ermordet? In unserer Kirche?«, fragte sie sarkastisch.

Pia nickte nur.

Katharina Stöver schnaubte. Ihr Blick ging unruhig von Pia zu Rist und wieder zurück. »Ich kann das nicht glauben. Nicht er. Nicht hier. Unsere Gemeinde, die Kirche, die Menschen in diesem Ort sind unser Leben gewesen. Matthias und ich haben uns in Mönkenbek gemeinsam etwas aufgebaut. Und nun«, eine Träne kullerte über ihre erhitzte Wange, »und nun stehe ich mit meinen Mädchen allein da. Heimatlos und ohne Perspektive. Gregor macht schon sein eigenes Ding. Aber wir …«

Die Karriere ihres Mannes war auch die ihre gewesen. Und nun fiel ihr auf, dass sie ohne ihn nichts mehr war und nicht mehr viel hatte, auf das sie zählen konnte. Pia unterdrückte einen Seufzer. Es war ungerecht, aber auch vorhersehbar. So ein Lebensentwurf konnte erfolgreich sein, musste er aber nicht.

»Ihren Sohn müssen wir natürlich noch befragen«, sagte

Rist und steuerte damit zum ersten Mal wieder etwas zu dem Gespräch bei. Katharina Stöver zuckte, als sie seine Reibeisenstimme vernahm.

»Er weiß auch nicht mehr als ich. Gregor ist nur noch selten hier.«

»Wie hat er sich mit seinem Vater verstanden?«

»Sie sind sehr unterschiedlich. Aber das Verhältnis ist – war – in Ordnung.«

»Wie geht es Ihren Töchtern? Ich würde sie auch gern sprechen«, sagte Pia.

»Beni und Conni sind erst vierzehn. Benedikte und Constanze heißen sie eigentlich. Matthias wollte, dass wir Namen nehmen, die auch noch zu ihnen passen, wenn sie erwachsen sind. Jetzt erlebt er das nicht mal mehr.« Sie rang einen kurzen Moment um Fassung. »Die Mädchen wissen bestimmt nichts. Können Sie ihnen das nicht ersparen?«

»Vielleicht haben sie trotzdem etwas beobachtet oder mitbekommen, das uns weiterhilft. Sie wollen doch auch, dass die Ermittlungen so schnell wie möglich abgeschlossen werden können?«

Die Pastorenfrau sah Pia unentschlossen an.

»Ich werde vorsichtig sein, das verspreche ich Ihnen.«

»Also gut. Es nützt ja nichts. Am Ende des Flures ist ihr Zimmer.«

»Danke.« Pia erhob sich. Sie wollte die Mädchen gern allein befragen. Sollte Rist sich mit dem störrischen jungen Mann befassen.

»Können wir uns nicht woanders unterhalten? Meine Frau ...«

Heinz Broders hatte Mühe, den Küster zu verstehen, so leise sprach er. Ernst Fassbender hatte seine Haustür nur einen Spaltbreit geöffnet, trotzdem drang streng riechende Luft aus dem Haus und in Broders' Nase. Tannennadelbad vermischt mit Krankenhaus?

»Was schlagen Sie vor?« Die Polizei hatte in Mönkenbek noch keine mobile Einsatzzentrale errichtet, und das nächste Polizeirevier lag ein paar Ortschaften weiter. Broders hatte gehofft, Ernst Fassbender in seinen eigenen vier Wänden zu dem Leichenfund befragen zu können.

»Wir könnten ins Kirchenbüro gehen. Ich hol nur eben meine Jacke und den Schlüssel.«

Kurz darauf tauchte er wieder auf. Er wirkte abgehetzt. »Alles klar.« Fassbender klapperte nervös mit dem Schlüsselbund. »Ich komm bald wieder, Lotti, bis später!«

Er wartete die Reaktion seiner Frau nicht ab, sondern drängte Broders die Stufen vor der Haustür hinab.

Im Pfarrhaus führte er ihn in einen schlichten Raum im Erdgeschoss, der nach Grundschule roch: Holz, Linoleum und ein billiges Putzmittel. Er hatte sogar die gleichen grünen Vorhänge, an die Broders sich aus seiner Schulzeit erinnerte. Doch statt Kinderzeichnungen und einer Tafel hingen ein Kruzifix und düstere Bilder mit Bibelszenen an der Wand. Der Küster deutete auf einen runden Tisch und drei gepolsterte Stühle unter dem Fenster. Die Anspannung, die vor seinem Haus fast greifbar gewesen war, fiel langsam von Ernst Fassbender ab.

»Das ist der Raum für Ehe- und Taufgespräche und so, aber sonntags ist hier natürlich niemand. Ich glaube allerdings, dass Ihre Kollegen gerade oben bei der Familie sind.«

Im Erdgeschoss des Pastorats war es dennoch totenstill. Jedes Füßescharren, jedes Räuspern dröhnte unangenehm laut in Broders' Ohren. »Der Pastor wohnte also hier im Haus?«, fragte er.

»Ja. Im oberen Stockwerk. Hier unten ist der Bereich mit den Büros und den Gemeinderäumen. Sagt Ihnen die Dienstwohnungspflicht was? Der Pastor soll allzeit für die Gemeinde erreichbar sein. In manchen Gemeinden, vor allem im städtischen Raum, gilt nur noch die Residenzpflicht, die besagt, dass er in der Gemeinde wohnen muss. Ich bevorzuge diese Variante, bei der der Pastor auch im Pfarrhaus lebt.«

»So eine Pastorenfamilie steht dadurch ja ganz schön unter Beobachtung«, bemerkte Broders.

»Wieso? Nicht viel mehr als jeder andere im Dorf auch. Und der Pastor sollte doch ein Vorbild sein. An irgendwem müssen sich die Menschen ja in der heutigen Zeit orientieren dürfen.«

»Mochten Sie ihn?«, fragte Broders unvermittelt.

Ernst Fassbender starrte ihn an, als hätte Heinz Broders ihm gerade einen unsittlichen Antrag gemacht. »Den Pastor?«

»Matthias Stöver. Er war doch Ihr Dienstvorgesetzter, oder nicht? Sie hatten bestimmt eine fundierte Meinung über ihn.«

»Er war anders als unser alter Pastor. Da gewöhnt man sich nicht so leicht um.« Er musterte Broders. »Es fällt einem mit zunehmendem Alter doch immer schwerer, sich neuen Gegebenheiten anzupassen. Man kann es zwar noch, aber es gefällt einem nicht mehr.«

»Ach ja?« Broders hob erwartungsvoll die Augenbrauen.

»Ich kann nichts Schlechtes über Matthias Stöver sagen. Er hatte Ambitionen und wollte nur das Beste für die Gemeinde. Und einen Grund, ihn umzubringen, kann ich mir schon gar nicht vorstellen.«

»Genau das wäre meine nächste Frage gewesen.« Broders schlug die Beine übereinander und beugte sich vor. Der Mann ihm gegenüber saß so steif auf dem ergonomisch geformten Stuhl, als wäre es ein mittelalterliches Folterinstrument. »Irgendjemand hat ihn umgebracht. Es bringt also nichts, aus Pietät oder falsch verstandener Loyalität um den heißen Brei herumzureden.«

»Ich weiß nicht, was Sie von mir wollen. Ich war es jedenfalls nicht. Und ich traue es auch keinem unserer Gemeindemitglieder zu. Wissen Sie, Pastor Stöver war, bevor er zu uns gekommen ist, in einer anderen Gemeinde tätig. In Doerkenburg. Kennen Sie sich da aus?«

»Nicht besonders.« Ein hübsches Städtchen, aber inzwischen auch ein sozialer Brennpunkt in Schleswig-Holstein. Spätestens seit die Bundeswehr ihre Zelte dort weitestgehend abgebrochen hatte. »Haben Sie Grund zu der Annahme, dass Ereignisse, die sich während seiner Amtszeit in Doerkenburg zugetragen haben, der Grund für das Verbrechen sind?«, fragte Broders erstaunt.

»Möglich wär's doch. Seit ich hier Küster bin, ist in Mönkenbek jedenfalls noch nie etwas so Schlimmes wie ein Mord passiert.«

»Schildern Sie mir bitte, wann Sie den Pastor zuletzt lebend gesehen haben!«

»Am Samstagmittag beim Schlachter. Pagel ist unser Dorfschlachter, gleich die Hauptstraße runter. Ich kam, als Pastor Stöver gerade ging. Ich hatte einen Schmorbraten fürs Sonntagsessen vorbestellt. Wir haben uns nur gegrüßt, es lag ja sonst nichts mehr an. Ich weiß aber, dass der Pastor abends noch in die Kirche wollte, zusammen mit dem Männerchor. Die hatten eine Probe in der Kirche, weil demnächst unser jährliches Kirchenkonzert stattfindet. Ich habe deswegen am frühen Abend noch mal nach der Heizung gesehen. Da war noch alles in Ordnung.«

»Wann war das?«

»Kurz vor sechs.«

Das deckte sich einigermaßen mit Elsa Grönwalds Aussage. »Ist Ihnen später am Abend noch etwas aufgefallen?«

»Nein. Ich kann von unserem Haus aus nicht bis zur Kirche sehen. Wir haben ferngesehen, meine Frau und ich. Um elf bin ich zu Bett gegangen.«

»Und heute Morgen?«

»Alles ganz normal. Nach dem Frühstück, so gegen neun, bin ich rüber zur Kirche, um Vorbereitungen für den Gottesdienst zu treffen. Ich wollte die Tür zur Sakristei aufschließen, aber sie war schon aufgeschlossen. Zugezogen, aber aufgeschlossen.«

»Warum sind Sie durch die Sakristei hineingegangen?«

»Das tun wir immer. Es geht nicht anders. Die Sakristeitür hat ein normales Sicherheitsschloss, zu der ich, die Gemeindesekretärin und der Pastor einen Schlüssel haben. Die Haupttür der Kirche hat noch ihr altes Schloss, und es gibt nur einen einzigen, zwanzig Zentimeter langen Schlüssel dafür. Den verwahren wir in einer Schublade in der Sakristei.«

Broders notierte sich die Einzelheiten. Sein Stift kratzte über die Blätter des Notizbuchs.

»War er dort?«

»Was?«

»Der Schlüssel für die Kirchentür?«

»Ich hab nicht nachgesehen.«

»Und die Kirche? Wie sah es dort aus? War die Vordertür abgeschlossen?«

»Ich weiß es nicht. Ich hab ja nur auf ihn geachtet«, fuhr der Küster fort. »Wie der Pastor dort lag, mitten auf dem Fußboden. Ich konnte nichts mehr für ihn tun.«

»Woher wussten Sie das?«

»Sein Kopf ... Und ich hab auch nach seinem Puls gefühlt. Nichts. Er war schon ganz kalt.«

»Und dann?«

»Ich wollte nur noch raus. Ich hatte kein Telefon dabei, deshalb musste ich zurück nach Hause laufen, um zu telefonieren. Auf dem Weg dorthin bin ich Dr. Philipps begegnet. Sie wollte gerade mit ihren Hunden rausgehen. Ich hab ihr erzählt, was los ist, und sie ist noch mal mit mir zur Kirche gelaufen. Sie hat den Pastor kurz untersucht, und dann hat sie von ihrem Handy aus die Polizei angerufen.«

Broders nahm die Brille ab und massierte seine schmerzende Nasenwurzel. »Da Sie hier alle so eng beieinanderleben, gibt es doch sicherlich hin und wieder Konflikte. In welche Streitigkeiten war der Pastor zum Beispiel verwickelt? Was lag so an?«

»Was für eine Frage! Der Pastor stand in seiner Rolle natürlich über allem.«

»Wirklich?« Broders lehnte sich zurück, um anzudeuten, dass er bereit war, auf Informationen zu warten. Wenn nötig, sehr lange.

»Nun ja. Der Kirchengemeinderat war schon ab und zu anderer Meinung als er. Das ist ja normal. Wir sind zwölf Mitglieder, wie die zwölf Apostel ...«

»Zwölf Leute, zwölf Meinungen?«

»Oh, nein. So drastisch nun auch nicht. Der Kirchengemeinderat war nur seit einiger Zeit besorgt über den Zustand der Kirchenfenster. Wir haben versucht, Pastor Stöver davon zu überzeugen, die jüngst eingegangenen Spenden für den Erhalt zu verwenden. Matthias Stöver hat die Dringlichkeit der Sanierungsarbeiten jedoch nicht so recht eingesehen und war mehr der Jugendarbeit zugetan.«

»Ach!« Konflikte waren immer interessanter als ein friedliches Miteinander. »Um was für eine Geldsumme ging es denn da?«

»Tausend Euro«, stieß der Küster hervor. »Zweimal fünfhundert.«

»In der Kollekte?«

»Nicht direkt. Nicht im Klingelbeutel, wenn Sie das meinen.«

»Im Opferstock für die Kirche?«

»Nein.«

»Erzählen Sie doch mal!«

Der Küster wand sich. Es dauerte ein paar quälende Minuten, bis er sagte: »Ich habe im Briefkasten der Kirchengemeinde zweimal Briefumschläge mit Geld gefunden. Sie waren blütenweiß und nur mit dem Wort *Spende* beschriftet. Nicht mit der Hand geschrieben, sondern ausgedruckt. In den Umschlägen steckte nur das Geld in Einhundert-Euro-Scheinen, nichts weiter.«

»Oho! Ein Sünder, der sich reinwaschen will?«

»Wie kommen Sie denn darauf? Wir praktizieren hier doch keine Ablasszahlungen. Wir dachten da eher an jemanden, der keine Erben hat und der unserer Kirche sehr zugetan ist. So einer wollte doch, dass sie in ihrer ganzen Schönheit erhalten bleibt.«

»Mit bunten Fenstern.«

»Trocken und mit heilen Fenstern.«

»Ihr Punkt.«

Der Küster sah Broders verständnislos an.

»Vergessen Sie es! Wenn es um ein bisschen Geld geht, gewinnen Konflikte doch eine ganz neue Dimension.« Broders lächelte zufrieden. Das Erblassen des Küsters bei dieser Formulierung registrierte er sehr wohl.

Benedikte und Constanze Stöver waren Zwillinge, die sich absolut nicht ähnlich sahen. Die Natur hatte mit ihrem Sinn für Leid und Dramatik die eine Schwester nach dem herrschenden Schönheitsideal reich bedacht, die andere war weniger gut weggekommen.

Das eine Mädchen war zierlich, hatte braune Locken und große, unschuldig blickende Augen. Die Schwester sah dagegen eher farblos aus mit den blonden, glanzlosen Haaren, die ihr glatt wie Schnittlauch über die Schultern fielen; dem Gesicht fehlten besondere Konturen. Außerdem litt sie unter ausgeprägter Jugendakne, die sie unter einem zu dunklen Makeup zu verstecken versuchte.

Vierzehn: ein schlimmes Alter, erinnerte Pia sich. Nicht mehr Kind und noch lange nicht erwachsen. In beinahe jeder Hinsicht unerfreulich. Die Mädchen saßen zu zweit auf einer breiten Fensterbank und hörten über Ohrstöpsel Musik. Eines der Mädchen presste sich ein Kissen gegen den Bauch, das andere griff immer wieder in eine Tüte Chips.

Es dauerte einen Moment, bis Pia sie zum Abnehmen der Kopfhörer bewegen konnte. Sie zog sich einen Klavierhocker heran und setzte sich vor die Fensterbank, um mit den beiden so etwas wie ein Gespräch auf Augenhöhe führen zu können.

Eine Weile schluchzten und drucksten die Mädchen, die bisher nur ihre Namen genannt hatten, herum, bis es aus Benedikte herausbrach:

»Das ist so ungerecht! Nicht nur, dass unser Papa tot ist. Nun werden sie auch noch endlos über uns herziehen. Und wehe, wir lachen irgendwann mal wieder über irgendwas, dann sind wir herzlose Monster! Wir haben überhaupt keine Zukunft mehr!«

»Wir sind für die sowieso anders. Schon immer gewesen«, ergänzte Constanze. »Und nun wird das alles noch schlimmer.«

»Am Anfang ist es bestimmt schwierig für euch, mit dem Verlust fertigzuwerden«, sagte Pia. »Aber irgendwann wird es auch wieder besser werden.«

»Meinen Sie, wir können von hier wegziehen?«

Ihr werdet es vielmehr müssen, dachte Pia. Sie wohnten in einem Pfarrhaus, und der Pastor war tot. »Warum wollt ihr denn weg?«

»Das Haus ist nicht gerade gemütlich«, sagte Constanze.

»Das Dorf ist so klein«, sagte Beni. »Hier ist nichts los.«

»Wir hätten gern jede ein eigenes Zimmer«, ergänzte Constanze. »Gregor rückt seines ja nicht raus, obwohl er schon ein Jahr weg ist.«

Der Blickwinkel der Mädchen war so unterschiedlich wie ihr Aussehen. Wahrscheinlich war es gar nicht gut, sie gemeinsam zu befragen. Später werde ich noch einmal mit jeder allein reden müssen, überlegte Pia.

»Das mit dem Zimmer könnte eure Mutter doch mal regeln«, schlug sie vor.

»Sie sagt nie was gegen Gregor.« Beni schnaubte verächtlich. »Nur weil er ein Mann ist.«

»Gegen Papa auch nicht«, stimmte Constanze ihr düster zu.

»Muss sie ja nun auch nicht mehr«, warf ihre Schwester bitter ein. »Das hat sich erledigt.«

»Hatten eure Eltern in letzter Zeit Streit?«, fragte Pia. Schäbig von mir, dachte sie. Aber das war nun einmal ihr Job.

Die Zwillinge sahen einander an.

»Zu Hause war Papa ganz anders«, sagte Benedikte schließlich. »Die anderen kennen ihn immer nur verständnisvoll und nett. Locker und noch ganz schön jung für sein Alter. Besonders mit den Jugendlichen. Aber als Vater war er streng. Er konnte richtig ausrasten, wenn er wütend war.«

»Was hat ihn wütend gemacht?«

»Gregor«, sagte Constanze.

»Und Mutter«, ergänzte Beni.

»Wieso das?«

»Neulich hat sie sich ausnahmsweise mal einen neuen Lippenstift gekauft. Und Parfüm. Da hat er vollkommen ernsthaft zu ihr gesagt, dass das verwerflich und egoistisch von ihr sei. Wo viele sich nicht mal Brot leisten könnten.«

»In Schminke stecke der Teufel.« Constanze kicherte. »Früher hab ich ihm so etwas geglaubt und nachgeschaut. Mama war so wütend, als ich mal ihren neuen Lippenstift zerlegt habe.«

»Conni, da waren wir fast noch Babys.«

»Was ist mit eurem Bruder?«

»Gregor lässt sich nichts mehr sagen. Er nennt Papa und Mama reaktionär. Spießer. Dabei nimmt er immer noch ihr Geld für sein blödes Studium.«

»Hm. Und ihr, wie seid ihr mit eurem Vater ausgekommen?«

Wieder dieser Blick zwischen den Mädchen. »Ganz gut. Man muss halt aufpassen, was man sagt. Solange die Schulnoten stimmen …«

»Dann bezahlt er auch unsere Reitstunden«, erklärte Constanze.

»Er ist großzügiger als Mutter«, fügte Benedikte hinzu.

»Aber wenn er wüsste, dass Beni …« Conni redete nicht weiter, weil ihre Schwester nach ihr trat.

»Dass Beni was?«

»Sie hat jetzt einen Freund«, sagte Conni provozierend.

»Du spinnst!«, zischte Beni und errötete.

»Das ist doch okay. Wer ist es denn?«, fragte Pia.

»Stimmt gar nicht. Und wenn es so wäre, glaube ich nicht, dass ich Ihnen das sagen muss«, konterte Benedikte altklug.

Pia versuchte, noch ein paar weitere Informationen zu erhalten, doch nach dieser Aussage war den Zwillingen nichts mehr zu entlocken. Pia wollte ihnen nicht zu sehr zusetzen. Es war eh heikel, sie allein zu befragen statt in Gegenwart der Mutter.

Beni war vierzehn und hatte schon einen Freund. Wie hatte oder hätte dem Pastor das wohl gefallen?

Ilona Pagel hasste den Ausblick aus ihrer kleinen Wohnung: Wiesen, Kopfweiden an Gräben voller Wasser, in dem sich tagein, tagaus graue Wolken spiegelten. Im Hintergrund das blasse, zerfaserte Band der Alleebäume, die anzeigten, wo die Straße in Richtung Ostsee verlief. Zu den Campingplätzen, einer öder als der nächste, und nach Dahme. Die Ostsee wurde ja bei fast jedem Wetter überschätzt. An der Wand hinter ihrem Bett hatte Ilona eine Fototapete mit einem Karibikstrand angebracht. Schneeweißer Sand, Palmen und türkisblaues, kristallklares Wasser. Das war mehr nach ihrem Geschmack. Wenn ihre Haut sich gebessert und sie die zwanzig Kilo abgenommen hatte, wollte sie unbedingt mal dorthin. Sie hatte die Tapete zusammen mit ihrem Vater angeklebt. Kurz vor ihrer Konfirmation musste das gewesen sein. Nun war sie zwanzig und wohnte immer noch bei ihren Eltern über der Schlachterei. Von ihren Jungmädchenträumen war aber auch gar keiner wahr geworden. Mit vierzehn hatte sie noch geglaubt, dass alles möglich sei, wenn sie nur ein wenig wartete.

Wenigstens stand sie nicht mehr für ihre Eltern hinter der Theke der Schlachterei und verkaufte Jagdwurst und Gehacktes wie zu Schulzeiten. Ihre Mutter meinte, mit so schlimmer Neurodermitis könne man keine Lebensmittel verkaufen. Das würden die Kunden eklig finden. Es war Ilona nur recht. Sie hatte jetzt einen richtigen Job. In Teilzeit. Als Kirchengemeindesekretärin. »Wenn wir Sie nicht hätten, Frau Pagel«, hatte der Pastor letzte Woche zu ihr gesagt, als der Stress mit den Buchungen für die Verwaltung in Neustadt ganz schlimm gewesen war. Das hatte sie bei ihren Eltern nie zu hören bekommen. Immer nur: »Beeil dich, träum nicht rum, sei mal etwas freundlicher zu unseren Kunden!« Freundlich! Das konnte sie nur sein, wenn man auch zu ihr freundlich war. Die »École des Tipps«, wie sie die private Sekretärinnenschule genannt hatte, auf der sie ihren Abschluss gemacht hatte, war doch keine ganz schlechte Idee von ihrer Mutter gewesen.

Schade, dass heute Sonntag war. Sie hatte den Gottesdienst verpasst und ansonsten nichts weiter vor. Wegen ihrer Krämpfe war sie länger im Bett liegen geblieben. Wärmflasche, Ibuprofen, Schokolade, das volle Programm. Geholfen hatte es nichts.

Passiert war aber auch noch nichts. Von wegen alle achtundzwanzig Tage! Davon träumten die Ärzte doch nur. Das sagten sie, um den Frauen noch mehr Stress zu machen. Sie hörte die Schritte ihrer Mutter auf der Treppe. Ihre Mutter ging schnell und abgehackt, so wie sie auch sprach und dachte. Bei ihrem Vater knarzten die Stufen lauter, und er klopfte bei ihr an, während ihre Mutter sofort an der Türklinke rüttelte.

»Bist du schon auf, Ilona?«

»Es ist Sonntag, Mama!«

»Wie weit bist du?«

»Fertig.«

»Dann komm doch bitte mal runter.«

»Was gibt's zum Mittagessen?«

»Rollbraten. Mach jetzt auf!«

»Nö.«

»I-lo-na!« Sie drückte wieder die Klinke herunter.

»Ich-kom-me-gleich«, schrie Ilona im gleichen, ungeduldigen Tonfall zurück.

»Tu das! Hier ist jemand, der dich sprechen will.«

Es war kurz vor zwölf. Der Geruch nach gewürztem und gebratenem Fleisch, der aus der offenen Küche drang, war so intensiv, dass Pia der Magen knurrte. Sie war allein hergekommen, um die Gemeindesekretärin Ilona Pagel zu befragen. Manfred Rist war noch kurz bei Gregor Stöver gewesen und wurde nun wieder am Tatort gebraucht.

»Meine Tochter kommt gleich«, sagte Simone Pagel.

Pia wartete in einem Wohnzimmer, dem man ansah, dass es vor wenigen Wochen einer Verjüngungskur unterzogen worden war. Mindestens zwei Zwischenwände fehlten, das zeigten die Stürze an der Decke. Die Wände waren cremefarben gestrichen. Der Fußboden erstreckte sich beinahe endlos in dunkelbraunen Holzdielen, die zu regelmäßig aussahen, um echt zu sein. Die ausladenden Polstermöbel waren mit weißem Leder bezogen. Pia konnte das kühle Material durch den Stoff ihrer Jeans fühlen. Der Couchtisch vor ihren Knien bestand aus der Bronzeskulptur eines weiblichen Körpers in devoter, kniender Pose, die eine dicke Glasplatte auf dem Rücken balancierte.

Bertram Pagel, der Pia hereingebeten hatte, saß ihr gegenüber in einem ausladenden Sessel. Sein Gesicht war gerötet. »Meine Tochter schläft am Wochenende gern mal aus«, sagte er. »Ich denke, das ist normal. Teenager.«

Simone Pagel stand mit in die Hüften gestemmten Händen da. »Bertram, deine Tochter ist kein Teenie mehr.« Dann sah sie Pia an. Ihr Blick war direkt und abschätzend, ohne einen Hauch von Emotion. »Stimmt es, dass unser Pastor ermordet worden ist?«

»Er ist heute Morgen tot aufgefunden worden. Woher wissen Sie das?«

»Ernst Fassbender, unser Küster, hat uns gleich angerufen.«

»Warum wollen Sie denn zuerst unsere Tochter sprechen?«, fragte Bertram Pagel mit vorgerecktem Kinn.

»Sie ist die Gemeindesekretärin. Ich gehe davon aus, dass sie uns über die Termine des Pastors informieren kann.«

»Aber sie hat mit alldem nichts zu tun«, wandte Bertram Pagel ein. »Also mit dem … Todesfall.«

»Ich bin im Kirchengemeinderat. Fragen Sie mich!«, schlug Simone Pagel vor und rang sich ein Lächeln ab.

»Darauf komme ich später bestimmt noch mal zurück.«

Ilona Pagels Eltern sahen einander an. Sein Blick war unbehaglich, ihrer vorwurfsvoll. Irgendetwas stimmte hier nicht. Außerhalb des Zimmers erklang ein hohles Stampfen.

Es kostete Pia einiges an Geduld, die Pagels davon zu überzeugen, sie mit ihrer Tochter allein zu lassen. Dabei machte die junge Frau durchaus den Eindruck, für sich selbst sprechen zu können. Ilona Pagel war von kräftiger Statur, mit rundem Gesicht und großen, leicht hervorstehenden Augen, die ihr ein misstrauisches Aussehen gaben. Ihr Haar war aschblond und glatt und mit zwei Klemmen seitlich aus der Stirn genommen. Ihre Hände lagen rot und schuppig auf den Oberschenkeln. Sie sah so aus, als wäre sie gerade erst aufgestanden und hätte sich nur schnell irgendetwas übergezogen. Einen Jogginganzug in schrillem Pink.

»Ich bin wegen eines Todesfalls im Dorf hier«, sagte Pia, nachdem sie sich vorgestellt hatte. »Matthias Stöver ist heute Morgen tot in der Sakristei aufgefunden worden.«

»Was?« Ihre Augen schienen noch weiter hervorzutreten.

»Ernst Fassbender hat ihn gefunden.«

»Das kann nicht sein!«

»Es ist leider wahr. Matthias Stöver ist vermutlich durch einen Schlag auf den Hinterkopf ums Leben gekommen.«

Ilona Pagel starrte sie an. Ihr Mund öffnete sich und schloss sich wieder. Als Pia schon glaubte, ihr nichts mehr entlocken zu können, krächzte sie: »Er ... er wurde umgebracht?«

»Es deutet einiges darauf hin. Ja.«

»Wie ... Ich verstehe nicht.«

Pia erläuterte ihr so schonend wie möglich, was passiert war. Gab es in so einem Fall überhaupt einen schonenden Weg? Die Tatsachen blieben bestehen, egal, wie man es formulierte.

Ilona Pagel hörte ihr zwar zu, schüttelte aber immer wieder abwehrend den Kopf. »Nein, nicht er«, sagte sie.

»Es tut mir leid.«

»Nicht er. Nicht er.«

»Sie haben für den Pastor gearbeitet, nicht wahr? Kannten Sie ihn gut?«

»Nicht er. Er war der beste Pastor, den Mönkenbek je hatte«, stieß sie hervor. »Wie konnten sie ... wie konnte einer ... wie konnten sie ihn nur umbringen?«

»Von wem sprechen Sie, Frau Pagel?«

Die Hände der Frau zuckten, ihr Gesicht bekam rote Flecken. »Nicht er!«, schluchzte sie. Pia versuchte, den Zustand der jungen Frau einzuschätzen. Brauchte sie Hilfe? Sie hoffte noch auf eine Antwort, bevor Ilona Pagel später, nach kühler Überlegung, vielleicht nicht mehr sagte, was ihr jetzt, im ersten Entsetzen, durch den Kopf ging.

»Er war das Beste, was ihnen je passiert ist, aber es gab auch ein paar Leute hier, die das nicht erkannt haben. Die ihn nicht mochten ...«

»Bei wem war er unbeliebt und weshalb?«

Ilona Pagel überhörte die Frage. Sie atmete stoßweise. »Nicht er! Ich glaub das nicht«, sagte sie mit sich überschlagender Stimme. »Er ist doch ihr Pastor. Bitte gehen Sie! Ich will allein sein.«

»Kann ich Ihnen helfen? Möchten Sie ein Glas Wasser?«

»Gehen Sie!« Ihre Stimme war nun durchdringend laut. Ilona Pagel hob abwehrend die Hände.

»Ich komme zu einem späteren Zeitpunkt noch mal wieder.« Pia stand auf. »Die Polizei muss herausfinden, wer Matthias Stöver das angetan hat, Frau Pagel, und dazu brauche ich Informationen über seine Arbeit.«

»Nicht er.«

»Ich komme wieder, wenn Sie den ersten Schock überwunden haben.«

»Gehen Sie!«

»Ich frag mal nicht, wie sie es aufgenommen hat«, zischte Simone Pagel, als Pia das Zimmer verließ. Die Eltern hatten sich direkt vor der Wohnzimmertür im Flur postiert. Der Vater eilte sofort hinein, und Pia hörte durch die Tür gedämpftes Wehklagen:

»Nicht er. Nicht er …«

Die Mutter blieb vor Pia stehen.

»In was für einer Beziehung stand Ihre Tochter zu Matthias Stöver?«

»Sie hat im Kirchenbüro gearbeitet. Sonst nichts.«

»Vielleicht ist Ihnen da etwas entgangen?«

Simone Pagel hob zu einer Antwort an, die möglicherweise aufschlussreich gewesen wäre, doch die Türklingel und ein Schatten hinter dem mit Draht durchzogenen Glas der Haustür brachten sie zum Verstummen. Mit wenigen Schritten war sie an der Tür, öffnete sie jedoch nur einen Spaltbreit. »Was willst du denn hier?«

Der herzliche Umgangston in dieser Familie war bemerkenswert. Eine große, rötlich behaarte Hand erschien am Türblatt. Die Haustür wurde aufgedrückt, und Simone Pagel wich widerstrebend zur Seite. Der Besucher füllte den Türrahmen beinahe aus. Im Gegenlicht hatte Pia die Vision eines Wikingers, der ein Schiff entert. Dichtes, rotblondes Haar, breite Schultern, ein langer pelzgefütterter Ledermantel.

»Simone, hab dich doch nicht so! Ich muss mit euch reden.«

»Bertram will dich nicht sehen.«

»Herrgott! Wie mich das interessiert! Betreibt mein Bruder hier jetzt eigentlich auch 'ne Rossschlachterei?«

»Sei ganz vorsichtig, Adrian!«

»Und was machen die Bullen an der Kirche? Ist …« Er hielt mitten im Satz inne, als er Pia im Flur entdeckte. Erkennen blitzte in seinen Augen auf. Er war der Mann, den sie auf der Party von Lars' Freund Sebastian kennengelernt hatte. Der, der wegen seiner Kopfverletzung aufgezogen worden war.

»Oh … Wir kennen uns doch«, sagte er zu Pia. »Da störe ich wohl wirklich.«

»Die Pagels vielleicht, mich stören Sie nicht«, entgegnete sie. »Was macht Ihr Kopf?«

»Dem geht es bestens.«

»Ich wollte gerade gehen. Kommen Sie doch gleich mit mir mit! Ich erkläre Ihnen das mit den Bullen an der Kirche.«

6. Kapitel

Auf dem Weg in Richtung Kirche nahm Pia Adrian Pagels Personalien auf. Er hatte sich bereitwillig angeboten, sie zu begleiten, angeblich, weil er frische Luft brauchte, da ihn im Haus seines Bruders immer klaustrophobische Anfälle überkamen. Vermutlich war er einfach nur neugierig. Sie erfuhr, dass er der zwei Jahre ältere Bruder des Dorfschlachters Bertram Pagel war. Ilona Pagel, die Gemeindesekretärin, war seine Nichte. Adrian Pagel lebte in Berlin und war seinen Angaben zufolge aus purer Sehnsucht und Landliebe zu Besuch bei seiner Familie in Mönkenbek. Er wohnte für ein paar Tage in einer Strandhütte in der Nähe des Dahmeshöveder Leuchtturms.

»Wie lange sind Sie noch hier zu erreichen?«, fragte Pia.

»Wieso wollen Sie das wissen?« Er lächelte andeutungsweise, so, als hätte sie ihn angebaggert und er fände es amüsant.

»Sie sind mitten in eine Mordermittlung hineingeraten.«

»Nicht wirklich?« Sein Erstaunen wirkte echt. »Und ich dachte, da hätte vielleicht jemand den viel gepriesenen Mönkenbeker Holzaltar mitgehen lassen.«

»Gibt es wertvolle Kunstgegenstände in der Kirche?«

»Keine Ahnung. Früher gab es mal was. Aber das ist denen wohl abhandengekommen. Es interessiert mich, ehrlich gesagt, nicht. Viel interessanter ist doch das mit Ihrer Mordermittlung.«

»Der Pastor ist tot aufgefunden worden. Sagen Sie, kannten Sie Matthias Stöver?«

»Kaum. Ich kannte nur den alten Pastor von Mönkenbek, der mich konfirmiert hat. Aber der ist in Pension.«

Pia sah auf ihre Uhr. »Wir können es gleich hinter uns bringen. Eine kurze Befragung. Tut nicht weh.« Sie wusste nicht, was für neue Pläne Rist mit ihr hatte, doch Adrian Pagels Auftauchen in Mönkenbek und seine Kopfverletzung schienen ihr Grund genug zu sein, ihn sofort zu vernehmen.

»Ach ja?« Er musterte Pia von Kopf bis Fuß.

»Wir setzen uns hier irgendwo zusammen, und Sie erzählen mir, was Sie wirklich in Mönkenbek wollen und wer Sie neulich angegriffen hat.«

Nun sah Pagel auf seine Uhr. »Ich würde ja so gern noch Zeit mit Ihnen verbringen, Frau ... äh, Korittki, aber leider ...« Er machte sich nicht mal die Mühe, sich einen Termin auszudenken, den er vorschützen könnte.

Pia überlegte, ihn festzunageln, als ihr Telefon schrillte. Der Chef höchstselbst. Dabei stand er nur etwa fünfzig Meter von ihr entfernt und sah zu ihr herüber. »Sie haben Glück, Herr Pagel. Oder Pech, wie man es nimmt. Ich hab doch keine Zeit mehr für Sie. Sie werden sich möglicherweise zu uns ins Kommissariat nach Lübeck bewegen müssen.« Sie wartete seine Reaktion darauf nicht ab, sondern nahm ihr Telefon ans Ohr, während sie sich auf Rist und die anderen Kollegen zubewegte.

»Wo warst du so lange?«, fragte Rist. »Und wer ist der Mann da bei dir?«

»Ich habe gerade Ilona Pagel, die Kirchensekretärin, befragt. Und der Mann, der mich hierherbegleitet hat, war Adrian Pagel, ihr Onkel. Er ist vielleicht ein wichtiger Zeuge.«

Manfred Rist stand mit einem ihr unbekannten Mann in einem knielangen, schwarzen Trenchcoat zusammen. Er hatte weißes Haar, in dem der Wind spielte, und eine Habichtnase, die von der Kälte gerötet war.

»Du wirst jetzt erst mal hier gebraucht.«

»Okay. Ich kann dich übrigens schon ohne Telefon hören«,

sagte Pia und beendete das Gespräch. Sie fragte sich, wo all die anderen Kollegen gerade waren, dass er sie so dringend benötigte.

»Das hier ist Kriminaloberkommissarin Korittki vom K1«, stellte Rist sie dem Mann vor, als Pia ihnen gegenüberstand. »Pia, das ist der Propst, Herr Meinhard Bruhn. Er ist sehr betroffen vom Tod Pastor Stövers und deshalb gleich hergekommen.« Rists Blick signalisierte ihr, was er von dieser Idee hielt.

Pia begrüßte ihn und betrachtete den Propst interessiert. Vom menschlichen Verlust einmal abgesehen, warteten jetzt sicher eine Menge Arbeit und Unannehmlichkeiten auf einen Propst, dessen Pastor in der eigenen Kirche ermordet worden war.

»Also gut, dann können wir das klären, Frau … äh … Korittki. Ich muss dringend über das weitere Vorgehen der Polizei mit Ihnen reden.«

Rist eilte geschäftig in Richtung Sakristei davon. So lief der Hase also.

»Was kann ich für Sie tun?«, fragte Pia.

»Die Aussegnung. Ich würde Pastor Stöver gern aussegnen, doch der Leichnam ist schon in die Rechtsmedizin verbracht worden.«

Pia rieb sich die Stirn. Die waren heute schnell. Aber den abgesperrten Fundort der Leiche hätte der Propst sowieso nicht betreten dürfen. »So ist das normale Vorgehen«, erklärte sie. »Da es sich um ein Tötungsdelikt handelt, wird die Leiche schnellstmöglich obduziert werden.«

»Das spielt keine Rolle für mich.«

»Sie können jetzt nicht zu ihm.«

»Wenn ich ihn identifizieren müsste, ginge das doch auch.«

»Der Küster, Ernst Fassbender, hat ihn bereits identifiziert.«

»Angehörige dürften doch auch zu ihm«, beharrte er.

»In diesem Fall geht erst mal die Beweissicherung vor.«

»Wer bestimmt das? Sie?«

»Die Strafprozessordnung.«

»Es ist eine kirchliche Angelegenheit, und wir befinden uns auf Kirchengrund.« Sein Blick glitt über den Kirchhof und die alte Kirche, die, seinem Gesichtsausdruck zufolge, von marodierenden Polizeihorden mit Absperrband und schwarzem Fingerabdruckpulver geschändet wurden.

»Im Falle eines Kapitalverbrechens ist die Kirche ein Tatort und wird für den Lauf der Untersuchung wie ein solcher behandelt. Wir werden auch Matthias Stövers Büro und seine Wohnung im Pastorat durchsuchen müssen.«

»Dazu müssen Sie sich an den Küster wenden.« Die Wohnung seines verstorbenen Mitarbeiters schien Meinhard Bruhn gleichgültig zu sein.

»Das haben wir schon getan. Und in Ihrer Angelegenheit werde ich mich mit dem zuständigen Rechtsmediziner absprechen, wann Sie zu ihm kommen können.«

»Ich bitte darum.«

Nachdem Pia in der Rechtsmedizin alles Nötige für den Propst und die geplante Aussegnung veranlasst hatte, rief sie Lars an.

»Ist ein ganz schön ruhiger Sonntag für mich ohne dich. Ich sortiere meine Steuerbelege«, sagte er. Im Hintergrund lief Rockmusik, *Satisfaction*, die er leiser stellte, während er sprach.

»Es tut mir leid. Ich hatte mir das Wochenende mit dir auch anders vorgestellt. Und ich weiß noch nicht einmal, wie lange es heute noch dauert.«

»Keine Sorge. Ich fahr gleich rüber in deine neue Wohnung, richte heilloses Chaos mit deinen Umzugskartons an und warte dann auf Felix. Ich bin auf jeden Fall da, falls er vor dir kommen sollte.«

»Das ist eine Riesenhilfe«, sagte Pia.

»Das mache ich gern.«

»Es sind auch nur die ersten zwei, drei Tage, die so chaotisch sind. Danach gibt es wieder mehr oder weniger geregelte Arbeitszeiten.«

»Dein Wort in Gottes Ohr!«

Sie beendete das Gespräch, einerseits erleichtert, weil sie nicht darauf angewiesen war, pünktlich wieder in Lübeck zu erscheinen. Gleichzeitig piesackte sie das schlechte Gewissen. Nun war Felix das ganze Wochenende bei seinem Vater, und sie war nicht einmal da, um ihn abends wieder in Empfang zu nehmen. Das war der Preis, wenn sie weiterhin beim K 1 arbeiten wollte: Die ersten achtundvierzig Stunden einer Mordermittlung waren entscheidend: solange die Erinnerungen der Zeugen noch frisch, die Spurenlage noch nicht zerstört waren. Was sie in den ersten zwei oder drei Tagen nicht herausfanden, würde im Nachhinein sehr mühsam bis unmöglich zu ermitteln sein. Und es war ja beileibe nicht so, dass sie wöchentlich eine neue Mordermittlung auf den Tisch bekamen.

Sie steckte ihr Telefon ein und betrat den Raum, den Manfred Rist im Pastorat auf Broders' Vorschlag hin für die Polizeiarbeit annektiert hatte. Die Tische waren in U-Form aufgestellt. Pia vermutete, dass der Raum sonst den Konfirmanden und anderen hormongetriebenen Jugendgruppen vorbehalten war. Auf einem Whiteboard neben der Tür stand statt der üblichen Ermittlungsnotizen eine Tabelle mit Stichworten zu Verhaltensrichtlinien. *Wir lassen einander ausreden*, war in krakeliger Schrift notiert. Und: *Wir hören einander zu. Niemand ist unwichtig*, war auf der anderen Seite vermerkt. Die meisten dieser Hinweise fand Pia auch für Polizisten praktikabel.

Nach einem hastigen Mittagessen, bestehend aus Fleischspießen und Krautsalat, das von einem ortsansässigen griechischen Lokal angeliefert worden war, tauschten sie die bisher zusammengetragenen Ergebnisse aus. Bis auf Horst-Egon Gabler, der sich noch in der Reha befand, und Wilfried Kürschner, der wegen des Todes seiner Frau nicht dabei sein konnte, war das K1 vollzählig. Inzwischen war auch der neue Staatsanwalt aus Lübeck, Olaf Jantzen, aufgetaucht, den Pia schon von den Ermittlungen im Fall Nielsen kannte.

Rist verzog das Gesicht, als er erfuhr, dass Pia Adrian Pagel, den Onkel der Kirchenbüromitarbeiterin, vor ein paar Tagen zufällig auf einer privaten Party kennengelernt hatte. Sein Kommentar dazu legte den Schluss nahe, sie treibe sich unentwegt im Lübecker Nachtleben herum, um anschließend die Ermittlungsarbeiten mit ihren Bekanntschaften zu torpedieren. Trotzdem bestimmte er, dass sie an Adrian Pagel dranbleiben sollte. Besonders der Grund für seinen Aufenthalt an der Ostsee im Februar bedurfte einer Klärung. Auch die Gemeindesekretärin Ilona Pagel sollte noch einmal befragt werden, wenn sie sich von dem Schock des plötzlichen Todes ihres Vorgesetzten erholt hatte.

Doch zunächst sollte Pia die Reinigungskraft aufsuchen, die die öffentlichen Räume im Pfarrhaus und die Kirche putzte. Cindy Hansen wohnte ein oder zwei Kilometer außerhalb von Mönkenbek. Rist wollte unbedingt eine Frau hinschicken, und Juliane Timmermann, die noch nicht so lange im K1 arbeitete, hatte kein Auto zur Verfügung. Juliane und Michael Gerlach sollten stattdessen nacheinander die Mitglieder des Männerchors befragen, die den Pastor am Abend kurz vor dem Mord noch gesehen hatten.

Laut erster Einschätzung des Rechtsmediziners war der Tod zwischen neun Uhr am Samstagabend und ein Uhr am Sonntagmorgen eingetreten, wobei die Chorprobe ja bis kurz vor zehn Uhr gedauert hatte, und da war der Pastor angeblich noch sehr lebendig gewesen.

Broders sollte im Anschluss an die Besprechung die Ärztin befragen, die vom Küster am Morgen nach dem Leichenfund hinzugerufen worden war.

»Ich habe gehört, dass sie zwei große Hunde hat«, merkte Broders an.

»Ist das ein Problem, Heinz?«

»Kein bisschen. Nicht für mich. Eher für die Hunde. Hunde hassen mich nämlich.«

»Dann lass dich nicht beißen!« Rist erhob sich. »Die Spurensicherung dürfte in der Sakristei jetzt hoffentlich so weit durch sein. Vielleicht erwische ich die noch.«

»Dieser Adrian Pagel hat mir gegenüber einen alten Holzaltar erwähnt«, sagte Pia. »Er dachte zuerst, dass wir wegen eines Diebstahls hier sind. Möglicherweise gibt oder gab es in Mönkenbek tatsächlich wertvolle Kirchenkunst.«

»Ein Kunstraub, den der Pastor vereiteln wollte?« Rist sah sie ungläubig an.

»Oder an dem der Pastor beteiligt war«, hörte Pia Broders neben sich murmeln.

Nicht er!, hallte Ilona Pagels Stimme in ihrem Kopf. »Ausschließen können wir das jedenfalls nicht«, sagte sie.

»Danke für den Hinweis. Wäre ich niemals selbst drauf gekommen«, entgegnete Rist.

»Was hat der denn für eine miese Laune?«, fragte Michael Gerlach, als sie zusammen den Raum verließen.

»Ich weiß, was ihn stresst«, meinte Broders. »Meine honorige alte Dame mit dem Fernglas auf der Fensterbank, die ausgesagt hat, dass sie gestern Abend jemanden zur Tatzeit in der Nähe der Kirche gesehen hat.«

»Warum hast du das nicht eben während der Besprechung erwähnt?«, wollte Juliane wissen.

»Das sollte ich nicht.«

»Warum das denn?«

Broders unterdrückte ein Grinsen. »Die gute Elsa Grönwald behauptet, dass sie gestern am späten Abend einen Polizisten am Tatort gesehen hat.«

7. Kapitel

Die Ersten, die zu Pias Begrüßung auftauchten, waren ein Hahn und ein Huhn. Der Hahn war groß und hatte ein lackschwarzes Gefieder und einen prächtigen roten Kamm. Das Huhn war kleiner und sah schmutzig weiß und zerrupft aus. Vielleicht gab es da ein Beziehungsproblem, das die beiden auf der körperlichen Ebene austrugen? Als Pia aus dem Wagen stieg, wichen sie hastig zurück, um dann neugierig und mit ruckenden Köpfen wieder näher zu kommen.

Das Haus der Hansens war ein Backsteingebäude mit Satteldach, erbaut in den späten Fünfziger- oder frühen Sechzigerjahren. Pia konnte erkennen, dass es mehrfach erweitert worden war, offenbar weil es nicht den Ansprüchen seiner Bewohner genügt hatte. Inzwischen genügte es keinerlei Anspruch mehr. Es sah regelrecht abbruchreif aus.

Die drei Steinstufen, die zum Eingang führten, waren an der Vorderkante so schadhaft, als hätte ein hungriges Tier daran genagt. Da Pia keine Klingel fand, hämmerte sie gegen das Türblatt. Als sie schon dachte, es wäre niemand zu Hause, öffnete ihr eine kleine, hager aussehende Frau. Ihr Haar leuchtete magentarot und stand wie elektrisiert von ihrem schmalen Kopf ab. Sie hatte es mit einer Glitzerhaarspange aus der Stirn gerafft. Ihr Gesicht war gelblich, die Augen klein und zusammengekniffen. Sie sparte sich die Worte, sondern machte Pia mit einer Falte zwischen den beinahe kahl gezupften Augenbrauen klar, dass sie keine Ahnung hatte, wer sie war oder was sie von ihr wollte.

Pia stellte sich vor, bot ihr die Hand. Cindy Hansen ergriff sie zögernd. »Ich muss mit Ihnen über Pastor Stöver sprechen, Frau Hansen. Ich weiß nicht, ob Sie es schon gehört haben …«

»Ja, ja, er ist tot.«

»Und es war kein natürlicher Tod.«

»Da hat einer ein bisschen nachgeholfen.«

»So könnte man sagen. Darf ich reinkommen?«

Cindy Hansen nickte wenig begeistert. Sie ging Pia voraus, umrundete routiniert die sich an den Wänden stapelnden Kisten, Kästen und Kleiderhaufen, bis sie durch das dunkle Labyrinth auf der anderen Seite des Hauses in einen Wintergarten gelangten. Das fahle Licht des Februarnachmittags fiel durch grün verspakte Glasscheiben. Ein Elektroheizkörper tickte leise. Pia sah nur ein paar kümmerliche Topfpflanzen, dafür Fahrräder, einen zerlegten Motor, eine Gefriertruhe, eine Eishockey-Ausrüstung und eine Puppenküche, in der gerade Nudeln in einem Spielzeugtopf mit Wasser weichten. Auf einer Tafel stand, mit Magnetbuchstaben geschrieben: *Mama ist lib.* Cindy Hansen deutete auf den ehemals weißen Plastikgartentisch in der Mitte mit den dazu passenden Stühlen.

»Das *e* fehlt«, sagte sie, als sie Pias Blick zu der Tafel bemerkte.

»Ich hab einen kleinen Sohn, der wünscht sich auch so eine Tafel«, meinte Pia, um das Eis zwischen ihnen zu brechen.

»Meine sind fünfzehn, dreizehn, fast elf und die Zwillinge sieben. Da mögen sie noch Schule spielen.«

»Oh … fünf Kinder! Alle Achtung!«

»Das geht schneller, als Sie denken.« Cindy Hansen griff nach einer Schachtel Zigaretten auf dem Tisch, nahm eine heraus und steckte sie in den Mund. Sie hielt auch Pia das offene Päckchen hin, die aber den Kopf schüttelte. Dann zündete Cindy Hansen die Zigarette mit einem Feuerzeug aus der Tasche ihrer Sweatjacke an. Sie blies den Rauch zur

Decke. »Alles Wunschkinder. Aber manchmal schaffen sie mich auch.«

»Das glaube ich unbesehen. Wo sind sie gerade?« Im Haus war es bis auf das Summen der Gefriertruhe und das Ticken des Heizkörpers beinahe gespenstisch still.

»Die Lütten sind draußen. Ich setze sie nachmittags immer vor die Tür, um mal durchzuatmen. Damian, mein Ältester, hockt oben vor dem Computer.«

»Und Ihr Mann?«

»Helge ist unterwegs.« Sie lächelte schwach. »Hab ich ebenfalls für 'ne Weile an die Luft gesetzt.«

»Wie lange arbeiten Sie schon für die Kirche?«

»Seit der neue Pastor da ist. Lotti Fassbender, die früher geputzt hat, war dauernd krank und hatte damit aufgehört. Da hab ich mir gedacht, das ist meine Chance. Ich habe Matthias Stöver gefragt, und es hat geklappt.«

»Wie oft arbeiten Sie da?«

»Nur zweimal in der Woche.« Sie zog konzentriert an ihrer Zigarette. »Dienstags in der Kirche und donnerstags unten im Pfarrhaus. Jeweils für vier Stunden. Die Arbeit ist langweilig und schlecht bezahlt, aber immerhin ist es ein regelmäßiges Einkommen.«

»Wie fanden Sie den Pastor?

»Nett, umgänglich. Hat pünktlich bezahlt. Ich konnte mich nicht beklagen.«

»Und im Dorf? Wie ist er da angekommen?«

»Er war beliebt. Gerade die Jüngeren hatten das Gefühl, dass er frischen Wind in die Gemeinde bringt. Und er wollte sich um die Jugendlichen kümmern, die hier auf dem Land ja oft nichts Gescheites mit sich anzufangen wissen. Aber das hat wohl nicht allen so gefallen. Die Mitglieder des Kirchengemeinderats haben auch schon mal die Köpfe zusammengesteckt und gegen ihn gearbeitet. Bei denen hatte er wohl einen nicht allzu leichten Stand.«

»Wie war das mit seiner Familie?«

»Keine Ahnung. Sie – Katharina Stöver meine ich – ist so fleißig, brav und gut. Sie opfert sich auf. Neben ihr kommt man sich automatisch faul und schäbig vor.«

»Hat er sich mal über seine Ehe geäußert?«

»Niemals. Ich glaub, er hat für seinen Beruf gelebt. Muss man vielleicht auch, wenn man so etwas macht. Immer sonntags und so. Er hat sich besonders für die Jugendarbeit eingesetzt. Diego, mein Zweitältester, ist ab und zu in den Jugendclub gegangen, wenn seine Kumpels da waren. Sie bieten für jedes Alter etwas an. Wissen Sie, hier auf dem Land gibt es für die Jugendlichen nicht viel zu tun. Da kommen sie sonst schnell mal auf dumme Gedanken.«

Pia nahm sich vor, auch mit Diego Hansen über Matthias Stöver zu sprechen. Dann ließ sie sich von Cindy Hansen den Ablauf der letzten Tage schildern.

»Ist Ihnen am vergangenen Donnerstag, als Sie im Pfarrhaus geputzt haben, etwas Besonderes aufgefallen?«

»Es war so dreckig wie immer. Ich sollte nicht in sein Büro rein. Das war meistens tabu. Und ...« Sie inhalierte tief und hustete.

»Und?«

»Das war bestimmt nichts. Es war nur ...«

»Frau Hansen, bitte.«

Sie drückte die Zigarette aus, als müsste sie ein giftiges Insekt zu Tode quetschen. »Lange Haare auf seiner Jacke. Er hat so einen dunkelblauen Kurzmantel, mit dem er aussah wie ein bescheuerter Internatsschüler. Eton oder wie das heißt. ›Dufflecoat‹ hat er das Ding genannt. Der lag am Donnerstagmorgen über dem Treppengeländer, und als ich ihn an die Garderobe gehängt hab, fiel mir ein längeres blondes Haar am Ärmel auf.«

Katharina Stöver war dunkelhaarig. »Haben Sie das Haar entfernt?«, fragte Pia. Sie griff zum Telefon.

»Ich bin mit so ’ner Kleberolle drüber. Damit konnte er ja schlecht in seiner Gemeinde rumlaufen.« Ihr Mund verzog sich spöttisch.

Pia wählte die Nummer des Leiters des K6.

8. Kapitel

Wenn sie noch ein einziges Mal aufsteht, um ihren Hunden einen Schuh, ein Paket Papiertaschentücher oder eine Fußmatte aus dem Maul zu nehmen, breche ich das Gespräch ab, dachte Broders.

»Sie lernen noch«, sagte die Ärztin, die seinen Blick richtig deutete. »Die beiden sehen zwar groß aus, aber es sind Halbstarke, so wie Jugendliche in der Pubertät.«

Für Broders sahen ihre beiden Schützlinge eher wie gemeingefährliche Wölfe aus. Ann-Christine Philipps hatte ihm erklärt, dass es Tamaskans waren, eine Rasse, die man bewusst in Richtung Wolf züchtete. Nur dem Aussehen nach natürlich. Na, wenn es ihr gefiel. Er räusperte sich. »Nun denn, Frau Dr. Philipps. Vielleicht können Sie trotzdem meine Fragen beantworten. Wie gut kannten Sie den Pastor Matthias Stöver?«

»Von allen hier kannte ich ihn wohl mit am besten«, sagte sie, ohne ihre Hunde aus den Augen zu lassen. »Bis auf seine Frau natürlich. Ein weltoffener Pastor, wie Mönkenbek einen braucht. Klingt blöd, aber das Klischee trifft es ganz gut.«

»Haben Sie auch privat mit ihm … verkehrt?« Broders zuckte innerlich beim Klang seiner eigenen Worte. Die Frau wirkte so selbstbewusst, so mit sich im Reinen, dass sie ihn verunsicherte.

Sie lächelte. »In unseren Berufen – Ihnen mag es vielleicht sogar ähnlich gehen – verschmelzen Privat- und Berufsleben miteinander. Matthias konnte nicht durch den Ort gehen, ohne sich nach dem Befinden seiner alten und kranken Gemeindemitglieder zu erkundigen, Jugendliche zu ermuntern, an den

Freizeitangeboten der Kirche teilzunehmen, für jeden ein offenes Ohr zu haben oder ein freundliches Wort. Er hat sich für seine Mitmenschen interessiert, wirklich interessiert. Und was meinen Sie, wie es mir geht?« Sie sprang auf, weil einer der Hunde an ihrem Teppich kaute. Broders zählte lautlos bis zehn und wartete, bis sie sich wieder gesetzt hatte. »Wenn ich in Mönkenbek beim Bäcker stehe oder mit den beiden Rabauken hier im Dorf unterwegs bin, werde ich auch dauernd nach irgendwelchen Krankheitsbildern oder den Nebenwirkungen eines Medikamentes gefragt. Ich bin Tag und Nacht erreichbar. Wenn jemand zu alt oder zu krank ist, um in meine Praxis zu kommen, besuche ich ihn zu Hause. Ich halte auch mal Händchen oder kümmere mich darum, dass die Katze ihr Futter bekommt«, fuhr sie fort. Sie hielt den einen Hund nun am Halsband und drückte ihn sanft zu Boden. »Und das tue ich aus Überzeugung. Ich bin als praktische Ärztin quasi Allgemeingut. Das wusste ich aber vorher. So ist es auf dem Dorf nun mal. Und Matthias war es bestimmt auch klar. Wir haben uns ja bewusst dafür entschieden, weil es unsere ... Berufung ist.«

»Sie stammen von hier?« Broders hatte schon erfahren, dass sie die Praxis von ihrem Vater übernommen hatte, doch er wollte sie am Reden halten. Je mehr jemand erzählte, desto mehr verriet er auch unbewusst über sich.

»Mein Vater war jahrzehntelang der Dorfarzt in Mönkenbek. Meine Mutter ist früh verstorben, und so hat er sehr viel Energie in meine Erziehung und später auch in meine Ausbildung gesteckt. Ich konnte quasi gar nicht anders, als in seine Fußstapfen zu treten.«

»Dann war die Entscheidung dafür gar nicht so frei?«

»Jetzt aber nicht tiefgründig werden«, sagte sie und lächelte ironisch. »Die Praxis ist mein Leben, auch wenn ich niemals reich damit werde. Die finanzielle Situation wird allerdings immer schwieriger. Die Krankenkassen haben uns praktische Ärzte fest im Griff. Ich musste nach der Übernahme die Praxis modernisieren, und den Kredit werde ich wohl zu Lebzeiten nicht mehr abbezahlen können. Aber wissen Sie was? Ich möchte nicht mit einem Arzt in einer der großen Kliniken tauschen. Hier kann ich noch etwas bewirken, kann mich wirklich für den einzelnen Patienten einsetzen. Ich treffe meine eigenen Entscheidungen und erlebe von der Geburt bis zum Tod alles mit, was die Menschen bewegt. Das ist meine Erfüllung.« Der Hund zu ihren Füßen seufzte leise. »Ja, und ihr beiden Wilden seid das ebenso, nicht wahr?« Sie streichelte dem großen, gefährlich aussehenden Tier über den Kopf, als wäre es eine Schmusekatze.

»Sie sagten, dass Sie den Pastor wohl mit am besten kannten. Wieso?«

»Wir waren hier quasi auf einem Level. Durch das gleiche Schicksal und eine ähnliche Berufung miteinander verbunden. Die meisten Menschen sehen in ihrem Pastor oder Arzt mehr die Institution, die Rolle, die er spielt. Ich hab in Matthias auch den Menschen gesehen und umgekehrt. Wenn einem von uns mal etwas besonders naheging, ein Krankheitsfall oder so, dann konnten wir miteinander darüber reden. Selbstverständlich, ohne jeweils unsere berufliche Schweigepflicht zu verletzen.«

Broders fragte sich, wie das praktisch gehen sollte. »Nur reden?«, provozierte er sie.

Sie funkelte ihn an. »Hab ich mich so unklar ausgedrückt?«

»Hatte der Pastor Feinde?«

»Oje. Als ›Feinde‹ würde ich sie nicht bezeichnen. Aber ein paar Leuten im Dorf waren seine Ansichten zu modern. Das ist wohl oft so, wenn es einen Wechsel gibt. Die meisten Menschen tun sich schwer mit Veränderungen. Auch ich habe einige Patienten meines Vaters nicht halten können, weil sie dachten, ich sei zu jung, zu unerfahren und – lachen Sie nicht – noch dazu eine Frau. So ist das Leben.«

»Was haben Sie gestern Abend unternommen?«

Sie kraulte den zu ihren Füßen dösenden Hund hinter dem Ohr. Der andere hob den Kopf und sah sie aufmerksam an. »Nicht viel. Gegen Viertel nach sechs hatte ich noch einen Hausbesuch. Ein Vierjähriger mit Ohrenschmerzen. Die Eltern haben ihr Kind tagelang mit nichts als Kügelchen und Zwiebelwickeln traktiert, bis das Trommelfell geplatzt ist und der Eiter raussuppte. Der Kleine hat vor Schmerz geschrien.« Sie schüttelte missbilligend den Kopf. »Als ich um Viertel nach sieben wieder hier war, hab ich mir was gekocht und gelesen. Um halb zehn bin ich noch mal mit den beiden Hunden raus, wie immer. Ich war bestimmt eine Stunde unterwegs, da ich meine große Runde am Oldenburger Graben entlanggegangen bin. Es war eine schöne, klare Nacht. Gegen halb elf war ich wieder hier und bin dann auch bald im Bett verschwunden.«

»Ist Ihnen an dem Abend irgendwas aufgefallen?«

»Darüber hab ich auch schon nachgedacht. Ich bin ja am Pastorat vorbeikommen und auch an der Kirche. Vielleicht hat Elsa mich mit den Hunden vorbeigehen sehen? Der entgeht hier nichts.«

Hat sie nicht, dachte Broders. Leider.

»Auf dem Hinweg war Licht in der Kirche, aber auf dem Rückweg ... Ich erinnere mich nicht, deshalb denke ich, dass es da dunkel war.«

»Haben Sie irgendjemanden gesehen?« Einen Polizisten, setzte Broders im Stillen hinzu.

»Niemanden. Aber ich bin bestimmt gesehen worden. Mönkenbek ist halt ein Dorf.« Sie lächelte beinahe entschuldigend. »Wir achten aufeinander.«

»Und am nächsten Morgen?«

»Kurzer Hundegang, dann ein gemütliches Sonntagsfrühstück mit den *Lübecker Nachrichten*. Als ich das zweite Mal rausging, kam der Küster angelaufen und hat mir stotternd berichtet, dass der Pastor tot in der Sakristei liegt. Ich konnte das zuerst nicht glauben und bin noch mal mit ihm hingerannt. Ich dachte, Matthias sei vielleicht nur gestürzt und bewusstlos. Aber da kam jede Hilfe zu spät, wie Sie bestimmt wissen.«

»Haben Sie versucht, ihn wiederzubeleben?«

Sie blickte ihn mit schmerzhaft verzogenem Gesicht an. »Er war ja schon kalt, und die Totenstarre war auch schon voll ausgeprägt. Als ich das festgestellt und noch dazu die Gewalteinwirkung am Schädel gesehen habe, hab ich dort nichts mehr angefasst.«

»Was denken Sie, was passiert ist?«

»Ich weiß es nicht. Das macht mir Angst. Es ist nicht der Tod, wissen Sie. In diesem Winter sind in Mönkenbek und Umgebung so viele Menschen gestorben, dass der Tod für uns, für Matthias und mich, fast schon ein guter alter Bekannter geworden ist. Aber die Bosheit und Brutalität, mit der ihn da jemand ermordet hat, diese Vergeudung von Leben, das kann ich nicht begreifen. Wir haben hier gemeinsam für die Menschen vor Ort gekämpft. Und das ist nun der Dank.«

Der Hund zu ihren Füßen schien ihren inneren Aufruhr zu spüren. Er leckte ihr über die Hand. Broders bemerkte, dass Ann-Christine Philipps versuchte, ihre Tränen wegzublinzeln.

»Sie scheinen das Dorf gut zu kennen. Gibt es noch irgendetwas Ungewöhnliches, das Sie mir mitteilen können? Auch wenn es vielleicht auf den ersten Blick nicht mit dem Mordfall zusammenhängt?«

»Da war etwas seltsam. Ich sollte das nicht sagen, weil sie mich eindringlich darum gebeten hat ...«

Broders sah sie erwartungsvoll an. Ann-Christine Philipps

wollte reden, das war offensichtlich. Trotz ihrer Schweigepflicht?

»Katharina Stöver hat mich Donnerstagnacht angerufen. Sie sagte, eines der Mädchen aus ihrem Kurs habe sich böse den Kopf angestoßen, wolle aber nicht zum Arzt. Was sie nun tun solle und wie gefährlich es sei.«

»Welches Mädchen?«

»Sie wollte es partout nicht sagen, obwohl ich sie gewarnt habe, dass Kopfverletzungen tödlich sein können, auch wenn der Patient zunächst normal wirkt und ansprechbar ist.«

»Wissen Sie, um welchen Kurs es sich gehandelt hat?«

»Das ist auch seltsam. Es war schon spät, als sie anrief, bestimmt elf Uhr. Und am Donnerstag hat sie meines Wissens nur den Altenkreis und die Blockflötengruppe am Nachmittag.«

»Wie sind Sie mit ihr verblieben?«

»Katharina sagte, dann wäre es wohl am besten, wenn das Mädchen mit den Eltern zum Röntgen in die Klinik führe. Das war's.«

»Hat sie Sie von zu Hause aus angerufen?«

»Nein, von ihrem Handy aus.«

Broders konnte sich des Eindrucks nicht erwehren, dass Ann-Christine Philipps es genoss, Katharina Stöver anzuschwärzen. War sie vielleicht eifersüchtig auf die Frau des Pastors gewesen, mit dem sie sich ihren Angaben zufolge gut verstanden hatte? Vielleicht war es sogar mehr gewesen als das? »Was für einen Eindruck hat Frau Stöver bei dem Gespräch auf Sie gemacht?«

»Zumindest war sie mal nicht so kühl und beherrscht wie sonst.«

»Ist sie später noch mal darauf zurückgekommen, was mit dem Mädchen war?«

»Nein.«

Broders dachte an das, was Pia bei der Besprechung über Adrian Pagel berichtet hatte. Sollte es sich am Ende gar nicht um ein Mädchen mit einer Kopfverletzung gehandelt haben?

Pia stieß im Treppenhaus des Pastorats mit Klaus Schelling, dem Leiter der Kriminaltechnik, zusammen.

»Habt ihr diesen blauen Kurzmantel gefunden, den die Putzfrau beschrieben hat?«, fragte sie.

»Den haben wir schon im Wagen, und wir haben auch noch etwas viel Besseres.« Er hielt ihr eine durchsichtige Plastiktüte vors Gesicht. »Die Kleberolle.«

»Großartig.« Pia ging etwas näher ran. »Aber Frau Hansen hat das benutzte Klebeband sicherlich ganz brav abgerissen und in den Müll geworfen, oder?«

»Sieht so aus. Wir haben natürlich auch den Inhalt des Abfalleimers und der Mülltonne vor dem Pfarrhaus gesichert. Die wird nur alle vierzehn Tage geleert und ist erst Ende nächster Woche wieder dran. Insofern werden wir viel Spaß mit dem gammeligen Müll des Pastors haben.«

»Dafür lebt ihr doch«, sagte Pia. »Wenn der Pastor Frauenhaare an seinem Dufflecoat hatte, müssen wir wissen, von wem sie stammen.«

»Wie gut, dass der das nicht mehr mitbekommt!«, murmelte Schelling.

»Wohl wahr. Apropos Privatsphäre: Wie sieht es mit Matthias Stövers privatem Adressbuch und seinem Terminkalender aus?«

»Wir sind dran. Meine Leute haben sein Büro erst mal versiegelt. Wir machen erst morgen drinnen weiter. Draußen ist es dringender. Komm mal mit!«

Pia folgte ihrem Kollegen hinaus auf die Straße und quer über den Kirchhof. »Direkt neben dem Plattenweg zur Sakristei haben wir ja schon einen halben Stiefelabdruck gefunden und ausgegossen«, sagte er. »Ich hab meine Leute in konzentrischen Kreisen um die Kirche herum weitersuchen lassen. Ich dachte, vielleicht finden wir noch einen weiteren brauchbaren Abdruck dieses Schuhs.«

Schelling war so begeistert, dass Pia kaum mit ihm Schritt halten konnte. Es hieß, dass er in seiner Freizeit neuerdings für einen Halbmarathon trainierte. Ab einem gewissen Alter kamen Männer anscheinend in Beweiszwang, das beobachtete sie bereits seit Längerem. Aber wer wusste schon, was sie in ein paar Jahren anstellen würde? Im Moment jedenfalls arbeitete sie nur oder kümmerte sich um Felix. Sie hatte keine gute Kondition mehr. Ein Stück hinter der Kirche stoppte Schelling endlich und musterte sie. »Bist du wetterfest angezogen?«

Pia nickte, weil jedes Wort von einem Schnaufen begleitet worden wäre. Er steuerte auf den Feldrand jenseits der Kirche zu.

»Es muss gar nichts bedeuten, aber es ist interessant«, sagte der Kriminaltechniker und bog ein paar Zweige zur Seite. Eine Schar Spatzen flog protestierend tschilpend auf. »Bleib unbedingt hinter mir!«

Der Erdwall, oder auch Knick, der die Ackerfläche vom Weg abgrenzte, war mit dornigen Brombeersträuchern und Holunder- und Haselbüschen bewachsen. Das Durchkommen war beschwerlich, da die Sträucher lange nicht mehr zurückgeschnitten worden waren. Auf der anderen Seite des Knicks lag ein mit Wintergetreide bestelltes Feld. Es war so flach, dass Pia meinte, bis nach Fehmarn schauen zu können. Das Gebiet nördlich von Mönkenbek war einst ein vom Oldenburger Graben gespeister See, ein Koog, gewesen, der trockengefallen war. Neben ihr im Knick arbeiteten zwei von Schellings Leuten in Schutzanzügen am Boden. Einer von ihnen fotografierte.

»Was habt ihr hier denn nun gefunden?«

»Frisch abgebrochene Zweige und platt gedrückte Gräser und Bodendecker.«

»Soll heißen?«

»Das hier ist kein Wildwechsel. Der befindet sich weiter hinten. Hier ist kürzlich ein Mensch durch- oder reingegangen. Einer oder mehrere.«

»Vielleicht musste jemand mal pinkeln und ist, um nicht dabei gesehen zu werden, in den Knick gegangen?«

»Also, ich würde dazu nicht durch Brombeerranken und durch Dornenbüsche steigen. Du etwa?«

»Ich versuche, das in freier Natur ganz allgemein zu vermeiden«, sagte Pia. »Wann ist das passiert?«

»Das Interessante ist, dass es, dem Zustand einiger Pflanzen nach zu urteilen, nicht länger als vierundzwanzig Stunden her sein kann.«

Das schloss die Tatzeit mit ein. Und auf den ersten Blick gab es hier nichts, was jemanden veranlassen könnte, durch den Knick zu brechen. Spielende Kinder wären noch eine Option. »Sonst noch was?«

»Leider haben wir keine weiteren Fußspuren gefunden, dazu ist der Untergrund zu fest, und es liegt zu viel Laub da. Aber da vorn ist eine ganze Fläche wie platt gelegen. Als hätte sich jemand länger dort aufgehalten.«

»Und gewartet?«, überlegte Pia. »Nur: worauf?« Sie sah sich über die Schulter um. Von hier aus hatte man durch die kahlen Zweige hindurch die Tür der Kirche gut im Blick, ohne unbedingt selbst gesehen zu werden. Im Dunklen schon gar nicht. Was man nicht einsah, war jedoch der Eingang zur Sakristei. Wer sich hier platziert hatte, konnte beobachtet haben, wie die Männer nach der Chorprobe die Kirche verlassen hatten. Vor dem Eingang stand eine Straßenlaterne, deren Licht wohl ausgereicht hätte. Außerdem wurde die Kirche angestrahlt. Derjenige hätte vermuten können, dass sie leer war, nachdem die Männer sie durch den Haupteingang verlassen hatten. Dann wäre er bei einem Einbruchsversuch vom Pastor überrascht worden. Oder der Unbekannte hatte gewusst, wie viele Leute bei der Chorprobe gewesen waren, und hatte somit feststellen können, wann sich der Pastor allein in der Kirche aufgehalten hatte.

»Die Frage ist, wer sich hier in einer lausig kalten Februarnacht häuslich auf dem Boden niederlässt«, sagte der Kriminaltechniker.

»Jemand mit einem starken Motiv«, vermutete Pia. Aber auch sie hatte Schwierigkeiten, sich den Täter vorzustellen, der sich nachts in einen Knick legte, wenn er auch sitzen oder stehen konnte.

»Wir haben noch mehr«, sagte Schelling mit einem Gesichtsausdruck wie jemand, der jeden Moment ein Überraschungsgeschenk hinter seinem Rücken hervorzieht. Er zeigte Pia eine weitere Plastiktüte. Auf den ersten Blick sah sie leer aus.

»Abgesehen von den zu erwartenden Spuren wie Pflanzenresten, Federn und Tierhaaren haben wir auch ein paar interessante Fasern sichergestellt: gefärbte Wolle, wahrscheinlich vermischt mit Kunstfasern. Farbrichtung Blau und Grün. Die stammen von einem Kleidungsstück oder vielleicht auch von einer Wolldecke.«

»Wo habt ihr die gefunden?«

»Am Boden, dort, wo der Bewuchs so platt gedrückt war. Im Sommer hätte ich ja auf ein Liebesnest getippt. Aber im Februar?« Schelling schüttelte zweifelnd den Kopf.

Es war dreiundzwanzig Uhr, als Pia an diesem Sonntag nach der letzten Besprechung zurück in ihre neue Wohnung kam. Sie hatte trotzdem noch ein schlechtes Gewissen, denn drei ihrer Kollegen würden die Nacht durcharbeiten. Für solche Zwecke gab es im Abstellraum des Kommissariats 1 drei Feldbetten, die bei Bedarf aufgestellt werden konnten. Pia musste sich jedoch damit zufriedengeben, am Montagmorgen um acht Uhr pünktlich zur Ablösung zu erscheinen und dort weiterzumachen, wo die anderen dann aufhörten.

Lars kam ihr aus dem Wohnzimmer entgegen und nahm sie in den Arm. »Langer Tag, was?«

»Und wir stehen noch ganz am Anfang«, sagte sie. »Eine hässliche Sache. Der Pastor in der Kirche erschlagen. Das wird eine Menge aufgeregter Presse geben.« Sie ging ein Stück auf Abstand, um Lars ins Gesicht sehen zu können. »Ist alles in Ordnung? Hat mit Felix alles gut geklappt?«

»Bestens. Er hat sich riesig gefreut, dass ich da war. Er hat zwei Brötchen verdrückt, sich *Zogg* vorlesen lassen, bis ich heiser war, und seit halb acht schläft er.«

Pia öffnete die Tür zu Felix' neuem Zimmer und schlich an sein Bettchen. Er lag, seinen Schlafhasen im Arm, ausgestreckt auf dem Bauch und atmete ruhig. Sie streichelte sanft seine warme Wange. Es tat Pia ein bisschen weh, dass Felix sie anscheinend gar nicht so sehr vermisst hatte. Aber das war albern. Sie konnte froh sein, dass Lars sich so toll um ihn kümmerte und Felix ihn so gernhatte. Aber irgendetwas stimmte nicht. Sie konnte es in Lars' Gesicht lesen, als sie wieder bei ihm im Flur stand und leise die Tür hinter sich schloss. Ihr Herz klopfte.

»Komm mit rüber, Pia, leg die Füße hoch. Ich hab auch noch ein leckeres Brötchen für dich.« Er grinste, doch Pias Unruhe steigerte sich eher noch.

»Ich hab schon gegessen. Aber vielen Dank.«

»Möchtest du ein Bier oder irgendwas anderes?«

Sie schüttelte den Kopf. »Sag mir, was los ist!«

Er sah ihr in die Augen. Sein Gesicht wurde ernst. »Ich

denke, du solltest noch mal deinen Anwalt konsultieren, Pia. Dein Ex scheint es ernst zu meinen mit seinem Wunsch, dass Felix in Zukunft bei ihm wohnt.«

»Was hat er denn gesagt?«

»Hinnerk hat gar nichts in der Richtung gesagt. Aber seine Neue, diese Mascha, war mit hier oben.« Er schüttelte den Kopf. »Sie konnte Felix gar nicht loslassen. Wuselte nur um ihn herum. Und sie scheint deinen Hinnerk ziemlich gut im Griff zu haben.«

»Er ist nicht ›mein‹ Hinnerk.«

»Ich weiß nicht, was da bei dieser Mascha für ein Programm abläuft, aber ich hab kein gutes Gefühl, Pia.«

»Ich hab mich schon beraten lassen. Die haben mir versichert, dass das Gericht nur das Kindeswohl im Auge hat. Solange es Felix bei mir gut geht, wird ihn mir kein Familienrichter wegnehmen.«

»Und du hast großes Vertrauen in unser Rechtssystem?«

»Könnte ich sonst meinen Job machen?«

Er zuckte mit den Schultern. »Da werden schwere Geschütze aufgefahren werden. Nicht so sehr auf Hinnerks Initiative hin. Aber du musst mit dieser Mascha rechnen.«

»Sie hat doch eigentlich gar nichts damit zu tun.«

»Ihr Bruder ist angeblich der beste Anwalt für Familienrecht in ganz Schleswig-Holstein.«

Pia erstarrte in seinen Armen. »Woher weißt du das?«

»Sie hat es mir gesagt.«

»In welchem Zusammenhang?«

»Hinnerk hat den Buggy aus dem Wagen geholt, aber sie stand noch in der Tür. Ich hab so etwas gesagt wie: ›Schade, dass Pia und Hinnerk sich nicht außergerichtlich einigen können, schon wegen Felix.‹ Sie hat mich giftig angeschaut und erwidert, dass schon alles seine Ordnung haben müsse, gerade bei so einer wichtigen Entscheidung. Und ihr Bruder, der Hinnerk als Anwalt vertrete, sehe das genauso. Dann kam der Spruch, dass ihr Bruder der Beste sei.«

»Ich hoffe, das war wirklich nur ein Spruch.«

»Dein Anwalt ist mindestens ebenso gut«, sagte Lars überzeugt.

9. Kapitel

Bertram Pagel stand in seiner knöchellangen Gummischürze mit dem gelben Wasserschlauch in der Hand im Schlachtraum. Er führte den Wasserstrahl über das vertraute Muster der rechteckigen weißen Fliesen und den leicht abschüssigen Betonfußboden, der in der Mitte einen Gully aufwies, wo Wasser, Blut und andere Schlachtreste gurgelnd verschwanden. Alles sah so aus wie immer. Nur er selbst fühlte sich anders, stocksteif, kaum zu einer fließenden Bewegung fähig.

Bertram atmete den vertrauten Geruch nach Blut und Fleisch, untersetzt mit den scharfen Reinigungsmitteln, ein und spürte Übelkeit in sich aufsteigen. Der Flur, der zum Kühlhaus führte, lag im Dunkeln. Immer wieder musste er dorthin sehen. Hörte er dahinten nicht etwas? Er wischte sich nervös über die Stirn.

»Adrian?«, fragte er, und seine Stimme hallte hohl von den harten Oberflächen wider.

Er drehte das Wasser ab und legte den Schlauch beiseite, schritt mit schweren Gummistiefelschritten durch den Gang auf das Kühlhaus zu. Die Tür war nur angelehnt.

»Adrian?«

Mit einem Mal wusste er, dass ihn dort drinnen etwas Schlimmes erwartete. Er hatte die Tür beim Hinausgehen ganz sicher verschlossen. Er verschloss sie immer. Also musste jemand anders sie offen stehen gelassen haben. Und wer sonst als sein Bruder ... »Adrian, lass das! Das ist nicht witzig.«

Als Kind hatte sich Adrian mal hinter den Schweinehälften versteckt und war dann mit Ketchup im Gesicht und an den Händen auf ihn zugetorkelt. Bertram hatte sich in die Hose gepinkelt vor Schreck, und sein Bruder hatte sich auf diese übertriebene Weise vor Lachen ausgeschüttet, wie es Kinder tun, wenn sie jemanden demütigen wollen.

Aus der nur angelehnten Edelstahltür strömte kalte Luft. Bertram stieß sie ganz auf, suchte den Lichtschalter. Klick-Klack, nichts. Natürlich nicht. Nur eisige Luft und fünf Schweinehälften. Hinten hingen die zwei vorbestellten Rinderhälften von gestern. Ausgebeinte Einzelteile lagen im Edelstahlregal.

»Wer ist da?«, fragte er mit trockenem Mund. »Adrian, wenn du das bist, kannst du mir die Stromrechnung wegen der offenen Tür bezahlen, nur damit du es weißt.«

Bewegte sich die Rinderhälfte dort hinten an dem Haken? Schwang dort ein halbes Schwein an der Kette hin und her? Ach was, das bildete er sich nur ein. Und wenn nicht? »Ich mach jetzt den Kühlraum zu. Gute Nacht!«, rief er übertrieben laut.

Das polternde Geräusch ertönte in dem Moment, als er sich umdrehte. Er sah über die Schulter zurück. Die Tierkadaver schwenkten sacht hin und her, als wäre jemand der Reihe nach daran vorbeigegangen und hätte sie angestoßen. Wie bei einem Glockenspiel ohne Töne. Er warf die Tür zum Kühlhaus von außen zu, verriegelte sie und ging mit zittrigen Beinen in den Schlachtraum zurück.

Die Neonröhren an der Decke brannten, doch ansonsten war es insgesamt dunkler geworden, oder? Er hörte ein leises, aufreizendes Plopp-Plopp und sah, dass unter der Schlachtbank Blut auf die Fliesen tropfte, das in einem roten Rinnsal in Richtung Gully lief. Bertram kniff die Augen zusammen. Wagte kaum, den Blick wieder auf die Schlachtbank zu richten. Was nun kam, kannte er schon: Dort lag, zerteilt in Einzelteile, ein menschlicher Körper. Dieses Mal war es noch schlimmer: In der Stirn der Leiche steckte sein Rinderspalter, und das

Gesicht war blutüberströmt. War das … sein Bruder Adrian? In diesem Moment öffnete der Tote ein Auge, blinzelte das Blut weg und sah Bertram anklagend an.

Bertram Pagel wollte weglaufen, doch er konnte es nicht. Er gab einen gurgelnden Laut von sich, zuckte mehrmals und wachte mit rasendem Herzschlag auf. Das Aufwachen war jedes Mal wie ein Sturz durch Raum und Zeit. Die Zunge klebte ihm am Gaumen, Laken und Decke waren feucht von Schweiß. Das war nur dieser Albtraum gewesen. Er kam immer wieder, in Variationen zwar, doch der Grundtenor blieb: Ein Mensch lag auf seiner Schlachtbank. Einerseits beruhigte ihn die Erkenntnis, dass er nur geträumt hatte. Andererseits, verdammt, was bedeutete das? Unter diesem Traum litt er schon, seit ihn sein Vater die ersten Male mit zum Schlachten genommen hatte. Daran, dass der Albtraum gerade jetzt so überdeutlich und lebensnah wiederkehrte, war der Pastor schuld – besser gesagt, der Mord an ihm. Und Adrian mit seinem unerwarteten Auftauchen und seinen Forderungen.

Bertram tastete nach der Wasserflasche neben seinem Bett. Er musste das Wattegefühl im Mund und den Würgereiz loswerden. Da polterte es wieder. Leise, aber unüberhörbar. Träumte er immer noch? War es doch noch nicht vorbei? Nein, es kam von oben. Aus der Wohnung seiner Tochter …

Bertram wälzte sich aus dem Bett und zog den Morgenmantel aus dunkelgrünem Frottee über. Simone sah im Schlaf so friedlich aus, dass er sie nicht wecken wollte. Sogar die tiefe Kerbe zwischen ihren Augenbrauen hatte sich geglättet. Er würde erst einmal nachsehen, was bei Ilona los war.

Seine Tochter saß, nur mit einer Jogginghose und einem Riesen-T-Shirt bekleidet, auf dem Küchenfußboden, den Rücken gegen die Glastür des Backofens gelehnt. Um sie herum Chaos. Spaghetti kringelten sich auf dem Fußboden, hafteten an den Schrankfronten, auf der Arbeitsplatte. Die Tomatensoße, die überall verteilt war, erinnerte ihn an das Blut in seinem Traum. Eine halb aufgegessene Pizza lag in der Spüle, eine Schüssel mit Kuchenteig stand daneben. Benutzte Töpfe und Geschirr, Schokoladenpapier überall. Der Kuchenteig klebte auf dem Küchentisch, an den Griffen der Schränke, auf dem Stuhl ... Wohin man auch sah, Chipskrümel, die unter Bertrams Pantoffeln knirschten. Er ging in die Hocke und beugte sich zu seiner schluchzenden Tochter hinüber, doch sie stieß ihn zornig weg, sodass er mit dem Hintern in all dem Unrat landete.

»Ilona, was hast du? Bist du krank?«

Sie schluchzte nur umso heftiger. »Nichts.«

»Aber das hier ist nicht nichts.« Er stemmte sich hoch, sodass er wieder neben ihr hockte, vermied es nun jedoch, sie anzufassen. »Was hast du?«

»Ich bin aufgewacht, und da ist es mir wieder einfallen. Ich hab mich leer gefühlt. So schrecklich einsam. Ich dachte, Essen würde helfen, aber es hi... hi... hilft nicht.«

»Komm hoch! Der Fußboden ist viel zu kalt.«

»Ich fühl sowieso nichts mehr.«

»Komm, ich helf dir.«

»Lass mich!«

»Ilona. Du musst damit aufhören. Komm hoch!«

»Lass mich!«

»Du kannst doch nicht in dem Dreck hier sitzen bleiben. Soll ich deine Mutter wecken?«

»Nein.«

»Ilona, bitte!«, flehte er.

»Lass mich!«

Bertram zog sich an der Arbeitsplatte hoch. Er war mit seinem Latein am Ende. Vergeblich versuchte er, den Widerwillen, den der Zustand seiner Tochter und ihrer Küche in ihm auslöste, zu unterdrücken. Ilona brauchte Hilfe. Und er wusste nicht, was er tun sollte. Mit Grauen sah er, wie ihr die Tränen über das mit Soße und Schokolade beschmierte Gesicht liefen. Sie verrieb mechanisch die Chipskrümel in ihren Händen. Immer wieder. Dazu das abrupte Schluchzen. Er ging mit steifen Beinen in den Flur und nahm das Telefon aus der Station. Die Nummer kannte er auswendig, wie wohl jeder in Mönkenbek. Dreistellig. Eine alte Nummer. Dr. Philipps.

Pia wachte auf, weil Felix weinte. Vorsichtig befreite sie sich aus Lars' Umarmung, der hinter ihr lag und anscheinend tief und fest weiterschlief. Sie war auf diese Laute programmiert, er nicht.

Sie tapste ins Kinderzimmer. Die Wege waren weiter geworden. Felix stand in seinem Schlafsack im Bett und hielt sich am Gitter fest. Sein Gesicht war rot und verweint.

»Felix, was ist los? Warum weinst du denn?« Sie hob ihn auf und drückte ihn an sich.

Er schluchzte weiter.

»Ich bin ja da. Alles ist gut.« Sie streichelte ihm über den Rücken und den runden Hinterkopf mit dem weichen Haar.

»Hause …«, sagte er traurig.

»Alles ist gut. Du bist zu Hause.«

»Nein. Will … Hause.«

Verdammter Mist. Er meinte die alte Wohnung. Er vermisste seine vertraute Umgebung. Pia ging es ja genauso. So schnell gewöhnte man sich nun einmal nicht um. Sie konnte sich die Vorteile vor Augen führen, die die neue Wohnung bot. Felix konnte das nicht. Für ihn war einfach nur alles fremd. »Ich bin ja da«, sagte sie sanft. »Alles ist gut.«

»Morgen Hause?«, fragte er zwischen zwei Schluchzern.

»Dies ist unser neues Zuhause«, antwortete sie leise und

kam sich vor wie eine Verräterin. Sie ging hin und her und wiegte ihn dabei, als wäre er noch ein Baby. Langsam beruhigte er sich. Die Schluchzer kamen in größeren Abständen.

»Willst du heute Nacht mit in meinem Bett schlafen?«, fragte sie nach einer Weile. Es kam keine Antwort, denn Felix war auf ihrem Arm eingenickt. Vorsichtig trug sie ihn ins Schlafzimmer und legte ihn zu sich ins Bett.

»Mama ... Hause«, murmelte er noch einmal.

Morgen ... morgen würde es bestimmt einfacher für ihn sein. Bei Tageslicht sah alles anders aus. Hoffentlich.

Die Minuten schlichen dahin. Ilonas Schluchzen hatte etwas nachgelassen, aber sie ließ sich nach wie vor nicht dazu überreden aufzustehen. Bertram war nach unten in den Heizungskeller gegangen und hatte die »Partytaste« gedrückt, damit die Heizung wieder ansprang und wenigstens die Küche etwas wärmer wurde. Er zitterte vor Kälte und auch vor Anspannung. Als er ein Auto vor dem Haus halten, eine Autotür zuschlagen und kurz danach die Schiebetür rollen hörte, seufzte er erleichtert auf. Ann-Christine Philipps fuhr einen alten Ford Windstar, der auf der Beifahrerseite eine Schiebetür hatte. Das musste sie also sein. Es waren zwar nur ein paar Hundert Meter von der Praxis hierher, aber wahrscheinlich hatte sie mitten in der Nacht – es war inzwischen Viertel vor zwei – keine Lust gehabt, zu Fuß zu gehen.

Er lief die Treppe hinunter, um ihr zu öffnen, bevor sie klopfen oder klingeln musste. Ann-Christine Philipps trug einen olivfarbenen Anorak, einen blau-grün karierten Schal und eine Jogginghose. Ihr dickes, krauses Haar war zu einem Zopf zusammengefasst. Vielleicht schlief sie auch so? Sonst hing ihr die Wolle ja bestimmt ins Gesicht. Sie sah ernst, aber freundlich aus.

»Ich bin so froh, dass du da bist! Es geht meiner Tochter wirklich schlecht«, sagte er statt einer Begrüßung.

Die Ärztin drückte kurz seinen Arm und schaute ihm in die Augen. »Ist doch selbstverständlich, dass ich sofort zu euch komme, Bertram. Ich werde sehen, was ich tun kann.«

Sie hatte die braune Ledertasche dabei, mit der schon ihr Vater an Bertrams Kinderbett erschienen war, als er Masern gehabt hatte. Die Tasche zu sehen und Ann-Christines festen Schritt hinter sich auf der Treppe zu hören, signalisierte ihm, es würde alles gut werden.

»Schau mal, Ilona, wer da ist«, sagte er mit falscher Leichtigkeit in der Stimme.

Seine Tochter sah zu der Ärztin auf, wandte den Blick dann aber wieder desinteressiert ab.

Ann-Christine ging vor ihr in die Hocke. »Hallo, Ilona. Dein Vater hat mich angerufen. Er sagt, dir geht es nicht gut.«

Ilona schüttelte stumm den Kopf, ohne die Ärztin anzublicken.

»Ich muss dich untersuchen. Kannst du aufstehen?«

»Ich bin nicht krank«, antwortete Ilona übertrieben deutlich.

»Dann ist es ja gut. Aber du erkältest dich, wenn du noch lange hier sitzt.«

»Ist doch egal. Alles ist egal«, sagte sie.

»Wieso ist dir alles egal?«, fragte Ann-Christine.

»Er ist tot«, schluchzte sie.

»Ja, Matthias Stöver ist tot. Wir sind alle erschüttert und traurig. Doch er würde nicht wollen, dass du seinetwegen krank wirst.«

»Mir egal«, sagte Ilona störrisch.

Ann-Christine warf Bertram einen ernsten Blick zu. Vorsichtig ergriff sie Ilonas Hand. »Ich verstehe das«, sagte sie. »Wenn jemand stirbt, den man sehr mochte, denkt man, dass man nie wieder glücklich sein wird. Aber das stimmt nicht.«

Bertram erschrak über den hasserfüllten Blick, den Ilona der Ärztin zuwarf. »Sie verstehen gar nichts! Tun Sie nicht so, als ob.« Sie befreite sich aus Ann-Christines Griff und fing wieder an, die Chipskrümel in den Händen zu reiben und zu schluchzen. Das Geräusch trieb Bertram für einen Moment aus der Küche. Im Flur lehnte er sich gegen die Wand und versuchte, sich mit tiefen Atemzügen zu beruhigen. Seine Tochter flippte aus, weil der Pastor des Dorfes, ihr Arbeitgeber, tot war. Ein Mann, für den sie anscheinend nicht mehr gewesen war als ein unbescholtenes Gemeindemitglied und eine zuverlässige Bürokraft. Es schmerzte Bertram, sie so von Sinnen vor Trauer zu sehen, und es verletzte seinen Stolz. Als er wieder in die Küche schaute, setzte Ann-Christine Ilona gerade eine Spritze in den Oberarm. Sie legte einen Tupfer auf die Einstichstelle und klebte ein kleines Pflaster darauf.

»Das war es schon. Gleich wirst du dich besser fühlen. Ein wenig schläfrig vielleicht. Wir bringen dich jetzt ins Bett, okay?«

Zu Bertrams Erstaunen ließ Ilona sich nach ein paar Minuten von ihnen beiden in ihr Schlafzimmer führen und auf das Bett setzen. Ann-Christine nahm neben ihr Platz und legte den Arm um sie.

»Kannst du uns einen feuchten Waschlappen und ein Handtuch holen, Bertram?«, fragte sie ruhig.

Er ging ins Duschbad, um das Gewünschte zusammenzusuchen. Die Tür zum Flur stand offen. Er hörte die Ärztin mit seiner Tochter reden. Wusste sie, wie verliebt Ilona in den Pastor gewesen war? Dass seine Tochter sich deshalb so aufführte? Er hätte lieber keine Zeugen für ihr kindisches Verhalten. Bertram legte sich das Handtuch über den Arm, nahm den tropfenden Waschlappen, zögerte jedoch, Ilonas Schlafzimmer zu betreten.

»... mit dir geredet? Du kannst mir vertrauen«, hörte er die Ärztin sagen.

»Ich weiß nichts«, fiel Ilona ihr ins Wort. »Und ich will nicht ...« Ihre Aussprache war so verschwommen, dass Bertram den Rest des Satzes nicht verstand.

Er räusperte sich und trat ein.

Die Ärztin säuberte Ilonas Gesicht und Hände. Dabei redete sie leise auf sie ein. Der jungen Frau fielen langsam die Augen zu. Sie riss sie immer wieder auf, doch letztlich konnte sie sich nicht gegen die Wirkung der Injektion wehren. Was immer Ann-Christine ihr gegeben hatte, es wirkte Wunder. Als sie nach einer halben Stunde das Zimmer verließen, lag Ilona regelmäßig atmend im Bett.

Bertram warf einen letzten Blick auf sie. Wie jung sie aussah!

Dieser Anblick und die Ordnung in ihrem Jungmädchenzimmer erfüllten Bertram mit Zuversicht. Sie würden auch das hier überstehen. »Ich weiß gar nicht, wie ich dir danken soll«, sagte er, als Ann-Christine im Begriff war zu gehen.

»Das ist mein Job. Ilona wird heute ausschlafen, und danach wird es ihr hoffentlich etwas besser gehen. Aber schick sie bitte zu mir in die Praxis! Das ist natürlich alles noch nicht ausgestanden. Ich muss sehen, wie ich ihr helfen kann.«

»Kann der Tod des Pastors denn diese Reaktion hervorgerufen haben? Ich meine, ist das ... normal?«

»Was ist schon normal? Natürlich kann er das. Es war ein Schock für uns alle, und Ilona hat für Matthias Stöver gearbeitet und war fast täglich mit ihm zusammen. Sie ist ein sensibles Mädchen.«

»Und ... das ganze Essen?«

»Wisst ihr von einer Essstörung? Ist euch sonst schon mal was aufgefallen?«

Bertram zuckte mit den Schultern. »Da frag lieber Simone«, wich er aus.

»Versuch, jetzt auch noch etwas Schlaf zu finden.« Sie öffnete die Haustür, und er hörte gedämpftes Bellen aus Richtung ihres Wagens. »Sobald ich mich vom Auto entferne, werden die Hunde unruhig«, sagte sie entschuldigend. »Ich will nicht, dass sie mit ihrem Gebell deine Nachbarn aufwecken.«

»Die kleben doch eh bestimmt schon hinter den Gardinen. Warum nimmst du die Hunde überhaupt mit?«

»Sie bleiben noch nicht allein, sondern bellen mir die Nachbarschaft zusammen, wenn ich das Haus verlasse. Verwöhnte Kerle. Aber sie sind ja noch jung. Mit ihnen ist es ein bisschen wie mit kleinen Kindern.«

»Kleinen Kindern?« Bertram verdrehte die Augen. »Nicht nur mit kleinen, Ann-Christine. Die Sorgen hören nie auf.«

10. Kapitel

Zur Einsatzbesprechung zum Fall Matthias Stöver waren alle verfügbaren Mitarbeiter des K1 im Besprechungsraum erschienen. Michael Gerlach, Juliane Timmermann und Manfred Rist, die durchgearbeitet hatten, saßen mit Augenringen, schwarz wie Autoreifen, am Tisch. Juliane hatte wohl versucht, mit Abdeckcreme, pinkfarbenem Rouge und Lippenstift von den Spuren der durchwachten Nacht abzulenken, doch das Ergebnis erinnerte Pia an den Geist einer Geisha, den sie mal in einem japanischen Horrorstreifen gesehen hatte. Rist nuckelte, begierig wie ein Kind an der Mutterbrust, an seinem Warmhaltebecher mit Kaffee. Er verbreitete am Whiteboard eine ungesunde Energie, die alle nervös machte.

Nur Gerlach sah wie immer munter und frisch aus. So perfekt, wie bei ihm ein Haar auf dem anderen lag, dachte Pia nicht zum ersten Mal an eine Perücke, die er nach Bedarf einfach auf- und absetzte. Er fing ihren Blick auf und lächelte, ihre ketzerischen Gedanken nicht ahnend. Einzig ein Zucken seines linken Augenlids verriet seine Müdigkeit. Pia hoffte, dass sich die drei gleich eine Pause gönnten, und sei es auch nur auf einem Feldbett in ihren Büros, und Broders, Wohlert, ihr und den Leuten vom K6 für eine Weile das Feld überlassen würden.

Sie fühlte sich ausgeruht und tatkräftig. Der Rest der Nacht zusammen mit Felix in der neuen Wohnung war gut verlaufen. Pia hoffte, dass er, und auch sie, sich bald eingewöhnen würden. Die Wohnung war schön, sie war wie durch ein Wunder (oder eher, weil sie die Nachmieterin ihres Bruders geworden war) bezahlbar, und Felix hatte endlich ein eigenes Zimmer und einen Innenhof zum Spielen. Aber Pia vermisste ihr »Krähennest« unter dem Dach und ihr vertrautes Umfeld auf der Altstadtinsel. Hinnerk hatte in dieser Hinsicht gar nicht so unrecht gehabt.

Rist listete stichwortartig die Fakten auf, die sie bisher zusammengetragen hatten. Dann warf Conrad Wohlert mit dem Beamer die Fotos der Spurensicherung an die Wand. Bei den Tatortbildern, die die Leiche des Pastors in der Sakristei zeigten, stoppten sie. »Das Obduktionsergebnis werden wir frühestens heute Abend auf dem Tisch haben. Ich werde nachher selbst an der Sektion teilnehmen, dann kann ich vielleicht noch etwas Druck ausüben.« Rist bleckte die Zähne. Es sollte wohl eine Art entschlossenes Grinsen andeuten, sah jedoch eher aus wie eine Zahnkontrolle vor einem imaginären Spiegel. »Mit ein paar Annahmen des Rechtsmediziners können wir unter Vorbehalt aber jetzt schon arbeiten: drei Schläge, höchstwahrscheinlich mit einem der Messingkerzenleuchter verübt, die in der Sakristei aufbewahrt werden. Der Täter hat die Schläge mit Präzision und Energie ausgeführt, jeder von ihnen wäre wohl für sich genommen schon tödlich gewesen. Er hat also nachgesetzt, um ganz sicherzugehen. Vielleicht geschahen der Griff zur Tatwaffe, das Ausholen, zunächst im Affekt, aber der Täter brachte es dann mit kalter Präzision zu Ende. Er wollte nicht drohen, nicht verletzen, er wollte Blut sehen und auch töten. So jedenfalls die Theorie. Der Täter stand schräg hinter dem Pastor, als er zuschlug. Das Opfer hatte also keine Möglichkeit zur Gegenwehr.«

»Muss der Täter nicht recht groß sein, wenn er den Pastor mit so viel Kraft auf den Hinterkopf schlagen konnte?«, fragte Juliane im Tonfall einer Musterschülerin.

»Bedauerlicherweise nein. Der Leuchter ist nicht so schwer, als dass die Schläge nur von einem besonders kräftigen Täter ausgeführt werden konnten. Eine normale Konstitution, um den Leuchter zu heben und mit ihm zu hantieren, reicht aus. Gleichzeitig ist diese Tatwaffe lang und gut zu handhaben, sodass ein schöner Hebel entsteht. Der Rechtsmediziner meinte, eine Körpergröße von circa ein Meter sechzig hätte ausgereicht.«

»Schade. Mit der erforderlichen Körperlänge ist Elsa Grönwald wohl aus dem Schneider«, bemerkte Broders. »Höchstens eins fünfundvierzig.«

»Ihre Zeugin?« Rist war irritiert.

»Die Hundertjährige.«

»Wirklich?«, fragte Juliane.

»Sogar eher hundertzwanzig.«

»Das ist nicht witzig!«, fuhr der Leiter ihn an.

Broders hob entschuldigend die Augenbrauen.

»Haben wir irgendwelche tatrelevanten Spuren? Fingerspuren?«, fragte Pia.

»Es sieht bisher mager aus. Ein sorgfältig abgewischter Leuchter. Der Fußboden wurde mit einer Textilie gesäubert. Da haben wir lila Fasern sichergestellt, die noch analysiert werden. Ansonsten war der Teppich bis auf das Blut des Pastors einigermaßen sauber.«

»Und der Türgriff der Sakristei?«, hakte Pia nach.

»Ebenfalls abgewischt.«

»Kann ich die Sakristei noch mal im Ganzen sehen?«, forderte Pia.

Rist zeigte eines der vorherigen Bilder, die den kleinen Anbau trotz der beengten Raumverhältnisse ganz gut abbildeten. Auf dem Foto wirkte das dunkle, vollgestellte Zimmer bedrückend, aber das konnte auch an dem Toten im Bildmittelpunkt liegen, unter dessen Kopf sich gut sichtbar eine Blutlache abzeichnete.

»Das ist kein Raum, in den man jemanden einlässt, der

einem nicht geheuer ist«, stellte Pia fest. »Noch dazu zu so später Stunde. Ich vermute, der Pastor hat die Person, die da bei ihm war, gut gekannt und ihr vertraut.«

»Ein passender Ort für ein trauliches Gespräch unter vier Augen. Eine Beichte zum Beispiel«, sagte Conrad Wohlert.

»Wir sind hier nicht bei den Katholiken«, merkte Rist an.

»Na und? Eine Art Beichte gibt es bei den Protestanten schon. Und auch ein Beichtgeheimnis«, erläuterte Wohlert.

Rist brummte etwas Unverständliches.

»Warum liegt der Pastor dann so, als hätte er die Sakristei verlassen und in die Kirche gehen wollen?«, überlegte Pia laut. »Vielleicht hat im Laufe der Unterhaltung etwas die vertrauliche Atmosphäre zerstört, und der Pastor wollte nur noch weg. Der Besucher hat ihm aber den Ausgang nach draußen versperrt. Also musste Stöver zurück in den Kirchenraum gehen.«

»Es gibt keinerlei Kampfspuren.«

»Bis auf die Leiche ...«

»Es muss ja auch kein Kampf gewesen sein. Nur eine verbale Auseinandersetzung.«

»Ich finde, es sieht eher nach Heimtücke aus. Als hätte der Pastor keine Ahnung gehabt, dass er in Gefahr ist. Ich kann mir vorstellen, dass er nach dem Gespräch nur noch vorne abschließen und das Licht ausschalten wollte. Er dreht der Person den Rücken zu und da ... zack!«, sagte Wohlert und untermalte seine Worte mit einer entsprechenden Armbewegung. Die anderen starrten ihn leicht verblüfft an. Die Dramatik passte nicht zu dem sonst so effizienten und zurückhaltenden Mann.

»Wie war der Status quo am nächsten Morgen? War da die Haupttür abgeschlossen? Brannte noch Licht?«, wollte Gerlach nach einigen Sekunden wissen.

Rist sah in seinen Notizen nach. »Die Lampen in der Kirche

und der Sakristei waren bis auf ein kleines Licht im Kirchenraum ausgeschaltet. Die eigentliche Kirchentür war abgeschlossen. Der Schlüssel lag wieder in der Schublade in dem Schrank in der Sakristei, wo er nach Aussage des Küsters immer aufbewahrt wird. Das hat die Spurensicherung so notiert.«

»Was hat der Pastor überhaupt noch in der Sakristei gemacht, bevor der Täter kam?«

»Er hat vielleicht noch etwas weggeräumt oder ein Gebet vor dem kleinen, provisorischen Altar dort gesprochen«, überlegte Wohlert laut.

»Und dann ist jemand durch den Eingang der Sakristei zu ihm hineingekommen?«, fragte Broders.

»Die Chorknaben haben ausgesagt, dass zwei von ihnen gemeinsam als Letzte die Kirche durch den Ausgang im Turm verlassen haben«, sagte Gerlach, der aus seinen Notizen ablas. »Das war um einundzwanzig Uhr fünfzig. Aber einer von ihnen könnte zurückgekommen sein. Oder einer der anderen Chorsänger. Das hätte bei Matthias Stöver wohl nicht viel Argwohn erregt.«

»Oder es kam jemand anders aus der Gemeinde oder aus seinem Bekanntenkreis, von dem er meinte, nichts zu befürchten zu haben.«

»Dann war es ein Zufall, dass gerade alle fort waren, nur der Pastor noch nicht?« Broders klang ungläubig.

»Oder das war Absicht. Jemand könnte die Kirche beobachtet haben, um den richtigen Zeitpunkt abzupassen.« Pia versuchte, sich den Ablauf der Ereignisse vorzustellen.

»Oha, da kommt meine Hundertjährige wieder ins Spiel«, frohlockte Broders. »Beste Sicht auf die Kirche.«

Pia merkte auf. »Die Spurensicherung hat noch etwas im Knick in der Nähe des Kirchengeländes gefunden, das wichtig sein könnte«, sagte sie. Es lag zwar ein erster Bericht des K6 über die Spurenlage insgesamt vor, aber nur sie hatte es mit eigenen Augen gesehen. Pia erläuterte, was Schelling ihr gezeigt hatte.

»Das kann alles Mögliche bedeuten. Bei dem Wetter legt sich doch kein vernünftiger Mensch nachts in ein Gebüsch«, entgegnete Rist.

»Es sei denn, er hat einen guten Grund dafür«, sagte Pia. »Zum Beispiel, wenn er den richtigen Moment abwarten will.«

»Das ist mir zu spekulativ. Wir suchen eine Person mit einem richtigen Motiv«, erwiderte Rist ungeduldig.

»Wird schwierig«, sagte Broders. »Der Pastor soll ja ein durch und durch guter Mensch gewesen sein.« Er sah herausfordernd in die Runde. »Suchen wir demnach nach jemand abgrundtief Bösen?«

Pia runzelte die Stirn. Sie berichtete von den Aussagen der Zwillinge und davon, dass ihr Vater zu Hause ein anderer Mensch gewesen sei.

»Eine vierzehnjährige Pastorentochter mit einem Freund«, resümierte Rist. »Interessant. Den müssen wir schnellstmöglich finden.«

»Sollen wir der Lütten etwa Daumenschrauben anlegen?«, fragte Broders.

Es war seltsam, wieder in die Sakristei zu gehen. Ernst Fassbender sah, dass die Polizei das Siegel am vergangenen Abend noch entfernt hatte. Die Spurensicherung war also abgeschlossen. Matthias Stövers Leiche lag irgendwo in der Rechtsmedizin in Lübeck, auf einem Metalltisch, in einem Kühlfach.

Übermorgen hätte der Pastor Herbert Michelsen unter die Erde bringen sollen. Der befand sich nämlich noch immer im Bestattungsinstitut Schmitz, was einigen Leuten in Mönkenbek gar nicht gefiel. Der Küster kannte ja den alten Aberglauben. Früher war dieser Glaube so stark ausgeprägt gewesen, dass seine neunzigjährige Großmutter in einer solchen Situation mal wieder ihren Nachlass geordnet und sich tränenreich von allen verabschiedet hatte, falls sie diejenige sein sollte, die am nächsten Morgen nicht wieder aufwachte. Damals waren die Leute nach ihrem Tod meistens schneller bestattet worden. Pastor Stöver hatte sich immer sehr viel Zeit für die Gespräche mit den Hinterbliebenen genommen. Jede seiner Trauerreden war ein individueller Lebensabriss gewesen. Jedenfalls hatte Matthias Stöver sich nicht um diesen Aberglauben gekümmert. Eher im Gegenteil. Er hatte ihn ausmerzen wollen, weil er ihn als gotteslästerlich angesehen hatte.

Was man in einer Trauerrede wohl mal aus meinem Leben machen wird?, überlegte der Küster. Wer kannte schon den wahren Ernst Fassbender? Kannte er sich denn selbst? Er trug sein Herz nicht auf der Zunge, und hineinsehen ließ er auch niemanden. Die Leute unterschätzten ihn. Wenn sich die Menschen erst einmal ein Bild von jemandem gemacht hatten, das zu ihrer Weltanschauung passte, waren sie zufrieden. Sie wollten es nicht korrigieren, es sei denn, etwas oder jemand zwang sie dazu.

Er schloss mit kalter Hand die Tür zur Sakristei auf. Ein Windstoß fuhr durch die Büsche neben dem Eingang, und Fassbender fröstelte. Ihm war nicht danach hineinzugehen. Vielleicht sollte er später wiederkommen? Erst mal beim Bäcker Steffen einen Kaffee trinken und den Tag langsam angehen lassen? Zu Hause war weder Ruhe noch Frieden zu finden gewesen. Lotti ging es schlecht. Sie war um fünf Uhr aufgestanden, hatte geduscht und danach begonnen, das Badezimmer zu putzen. Als er runtergekommen war, hatte sie mit verbissenem Gesicht die Kloschüssel geschrubbt. Der Sitz lag abgeschraubt neben der Badewanne. Es stank nach Putz- und Desinfektionsmitteln, und alles glänzte. Ernst putzte sich im Gäste-WC die Zähne, wie sie ihn gebeten hatte. Er machte in ihren Augen nur Schmutz! Er wusste, er sollte Verständnis für sie haben, denn sie war krank. Dr. Philipps hatte es ihm erklärt. Aber er konnte es nicht mehr ertragen. Anfangs hatte es so ausgesehen, als würden die Antidepressiva Lotti helfen. Doch auf Dauer half nichts. Sie lebten aufgrund der hohen Ausgaben und der Tatsache, dass Lotti nicht mehr arbeiten konnte, am Existenzminimum. Jeder Kontoauszug war ein Hieb in die Magengrube. Wenn ihr dreizehn Jahre alter Polo im März nicht durch den TÜV ging, waren sie geliefert.

Wäre Lotti körperlich krank, dann hätten sie es einfacher. Dann könnte er bestimmt besser damit umgehen. Nicht, dass er ihr Krebs oder etwas ähnlich Grausames wünschte. Aber dann wüssten sie wenigstens, womit sie es zu tun hatten. Dann hätten sie einen gemeinsamen Feind. Und auch die Nachbarn und die anderen Gemeindemitglieder würden anders reagieren. Sie würden sich verständnisvoll nach Lottis Befinden erkundigen, ihn unterstützen und bemitleiden. Aber ein psychisches Leiden ... Eine Zwangsneurose – Putzzwang ... Das nahm hier niemand ernst. Daran hatten sie doch nach Meinung aller anderen irgendwie selbst Schuld.

Es nützte nichts. Er musste in die Sakristei hineingehen. Die Polizei wollte wissen, ob dort oder in der Kirche irgendetwas fehlte.

Eine Viertelstunde später wählte er die Nummer, die der Kriminalbeamte ihm gegeben hatte. Er hatte jetzt dreimal nachgesehen, doch es blieb dabei, so seltsam und unverständlich es auch war: Nach dem Verlust der alten Silberkelche und des Mönkenbeker Altarkreuzes vor knapp fünfundzwanzig Jahren war nicht mehr viel Wertvolles in dieser Kirche zu holen. Dass jetzt ausgerechnet die Paramente fehlten, war doch irgendwie grotesk.

11. Kapitel

»Tut mir leid, ich kann Sie nicht zu meiner Tochter lassen.«

Pia stand vor der Haustür der Pagels, doch Simone Pagel ließ sie nicht eintreten. Die Frau hatte die Arme vor der Brust verschränkt. Heute zierte ein Samthaarreifen mit Schleifchen ihren Kopf und gab ihr das Aussehen eines ziemlich in die Jahre gekommenen, trotzigen Schulmädchens.

»Ich hab vorhin mit Ihrer Tochter telefoniert, und sie hat gemeint, ich könne jederzeit vorbeikommen«, sagte Pia.

»Das war, bevor Dr. Philipps sie krankgeschrieben hat.«

»Was ist denn in der Zwischenzeit passiert?«

Simone Pagel bedachte sie mit einem verächtlichen Blick. »Ich glaube kaum, dass Sie das etwas angeht. Die nächsten zwei Tage muss die Polizei sie in Frieden lassen. Meine Tochter hat durch den Mord einen Schock erlitten und braucht Ruhe.«

»Und wir brauchen ihre Hilfe, wenn wir den Mord aufklären wollen.«

»Da müssen Sie halt noch warten.«

»Kann ich ihr wenigstens kurz eine Frage stellen? Wir müssen wissen, welche Termine Matthias Stöver vor seinem Tod hatte und wo wir die Aufzeichnungen darüber finden.« Das stimmte nicht ganz; den Terminkalender hatten sie gefunden, aber das musste Simone Pagel nicht wissen.

»Warum fragen Sie nicht den Küster Ernst Fassbender? Der weiß doch sonst immer alles.«

Pia fuhr sich mit der Hand über die Stirn. Sie wollte nicht unverrichteter Dinge wieder gehen, doch diese dünne Frau war ein Bollwerk. Ilona Pagel saß irgendwo da oben, wie Rapunzel in ihrem Turm, und wollte der Polizei bestimmt helfen. Das war die normale Reaktion der Leute auf einen Mord in ihrem persönlichen Umfeld. Immerhin hatte die junge Frau den Pastor wohl recht gerngehabt. Aber sie kam nicht an Ilona Pagel heran. »Würden Sie mir bitte Dr. Philipps' Adresse und Telefonnummer geben?«, bat Pia mit einem kühlen Lächeln.

Simone Pagel kniff die Augen zusammen. »Dr. Ann-Christine Philipps, Dorfstraße sechsundzwanzig, Mönkenbek. Schönen Gruß!«

Pia überlegte, wie lange es her war, dass jemand ihr die Tür vor der Nase zugeknallt hatte. Das musste Jahre zurückliegen. Damals war sie noch im Streifendienst gewesen und hatte in die Wohnung einiger Junkies hineingewollt. Immerhin, da hatten sie die Tür am Ende des Tages aufbrechen lassen dürfen. Es bestand also noch Hoffnung.

Die Bäckereifachverkäuferin Lisa Kömmel staunte. Ein Mord im Dorf und schon brummte der Laden. Die Chefin und sie kamen kaum hinterher, auch wenn, um der Wahrheit Genüge zu tun, hauptsächlich der Kaffee im Becher für einen Euro über die Ladentheke ging.

Und jetzt trat sogar ein ihr unbekannter, gut aussehender Mann ein. Okay, er war schon etwas zu alt für sie. Aber er grinste sie an, als er einen Kaffee orderte. Oh Gott, er hatte wahnsinnig tolle grüne Augen! Er ließ sich noch zwei Frikadellenbrötchen von ihr geben und stellte sich dann an den Stehtisch, der ihr am nächsten war. Lisa Kömmel beobachtete den Fremden unter ihrem neuen Pony hindurch, während sie der alten Elsa Grönwald die üblichen vier Scheiben Feinbrot schnitt.

»Passen Sie doch auf! Wo sind Sie denn mit Ihren Gedanken? Nicht wieder zu dick«, ertönte es prompt.

»Wie immer, Frau Grönwald, acht Millimeter.«

»Das sagen Sie jedes Mal. Ich hoffe, Sie drehen mir nicht wieder das Brot vom Vortag an. Am Samstag wäre mir beim Abbeißen fast das Gebiss zerbrochen«, zeterte sie in Richtung Theke.

»Wenn das nicht die gute Elsa Grönwald ist«, sagte der Mann am Stehtisch. »Charmant wie eh und je.«

»Adrian Pagel? Bist du es wirklich? Ich hätte dich beinahe nicht wiedererkannt, so alt, wie du aussiehst.«

Soso, der Fremde stammt also von hier, dachte Lisa Kömmel. Wenn er Pagel mit Nachnamen hieß, war er bestimmt mit dem Schlachter verwandt. Na, dann hatte dieser Adrian den besseren Schnitt gemacht, was sein Äußeres anging. Und zum Glück hatte er die Grönwald von ihr abgelenkt. Die alte Frau knallte ihr abgezähltes Kleingeld auf die Theke und würdigte das Brot in der Tüte keines Blickes mehr.

»You are lookin' younger than ever, Elsa«, deklamierte der Mann am Stehtisch. »Younger than ever.«

»Hast du verlernt, Deutsch zu reden?«, fragte sie. »Und weiß der Bertram überhaupt, dass du hier bist?«

»Klar doch. Seinetwegen frier ich mir ja an der Ostsee den Arsch ab.«

»Du willst bestimmt die alte Mühle verkaufen. Eine Schande, wie es da aussieht. Eine Schande! Bist wohl pleite. Na, die Simone tät's freuen.« Und damit stolzierte Elsa Grönwald aus dem Geschäft.

Adrian Pagel blickte ihr stirnrunzelnd nach, schüttelte sacht den Kopf und biss dann herzhaft in eins seiner Frikadellenbrötchen.

Lisa Kömmel hoffte, jetzt einen Moment durchatmen und eine Zigarette hinter der Backstube rauchen zu können, als zwei Jugendliche hereingetrottet kamen. Bjarne Freese, der einzige Sohn des Großbauern von Mönkenbek, und ein Spross der Hansens, von denen es so viele gab, dass sich die meisten Dorfbewohner nicht die Mühe machten, die Vornamen zu lernen. Einer hieß Ethan, den Namen mochte Lisa. Hier auf dem Lande nannten sie die Kinder sonst oft in der fünften Generation Heinrich oder Charlotte.

Bjarne Freese bestellte zwei Cola und zwei Franzbrötchen und ließ dabei den Blick durch das Ladenlokal schweifen. »Mann, was ist denn hier heute los? Gibt's was umsonst?«, fragte er amüsiert.

Nee, nur 'nen abgemurksten Pastor, hätte Lisa Kömmel beinahe erwidert. Aber die Chefin stand neben ihr, und so schluckte sie die unpassende Bemerkung hinunter. Sie legte die zwei größten Franzbrötchen, die sie in der Auslage hatte, auf die Teller. Die beiden Jungs waren ja noch im Wachstum. Schlaksig wie nur was. »Habt ihr heute gar keine Schule, Bjarne?«, fragte sie. Sie brauchte jetzt wirklich eine Zigarette.

»Schelf-Tag.«

»Was ist das denn Neumodisches?« Sie holte die zwei Flaschen Cola aus dem Kühlschrank und stellte sie ebenfalls auf die Theke.

»Schulentwicklungstag. Fortbildung für die Lehrer.«

Die beiden Jungs schlenderten zu dem letzten freien Stehtisch in der Mitte der Bäckerei.

»Hi, du bist also Bjarne«, sagte Adrian Pagel.

»He, kennen wir uns?«

»Ich bin mit deiner Mutter zur Schule gegangen. Lea Freese, nicht wahr?«

»Kann schon sein«, nuschelte er.

Der Hansen-Sohn starrte ihn neugierig an. »Und wer sind Sie?«

»Adrian Pagel. Verwandt und verschwägert mit ...« Er deutete mit dem Kopf in Richtung der Schlachterei ein paar Häuser weiter.

»Beileid«, sagte der Junge frech. Er zog sein Mobiltelefon hervor und legte es vor sich auf den Tisch. »Seit wann sind Sie denn hier, Herr Pagel?«

»Und seit wann geht dich das was an?«

»Wir helfen der Polizei bei den Ermittlungen«, hörte Lisa den Hansen-Sohn großspurig sagen. Hieß er nicht Damian?

»Ach ja?« Adrian Pagel wischte sich ein Stück Frikadelle vom Kinn. »Weiß dein Vater davon, Bjarne?«

Bjarne Freese lief rot an und warf seinem Kumpel einen wütenden Blick zu. »War 'n Scherz!«

»So kommst du nie zu was«, gab der zurück.

»Und wer bist du?«, fragte Adrian Bjarnes Freund.

Jetzt wäre es aber wirklich langsam Zeit für die Zigarette, dachte Lisa Kömmel. Die Chefin schenkte sich auch gerade ihren Vormittagskaffee ein und nahm sich ein Käsebrötchen. Wenn nur nicht so viel los wäre!

»Egal«, gab der Hansen-Junge zurück. Er entsprach in seiner Gestik und Verbindlichkeit ganz den Familiengepflogenheiten.

Die Türglocke erklang, und eine Frau in Jeans und Lederjacke kam herein, die Lisa hier ebenfalls noch nie gesehen hatte. Sie stöhnte innerlich. Die Gelegenheit, eine zu rauchen, war ungenutzt verstrichen. »Ja, bitte?«

Die Frau musterte die Auslage, den Kaffeeautomaten, die verbliebenen Gäste. »Einen Milchkaffee«, orderte sie. Sie sah genervt aus, prüfte ihr Handy, steckte es wieder weg. Die Verkäuferin konnte sehen, dass sie unter ihrer Jacke eine Waffe trug. Das war spannend. Dann war die also von der Polizei. Klar, die wuselten hier ja überall rum, seit der Pastor ermordet worden war.

Hinter ihnen wurde es etwas lauter. »Geben Sie das sofort

wieder her!« Der Hansen-Sohn griff nach seinem Handy, doch Adrian Pagel drehte sich damit einfach ein Stück weg, sodass der Junge keine Chance hatte. Er tanzte um ihn herum wie ein Boxer im Ring, während Bjarne ein Gesicht machte, als würde er sich am liebsten sofort in Luft auflösen.

»Ah. Du zeichnest Sprachmitteilungen auf!« Er spielte Damians Aufzeichnung laut vor:

»Karsten Freese. Samstag, achtzehn Uhr dreißig bis neunzehn Uhr fünfzehn: Stallarbeit. Abendbrot. Fußballtraining. Zwanzig Uhr bis zweiundzwanzig Uhr fünfzehn ...«

»Bjarne, Bjarne, das ist aber nicht nett, dem eigenen Vater nachzuspionieren.«

Sein Freund schlug dem Mann auf den Arm.

Die Polizistin ließ den Kaffee stehen und trat auf Adrian Pagel und die Jungs zu. »Gibt es ein Problem?«, fragte sie scharf. »Herr Pagel?«

»Nein, nicht, dass ich wüsste«, sagte der Mann.

Sie sah auch den Hansen-Jungen warnend an, der daraufhin mit zusammengezogenen Augenbrauen den Kopf schüttelte.

»Ah, jetzt erkenne ich dich«, meinte Adrian Pagel zu ihm und gab ihm mit einem Seitenblick auf die Polizistin das Handy zurück. »Du bist ein Sohn von Helge Hansen, nicht wahr?«

»Und wenn schon?«

»Seinetwegen hab ich mal 'nen Zahn verloren.« Er griff nach seinem rechten oberen Schneidezahn, zog ihn heraus, hielt ihn dem Jungen entgegen und setzte ihn wieder ein. »Ein Stiftzahn, super, was? Das werde ich deinem Vater nie vergessen. Grüß ihn mal schön von mir!«

Der Junge starrte angewidert auf die Vorführung und murmelte dann etwas, das verdächtig nach »Fick dich, Alter!« klang. Der beachtete ihn nicht weiter, sondern widmete sich seinem zweiten Brötchen. Die Polizistin warf beiden Jungen noch einen prüfenden Blick zu und kam wieder an die Theke, um ihren Kaffee abzuholen.

»Tut mir leid«, sagte die Chefin, die die Szene beobachtet hatte. »Sind heute alle durch den Wind, Sie wissen schon, weshalb.«

Nachdem Pia den Kaffee getrunken und die Bäckerei verlassen hatte, ging sie zu Fuß die Dorfstraße hinunter. Die Arztpraxis von Dr. Philipps konnte nicht weit entfernt sein. Sie hatte mit Adrian Pagel verabredet, dass sie ihn gegen Mittag an der Strandhütte aufsuchen würde. Pia wollte sich im Anschluss an das Gespräch mit der Dorfärztin den Ort ansehen, wo Pagel sich die Kopfverletzung zugezogen hatte. Ein Detail, bei dem Rist nur abgewinkt hatte. Das Treffen stand also nicht offiziell auf ihrer Agenda, aber das würde sie nicht davon abhalten.

Die beiden Jungs hatten fluchtartig die Bäckerei verlassen. Pia hatte sich von der Verkäuferin jedoch ihre Namen geben lassen, um sie bei nächster Gelegenheit zu warnen, dass das, was sie da offensichtlich taten, keine gute Idee war.

Die Nummer sechsundzwanzig war eine gepflegte alte Kate an der Dorfstraße. Symmetrisch aufgebaut, mit einer zweiflügeligen Kassettentür in Weiß und Grün in der Mitte, daneben je zwei Sprossenfenster und eines im Zwerchhaus über der Tür. Die Seiten des Hauses waren in Fachwerk ausgeführt, alles schien gut in Schuss zu sein. An das Haupthaus schloss sich ein kleines Stallgebäude an, in dem sich offenbar die Praxisräume befanden. Dahinter konnte Pia die im Dunst flach daliegenden Felder überblicken.

Pia fand die Tür zur Praxis der Allgemeinmedizinerin unverschlossen und trat ein. Im Wartezimmer reihten sich unterschiedlich farbige Stühle des Designers Arne Jacobsen. Gegenüber befand sich der Empfangstresen, der als Anmeldung und Bürobereich diente, im Moment jedoch nicht besetzt war.

Bitte nehmen Sie im Wartebereich Platz!, stand auf einem selbst ausgedruckten Schild zu lesen. Die Tür zum Behandlungszimmer war geschlossen, an der verchromten Garderobe hing eine olivfarbene Herrenjacke mit beigem Cordkragen. Die Ärztin hatte wohl gerade einen Patienten. Pia setzte sich und tat, was mittlerweile fast alle Menschen tun, wenn sie warten mussten: Sie kontrollierte ihr Mobiltelefon. Schon nach ein paar Minuten kam ein älterer Mann aus dem Behandlungsraum.

»Mach ich, mach ich, Frau Doktor. Auch besten Gruß von meiner Frau.« Er warf Pia einen neugierigen Blick zu, grüßte sie mit einem Nicken und nahm seine Jacke von der Garderobe.

Eine Frau Anfang vierzig erschien in der Tür zum Wartezimmer. Das erste Attribut, das Pia zu der Ärztin einfiel, war: gesund. Sie hatte eine Statur wie eine Sportlerin, eher Ballsport – vielleicht sogar Rugby – als Marathon oder Ballett. An der Üppigkeit ihres welligen dunkelblonden Haares hätten drei Frauen ihre Freude gehabt. Dr. Philipps war nicht geschminkt, oder wenn, dann nur sehr dezent. Sie hatte ein ausdrucksvolles Gesicht, und sie trug den klassischen weißen Arztkittel.

Pia stellte sich ihr vor.

»Schon wieder die Kripo? Ich habe doch bereits gestern mit einem Kollegen von Ihnen gesprochen. Brodersen oder so.«

»Heinz Broders, genau. Ich will Sie auch nicht lange aufhalten, Frau Dr. Philipps. Es geht um Ilona Pagel. Ihre Mutter meint, ich solle mich an Sie wenden. Wann, glauben Sie, ist Ilona Pagel wieder vernehmungsfähig?«

»Ach, das! Ich hab sie für heute krankgeschrieben. Sie sollte sich auf keinen Fall aufregen. Versuchen Sie es morgen noch mal bei ihr!«

»Matthias Stövers Tod hat Ilona Pagel schwer getroffen?«

Die Ärztin lächelte. »Dazu kann ich nichts sagen.«

»Schade«, meinte Pia. »Haben Sie fünf Minuten Zeit für mich?«

Dr. Philipps sah auf die Uhr an der Wand über dem Tresen. »Gleich kommt noch jemand zum Impfen, und dann stehen zwei U-Untersuchungen an, aber so lange können Sie reinkommen.« Sie hielt die Tür zu ihrem Behandlungszimmer auf.

Ann-Christine Philipps gehörte nicht zu den Ärzten, die ihren Arbeitsbereich mit privatem Schnickschnack dekorieren. Einzig zwei große Hunde, die in einem Korb in der Ecke lagen und bei Pias Eintreten die Köpfe hoben, ließen auf ihre Interessen außerhalb der Praxis schließen.

»Achten Sie bitte nicht weiter auf die beiden! Sie lernen gerade, nicht jeden Patienten schwanzwedelnd und mit einem feuchten Kuss zu begrüßen.«

»Wie alt sind sie denn?«

»Erst neun Monate.«

»Das denkt man gar nicht bei der Größe.«

Wenn Pia bei der Polizei eines gelernt hatte, dann war es, dass der Weg zum Herzen von Eltern über ihre Kinder, zu dem von Tierbesitzern über ihr Haustier führte ...

»Es sind reinrassige Tamaskans«, sagte Ann-Christine Philipps stolz.

»Ich hätte auf Wölfe getippt.«

Dr. Philipps lachte auf. Ein klarer, dunkler Laut, bei dem die Tiere die Ohren spitzten. »Das ist Absicht. Ihr Kollege hat das auch gedacht. Hat er Angst vor Hunden? Meine zwei sind aber lammfromm.«

Pia beschloss, auf die Frage nach Broders nicht einzugehen

und lieber zum Thema zu kommen. »Zu Ihrem Verhältnis zum Op... zum Pastor hat mein Kollege Sie ja schon befragt. Nun ist ein Tag vergangen, und Sie sind hier in Mönkenbek mittendrin im Geschehen. Wie ist die Stimmung im Ort, mal abgesehen vom Zusammenbruch der Gemeindesekretärin?«

»Ich habe nie gesagt, dass sie seinetwegen einen Zusammenbruch hatte.«

Pia winkte ab. »Geschenkt. Was reden die Leute? Ist man der Meinung, dass es jemand von außerhalb war, oder verdächtigt hier jetzt einer den anderen?«

Die Ärztin überlegte einen Moment. »Die, mit denen ich gesprochen habe, sind alle aufgeregt und betroffen. Es ist seltsam, denn eigentlich sollte der Tod den Leuten hier vertrauter sein, nicht so aus dem Bewusstsein verbannt wie in der Stadt. Tagtäglich werden Tiere geschlachtet, Menschen sterben, an Krankheiten, Altersschwäche oder auch bei grausigen Unfällen im Straßenverkehr und in der Landwirtschaft. Manchmal kann ich selbst kaum glauben, was hier so los ist. Aber einen Mord hatten wir in Mönkenbek nicht, solange ich zurückdenken kann.«

»Sie sind hier aufgewachsen?«

»Ich bin sogar in diesem Haus geboren. Mein Vater hielt es für unnötig, wegen einer läppischen Geburt in die Klinik zu fahren. Er nahm es eher sportlich.« Sie zwinkerte Pia fröhlich zu. »Außerdem hatte ich es sehr eilig.«

»Ihre Mutter hat es hoffentlich auch sportlich genommen?«

»Klar. Sie wollte, was er wollte.«

»Sind Sie verheiratet, oder leben Sie in einer festen Beziehung?«

»Zurzeit nicht. Wenn man mich das fragt, sage ich normalerweise immer, dass ich mit meinem Beruf verheiratet bin.« Sie blickte auf Pias rechte Hand. »Und Sie?« Pia hörte einen gewissen Schmerz. Nicht wegen des Single-Daseins, sondern eher wegen der hartnäckigen Fragen zu diesem Thema, denen die Ärztin offenbar ausgesetzt war. Das war auf dem Land bestimmt unangenehmer als in der Stadt. Mit Anfang vierzig hatte Ann-Christine Philipps die »Holzschuhtanz-, Scherbenfegen- und Brautstraußfangen-Phase« ja wohl hinter sich gelassen. Trotzdem, manche Mitmenschen gaben in dieser Beziehung nie Ruhe.

»Da sitzen wir im selben Boot.« Das war der Türöffner einer jeden Vernehmung: wenn man etwas Verbindendes entdeckte. Gemeinsamkeiten entspannten die Menschen. »Sie sagen, es sterben hier so viele. Gab es mal besondere Umstände? Todesfälle, von denen Sie im Nachhinein denken, dass sie ungewöhnlich waren?«

Die Ärztin drückte den Rücken durch. »In so einem Fall hätte ich selbstverständlich die Polizei informiert. Sehen Sie: Auf dem Land leben viele alte Leute, einfach deshalb, weil die Jungen größtenteils wegziehen, wenn Sie eine Ausbildung beginnen, und oft kommen Sie nicht zurück. Wir liegen in Mönkenbek auch nicht im Einzugsbereich einer größeren Stadt, deshalb siedeln sich hier kaum junge Familien an. Sie kaufen sich höchstens noch eine alte Kate, um sie zu einem Ferienhaus umzubauen. In diesem Winter sind elf meiner Patienten gestorben. Aber nicht, weil ich eine schlechte Ärztin bin. Das geht allen Kollegen auf dem Lande so. Der Altersdurchschnitt der Verstorbenen liegt bei weit über achtzig Jahren. Der Winter war lang, die Leute haben zu wenig Licht bekommen, sich kaum bewegt, sie nehmen zu wenig Vitamine zu sich. In der Folge sind sie oft deprimiert, und ihr Immunsystem schwächelt. Und dann kommen die grippalen Infekte hinzu, die sie viel mehr mitnehmen als jüngere Menschen, oder das Herz will nicht mehr. Wir leben nun mal nicht ewig, und ich für meinen Teil bin ganz froh darüber. Aber deswegen ist das hier kein Krimi. Es ist der normale Lauf der Welt.«

»Bis auf den Tod des Pastors. Er war vierundvierzig Jahre alt.«

»Das stimmt leider.« Sie blickte einen Moment auf ihre Hände, als müsste sie sich fassen. Dann sah sie Pia in die Augen. »Ich hab es wohl noch nicht so richtig akzeptiert. Matthias war in den letzten beiden Jahren ein Teil meines Lebens.«

»Sie haben es noch nicht realisiert, obwohl Sie seinen Tod festgestellt haben?«

»Das war wie ein böser Traum. Irreal.«

»Jemand hat ihn ermordet. Das ist die Realität, der wir uns stellen müssen.«

»Matthias hat mal so was Ähnliches gesagt. Dass wir uns nicht verrückt machen lassen dürfen. Immer mit den Füßen auf dem Boden der Tatsachen bleiben müssen.«

»Verrückt machen lassen von wem?«

»Von den vielen Todesfällen in diesem Winter.« Sie legte den Kopf schief. »Oder eher von dem, was die Leute daraus machen.«

»Und was ist das?«

»So was wie: der Tod als böses Omen und dieser Aberglaube: ›Ein Toter holt immer noch zwei nach.‹ Rein statistisch gesehen stimmt das, egal, wo Sie die Reihe beginnen lassen. Aber dass die Alten dann bei jedem Todesfall die Köpfe einziehen und überlegen, wer denn wohl der Nächste ist. Also ... das ist schlichtweg morbide.«

»Ich kenne diesen Spruch nur aus Altersheimen«, sagte Pia.

»Ja, da gibt's das auch. Tja, und es ist kaum zu widerlegen. Matthias wollte den Leuten Zuversicht und Lebensmut geben, den alten Aberglauben bekämpfen ...«

»Wie kann ich mir das praktisch vorstellen?«

Sie zuckte mit den Schultern. »Reden, reden, mit Engelszungen reden. Predigen eben.« Sie lächelte entschuldigend.

»›Auf dem Dorfe ist gut predigen‹, heißt es doch. Ich glaube, ich bin nicht sehr hilfreich für Ihre Ermittlungen.«

»Sie haben mir schon weitergeholfen.« Pia erhob sich. Ihre Dienstwaffe hatte sich im Sitzen in ihre Rippen gebohrt. »Was haben Sie am Samstagabend gemacht? Sagen wir, zwischen neun und Mitternacht?«

»Ich war zu Hause. Und ich bin mit meinen Hunden gegangen. Die Einzigen, denen ich begegnet bin, waren zwei Gäste beim Griechen, die draußen geraucht haben. Aber ich kannte sie nicht. Ich habe das alles schon zu Protokoll gegeben.«

Äußerlich blieb die Ärztin ruhig, doch Pia spürte aufgrund ihrer Haltung, dass ihr die Nachfrage nicht gefiel.

»Vielleicht erinnern Sie sich inzwischen an etwas, das Ihnen an dem Abend noch aufgefallen ist? Sie sind doch quer durch den Ort gelaufen.«

»Hauptsächlich durch die Feldmark und am Oldenburger Graben entlang. Mehr, als ich schon ausgesagt habe, weiß ich wirklich nicht.« Ann-Christine Philipps sah mit einer steilen Falte zwischen den Augenbrauen auf ihre Armbanduhr.

»Vielen Dank für Ihre Zeit.« Pia reichte der Ärztin die Hand. »Wir werden einander bestimmt noch mal über den Weg laufen.«

»Ja – Mönkenbek ist ja ein Dorf.« Ann-Christine Philipps Händedruck war warm und kräftig. Der Eindruck, dass sie verärgert war, verflüchtigte sich.

12. Kapitel

Nach dem Kaffee beim Bäcker war Adrian beklommen zumute. Der Aufenthalt in der überheizten Bäckerei hatte zwar die Kälte aus seinen Knochen vertrieben, die eine Nacht in einem Strandhaus im Februar mit sich bringt, dafür fühlte er sich rastlos. War die Idee, nach Mönkenbek zu kommen, wirklich so gut, wie er in Berlin gedacht hatte? Den Verkauf der Mühle konnte er bestimmt auch aus der Hauptstadt anleiern.

Die Bilder des abgetrennten Pferdekopfes in den Flammen tauchten immer wieder vor seinem geistigen Auge auf. Das Ganze war nicht nur außergewöhnlich und grausam, es überschritt eine Grenze. Die Grenze der Vernunft? Des normalen, gesellschaftlich angepassten Verhaltens? Aber was war schon normal? Er fasste sich an die Beule über dem Ohr. Um seine Sicherheit war es in der jämmerlichen Strandhütte auch deutlich schlechter bestellt als in Berlin. Er hatte gedacht, dass seine Gläubiger nicht wissen konnten, wo er sich aufhielt. Wie naiv er gewesen war, in seinen Heimatort und zu seinem Bruder zurückzulaufen wie ein verängstigtes Kind! Er war davon ausgegangen, dass die Leute, denen er das Geld schuldete, vorzugsweise in ihrem eigenen Gebiet operierten. Dass sie abwarten würden, bis er die Kohle beschafft hatte. Es ließ sich doch alles regeln. Er brauchte nur etwas Zeit. Eine Kuh, die man melken wollte, schlachtete man nicht, besagte Vernunft vorausgesetzt. Und dass es seinen Gläubigern daran offenbar mangelte, machte ihm Angst. Allerdings: Wenn sie ihn hätten töten wollen, dann wäre er jetzt schon tot. So betrachtet, ergab das Ganze wieder einen Sinn.

Und Angst half ihm nicht weiter. Sie machte blind und blöd. Die Einsamkeit der Hütte in den Dünen und die Erinnerungen an seine Jugend als Außenseiter in Mönkenbek vernebelten ihm den Verstand.

Hier ging noch etwas anderes vor sich. Das war doch seit dem Mord an dem Pastor mehr als offensichtlich. Es hatte vielleicht gar nichts mit ihm zu tun. Der Vorfall am Feuer war ein zufälliges Zusammentreffen ungünstiger Umstände gewesen. Er konnte weiß Gott wem bei weiß Gott was in die Quere gekommen sein. Die Leute rechneten um diese Jahreszeit nicht damit, an diesem Teil der Küste, mitten in den Dünen, gestört zu werden.

Nur, wobei hatte er gestört?

Weshalb sollte jemand diesen Pferdekopf verbrennen?

Ein Tierquäler, der seine Spuren verwischen wollte? Aber dann musste irgendwo ein Pferd vermisst werden. Er zwängte sich in den Mietwagen und fuhr zum Hof der Freeses. Adrian war zu Schulzeiten mit Karsten Freese befreundet gewesen. Dann kurz mit dessen jetziger Frau Lea – mit Karsten deshalb zu dieser Zeit nicht mehr. Aber nachdem er nach Berlin gezogen war, hatten die beiden dann doch geheiratet. Ihr Sohn Bjarne war beinahe schon erwachsen. So war der Lauf der Welt.

Als er neben dem Haus hielt, harkte ein alter Mann den Vorplatz. War das wirklich Otto Freese? Er hatte offensichtlich stark abgebaut. Adrian hatte ihn größer und Furcht einflößender in Erinnerung. Dünn war er geworden und klapprig, wie er da langsam, aber gleichmäßig den Boden bearbeitete. Doch Otto Freeses Augen blickten so scharf und missvergnügt wie eh und je, als er ihn erblickte.

»Moin, ich suche Karsten Freese.«

»Karsten ist unterwegs«, sagte sein Vater.

»Und Lea?«

»Im Stall«, brummte Freese und sah auf die Uhr. Vielleicht, weil es seiner Meinung nach längst Zeit für die Mittagsvorbereitungen seiner Schwiegertochter war.

»Geht's denn gut, Herr Freese?«, fragte Adrian, nur um die Reaktion zu testen. Was hatten sie als Jungs vor dem cholerisch veranlagten, kräftigen Bauern gezittert.

»Hm. Adrian Pagel, nicht wahr? Dir bekommt anscheinend das Stadtleben nicht. Bist ein bisschen feist geworden«, kam die Antwort.

»Gut im Futter.« Er strich sich über den Bauch und grinste den Alten an.

»Hast du eine Frau?« Das fiel den Leuten in Mönkenbek seit eh und je als Erstes zum Thema »gut im Futter« ein.

»Keine feste ...«

Otto Freese kniff die Augen zusammen. »Ist kein guter Zeitpunkt, hierher zurückzukommen. Was sagt denn dein Bruder Bertram dazu?«

»Der will mir vielleicht die alte Mühle abkaufen.«

»Ist dein Bordell nicht gut gelaufen?«

Adrian machte sich nicht die Mühe zu erklären, dass es kein Bordell gewesen sei. Der Alte mochte ihn nicht. Und das allein schon deswegen, weil er weggezogen war und nicht, wie es ihm als Erstgeborenem zugestanden hätte, die Schlachterei übernommen hatte. Wenn Otto Freese wüsste, was zwischen ihm und Lea mal gewesen war, wäre sowieso Hopfen und Malz verloren. Lea, damals noch Lea Singer, war das hübscheste Mädchen zwischen Fehmarn und Neustadt gewesen. Jeder Mann in seinem Alter, der von hier stammte, hätte wohl gern mal was mit ihr gehabt. Für ihn war Lea allerdings nie an Katharina herangekommen. Es gab die Frauen, die man haben konnte, und sei es auch nur für eine begrenzte Zeit, und dann die eine, die einen in Gedanken nie wieder richtig losließ.

»Schönen Tag noch. Ich schau dann mal, was Ihre Schwiegertochter so treibt«, sagte er und marschierte an Otto Freese vorbei zum Pferdestall.

Hinter der grün gestrichenen Doppeltür fand er Lea in der Stallgasse vor. Der Geruch nach Pferd verursachte einen gefühlsmäßigen Flashback in die frühen Neunziger. Erste Küsse und neugierige Fingerspiele auf dem Heuboden. Sie war schon immer ein Pferdemädchen gewesen, aber eines der attraktiven, das sich auch für Jungs interessiert hatte. Er blieb am Eingang stehen, denn Pferd und Frau wandten ihm die Rückseite zu. Das Tier war zu beiden Seiten in der Stallgasse angebunden und schlug nervös mit dem Schweif. Lea hatte gerade seinen linken Hinterhuf in den Händen. »Moment«, rief sie, ohne sich umzusehen, und hielt den zuckenden Pferdefuß fest. Das Tier beruhigte sich, und sie verrichtete, was immer es an einem Huf zu tun gab, bis sie ihn freigab und sich zu Adrian umwandte. Lea wischte sich die Hände an der braunen Reithose ab.

»Na, so was, Adrian! Was machst du hier?« Es klang nicht unbedingt erfreut.

»Lea.« Er musste ihren Anblick erst mal verdauen. Sie war keine siebzehn mehr, klar, aber die Jahre hatten mehr Spuren in ihrem schmalen Gesicht hinterlassen, als er erwartet hatte. Über der Stirn hatte ihr Schneewittchenhaar eine weiße Strähne bekommen. »Ich brauchte mal ein bisschen Ostseeluft.«

Sie musterte ihn ebenfalls. »Du hast zugelegt. Nicht mehr Bewegung als unbedingt notwendig in der Stadt?«

»Mir geht es gut. Und dir?«

»Danke der Nachfrage.« Sie sah zu dem Pferd, das wieder unruhig mit dem Schweif schlug, dann zu ihm. »Warte einen Augenblick! Ich bin gleich hier fertig.«

Da Adrian sich den Hinterhufen des Pferdes nicht weiter nähern wollte, blieb er an der Tür stehen und sah zu, wie Lea die Stricke löste und das Riesentier in eine Box führte.

Anschließend nahm Lea ihn mit in die Küche des großen

Bauernhauses. Adrian spürte den bohrenden Blick ihres Schwiegervaters im Rücken, als sie zusammen über den Hofplatz zum Eingang gingen.

Ohne ihn zu fragen, setzte sie Kaffee auf. »Was treibt dich denn nun wirklich her, Adrian?«

»Die Mühle. Ich muss verkaufen.«

»Die Leute im Dorf wird es sicher freuen, das zu hören. Dieser sogenannte ›Club‹, den du da aufziehen wolltest ... das war ein Schandfleck.«

Sie klang ja schon wie Elsa Grönwald. »Der Club hat sowieso nicht so richtig funktioniert. Die Leute hier wollen alle kein Geld ausgeben. Ich konzentrier mich lieber auf Berlin.«

»Ist wohl auch besser so.« Sie fragte nicht weiter nach seinen Geschäften, und er war froh darüber. Lea hätte er nicht belügen können. Sie würde sofort merken, dass sein letztes Lokal den Bach runtergegangen war. Dass er Schulden hatte. Dass er nicht mehr weiterwusste. »Wie läuft der Hof?«, erkundigte er sich.

Sie seufzte leise. »Es wird immer schwieriger. Die in Kiel spinnen, weißt du. Verschärfte gesetzliche Auflagen beim Bau von Viehställen, extrem hohe Anforderungen an den Brandschutz und an den Gewässerschutz, der neue Knick-Erlass, der besagt, dass wir einen halben Meter Knicksaum nicht mehr als Ackerfläche nutzen dürfen ... Das alles trifft gerade die Betriebe, die kleinere Flächen bewirtschaften.«

»Aber die Freeses gehörten in Mönkenbek doch immer zu den wohlhabenden Landwirten.«

»Im Vergleich zu vielen anderen geht es uns auch rosig. Und immerhin haben wir noch die Pferde. Sogar Karsten hat das neulich quasi zugegeben. Ich habe nämlich zwei meiner Fohlen für gutes Geld in die USA verkauft.«

»Für die Zossen hattest du doch schon immer ein Händchen, Lea.«

»Na ja.« Sie lächelte geschmeichelt.

»Und euer Sohn? Ich hab ihn beim Bäcker getroffen. Er sieht dir ganz schön ähnlich.«

»Findest du? Es ist gerade nicht so einfach mit ihm.« Sie verzog das Gesicht. »Im Grunde ist Bjarne klasse. Aber in letzter Zeit sucht er halt ständig die Konfrontation mit Karsten und mir, das ist anstrengend. Karsten passt sein derzeitiger Umgang nicht. Doch der Einzige, der Bjarne etwas sagen darf, ist sein Großvater.«

»Der olle Griesgram?«

»Tja, Otto ist alt geworden. In den vergangenen Wochen konnten wir zuschauen, wie er abbaut. In diesem Winter sind zwei seiner Freunde gestorben. Letzte Woche gerade Herbert Michelsen. Kennst du den noch? Der mit der Tante, die mal eine Zeit lang mit dem berühmten Maler zusammen war. Gyde Michelsen, die Sünde in Person.« Sie grinste. »Ich vergesse immer den Namen des Künstlers.«

»Franz Kirchdorf«, warf Adrian ein, biss sich aber auf die Zunge. Mit seinem Wissen herauszuplatzen wie ein Kind! Warum hatte er immer noch nicht gelernt, im richtigen Moment zu schweigen?

»Genau. Vormittags hat Otto noch mit Herbert telefoniert, und alles war bestens. Nachmittags wollte er zum Kniffeln bei ihm vorbeischauen, doch Herbert hat ihm schon nicht mehr aufgemacht. Und am nächsten Morgen lag er tot in seinem Bett. Und nun hat mein Schwiegervater wohl Angst. Er denkt, dass er der Nächste ist.«

»Gut möglich«, meinte Adrian und nahm einen Schluck von dem Kaffee, den sie ihm eingegossen hatte. Er war bitter. Wie lange hatte er keinen normalen Filterkaffee mehr getrunken?

»Gefühlloses Monster!«, sagte sie mit einem spöttischen Lächeln. »Du hast dich nicht verändert, Adrian.«

»Dann hast du ja alles richtig gemacht«, konterte er und sah sich demonstrativ in der chaotischen Küche mit dem verschrammten Mobiliar um. »Komisch. Ich hab bei dir beinahe das Gefühl, wir könnten sofort dort anknüpfen, wo wir aufgehört haben.«

»Nein danke. Kein Bedarf.« Sie kniff die Augen zusammen. »Wenn ich mich recht erinnere, hattest du am Ende nur noch Augen für Katharina.«

»Und du für Karsten. Komisch, dass ihr alle in Mönkenbek geblieben seid!«

»Geblieben oder zurückgekommen. Wir haben es eben vorgezogen, anständige Männer zu heiraten.«

»Ist das nicht langweilig?«, fragte Adrian. Ihr Kaffee war ihm zu bitter. Oder er hatte schon zu viel getrunken. Er bekam gerade Magenkrämpfe.

»Was willst du hier, Adrian? Abgesehen davon, dass du deinen Bruder übers Ohr hauen willst mit der alten Mühle.«

Er sah sie hoffnungsvoll an. »Hat er denn Geld auf der Bank? Glaubst du, er kauft mir den alten Kasten ab?«

»Seine Motivation wäre, den Familienbesitz zusammenzuhalten, denke ich. Nur um zu verhindern, dass ihn ein anderer bekommt, einer aus der Stadt. Ich fände es auch schade, obwohl ich mir schwer vorstellen kann, wie jemand die Mühle noch schlimmer verschandeln könnte als du. Aber mein Tipp ist, dass du dich bei dem Verkauf eher an Simone halten solltest. Sie träumt davon, mit ihren Produkten aus der Schlachterei ein schickes Restaurant aufzumachen, für die Touristen, und dabei groß rauszukommen. Die Mühle wäre als Location ideal. Die Leute sollen aus Hamburg hierherkommen. Oder sogar Berlin …«

Er erwog das. »Danke für den Tipp, Lea. Bist immer noch die Beste hier. Ich muss leider weiter. Da kommt gleich eine Kriminalkommissarin, die mit mir reden will.«

»Wegen unseres Pastors? Das ist wirklich eine schlimme

Sache.« Sie begleitete ihn zur Tür, umweht von ihrem Pferdeparfüm.

»Mochtest du ihn?«

Sie zuckte mit den Schultern. »Er hat frischen Wind nach Mönkenbek gebracht. Wenn er etwas mehr Zeit gehabt hätte, hätte er hier viel Gutes bewirken können.«

»Meinst du, das wollte jemand verhindern?«

»Nein. Das kann nur ein Außenstehender gewesen sein. Einer, der geistig gestört war.«

Das war das Stichwort. Beinahe hätte Adrian vergessen, weshalb er ursprünglich hergekommen war. »Hast du zufällig gehört, dass hier irgendwo ein Pferd vermisst wird?«, wollte er beiläufig wissen.

Lea riss die Augen auf. »Weißt du was darüber?«

»War nur so eine Frage.«

»Bei Doerkenburg hat neulich ein durchgeknallter Tierquäler zugeschlagen und ein Pony erstochen. Die Weide war voller Blut.« Ihr Gesicht verzog sich vor Abscheu.

»Ist das Tier geköpft worden?«

»Adrian, seit wann interessierst du dich für Pferde?«

»Mich interessiert der kranke Typ, der so etwas tut.«

Am nächsten Morgen hatte Adrian nachgesehen und festgestellt, dass der Pferdekopf verschwunden war. Der Pferdekiller war also noch mal zurückgekommen, während er im Strandhaus geschlafen hatte. Adrian bezweifelte, dass so ein Schädel rückstandslos verbrennen würde. Nicht in einem Lagerfeuer. Oder bildete er sich den ganzen Mist nur ein?

Lea schüttelte angewidert den Kopf. »Das ist die Tat eines Psychopathen. Wenn du was darüber weißt, musst du zur Polizei gehen, Adrian.«

»Ich weiß nichts. Und wenn, kommt die Polizei ja gleich zu mir.«

»Dafür ist aber das örtliche Polizeirevier zuständig. Tiere

sind nach dem Gesetz nur Sachen«, sagte sie bitter. »Der verantwortliche Polizeibeamte heißt übrigens Marko Blohm.«

»Ich weiß nichts«, versicherte er ihr.

Bei ihrem kühlen Abschied spürte Adrian, dass sie ihm kein Wort glaubte.

Die Aufgabe, die Broders vor sich hatte, verursachte ihm Magendrücken. Bei Kollegen aufzukreuzen, um ihr Schuhwerk mit an einem Tatort sichergestellten Fußabdrücken zu vergleichen! Er wünschte sich, diese Elsa Grönwald hätte jemand anders als ausgerechnet einen Polizisten zur Tatzeit in der Nähe der Kirche gesehen. Wenn schon eine Berufsgruppe in den Fokus geriet, dann doch in diesem Fall lieber Priester, Nonnen oder seinetwegen auch Metzger oder Schornsteinfeger. Polizisten … das war ein Sakrileg.

In der Polizeistation, die für Mönkenbek zuständig war, arbeiteten Polizeihauptmeister Hagen Eilers und Polizeimeister Marko Blohm. Sie waren am Sonntag mit am Tatort gewesen und hatten die Kriminalpolizei in Lübeck ganz zu Anfang verständigt. Broders kannte Hagen Eilers von früher, als sie beide noch im Streifendienst gewesen waren. Das machte die Angelegenheit nicht angenehmer.

Broders kam nach einer freundlichen Begrüßung und etwas Smalltalk auf sein Anliegen zu sprechen.

»Was willst du mit unseren Schuhabdrücken?«, fragte Hagen Eilers perplex. »Wohl ein Abgleich, um alle auszuschließen, die mit am Tatort waren? Wie bei Fingerabdrücken? Da habt ihr dann ja viel zu tun. Mein Beileid.« Er sah auf seine Schuhe hinunter. »Ich hatte diese hier an, die kannst du gleich abhaken.«

Broders verglich das Profil mit dem Abdruck vom Tatort. Es stimmte nicht überein, und er machte sich eine Notiz.

»Leider wird das nicht ausreichen, Hagen. Ich muss mir alle eure Schuhe ansehen. Deine und die deines Kollegen Blohm.«

»Hä? Was soll denn der Unsinn?«

Jetzt wurde es schwierig. »Es gibt eine Zeugenaussage, der zufolge sich zur Tatzeit ein Polizist am Tatort aufgehalten haben soll.«

»Wie bitte? Und da denkst du einfach mal so an uns?«

»Der Zeuge glaubt, eine Polizeiuniform erkannt zu haben.« Das hatte Elsa Grönwald zwar nicht so direkt gesagt, aber was sollte sie sonst gesehen haben, das sie mit einem Polizisten in Verbindung brachte?

»Ach ja?« Hagen Eilers öffnete eine Tür und sprach in den Nebenraum: »Marko, kommst du bitte mal her? Ein werter Kollege von der Kriminalpolizei will alle deine Schuhe kontrollieren. Wir sind unter Tatverdacht, weil wir im Dienst Uniform tragen und er nicht.«

»Mensch, Hagen! Du weißt genau, dass das so nicht gemeint ist«, sagte Broders beschwichtigend.

»Wie ist es denn sonst gemeint, Heinz? ›Alle unsere Schuhe‹ heißt ›alle unsere Schuhe‹. Und deine nicht. Oder ist auch gerade ein Kollege bei dir zu Hause und kontrolliert deinen Schuhschrank?«

»Nein«, gab Broders unwillig zu. »Aber das liegt nur daran, dass ihr in der nächstgelegenen Polizeistation arbeitet und ein Zeuge jemanden in Polizeiuniform gesehen haben will. Das hat doch nichts mit euch persönlich oder eurer Arbeit zu tun.«

Während Marko Blohm noch dastand, dabei auf den Fußballen wippte und Broders feindselig ansah, kritzelte ihm Hagen seine Privatadresse auf ein Blatt Papier.

»Hier! Meine Frau wird sich aber wundern, wenn du bei mir zu Hause klingelst und meine Schuhe untersuchst. Sie wird regelrecht begeistert sein.«

»Ich tue das auch nicht gern, Hagen«, sagte Broders und nahm den Zettel entgegen. Dann sah er zu Marko Blohm.

»Ich wohne in Doerkenburg, und bei mir ist tagsüber niemand. Wir arbeiten nämlich beide, meine Frau und ich.«

»Dann komme ich nach Feierabend.«

»Das kann aber dauern. Wir haben viel zu tun.«

»Ab wie viel Uhr ist denn jemand da?«

»Spät. Zu spät.«

Broders knirschte mit den Zähnen; er ärgerte sich über den Jungspund, der sich mit ihm anlegen wollte.

»Sonst fahr ich nachher für dich rüber nach Dithmarschen und rede mit den Kollegen, Marko«, sagte Hagen einlenkend.

»Das ist mein Fall«, entgegnete Blohm. »Der Mord am Pastor rechtfertigt nicht, dass wir das bestialische Abschlachten von Pferden einfach so unter den Teppich kehren.«

»Läuft hier etwa so ein Tierquäler frei herum wie neulich der in Dithmarschen?«, fragte Broders.

»Eine getötete Ponystute und einen leicht verletzten Wallach auf einer Weide hatten wir bisher bei uns«, sagte Hagen düster. »Die Menschen beunruhigt das. Wir wollen schauen, ob es eine Verbindung zu den Vorgängen in Dithmarschen gibt.«

»Üble Sache. Das lässt auf einen Täter mit einer sadistischen Persönlichkeit schließen. Warum wissen wir davon nichts?«

»Ihr wisst es doch jetzt«, gab Blohm lakonisch zurück.

13. Kapitel

Der Strand von Dahmeshöved lag nicht weit von Mönkenbek entfernt – jedoch nur, wenn man die Entfernung in Luftlinie zugrunde legte. Da die Straße, die von Dahme direkt dorthin führte, gesperrt war, musste Pia den Umleitungsschildern folgen. Sie wollte unbedingt einen Blick auf den Ort werfen, wo Adrian Pagel seinen widersprüchlichen Aussagen zufolge gestürzt und mit dem Kopf aufgeschlagen oder aber niedergeschlagen worden war.

Pia hoppelte mit dem Wagen über einen ausgewaschenen Feldweg, durchpflügte meterlange Pfützen, um dann vor einer Baustellenampel, die den Verkehr an einer einspurigen Wegstelle regeln sollte, zum Stehen zu kommen. Pia seufzte und stellte den Motor aus. Sie spielte am Autoradio herum, weil schon wieder derselbe Song lief wie vor einer Viertelstunde. Danach durchsuchte sie den Wagen nach einem Kaugummi oder Pfefferminzbonbon, prüfte ihr Mobiltelefon, sah auf die Uhr. Wie lange sollte sie hier denn noch stehen? Bisher war ihr kein einziges Fahrzeug entgegengekommen. Feiner Nieselregen benetzte die schmutzige Windschutzscheibe. Der Wind rüttelte in den kahlen Zweigen eines Strauchs. Auch ihr Wagen erbebte unter der Böe. Hier sagten sich doch buchstäblich Fuchs und Hase Gute Nacht.

Pia startete den Motor und überfuhr das Haltesignal. Der Weg führte zwischen zwei hohen Hecken entlang und war länger, als sie erwartet hatte. Hinter einer Kurve kam ihr ein Lieferwagen entgegen, dessen Fahrer wild gestikulierte und ihr einen Vogel zeigte. Pia setzte zurück, bis sie zu einer Feldeinfahrt kam, wo sie den Transporter vorbeilassen konnte. Sie schrammte dabei an einem dornigen Busch entlang. Das Geräusch verursachte ihr eine Gänsehaut. Sie war genervt. Das einzig Gute an der Sache war, dass sie sich keinen Neuwagen gekauft, sondern ihren alten Citroën nur gegen einen beinahe genauso betagten Kombi eingetauscht hatte. Die Schrammen im Lack waren zu verschmerzen. Als der Lieferwagenfahrer sie mit vorwurfsvollem Blick passiert hatte, drehten ihre Hinterreifen einen endlos scheinenden Moment in dem schlammigen Untergrund durch, bis sie Halt fanden und Pia vorwärtsschoss. Ein Geländefahrzeug wäre hier praktisch gewesen. Ein Blaulicht auf dem Dach auch. Vielleicht sollte sie endlich eines im Auto mit sich führen.

Mit diesen Gedanken kam sie an den von Adrian Pagel beschriebenen Strandhütten an. Sie stellte ihren schlammbespritzten Wagen ab, stieg aus und ging den Weg hinauf zu den Holzhäusern. Das gelbe Haus mit den weißen Fensterläden befand sich im Familienbesitz der Pagels. Adrian Pagel stand auf der Veranda und rauchte.

»Sie haben mich ja doch noch gefunden.«

»War ja kein Kunststück.« Pia sah sich um. Unter den tief über sie hinwegsegelnden grauen Wolken wirkte der Ort unwirtlich und einsam. Sie vergrub die Hände tiefer in den Taschen ihrer Jacke. »Wollen Sie mir die Stelle, wo Sie niedergeschlagen wurden, gleich zeigen?«

»Wo die Idioten das Feuer gemacht haben?«

»Ja, genau.«

Er setzte sich mit langen Schritten in Bewegung. »Je mehr ich drüber nachdenke, desto eher glaube ich, dass ich gestolpert und mit dem Kopf auf einem Stein aufgeschlagen bin.«

»Wenn Sie das nicht mehr sicher sagen können, muss es Sie ja ordentlich erwischt haben«, sagte Pia.

Pagel warf ihr einen irritierten Blick zu. Sie gingen nebeneinanderher in Richtung Strand. Adrian Pagel sah sich suchend um, als müsste er sich orientieren. Dann standen sie in einer kleinen Senke im Dünenstreifen vor verkohltem, nassem Holz und einem verbeulten Kanister.

Der scharfe Geruch nach Verbranntem war trotz des feuchten Wetters noch deutlich wahrnehmbar. Pia ging in die Hocke und besah sich das Holz näher: Treibholz und mit Altöl imprägnierte Zaunpfähle mit rostigen Eisennägeln darin.

»Konnten Sie erkennen, was hier alles verbrannt ist? Das war doch kein einfaches Lagerfeuer. Lag noch etwas anderes in den Flammen?«

Adrian schüttelte stumm den Kopf.

Pia richtete sich auf. »Seltsamer Ort. Seltsamer Zeitpunkt. Was wollten Sie hier?«

»Nachsehen, wer hier unerlaubterweise ein Feuer macht.«

»Und?«

»Es war niemand mehr da.«

»Haben Sie vorher oder hinterher noch jemanden in der Nähe gesehen? Sind die anderen Hütten bewohnt?«

»Nein. Hier war niemand. Die Leute, die das Feuer angezündet haben, müssen abgehauen sein, als sie mich haben kommen sehen.«

»Und dann standen Sie an der Feuerstelle, sind gestolpert und mit dem Kopf auf einem Stein aufgeschlagen?«, fragte Pia ungläubig.

»Ich denke ... ja.«

»Auf welchen Stein?« Sie sah sich suchend um.

»Keine Ahnung. Was soll ich noch sagen? Sie glauben mir ja sowieso nicht.«

»Sobald Sie mir eine plausible Story auftischen, werde ich es in Erwägung ziehen.«

Pia hatte eine Plastiktüte mitgebracht, in die sie den Kanister bugsierte, ohne ihn anzufassen. Pagel sah ihr mit schräg geneigtem Kopf zu. »Zeigen Sie mir, wo genau Sie gelegen haben, als Sie wieder zu sich kamen!«, forderte sie ihn auf.

»Es war dunkel, und ich war nicht ganz da. Ich weiß es nicht mehr. Doch, ich glaube, dort war's.«

Pia ging wieder in die Hocke und sah sich das Dünengras rund um die Feuerstelle genauer an. »Wenn Sie fallen, drücken Sie doch einen Teil dieses Zeugs hier platt.« Sie entdeckte abgeknickte Halme nahe den verkohlten Holzpfählen und untersuchte die Stelle. Pia sah ein längeres, dickes schwarzes Haar, das sich in einer Ähre des Dünengrases verfangen hatte. Sie sicherte es ebenfalls. Pia zeigte Adrian Pagel die kleine Asservatentüte. »Sagt Ihnen das was?«

»Ein schwarzes Haar.« Seine Stimme klang belegt.

»Von wem könnte das stammen? Von Ihnen ja wohl kaum.«

»Von Ihnen auch nicht.«

Pia lächelte schwach.

»Lang, schwarz und kräftig. Ein Indianer?«, meinte er.

»Oder eine Indianerin«, sagte sie ironisch. »Hatten Sie hier eine Frau zu Besuch?«

Er zögerte.

»Kommen Sie schon! Hiermit«, sie schwenkte das Tütchen, »finden wir es sowieso heraus.«

»Katharina war kurz hier.«

»Katharina Stöver, die Frau des Pastors?«

»Sie war nicht nur die ›Frau des Pastors‹. Ich kenne sie schon viel länger als er. Wir wollten bloß miteinander reden, ohne dass die Leute gleich wieder sonst was denken. Wir wissen ja beide, wie es in Mönkenbek so zugeht. Katharina kam aber erst hier an, als ich schon bewusstlos war. Sie hat mir dann geholfen, zurück ins Haus zu kommen, und sie hat mich auch ein wenig verarztet.«

Pia versuchte, sich die Situation vorzustellen. »Sie war also genau zum richtigen Zeitpunkt hier.«

»Ich hatte Glück.«

»Warum erfahre ich das alles erst jetzt?«

»Sagte ich doch. Wir wollten bösen Tratsch vermeiden. Mehr um ihret- als um meinetwillen.«

»Worüber wollten Sie eigentlich miteinander reden?«

»Sie hat angedeutet, dass sie unglücklich ist. Vielleicht will sie etwas ändern? Ich bin damals hier raus und habe woanders neu angefangen. Möglicherweise wollte sie das auch versuchen.«

»Mit Ihrer Hilfe?«

»Mehr als schlaue Ratschläge kann ich ihr da leider nicht geben.«

»Vielleicht hat sie sich mehr von Ihnen erhofft? Haben Sie miteinander gestritten?«

»Was soll das heißen?«

»Ich denke darüber nach, ob Katharina Stöver ein Motiv gehabt haben könnte, Sie anzugreifen. Immerhin ist ihr Ehemann durch einen Schlag auf den Kopf ums Leben gekommen.«

Adrian sah an Pia vorbei in Richtung Meer. »Katharina eine Mörderin? Nein. Jeder andere hier könnte das getan haben, aber sie niemals.«

Meinhard Bruhn deutete auf einen Besucherstuhl und nahm dann Heinz Broders gegenüber hinter dem Schreibtisch Platz.

»Hat in der Rechtsmedizin alles ... gut geklappt?«, fragte Broders den Propst. Er war sich unsicher, ob er das Wort »Aussegnung« in den Mund nehmen sollte, weil er gar nicht recht wusste, was er sich darunter vorzustellen hatte. Er war weder christlich erzogen worden, noch fühlte er sich auf diesem Gebiet wissend oder erfahren genug. Der christliche Glaube schien ihm in dieser Umgebung so tückisch zu sein wie der glänzende Fußbodenbelag unter ihm. Er konnte jederzeit ausrutschen und sich blamieren.

»Die Aussegnung von Pastor Stöver? Ja, die Leute im Institut hatten vollstes Verständnis und waren sehr entgegenkommend.«

»Schön.« Was sollte das heißen? Dass er, Broders, der einzige Ignorant weit und breit war?

»Was kann ich für Sie tun?«

Broders zog sein Notizheft und einen Stift heraus. »Sie können uns dabei helfen, Matthias Stöver noch besser kennenzulernen. Seine Vorgeschichte, seine Berufstätigkeit, seine Persönlichkeit und auch sein Privatleben.«

Der Propst legte die Fingerspitzen beider Hände aneinander und drückte sie leicht zusammen. Es knackte vernehmlich. »Sein Privatleben? Da muss ich wohl passen.« Meinhard Bruhn lächelte andeutungsweise. »Aber fangen wir doch von vorne an.« Es folgte eine Aneinanderreihung von Details zum Lebenslauf des Opfers, für die der Propst einen Aktenordner als Gedächtnisstütze zu Hilfe nahm. Erst als Meinhard Bruhn sich räusperte und ein wenig zögerte, merkte Broders auf.

»Dann kam Matthias Stövers Berufung nach Mönkenbek. Er übernahm damit den Posten von Pastor Ottfried Meier, der in den Ruhestand gegangen ist.«

»Gab es einen Grund dafür, dass Stöver seine bisherige Gemeinde in Doerkenburg verlassen hat?«

»Es war sein ausdrücklicher Wunsch, auf dem Land zu arbeiten.«

»Doerkenburg hat auch nur viertausend Einwohner.« Täuschte Broders sich, oder bekam das blasse Gesicht des Propstes gerade ein wenig Farbe?

»Das stimmt, aber es ist vom Charakter her eine Kleinstadt und kein Dorf. Und ...« Er stoppte mitten im Satz.

»Und?«

»Doerkenburg ist kein ganz einfaches Pflaster, wie Sie als Polizist sicherlich selbst genau wissen. Wir haben dort eine hohe Arbeitslosigkeit und eine eher perspektivlose Jugend. Das führt leider des Öfteren auch zu Drogenproblemen und einer erhöhten Jugendkriminalität.«

»Das ist erstaunlich«, sagte Broders, der sich langsam in seinem Element fühlte. »Ich habe gehört, dass Pastor Stöver besonders an der Jugendarbeit in seiner Gemeinde interessiert war. Dann müsste Doerkenburg doch eigentlich eine spannende Herausforderung für ihn gewesen sein, besonders im Vergleich zu Mönkenbek.« Er schlug ein Bein über das andere und sah den Propst erwartungsvoll an.

»Als Pastor hat er sich natürlich für alle Aspekte seiner Arbeit gleichermaßen interessiert. Da ist kein Raum für Lieblingsbeschäftigungen.«

»Hat es darüber Diskussionen zwischen Ihnen und Pastor Stöver gegeben?«

Meinhard Bruhn rang sichtlich mit sich. Broders wartete.

»Teilweise. Bei unseren regelmäßigen Gesprächen haben wir uns darüber ausgetauscht, wie wichtig die Jugendarbeit gerade auch in einer ländlichen Gemeinde ist. Dass aber darüber die anderen Arbeiten nicht vernachlässigt werden dürfen.«

»Ist er vielleicht nach Mönkenbek versetzt worden, weil es mal ein Problem in Doerkenburg gab?«

Der Propst sah ihn an, als hätte Broders einen geschmacklosen Witz gerissen. »Pastor Stöver ist auf seinen eigenen Wunsch hin versetzt worden«, entgegnete er im Brustton der Überzeugung. »Es war ein privater Grund. Darüber kann ich, so gern ich der Polizei helfen möchte, nicht mit Ihnen sprechen.« Der Propst richtete den Blick zur Decke und senkte ihn wieder.

»In einer Mordermittlung bleibt Privates nicht privat. Die

Menschen haben ein berechtigtes Interesse daran, dass ein Mörder ermittelt wird und sie vor weiteren Übergriffen geschützt werden.«

»Und ich unterliege der seelsorgerischen Schweigepflicht. Wenn mir Pastor Stöver mal etwas Persönliches anvertraut hätte, dann dürfte ich es Ihnen trotzdem nicht sagen.«

Frustriert kritzelte Broders auf seinem Block herum. »Was ist denn die offizielle Begründung für seinen Wechsel nach Mönkenbek?«

»Der Ruhestand seines Vorgängers und Matthias Stövers Wunsch, auf dem Land tätig zu sein. Außerdem stammt seine Frau von dort.«

Broders spürte, dass sein Telefon vibrierte; er hatte es vor dem Gespräch auf lautlos gestellt. Genervt sah er auf das Display. Der Chef höchstselbst. Normalerweise unterbrach er seine Befragungen nicht, wenn er auf dem Handy angerufen wurde, aber der Propst war so glatt und unantastbar, dass er beschloss, eine kleine Unterbrechung könne von Nutzen sein. Er entschuldigte sich und wandte sich ein Stück ab.

»Hast du schon mit unserem Kirchenfürsten gesprochen?«, fragte Rist.

»Ich bin noch dabei. Wieso?«

»Gut! Der Küster hat sich bei uns gemeldet, dieser Ernst Fassbender. Er sagt, dass seit dem Mord in der Sakristei etwas aus dem Kirchenbesitz verschwunden ist. Wahrscheinlich hat der Täter es mitgehen lassen.«

»Was denn?«

»Paramente. Ich organisiere gerade eine Suche danach. Fahr also auf dem Rückweg noch in Mönkenbek vorbei, und melde dich bei dem Kollegen Schelling!«

»Moment.« Broders senkte die Stimme. Schon wieder diese Unsicherheit, die ihn schier verrückt machte. »Was soll das sein?«

Doch Rist hatte die Verbindung bereits unterbrochen.

»Ist unsere Unterredung hiermit beendet?«, fragte der Propst mit Blick auf seine Armbanduhr. »Ich habe selbst noch einige Termine heute.«

»Nicht ganz. Wenn Sie mir sagen, was Paramente sind, bin ich gleich wieder weg.«

»Paramente sind Textilien, die in der Kirche und in der Liturgie in Gebrauch sind. Oftmals sind es alte, wertvolle Stücke, aufwendig mit christlichen Symbolen bestickt. Da gibt es zum Beispiel die Antependien. Das ist der Altar- und Kanzelbehang. Je nach Kirchenfeiertag gibt es den in verschiedenen Farben. Im Advent, in der Passionszeit und am Buß- und Bettag sind die Antependien beispielsweise violett. Es gibt sie aber auch in Weiß und Rot...«

»Passionszeit«, wiederholte Broders.

»Das ist die Zeit zwischen Aschermittwoch und Ostern. Bei uns Protestanten beginnt sie eigentlich erst mit dem Sonntag nach Aschermittwoch. Passionszeit ist also jetzt«, sagte der Propst betont langsam und geduldig.

»Ich weiß. Und da sind die Antependien also lila.« Broders erhob sich. »Danke für Ihre kostbare Zeit.«

»Warum fragen Sie nach den Paramenten? Hat es etwas mit diesem Fall zu tun?«

»Tut mir leid. Dazu darf ich Ihnen wiederum nichts sagen. Ermittlungstaktische Gründe.«

Adrian Pagel wartete vor der Mühle auf seine Schwägerin. Der Anblick des heruntergekommenen Gebäudes bereitete ihm Sodbrennen. Überhaupt alles hier. Er war lächelnd über die letzte Bemerkung der Kommissarin hinweggegangen. Doch der Gedanke, dass seine Jugendliebe für den Schlag auf seinen Kopf verantwortlich sein könnte, nagte an ihm. War das möglich? Welchen Grund dafür hätte sie haben sollen? Nein, Katharina war es bestimmt nicht gewesen. Und jemand anders aus Mönkenbek, den er von früher kannte? Das ergab keinen Sinn. Entweder war er zufällig in die Schusslinie geraten, oder bei dem Angreifer handelte es sich um jemanden, der einen schmutzigen Auftrag ausführte. Der Angriff war ein Warnschuss gewesen, um ihm Druck zu machen. Ansonsten wäre er ja wohl nicht mehr am Leben. Doch selbst wenn Simone scharf auf die alte Mühle war und sein Bruder ihm das Gebäude schnell abkaufte: Bis so eine Transaktion abgewickelt war, musste er seine Gläubiger hinhalten. Vielleicht war Simone ja bereit, eine kleine Anzahlung zu leisten.

Da kam seine Schwägerin schon. Er beobachtete, wie sie in ihrem weißen SUV so rasant den Feldweg zur Mühle hochfuhr, dass der Dreck bis zu den Fenstern aufspritzte.

Direkt vor Adrians Füßen hielt sie an und stieg aus.

»Das ist also dein Schätzchen«, sagte sie statt einer Begrüßung und maß die alte Mühle mit einem kritischen Blick. »Ich muss zugeben, ich habe das Gebäude lange nicht mehr aus der Nähe betrachtet. Es hat in den letzten Jahren ganz schön gelitten.«

»Als ich sie geerbt habe, sah die Mühle viel schlimmer aus. Ich hab eine Menge reingesteckt.«

»Rote Laternen und lila Plüsch? Von wegen ›reingesteckt‹.«

»Das Gebäude ist gut in Schuss«, sagte er bestimmt. »Drinnen ist alles so trocken wie ein Hamsterfell. Das Dach und das Fundament sind in Ordnung. Du musst nur ein bisschen malen und tapezieren, dann kannst du sofort loslegen.«

Sie schnaubte verächtlich. »Adrian. Ich hab hier Größeres vor. Ich will keine armen Zuwandererfamilien unterbringen. Und ein billiges Saison-Bordell zu betreiben so wie du, hab ich auch nicht im Sinn.«

»Es war nicht billig«, erwiderte er indigniert.

»Du hättest dich besser um dein *Red Horse* in Berlin kümmern sollen. Das ist das richtige Pflaster für solche Läden. Dieser Schuppen hier war von Anfang an ein tot geborenes Kind.«

»Die Leute in Mönkenbek und Umgebung sind einfach nur zu geizig.«

»Vielleicht haben sie auch keinen Bedarf an dem, was du ihnen bietest.«

»Ich bitte dich, Simone! Sogar Männer, von denen du es im Leben nicht erwartest, hätten ›Bedarf‹, wie du es nennst. Wenn es diskret genug und die Mühle besser in Schuss wäre.«

»So ein Quatsch!«, entgegnete sie barsch.

»Weißt du, wer tatsächlich mal hier war? Einer deiner lieben Nachbarn. Und der dachte, ich erkenne ihn nicht, wenn er ein paar andere Klamotten anzieht und sich eine Sonnenbrille aufsetzt. Als ich ihn mit seinem Namen angesprochen habe, hat er so getan, als hielte er den Laden für eine Kneipe.«

»Wer war das?«, fragte Simone, nun doch ein wenig verunsichert.

»Glaubst du, das verrate ich? Diskretion ist mein zweiter Vorname. Ansonsten kann ich gleich einpacken.«

»Komm schon. Wer A sagt ...«

Er ließ sich nicht lange bitten. »Na gut. Es bleibt ja unter uns. Euer Küster hatte sich zu mir verlaufen.«

»Das glaube ich nicht.«

Er grinste und zuckte mit den Schultern.

»Dieser Heuchler«, sagte sie. »Aber egal. Lass uns jetzt mal reingehen!«

Adrian zögerte. Er hatte keine Lust hineinzugehen, doch er musste Simone irgendwie davon überzeugen, das Objekt zu kaufen. Erst dann würde sie Bertram entsprechend bearbeiten. Es dauerte eh alles viel zu lange. Adrian schloss die Tür auf und suchte den Lichtschalter. Klick-Klack. Nichts passierte. Natürlich ... der Strom war ja abgeschaltet.

»Huh, wie gruselig«, rief Simone spöttisch und trat mit klappernden Absätzen ein.

»Ein toller Raum«, sagte er mit erzwungener Begeisterung und leuchtete mit der Handylampe umher, was allerdings herzlich wenig brachte. »Ich hatte die Eichenbalken extra alle so stehen lassen. Es ist genau das Richtige für ein hochwertiges Restaurant in antikem Ambiente. *Alte Mönkenbeker Mühle*. Die Gäste werden von überall her kommen, von Lübeck, Kiel, Hamburg, Berlin ...«

»Spar dir deinen Atem! Ich hab Augen im Kopf.« Simone kickte mit ihrer Schuhspitze eine leere Flasche Dom Perignon aus dem Weg.

»Die Leute sind doch vollkommen heiß auf Bio und regionale Produkte und so. *Slow Food*.«

»Was ist mit der Küche?«, fragte sie in geschäftsmäßigem Ton.

»Welche Küche?«

»Wo soll mein Küchenteam arbeiten?«

»Oh, weiter hinten ist noch ein kleiner Raum. Wasseranschluss und so sind auch vorhanden.«

»Ein kleiner Raum«, wiederholte sie ironisch.

»Simone, ich hab nicht behauptet, dass du nichts mehr an der Mühle tun musst. Aber die Grundvoraussetzungen sind ideal.«

»Mein lieber Adrian, ich mag es, wenn du kämpfst. Mit anzusehen, wie du langsam den Boden unter den Füßen verlierst ...«

»Bilde dir nur nichts ein.«

»Zeig mir den Raum für meine zukünftige Restaurantküche!«

»Ich denke, ich sollte das Gebäude vielleicht besser von meinen anderen Interessenten besichtigen lassen«, erwiderte er kühl.

»Erzähl mir nichts! Ich bin deine einzige Option.«

Eine heiße Welle des Zorns stieg von seiner Brust in seinen Kopf auf. Simones für die Örtlichkeiten völlig überzogenes Outfit und ihr spöttischer Tonfall waren daran schuld. Sie war sich ihrer Macht über ihn bewusst, und sie wollte die Situation auskosten. Doch von ihr würde er sich das nicht bieten lassen. Simone stammte von ganz unten. Sie konnte von Glück sagen, dass sein Bruder sie aus ihrem Elend erlöst hatte. Dass sie nun Pagel hieß und mit der Kohle nur so um sich werfen konnte. Ehe Adrian sich's versah, hatte er sie an den Oberarmen gepackt und hielt sie fest. »Noch bist du die einzige Interessentin. Aber du willst die Mühle unbedingt haben, das weiß ich. Und nur mein Familiensinn hat mich bisher davon abgehalten, das Objekt an einen guten Berliner Makler zu geben. Doch ein Anruf genügt, und schwups, weg ist es.«

»Adrian, lass mich! Du tust mir weh.«

Er ließ sie abrupt los. Was war da nur in ihn gefahren?

Sie strich sich den Stoff ihres Jackenärmels glatt. Ihr Gesicht war verzerrt, aber er sah keine Angst oder Aufregung, sondern nur gut kontrollierte Wut. »Die Zeiten, in denen du mich herumkommandieren konntest, in denen ich beinahe alles für dich getan hätte, sind vorbei, Adrian. Du hast keine Macht mehr über mich.«

»Du hast recht. Du bist jetzt ja mit meinem Bruder verheiratet. Ich vergaß. Doch nun habe ich etwas, das du willst, nicht wahr?«

»Phh, bilde dir bloß nichts auf den Schrotthaufen hier ein!«

»Schrotthaufen hin oder her. Man kann was draus machen. Hundertzwanzigtausend Euro kostet die Mühle, den Familiensonderrabatt hab ich da schon berücksichtigt. Besprich es mit Bertram.«

»Mehr als achtzigtausend bekommst du dafür nicht.«

»Dann geht die Mühle eben an einen Makler.«

Sie trat dichter an ihn heran. Im ersten Moment dachte er, sie wolle ihn küssen. Doch sie fasste sacht an seinen Kopf, dorthin, wo sich die Beule befand, und strich mit den Fingerspitzen darüber. Dann schnippte sie mit dem Fingernagel dagegen. Er zuckte zusammen. »Der Schlag hat wohl doch bleibende Schäden an deinem Gehirn hinterlassen. Wer weiß ... vielleicht bringt ja auch noch einer die Sache zu Ende.«

Als sie davonbrauste, pochte die Beule am Kopf wieder, und seine Brust fühlte sich eng an. Woher wusste Simone überhaupt von seiner Verletzung? Dumme Frage: In Mönkenbek blieb nichts geheim.

Es war eine schlechte Idee gewesen, hierher zurückzukommen. Man sollte nie zurückkommen. Denn dort, wo man herkam, hatte sich nichts geändert. Und es hatte damals einen guten Grund gegeben wegzugehen. Die Menschen änderten sich nicht. Er durfte sie nicht unterschätzen. Sein Blick fiel auf das düstere Mühlengebäude hinter ihm, wo die festgestellten alten Flügel wie Gerippe in den grauen Himmel stachen.

Was passierte eigentlich mit diesem Schmuckstück, wenn er starb?

14. Kapitel

Für gewöhnlich konnte Pia Menschen, die zwischen ihr und dem Chaos standen, gut leiden. Polizisten zum Beispiel – Ausnahmen bestätigten die Regel. Dieser Vertrauensvorschuss schloss auch Richter, Staatsanwälte und sogar Anwälte mit ein. Den Anwalt, der ihr gegenübersaß, hatte Lars ihr empfohlen. Sie betrachtete ihn mit dem Wissen im Hinterkopf, wie sehr sie auf seine Fähigkeiten angewiesen war, und versuchte, gegen die aufsteigende Beklemmung anzuatmen.

Ralf Puschmann war etwa zehn Jahre älter als sie, aß offensichtlich gern und viel, hatte keine Zeit oder keine Lust, Sport zu treiben, und war auf Familienrecht spezialisiert. Die gescheiterten Liebes- und Lebensbeziehungen seiner Mitmenschen hatten ihm ein Büro in einer Villa am Stadtpark eingebracht. Der Cappuccino, der Pia gerade serviert worden war, schmeckte großartig.

Ralf Puschmann saß über ihre Akte gebeugt, vertieft in das jüngste Schreiben von Hinnerks Anwalt. Er war tatsächlich Maschas Bruder, wie sie inzwischen sicher wussten. Puschmann gab sich trotz seiner formellen Kleidung – Anzug mit hellblauem Hemd und Krawatte – recht ungezwungen. Er stützte den Arm auf die polierte Tischplatte, die beringte Hand an der Stirn. Siegelring und Ehering, vermerkte Pia, um sich abzulenken. Hässlich. Fehlte nur noch, dass er sich zurücklehnte und die Füße auf den Schreibtisch legte … Es war so still im Raum, dass Pia das Knarzen der Dielen bei jeder ihrer Gewichtsverlagerungen hörte. Im Vorzimmer läutete das Telefon.

Ralf Puschmann seufzte und sah sie an. »Sagen Sie, Frau Korittki, was genau hat Ihr Exfreund eigentlich gegen Sie?«

»Was ist denn das für eine Frage? Er will, dass sein Sohn Felix bei ihm lebt. Und ich stehe ihm da im Wege, denn das ist für mich ganz und gar ausgeschlossen.«

Der Anwalt kniff die Augen zusammen. »Warum?«

»Weil Felix zu mir gehört. Er ist glücklich bei mir, und er braucht seine Mutter. Eine Änderung der Situation und ein Umzug täten ihm bestimmt nicht gut.«

»Ruhig, ruhig. Ich wollte das nur geklärt haben. Wissen Sie, leicht wird das nämlich nicht. So ein Prozess, meine ich. So etwas hinterlässt Spuren. Aber im Großen und Ganzen stehen Ihre Chancen recht gut, dass Ihr Sohn auch in Zukunft bei Ihnen leben wird.«

Was Pia bei diesen Worten in seinen Augen las, sagte ihr etwas anderes. Sie sah Zweifel und einen Hauch Mitgefühl, von denen sie lieber nichts wissen wollte. Und sie hasste es, in dieser für sie alles entscheidenden Situation auf das Geschick und die Fähigkeiten eines Fremden angewiesen zu sein. Aber es nützte nichts. Sie brauchte Hilfe. Sie hatte zu lange die Augen davor verschlossen, dass es hart auf hart kommen würde. Sie hatte gehofft, sich gütlich mit Felix' Vater einigen zu können. Die Vorstellung, dass Hinnerk, den sie doch einmal geliebt hatte, es tatsächlich darauf anlegte, ihr den Jungen wegzunehmen, war grotesk. Und dass seine Chancen dabei gar nicht schlecht standen, umso mehr.

Hinnerk fuhr, zusammen mit Mascha als Partnerin, starke Geschütze auf. Sein Hauptargument war, dass Pia aufgrund ihres aufreibenden und zeitlich oft nicht planbaren Jobs *grundsätzlich* nicht in der Lage sei, sich gut um ihren Sohn zu kümmern. Zumindest nicht so gut, wie Mascha und er das angeblich konnten. Pia arbeitete seit Felix' Geburt mit reduzierter Stundenzahl, um so viel Zeit wie möglich mit ihrem Sohn zu verbringen. Gleichzeitig musste sie aber auch irgendwie für Felix' und ihr Auskommen sorgen. Wenn beruflich wirklich mal etwas dazwischenkam, hatte sie ihre Mutter, zwei Babysitter und neuerdings auch Lars, die einsprangen und sich wunderbar um Felix kümmerten. Er war gern bei ihnen. Doch Hinnerk studierte noch und konnte sich seine Zeit relativ frei einteilen beziehungsweise zu Hause lernen, während Mascha angeblich einen absolut planbaren Job von acht bis vier Uhr ausübte. Einer von ihnen hatte da immer Zeit für Felix, argumentierten sie. Und sie hatten nach Hinnerks Aussage auch die finanziellen Möglichkeiten, Felix' Entwicklung besonders zu fördern. Pia empfand bei diesem Anwaltsgespräch mehr Furcht und Zweifel denn je, was ihr zukünftiges Leben mit Felix anging. Wörter wie »erziehungsgeeignet«, »bindungstolerant« und »Kontinuität« schwirrten ihr durch den Kopf. Die Vorstellung, ihren Sohn bald nur noch jedes zweite Wochenende zu sehen, während er die übrige Zeit in Maschas perfektem Reihenhaus lebte, drückte ihr die Luft ab und ließ ihren Magen revoltieren.

»Wie ist Ihre Einschätzung? Muss ich mir ernsthaft Sorgen machen?«, fragte Pia, als sich das Gespräch dem Ende zuneigte.

»Sie sind die Mutter. Ihrem Kind geht es gut bei Ihnen«, sagte der Anwalt. »Eigentlich besteht keinerlei Veranlassung, an der bestehenden Situation etwas zu ändern. Es geht ja ausschließlich um das Kindeswohl. Aber ...«

»Aber was?« Pia drückte den Rücken durch. Der Besucherstuhl knarrte.

»Eines möchte ich Ihnen ans Herz legen. Nicht nur als Ihr Anwalt. Auch als Freund von Lars Kuhn.«

»Und zwar?«

»Machen Sie in der Zeit vor dem Prozess keinen Fehler, Frau Korittki.«

»Fehler? Was für Fehler?«

»Begeben Sie sich keinesfalls wieder in irgendwelche gefährlichen Situationen. Überlassen Sie die Mörder und Psychopathen ausnahmsweise mal den anderen. In Ordnung?«

Als Pia das Gebäude am Stadtpark verließ, sah sie, dass Manfred Rist, Broders und Schelling ihr auf die Mailbox gesprochen hatten. Die Straße mit den Jugendstilvillen wurde rechts und links von parkenden Autos flankiert. Pia hatte bei ihrer Ankunft keinen Parkplatz gefunden und ihren Wagen an der Travemünder Allee abstellen müssen. Als sie vorhin das Gebäude mit der Kanzlei betreten hatte, war ihr der auf der anderen Straßenseite einparkende grüne Golf eigentlich nur aus einem Grund aufgefallen: Der Fahrer hatte eine Parklücke ergattert und sie nicht. Doch warum saß noch immer jemand am Steuer?

Die Windschutzscheibe spiegelte, und die Sonnenblende war heruntergeklappt. Pia konnte das Gesicht des Mannes nicht erkennen. Sie überquerte die Straße und ging auf den Wagen zu. Der Motor des Autos sprang an, und Pia beschleunigte ihre Schritte. Der Fahrer parkte schwungvoll aus und fuhr mit auf dem feuchten Straßenbelag durchdrehenden Rädern davon.

Hatte das etwas zu bedeuten? Oder besser, hatte es etwas mit *ihr* zu tun? Es war kein Geheimnis, dass sie sich einen Anwalt genommen hatte. Wieso sollte sich jemand – Hinnerk, korrigierte sie sich widerstrebend – dafür interessieren? Es war die logische und notwendige Konsequenz seiner eigenen Bemühungen, die Sache vor Gericht auszufechten. Der grüne Golf war verschwunden, doch das Kennzeichen hatte sie sich merken können. Pia schüttelte ratlos den Kopf und ging am Stadtpark entlang zur Travemünder Allee. Der Wind zerrte an ihrer Jacke und wehte ihr eine widerspenstige Haarsträhne ins Gesicht. Sie hatte Schwierigkeiten, im Gehen das Display ihres Telefons zu bedienen. Da begann es auch noch zu nieseln. Sie hatte natürlich keinen Regenschirm dabei, wie immer. Aber es war nicht mehr weit bis zu ihrem Auto.

Pia überquerte die Rathenaustraße. Als sie die Fahrbahnmitte beinahe erreicht hatte, sah sie etwas Dunkles auf sich zurasen. Bremsen quietschten. Ein schwarzer VW-Bus kam direkt neben ihr zum Stehen. Pia starrte den Fahrer erschrocken an. Ihr Herz stolperte, und sie hatte ein wattiges Gefühl im Mund. Die Stoßstange war nur noch etwa dreißig Zentimeter von ihrer Kniescheibe entfernt. Warum zum Teufel hatte sie den Wagen überhaupt nicht kommen sehen? Wie war das möglich? Sie hatte doch nach rechts und links geguckt, bevor sie die Straße betreten hatte. Oder etwa nicht? Der Fahrer hupte und gestikulierte wütend, weil sie immer noch stocksteif dastand. Ja, ja, er hatte ja recht. Pia ging mit weichen Knien auf den Bürgersteig zurück. Sie war zu sehr abgelenkt gewesen. Der grüne Golf, das blöde Telefon ... Das Problem mit dem Sorge- und Aufenthaltsbestimmungsrecht hätte sich eben von einer Sekunde auf die nächste von selbst erledigen können. Sie musste besser aufpassen! Bei ihrem zweiten Versuch, auf die andere Straßenseite und zu ihrem Auto zu gelangen, überquerte Pia die Straße vorschriftsmäßig an der Ampel.

Als sie endlich im Wagen saß, hörte sie die Mailbox ab. Rist bestellte sie für den nächsten Morgen um kurz vor acht zur Frühbesprechung ins Kommissariat. Sie wäre sowieso dort gewesen, was er eigentlich wissen sollte, aber er war ein Kontrollfreak. Mit seinem Aktionismus unterstellte er seinen Mitarbeitern unterschwellig, dass sie, wenn er nicht hinter allem und jedem her war, nicht funktionierten. Das demotivierte das Team. Er merkte nicht einmal, dass er mit diesem Verhalten die Ermittlungen eher behinderte, als dass er sie vorantrieb. Ihr eigentlicher Leiter, Horst-Egon Gabler, besaß die nötige Menschenkenntnis und Erfahrung. Er wusste, wann er eingreifen und wann er seinen Mitarbeitern freie Hand lassen musste. So wie man ja auch ein Kind nicht ständig gängeln durfte, wenn man wollte, dass es sich zu einem selbstbewussten, glücklichen Menschen entwickelte. Pia lächelte ironisch über den Vergleich. Es war höchste Zeit, dass Gabler wiederkam.

Sie bestätigte Rist kurz angebunden den Termin und hörte sich danach an, was Broders und Schelling ihr zu sagen hatten. Heinz Broders berichtete von seinem Gespräch mit dem Propst. Schelling hatte angerufen, weil er gerade etwas über das Haar auf dem Mantel des Opfers erfahren hatte, das sie an dem abgerissenen Papier der Kleberolle sichergestellt hatten. Die Voruntersuchung aus dem Labor hatte ergeben, dass dieses Haar mittelblond, glatt, circa dreißig Zentimeter lang und noch nie chemisch behandelt worden war. Eine DNA-Analyse würde wohl schwierig werden. Es handelte sich bei der Probe nicht um ein ausgerissenes, ein sogenanntes anagenes Haar, dem noch genügend Körperzellen anhafteten, sondern nur um ein ausgefallenes Haar. An diesen telogenen Haaren befanden sich meistens nicht mehr ausreichend Zellen. Mit einer sehr speziellen und aufwendigen Methode sei das DNA-Profil anhand eines telogenen Haares vielleicht doch noch bestimmbar, erklärte ihr Schelling. Aber ob dieser Aufwand für ein Haar betrieben werden sollte, das gar nicht zu den biologischen Spuren am Tatort zählte, stehe noch zur Debatte. Ob sie damit trotzdem etwas anfangen könne? Pia dankte ihm für seinen Anruf und überlegte, welche blonden Frauen ihr im Laufe der Ermittlungen schon über den Weg gelaufen waren. Simone Pagel? Die war blondiert, wie man an dem dunkleren Ansatz unschwer erkennen konnte. Ilona Pagel und Katharina Stöver waren beide dunkelhaarig. Ann-Christine Philipps? Ihr Haar hatte Naturkrause, die bei der Voruntersuchung des Haares schon aufgefallen wäre. Gab es noch eine blonde Frau im Umfeld des Pastors, die ihm so nahe gekommen war, dass sie das Haar auf seinem Mantel hinterlassen hatte, und die ihnen noch nicht über den Weg gelaufen war?

In ihrer neuen Wohnung angekommen, hatte Pia trotz ihres Hungers keinen Appetit. Sie saß mit ihren »Männern« in der Küche und kaute schon viel zu lange auf einer Scheibe Schwarzbrot mit Käse herum. Das Gespräch mit dem Anwalt war ihr auf den Magen geschlagen. Doch solange Felix bei ihnen war und zuhörte, konnte sie nicht mit Lars darüber reden. Genauso wenig wie über den grünen Golf oder den Beinahe-Unfall kurz darauf. Das musste warten, bis sie mit Lars allein war.

Nachdem sie Felix ins Bett gebracht hatte und er eingeschlafen war, ging sie zu Lars ins Wohnzimmer. Noch immer stapelten sich in einer Zimmerecke Umzugskartons. Trotzdem – oder gerade deswegen – war es gemütlich. Pia hatte ihre Kissen und Decken auf dem Sofa verteilt. Daneben auf dem Fußboden brannte nur eine kleine Stehlampe, und gegen die hohen Fensterscheiben prasselte der Regen.

»Was sagt Ralf Puschmann denn nun?«, fragte Lars, nachdem er sie zu sich aufs Sofa gezogen und den Arm um sie gelegt hatte. Bei einer Stippvisite ins Bad hatte Pia sich kurz im Spiegel betrachtet. Sie hatte dunkle Schatten unter den Augen. Natürlich bekam Lars mit, dass ihr die derzeitige Situation zu schaffen machte.

»Ich habe wohl zumindest eine reelle Chance, dass Felix bei mir bleibt«, antwortete sie mit belegter Stimme. »Aber was soll Puschmann als mein Anwalt auch anderes sagen?«

»Wovon hängt das Ergebnis der Verhandlung denn ab?«

»Vom Richter.« Sie grinste schief. »Wenn ich es richtig verstanden habe, werden folgende Punkte untersucht: Da ist die

Kontinuität. In Felix' Alter sehr wichtig. Er soll nicht alle paar Jahre hin- und hergeschoben werden.«

»Das spricht doch schon mal für dich.«

»Ja. Aber wenn die Entscheidung anders ausfällt, ist es in Zukunft ein Punkt, der gegen mich spricht.« Sie atmete tief ein und aus, um das Gefühl der Beklemmung abzuschütteln.

»Komm, komm! So weit sind wir noch lange nicht.«

»Dann die Frage, wer erziehungsgeeignet ist. Wer Felix in seiner Entwicklung besser fördern kann.«

»Wieso solltest du nicht erziehungsgeeignet sein?«

»Wegen meines Jobs.« Pias Hals fühlte sich eng an. »Ich habe keine sehr geregelten Arbeitszeiten. Es kann immer mal passieren, dass ich plötzlich zu einem Tatort gerufen werde.«

»Ach, komm schon! Wie oft ist das in den letzten Monaten vorgekommen?«

»Sie werden auf jeden Fall darauf herumhacken. Hinnerks Hauptargument ist, dass mein Job *grundsätzlich* nicht erziehungsgeeignet ist – im Gegensatz zu seinem und Maschas.«

»Mascha ist doch nur seine Freundin, und Felix ist gar nicht ihr Kind.«

»Da ist aber noch was«, sagte Pia düster.

»Ja?«

»Die beiden wollen heiraten. Die heilige Dreifaltigkeit: Mutter, Vater und Kind.«

»Und sonst?«, fragte Lars ruhig, doch Pia spürte, wie sich seine Muskeln anspannten. Was dachte er denn? Dass sie ebenfalls geheiratet werden wollte? Wegen Felix? Oje …

»Die Frage der Förderung«, sagte sie schnell. »Hinnerk möchte, dass Felix regelmäßig an allen möglichen Aktivitäten teilnimmt. Ich vermute, dass Mascha sich das ausdenkt. Kleinkinderturnen und Musikkindergarten. Dann soll er später unbedingt ein Musikinstrument lernen, Klarinette oder so.«

»Damit kann man sich vor anderen Eltern profilieren«, sagte

Lars. »Aber ein Kind in dem Alter sollte doch vor allen Dingen frei spielen dürfen.«

»Da gehen die Meinungen auseinander. Ich nehme an, auch die der Richter.«

»Pia.« Er zog sie an sich. Seine Bartstoppeln fühlten sich an ihrer Wange kratzig an. »Es wird schon alles gut gehen. Ralf Puschmann ist ein guter und erfahrener Anwalt. Du bist eine tolle Mutter. Sie werden dir Felix nicht wegnehmen.«

»Ich kann mir da aber nicht sicher sein«, sagte Pia. Lars' Gegenwart wirkte beruhigend auf sie. Trotzdem hatte sie Angst. Wie schnell sich eine Situation ändern konnte, hatte sie ja heute wieder demonstriert bekommen. Es reichte aus, eine Sekunde unaufmerksam oder zur falschen Zeit am falschen Ort zu sein, und das war's. Nichts war sicher. Nichts blieb, wie es war.

Sie erzählte Lars von dem grünen Golf und davon, wie sie kurz darauf beinahe überfahren worden wäre.

»War es derselbe Wagen, der dich fast erwischt hätte?«

»Nein, das war ein schwarzer VW-Bus. Ich war zu erschrocken, um auf weitere Einzelheiten zu achten.«

»Glaubst du, der Fahrer hatte es … auf dich abgesehen?«

»Nein. Das war allein meine Schuld. Ohne zu gucken, über die Straße zu rennen! Das kann Felix ja schon besser.« Habe ich wirklich nicht nach rechts und links geschaut?, fragte Pia sich. Sie war der Meinung, die Straße sei frei gewesen … Aber die Annahme, dass irgendjemand ihr auf diese Weise etwas zuleide tun wollte, erschien ihr zu weit hergeholt. Und auch das mit dem grünen Golf musste ein Zufall sein. Sie sah schon Gespenster.

»Bitte pass in Zukunft besser auf dich auf!«, sagte Lars leise an ihrem Ohr. »Ich will dich nicht verlieren.« Sein warmer Atem kitzelte sie am Hals.

»Mach weiter.«

»Hm?«

Pia schob ihr Haar zur Seite. Seine Lippen berührten ihren Hals, ihr Schlüsselbein ... Sie schloss die Augen. »Weiter«, sagte sie.

Er hielt inne. »Bevor ich es vergesse ...«

Pia öffnete die Augen.

»Ich möchte, dass du meine Eltern kennenlernst.«

»Was?!«

»Komm schon! Ich kenne deine doch auch.«

»Weil es sich zufällig so ergeben hat. Wir müssen doch nichts überstürzen. Es findet sich bei deinen Eltern bestimmt auch einmal eine Gelegenheit.«

»Sie wohnen in Bremen, Pia.« Er rückte ein Stück von ihr ab und sah sie forschend an.

»Im Moment schaffe ich das nicht.«

»Sie fragen schon immer nach dir«, sagte er leise. »Sie wollen wissen, mit wem ich so viel Zeit verbringe. Sie beißen nicht.«

Pia dachte wieder an das, was Lars ihr von seinem Vater erzählt hatte. An dessen schlechte Erfahrungen mit der Polizei. Auch wenn es schon lange zurücklag, dass sein Vater unschuldig in den Fokus polizeilicher Ermittlungen geraten war – es hätte beinahe dessen Leben zerstört. Und so wie Lars es ihr geschildert hatte, hegte Georg Kuhn wohl immer noch einen Groll gegen die Polizei. Ganz klasse! Pia wollte sich zu diesem Zeitpunkt nicht mit den Fehlern von Kollegen auseinandersetzen müssen, die sie nicht einmal kannte und die lange nicht mehr im Dienst waren. Ein weiterer Konfliktherd in ihrem Leben war das Letzte, was sie im Augenblick gebrauchen konnte.

15. Kapitel

Der gefasste, beinahe unbewegte Gesichtsausdruck, zu dem Katharina Stöver sich seit Stunden zwang, verursachte ihr ziehende Kopfschmerzen hinter dem rechten Auge. In ihrem Innern tobten Gefühle wie Trauer, Wut, Angst und Überdruss, doch sie durfte nur die Trauer zeigen. Die war erlaubt. Die erwarteten die Gemeindemitglieder von ihr. Die übrigen, teils widersprüchlichen Emotionen hätten, gelinde gesagt, Verwunderung hervorgerufen. Das gehörte sich eben nicht. Doch sich nicht anmerken lassen zu können, wie ihr zumute war, strengte sie heute ungeheuer an. Die Veranstaltung des Altenkreises verlangte Katharina den letzten Rest Selbstbeherrschung ab, der ihr verblieben war. Gleich hatte sie es geschafft.

Eine der Teilnehmerinnen, Erna Kohlhase, kam nun auf sie zu und reichte ihr zum Abschied eine kalte Hand. »Meine Liebe, viel Kraft weiterhin! Ich weiß, am Anfang denkt man, man schafft es nicht. Als mein Kuno vor siebzehn Jahren starb, da wollte ich ins Wasser gehen. Ja, wollte ich. Aber es kommen auch wieder bessere Zeiten.«

»Vielen Dank, Frau Kohlhase. Ich weiß Ihre Anteilnahme zu schätzen.« Heute war der Gemeindesaal ausnahmsweise mal wieder voll gewesen. Schließlich wollten wohl alle Teilnehmerinnen und der eine Teilnehmer des Altenkaffeekreises sehen, wie die Pastorenfrau sich nach dem Mord an ihrem Mann so hielt. Nein, das war böse. Sie wollten sie unterstützen. Dass dieses Beisammensein so kurz nach Matthias' Tod Stoff für wochenlangen Klatsch bieten würde, war eine willkommene Dreingabe.

Katharina hatte gar nicht gewusst, dass sie so gut schauspielern konnte. Was wirklich in ihr vorging, begriff sie ja selbst kaum. In einem Augenblick nahm sie die Flut der praktischen Aufgaben, die Matthias' Tod mit sich brachte, vollkommen in Beschlag, sodass sie beinahe funktionierte, als wäre alles wie immer. Sein Tod war gar nicht real, nicht wirklich fassbar, bis er sich mit scheinbar harmlosen Kleinigkeiten schneidend Aufmerksamkeit verschaffte: Der Anblick von Matthias' leerem Platz am Tisch heute Morgen hatte wehgetan wie ein Axthieb.

»Ach, übrigens, meine Liebe. Was meinen Sie, wer jetzt morgen den Herbert Michelsen unter die Erde bringt?«, fragte die Kohlhase mit Unschuldsmiene. »Der liegt nun schon seit fast einer Woche.« Das war ein dezenter Vorwurf in Richtung ihres Mannes, der es nicht für nötig erachtet hatte, Herbert Michelsen, wie allseits gewünscht, noch vor dem Wochenende zu beerdigen.

»Ich weiß es nicht, sicher einer der Pastoren aus den Nachbargemeinden«, sagte Katharina Stöver matt. Darum sollte der Propst sich kümmern.

»Und das Musikfest? Findet das nun statt?«

»Ich denke nicht. Das muss noch abgesagt werden.« Ilona Pagel darauf ansprechen, setzte Katharina Stöver in Gedanken als weiteren Punkt ans Ende ihrer sehr langen To-do-Liste. Ihr Augenlid zuckte. Erna Kohlhase hatte den begehrten Platz in ihrer Nähe wohl ein bisschen zu lange in Anspruch genommen, denn Berta Wurth drängte sie mit ihrem massigen Vorbau zur Seite, sodass die andere beinahe über ihren Stock gestolpert wäre. Katharina rettete die Kohlhase mit einem beherzten Griff an den Oberarm und stabilisierte sie so. Berta Wurth schien es gar nicht zu bemerken.

»Hach, Frau Pastor! Er war ja so ein Guter, Ihr Mann, so ein Guter! Ich kann es gar nicht glauben. Aber nun ist er bei Gott, nicht wahr?«

»Ja, Liebe. Das ist er bestimmt. Und sieht von oben auf uns herab.«

Eine Träne kullerte über Berta Wurths rosige, doch schlaffe Wange.

Nicht das noch, dachte Katharina. Ich sollte heulen, doch nicht sie. Die Wurth hatte Matthias immer mit Beschwerden über seine Liederauswahl in den Gottesdiensten getriezt. Da seien so wenig Lieder dabei, die man richtig mitsingen konnte. Die starke Gefühlsregung nahm Katharina ihr nicht ab. Sie wandte sich schnell dem alten Friedrich Merten zu, dem einzigen Mann der Gruppe, der mit seinen neunzig Jahren auch der Älteste war.

»Kopf hoch, Frau Stöver!«, sagte er und hustete rasselnd. Er drückte ihr ebenfalls die Hand.

Katharina wollte nicken, weil ihr die Kehle eng geworden war, doch der sich stetig steigernde Kopfschmerz verbot jede schnelle Bewegung. Würde dieser Vormittag denn nie zu Ende gehen? Sie hätte auf Gregor hören und den Altenkreis sausen lassen sollen. »Du kriegst eh nicht genug dafür bezahlt«, hatte er barsch bemerkt. »Such dir was Neues, solange sie dich noch nehmen! Du wirst ja auch nicht jünger.« Charmebolzen. Aber es stimmte ja. Die erste, die bessere Lebenshälfte lag wohl hinter ihr.

Sie atmete auf, als alle den Gemeinderaum verlassen hatten. Die Anteilnahme im Dorf war insgesamt riesengroß. Das war schon eine Hilfe – oder würde es sein, wenn sie wieder in der Realität angekommen war. Die meisten Leute hier hatten ihren Mann sehr gemocht. Wer wollte es ihnen verdenken, dass sie auch neugierig waren? Normalerweise ärgerte es Katharina, dass kaum jemand half, die benutzten Tassen und Untertassen auf dem Geschirrwagen zu stapeln, aber heute war es ihr nur recht. Eine weitere Beileidsbekundung und sie würde schreien. So fuhr sie auch genervt herum, als jemand an die Tür klopfte und eintrat.

Die Polizei.

»Stören wir, Frau Stöver? Der Küster sagte uns, dass sie um halb zwölf hier fertig sind.«

»Fix und fertig«, erwiderte sie. Eine Frau und ein Mann traten näher. Die Beamtin kannte Katharina. Sie war am Sonntag bei ihnen im Pfarrhaus gewesen.

»Broders«, stellte der Mann sich vor. »Meine Kollegin Pia Korittki haben Sie ja bereits kennengelernt. Wir haben noch ein paar Fragen.«

»Kann das nicht warten? Ich hab furchtbare Kopfschmerzen.«

»Das tut mir leid«, sagte die Polizistin und sah sich um.

Broders legte den Kopf schief. »Es ist momentan bestimmt nicht leicht für Sie. Warum arbeiten Sie, wenn es Ihnen nicht gut geht?«

Katharina sah ihn konsterniert an. »Ich wollte die alten Leute nicht enttäuschen. Dieser Termin am Dienstagvormittag bedeutet ihnen viel. Für einige ist es die einzige Möglichkeit der Geselligkeit, die sie noch haben ... Aber ich hatte nicht erwartet, dass es so anstrengend wird.«

»Verstehe. Sollen wir später wiederkommen?«, fragte er.

»Ach, nun ist es auch egal. Nehmen Sie Platz.« Sie ließ sich erschöpft auf einen Stuhl an einem der quadratischen Tische sinken. Katharina wollte es hinter sich bringen. Alles hier. Doch sie ahnte, dass sie gerade erst am Anfang stand.

Die Polizisten befragten sie noch einmal zu ihren Aktivitäten vom Samstag- bis zum Sonntagmorgen sowie zu den sozialen Kontakten ihres Mannes.

»Wissen Sie, ob eine Ihrer Töchter einen Freund hat?«, wollte die Polizistin plötzlich wissen.

»Ich ... äh. Nein. Ich meine, die Mädchen sind erst vierzehn. Sie haben noch keinen Freund. Sie interessieren sich mehr für Pferde als für Jungs.«

»Sind Sie sicher? Manchmal läuft das parallel«, sagte die Beamtin.

»Natürlich bin ich sicher. Ich bin ihre Mutter. Und wenn Sie mir nicht glauben, fragen Sie Lea Freese. Die Mädchen treiben sich jede freie Minute bei ihr auf dem Hof bei den Pferden herum.«

Die Polizistin sah sie nachdenklich an. Katharina fühlte sich unter diesem Blick aus den kühlen blauen Augen zunehmend unbehaglich.

»Erzählen Sie uns von Donnerstagabend!«, sagte der Polizist.

»Donnerstag? Was war denn da? Ich glaube, ich bin früh zu Bett gegangen, weil ich einen Migräneanfall hatte«, antwortete sie nach einer kleinen Pause. Sie zwang sich, ruhig zu bleiben. Niemand hatte sie gesehen ... und Adrian, der würde sie nicht verraten.

»Ganz bestimmt? Noch können Sie das richtigstellen.« Der Kriminalkommissar sah sie wohlwollend an, während die Beamtin begann, etwas in ihr Notizbuch zu schreiben.

Katharina wurde warm. Nur nicht rot werden! Zu ihrem Kummer neigte sie genau dazu. Ihre Wangen waren von einem Netz rötlicher Adern durchzogen, deren Farbe sich vertiefte, wenn sie ins Kalte kam oder sich aufregte.

»Gut, dass Sie nachfragen. Jetzt erinnere ich mich. Ich war später doch noch mal draußen, als der Kopfschmerz endlich nachließ. Um frische Luft zu schnappen.« Verdammt, wer hatte sie gesehen und wo?

»Können Sie das etwas präzisieren?«, hakte die Polizistin nach.

»Ich war irgendwo am Strand.«

Die Polizeibeamten sahen sie fragend an.

»Sie tun sich keinen Gefallen, wenn Sie nicht ehrlich zu uns sind«, sagte Broders freundlich. »Es gibt Zeugen, wissen Sie.«

»Jetzt erinnere ich mich.« Katharina lächelte schwach in seine Richtung. »So eine Migräne macht mich immer fix und fertig. Ich kann dann nicht mehr klar denken. Ich bin wohl zum Leuchtturm gefahren, meinem Lieblingsplatz.« Die Kommissarin nickte beinahe unmerklich. Sie wussten es schon. Also erzähle ich besser alles, beschloss Katharina. Wie sie angekommen war, von dem Feuer in den Dünen, wie sie Adrian gefunden hatte, von seiner Kopfverletzung. Nur den brennenden Pferdekopf erwähnte sie nicht. Die Erinnerung daran erfüllte sie immer noch mit Grauen. Und sie hatte das Gefühl, dass sie Adrian damit schaden könnte. Ansonsten, was hatte sie sich vorzuwerfen? Sie war jetzt Witwe. Matthias' Zorn über ihr Treffen mit Adrian konnte sie nicht mehr erreichen. Und auch das Dorf konnte ihr doch inzwischen egal sein. Sie würde hier eh nicht bleiben können. Jedenfalls nicht im Pfarrhaus. Als sie geendet hatte, waren ihre Kopfschmerzen beinahe verschwunden. Sie lockerte vorsichtig die Schultern.

Die Polizistin sah von ihren Notizen auf. »Sie und Adrian Pagel waren also mal ein Paar?«

»Eine Jugendliebe. Das ist ewig her. Nichts von Bedeutung.«

»Warum wollten Sie ihn dann wiedersehen?«

»Ich war nur neugierig, was er in Mönkenbek wollte.«

»Hat er es Ihnen gesagt?«

»Er scheint in Geldnot zu sein. Wieder einmal. Sein Bruder soll ihm wohl aus der Patsche helfen.«

»Wie war das Verhältnis zwischen Ihrem Mann und Adrian Pagel? Wusste er von Ihrer früheren Beziehung?«

»Nein. Sie kannten einander kaum.«

»Sind sie sich vor seinem Tod mal begegnet?«

»Ich weiß nicht. Möglicherweise im vergangenen Sommer.«

»Hm.« Der Polizist kratzte sich an der Augenbraue. »Wollten Sie Ihren Mann vielleicht wegen Herrn Pagel verlassen?«

»Niemals. Ich gehöre hierher.«

»Aber von dem Treffen in der Strandhütte durfte im Ort wohl niemand wissen.«

»Was denken Sie, wie es hier zugeht?«, entgegnete Katharina aufgebracht. »Wenn ich Handschellen trüge, wäre ich nicht weniger eingeengt. War das jetzt alles? Ich muss das Mittagessen für die Kinder vorbereiten.«

»Mord aus Eifersucht ist so ein Klischee«, sagte Broders halblaut zu seiner Kollegin.

»Aber wir müssen dem nachgehen.« Die Polizistin sah Katharina Stöver abwägend an.

Sie ließ sich nicht provozieren. Darauf einzugehen war lächerlich und würde alles nur noch schlimmer machen. »Ich habe auch eine Frage«, sagte Katharina stattdessen. »Das hier ist ein kleiner Ort. Vertrauen ist da sehr wichtig. Man muss wissen, mit wem man es zu tun hat. Wer hat Ihnen erzählt, dass ich am Donnerstagabend bei Adrian war?«

»Niemand«, antwortete Broders lächelnd. »Nur Sie.«

Als die Polizisten das Pfarrhaus verließen, kehrte das Ziehen hinter Katharinas rechtem Auge so heftig zurück, dass ihr schlecht wurde.

»Glaubst du ihr?«, fragte Pia, als sie unter dem Vordach des Pfarrhauses standen und in die Wand aus Regen starrten, der gerade wieder eingesetzt hatte.

»Dass sie am Strand war, um Adrian Pagel zu treffen: ja. Dass sie nur neugierig war: eher nein.«

»Rist hat gestern mit ihrem Sohn gesprochen. Gregor Stöver hat gesagt, dass seine Eltern ein paar Probleme miteinander hatten. Sein Vater hat sich angeblich viel mehr für die Sorgen seiner Schäfchen interessiert als für die seiner Frau.«

»Von so einer Ehe träume ich«, seufzte Broders. »Katharina

Stöver hat anscheinend auch keine Ahnung, dass ausgerechnet die Ärztin sie verraten und uns zumindest gesagt hat, dass Katharina Stöver nicht brav in ihrem Bettchen lag, sondern Telefonate wegen irgendwelcher Kopfverletzungen geführt hat.«

»Hätten wir es ihr erzählen sollen?« Pia wühlte in ihrer Umhängetasche nach einem Schirm.

»Ann-Christine Philipps scheint mir eine vernünftige Frau zu sein, die einen verdammt schweren Job hat. Wir sollten ihr nicht unnötig Steine in den Weg legen«, sagte Broders. »Nicht in so einem kleinen Dorf. Landärzte werden über kurz oder lang Mangelware sein. Da soll man niemanden vergraulen. Was haben wir noch auf dem Zettel?«

»Diego Hansen. Das ist der Sohn der Putzfrau. Er müsste bald aus der Schule nach Hause kommen. Er kann mir vielleicht etwas über den Pastor und dessen Jugendarbeit erzählen.«

»Oh, sehr interessant«, sagte Broders.

»Bist du da unvoreingenommen?«, fragte Pia besorgt.

»Klar bin ich das«, erwiderte er indigniert.

Pia sah ihn prüfend an. Auch nach Jahren der Zusammenarbeit wusste sie manchmal nicht, wie ernst Broders seine Sprüche meinte.

Er grinste beruhigend. »Schon gut, ich bin brav.«

Da kein Schirm verfügbar war, beschlossen sie, den Regen zu ignorieren, und liefen zum Wagen. Pia schloss auf.

Als sie ausparkte, erinnerte sie sich an den grünen Golf. Sie schilderte Broders ihr Erlebnis. »Aber warum sollte mich jemand beschatten?«, fragte sie, als sie auf der Landstraße Gas gab.

»Hast du das Kennzeichen?«

»Ja. Doch so wichtig ist es nun auch wieder nicht.«

Da Pia sich weigerte, in dieser Richtung Erkundigungen einzuziehen, notierte er es sich.

»Das ist unnötig, Broders«, sagte sie und bremste heftig, weil sie das Haus der Hansens schon erreicht hatten.

»Und der Teufel ein Eichhörnchen …«

Diego Hansen war ein schmaler, sommersprossiger Junge mit wachen Augen und schlechten Zähnen. Pia und Broders hörten einen scharfen Wortwechsel zwischen ihm und seiner Mutter, bevor er im Wintergarten auftauchte, wohin Cindy Hansen sie als wohl nur wenig willkommene Besucher verbannt hatte. Diego war dreizehn Jahre alt, nur ein Jahr jünger als die Zwillinge im Pfarrhaus, wirkte aber um einiges kindlicher.

»Ich pass auf, dass die anderen dir auch was übrig lassen«, sagte seine Mutter und schob ihn geradezu in den Raum.

»Was gibt es denn?«, fragte Pia freundlich.

»Hähnchenschenkelpfanne von Feinkost Albrecht«, sagte der Junge spöttisch. »Ethan hat Geburtstag.«

»Das ist dein Bruder? Wie alt ist er denn geworden?«

»Elf. Aber …«

»Ja?«

»Er ist der Schlaueste von uns. Schlauer als Damian auf jeden Fall.« Er grinste und zeigte dabei einen dunkel verfärbten Schneidezahn.

»Setzt dich doch zu uns, Diego! Wir haben nur ein paar Fragen. Du weißt sicher, dass der Pastor ums Leben gekommen ist«, sagte Broders.

»Abgemurkst.« Der Junge sprach leise. »Mehr weiß ich aber nicht.«

»Deine Mutter hat mir erzählt, dass du bei ihm in einer Jugendgruppe warst.«

»Hm.«

»Warst du oft dort?«

»Es geht.«

»Wie war der Pastor so?«

»Ganz okay.«

»Hat sich mal jemand über sein Verhalten beschwert? Ist mal irgendwas vorgefallen?«

Diego sah Pia verständnislos an. »Nö.«

Sie seufzte innerlich. Felix neigte dazu, den ganzen Tag zu plappern, was manchmal anstrengend war. Aber das war doch einfacher, als nur Ein- beziehungsweise Zwei-Wort-Antworten zu erhalten.

»Weißt du, warum der Pastor aus Doerkenburg weggegangen ist?«, fragte sie nach kurzer Überlegung.

Diego starrte an ihr vorbei und wippte mit den Füßen. »Er fand Mönkenbek wohl irgendwie besser. Persönlicher. Ist halt ein richtiges Dorf. Ich finde es in Doerkenburg krasser.«

»Warst du auch schon in Doerkenburg beim Jugendclub dabei?«, wollte Broders wissen.

»Klar. Hier war ja nichts los. Pastor Meier hat nie was mit uns auf die Beine gestellt.«

»Fällt dir jemand in Doerkenburg ein, der nicht gut auf den Pastor zu sprechen war? Hat's mal irgendwelches Gerede gegeben?«

»Nö.« Er kaute auf seiner Unterlippe. »Höchstens die Danzigers.« Er sah unsicher zur Seite.

»Wer ist das?«

»Ach, es gab mal Ärger, weil drei von den Älteren sich nach der Jugenddisco im Gemeindehaus haben vollaufen lassen. Heimlich. Trotz Alkoholverbot.« Er schnaubte verächtlich. »Sie haben dann ein Auto geknackt, um 'ne Spritztour zu machen. Der Kevin konnte schon fahren, obwohl er noch keinen Führerschein hatte. Und dann hat es gekracht. Voll gegen einen Baum. Zwei verletzt, einer tot. Jo Danziger.«

Obwohl Pia in gewisser Weise so eine Art von Geschichte erwartet hatte – so etwas war leider traurige Realität, besonders auf dem Land –, schien sich das trübe Licht im Wintergarten zu verdunkeln.

»Weißt du, wo genau die Danzigers leben?«, fragte Broders.

»Nö.«

»Wann war das denn?«

»Irgendwann, bevor der Pastor herkam. Es gab natürlich Gerede. Sogar Ma hat überlegt, ob sie mich wieder dorthin lässt oder nicht.«

»Und dann?«

»Erst sollte ich nicht mehr. Obwohl ich ihr hundert Mal gesagt hab, dass ich so was nicht mache und der Pastor ja auch keine Schuld daran haben kann. Sogar die Polizei war bei ihm gewesen und hat festgestellt, dass er nichts dafür konnte. Schließlich durfte ich auch wieder hin. Und dann …« Er verzog das schmale Gesicht.

»Ja?«

»Der Pastor war neulich hier, als ich aus der Schule kam. Ich hab gehört, wie sie sich gestritten haben.«

»Worum ging es da?« Pia versuchte, jegliche Anspannung aus ihrer Stimme herauszuhalten.

»Meine Ma hat geschrien, er soll sich nicht in unsere Angelegenheiten einmischen. Er habe keine Ahnung von Kindern, schon gar nicht von Jungs.« Ein bisschen Stolz schwang in seiner Stimme mit, vermischt mit Scham.

»Weißt du, warum sie so wütend war?«

Plötzlich schien Diego aufzugehen, dass er seine Mutter in Schwierigkeiten brachte. »Nicht wirklich. Jedenfalls hat es nichts mit dem Mord zu tun. Sie regt sich schnell auf, aber sie regt sich genauso schnell wieder ab.« Sein Gesicht verschloss sich. Pia sah den Zweifel und die Qual in seinen Augen. Das Gefühl, zu viel gesagt zu haben und es nicht wieder zurücknehmen zu können.

»Es hat sicherlich nichts mit dem Mord zu tun«, versicherte sie ihm und fühlte dabei Broders' zweifelnden Blick von der Seite.

»Dachten die Leute denn, Matthias Stöver hätte eine Art Mitschuld an dem Unfall und dem Tod dieses Jungen, Jo Danziger, weil das Betrinken quasi unter seiner Aufsicht passiert ist?«, fragte Heinz Broders.

»Sie haben sich erst hinterher betrunken«, beharrte Diego. »Nachdem sie in der Jugenddisco gewesen sind. Der Pastor hat zwar manchmal genervt, wenn er so auf Kumpel gemacht hat, aber er war in Ordnung. Für den Autounfall konnte er wirklich nichts.«

»Hat Matthias Stöver mal etwas zu dem Unfall zu euch gesagt?«

»Es täte ihm sehr leid, meinte er. Und wir sollten für die Opfer beten.«

»Wie war die Reaktion darauf?«

Diego zuckte mit den mageren Schultern. »Wie schon? Der Pastor war in Ordnung. Doch er hätte nichts tun können. Verstehen Sie? Gar nichts.«

Nach dem Gespräch mit Diego konfrontierten Pia und Broders Cindy Hansen mit ihrem neuen Wissen: Der Pastor war also hier gewesen, und sie hatte sich mit ihm gestritten. Pia hoffte, den Jungen damit nicht in Schwierigkeiten zu bringen, aber sie mussten die Wahrheit erfahren. Sie konnten nicht abwarten, bis Diego seiner Mutter gebeichtet hatte, dass er es erzählt hatte. Das würde Cindy Hansen nur Zeit verschaffen, sich eine Geschichte zurechtzulegen.

Erst stritt sie alles ab, doch dann, nach einigen hektischen Zügen an ihrer Zigarette, räumte Cindy Hansen ein, dass der Pastor vor zwei Wochen einmal bei ihr gewesen war.

»Was wollte er?«

»Ach, das Übliche.«

»Was ist das Übliche? Klären Sie uns bitte auf. Bei mir schaut der Pastor nicht mal eben herein, geschweige denn, dass wir in Streit miteinander geraten«, sagte Broders.

Die Kinderschar hatte sich nach oben verzogen. Cindy saß mit der Polizei im Wintergarten auf den wackeligen Plastikstühlen, während Diego in der Küche wohl endlich seine Portion Hähnchenschenkel essen konnte.

Cindy Hansen schien zu überlegen, wie viel Diego gehört haben konnte. »Es ging um Ethan«, räumte sie dann ein.

»Ethan ist auch ihr Sohn?«, fragte Broders der Form halber.

»Ja, mein drittjüngster. Er ist heute elf geworden.« Sie starrte hinaus in den trüben Regentag.

»Und weiter? Erzählen Sie uns einfach, warum Sie mit dem Pastor gestritten haben, dann lassen wir Sie in Ruhe. Sie haben bestimmt heute noch eine Menge zu tun, mit Ethans Geburtstag und allem, und wir auch.«

»Ach, so einen richtigen Kindergeburtstag gibt's ja schon lange nicht mehr«, sagte sie. »Wir gehen nachher mit ihm und seinen Freunden Burger essen. Das hat er sich so gewünscht. Er ist ein guter Junge, nur leider ... hat er in letzter Zeit ziemlich viel Blödsinn angestellt.«

»Was für Blödsinn?«

»Er hat das Schulklo geflutet, einem Lehrer mit Sekundenkleber die Hände ans Pult geklebt, einem Mitschüler ein blaues Auge gehauen, solche Sachen. Und er ist in der Schule weiter abgerutscht, die Versetzung ist gefährdet. Ich verstehe das nicht. Nach dem letzten Test bei der Schulpsychologin hat die mir doch glatt erzählt, Ethan sei hochbegabt und nur unterfordert.«

»Was hatte Matthias Stöver damit zu tun?«

»Ich wusste nicht mehr, was ich mit Ethan tun sollte. Ich hatte Angst, dass mein Mann ausrastet, wenn er von dem Schulklo und dem Lehrer und so hört. Also hab ich unseren Pastor um Hilfe gebeten. Weil er sich doch angeblich mit Jugendlichen so gut auskennt. Ich wollte, dass er bestätigt, dass es Ethan gut bei uns geht, weil doch das Jugendamt plötzlich vor der Tür stand.« Sie schnaufte wütend. »Und dann haben die zusammen ausgeheckt, dass Ethan mehr Förderung braucht, weil er ja angeblich hochbegabt ist. Dass wir ihm nicht geben können, was er braucht! Dass es das Beste wäre, wenn er in eine Pflegefamilie kommt!«

»Weshalb genau war der Pastor hier, als sie gestritten haben?«, fragte Pia gespannt.

»Na, deshalb! Er wollte mir einreden, dass es das Beste für Ethan ist, wenn er in Zukunft in einer anderen Familie lebt. Nicht mehr bei uns. Eine ›intellektuell anregende Umgebung‹ nannte er das. Da frage ich mich, was unser Haus seiner Ansicht nach ist?«

Pia konnte sich die für beide Seiten überaus unangenehme Szene bildhaft vorstellen.

Cindy Hansen holte tief Luft. »Und ich hab ihn gefragt, ob das erst der Anfang sei, ob sie uns vielleicht nach und nach alle unsere Kinder wegnehmen wollen? Wissen Sie, was er geantwortet hat?«

Pia schüttelte den Kopf.

»Dass es bei unseren anderen Kindern nicht so darauf ankäme! Aber Ethan sei etwas Besonderes. Und dass wir nicht egoistisch sein dürften, sondern das für unseren Sohn tun sollten. Wir sollten ihm eine Chance geben.«

16. Kapitel

Als Bjarne Freese von der Schule nach Hause kam, lag ein Zettel auf dem Küchentisch. Seine Mutter teilte ihm mit, dass sie in Lübeck zum Einkaufen unterwegs sei, sein Vater mache Besorgungen für den Hof. Er solle bei Gelegenheit mal nach dem Opa sehen und sich noch den Rest vom Hirschgulasch vom Sonntag aufwärmen.

Bjarne verdrehte die Augen bei dem Gedanken an Hirschgulasch; er hatte nach der Schule schon mit Damian zusammen einen Döner gegessen. Er legte den Zettel zurück und lauschte in die Stille. Sie wohnten zu viert in dem großen Haus, das schon seit Generationen im Familienbesitz war. Sie hielten Hofkatzen, Pferde, Rinder und ein paar Ziegen, und trotzdem war es so deprimierend ruhig, als befände sich das Haus unter einer Glaskuppel. Er beneidete Damian um seine lebhafte und lustige Familie. Fünf Geschwister, alles Jungs, bis auf die verwöhnte Debbie, eine der kleinen Zwillinge. Er selbst war ein Einzelkind – immer allein. In Damians Haus herrschte niemals so eine leblose Stille. Bjarnes Vater behauptete, die Hansens seien nur »Pack«. Aber dann doch lieber Pack als ein Teil dieses Totentanzes.

Bjarne holte sich ein paar Schokoriegel aus der Vorratsdose in der Speisekammer, nahm sich eine Cola aus dem Kühlschrank und ging in Richtung seines Zimmers. Er rief nach seinem Großvater, aber der antwortete nicht und ließ sich auch nicht blicken. Vielleicht hielt er sein Mittagsschläfchen? Er würde später nach ihm sehen.

Bjarne warf sich auf sein Bett, verschlang einen Schokoriegel und starrte an die Decke. Die Schokolade kratzte im Hals. Was für ein Tag! Beni und Conni waren heute schon wieder nicht in der Schule gewesen. Dienstags fuhren sie sonst nach der sechsten Stunde immer zusammen mit dem Schulbus nach Hause. Die mussten sicherlich erst mal irgendwie mit dem Tod ihres Vaters klarkommen. Und damit, dass jemand ihn umgebracht hatte.

Und sein Freund Damian machte sich natürlich Sorgen um Beni. Er wollte sie heute besuchen und mit ihr reden, wusste aber nicht, ob er im Pfarrhaus willkommen war. Er hatte Bjarne gebeten, nachher mitzukommen ... Eine blöde Idee. Bei dem Gedanken daran, in das Trauerhaus zu gehen und Katharina Stöver zu begegnen, gruselte es ihn. Was sollte er denn sagen?

Das Telefon im Flur läutete. Nicht für ihn. Anrufe auf dem Festnetz waren immer nur für seine Eltern oder, ganz selten einmal, für Opa. Bjarne blieb liegen, wollte es einfach läuten lassen, aber der Anrufer gab nicht auf. Diese Hartnäckigkeit war schlecht zu ignorieren. Vielleicht war es ja was Wichtiges? Er stand auf und tappte in den Flur. »Bjarne Freese.« Wenn er sich nicht mit seinem Vornamen meldete, verwechselten ihn die Leute. Früher mit seiner Mutter, nun eher mit seinem Vater. Er hörte schnaufenden Atem.

»Ich muss Karsten sprechen. Ist Karsten nicht da?«, vernahm er nach einer Pause eine knarzende Stimme.

»Hier ist Bjarne. Mein Vater ist unterwegs. Wer spricht denn da?«

»Elsa Grönwald. Ich ... Ihr müsst unbedingt rüberkommen. Dein Großvater ist drüben bei Herbert Michelsen und macht Radau.« Es klickte. Sie hatte aufgelegt, bevor er nachfragen konnte.

Bjarne runzelte die Stirn. Herbert Michelsen war doch tot. Er sollte morgen Nachmittag beerdigt werden. Er würde extra sein Lieblingsfach Sport ausfallen lassen, um an der Trauerfeier teilzunehmen. Das hatten seine Eltern so mit ihm besprochen. Das ganze Dorf würde da sein.

Er schaute auf die Anruferliste und rief Elsa Grönwald zurück, doch sie nahm nicht ab. Das hatte ihm gerade noch gefehlt! Bjarne klopfte bei seinem Opa an und öffnete, als sich nichts rührte, die Zimmertür. Das Bett war ordentlich gemacht, niemand war da. Da sein Großvater die letzten Tage andauernd von seinem Freund Herbert gesprochen hatte, seinen Tod irgendwie nicht akzeptieren wollte, war er wohl jetzt tatsächlich bei dessen Haus. Na klasse.

Bjarne überlegte, ob er seine Eltern anrufen sollte, aber das würde zu lange dauern. Er warf sich eine Jacke über, ging nach draußen und schwang sich auf sein Fahrrad.

Als er auf die Landstraße bog, setzte prasselnder Regen ein. Bjarne zog den Kopf zwischen die Schultern und strampelte los. Es war ja nicht weit. Herbert Michelsens Haus lag an der Kirche, gleich neben dem von Elsa Grönwald. Er hoffte, sein Großvater habe inzwischen bei ihr oder anderswo Schutz gesucht. Das zweistöckige, düstere Pfarrhaus mit den dunklen Fenstern verursachte Bjarne ein mulmiges Gefühl, als er daran vorbeifuhr. Er wollte da gewiss nicht reingehen. Nicht in nächster Zeit. Sollte Damian doch sehen, wie er mit Beni sprechen konnte …

Er fand seinen Großvater in Herbert Michelsens Vorgarten. Der alte Mann kniete vor dem Hauseingang. Neben ihm lag eine schwarze Mülltonne auf der Seite, um ihn herum verteilte sich deren Inhalt. Der Regen hatte nachgelassen, süßer Fäulnisduft hing in der feuchten Luft. Sein Großvater sah nur kurz auf, als Bjarne näher kam, wühlte aber verbissen weiter im Müll. Die sonst sorgfältig nach hinten gekämmte und mit

Wachs fixierte Haarsträhne, die eine kahle Stelle auf seinem Kopf verdecken sollte, war ihm wie ein Brett nach vorn in die Stirn gefallen. Die helle Windjacke und die Hose waren durchnässt und verschmutzt.

»Opa, was machst du denn da?«

»Suchen. Du kannst mir helfen, Junge.«

Bjarne wusste nicht, was er tun sollte. Sein Großvater wirkte zwar erschöpft, aber eigentlich vollkommen klar. Er ging neben ihm in die Knie. Die nasse Jeans klebte Bjarne an den Beinen, und ein Rinnsal lief ihm kühl den Rücken hinunter. »Was denn suchen? Du holst dir hier den Tod.«

»Der kommt sowieso früher oder später. Aber vorher will ich wissen, was hier los war.«

Otto Freese hatte ein Taschenmesser in seiner Rechten. Mit dem schlitzte er einen der verbliebenen heilen und prall gefüllten Müllbeutel auf. Der Inhalt quoll heraus wie Gedärm aus einem Tier, das man ausweidete. Bjarne hielt die Luft an, als sein Großvater ungerührt den alten Müll vor ihm verteilte. »Wenn du so was wie Brokkoli-Auflauf siehst, sag sofort Bescheid.«

»Brokkoli«, echote Bjarne. »Und wer soll die Sauerei hier wieder wegmachen?«

»Wenn ich keinen Brokkoli finde, ruf ich sowieso die Polizei.«

»Großvater, lass das doch!«, sagte er und versuchte, ihn davon abzuhalten, den letzten noch geschlossenen Beutel aufzuschlitzen. »Elsa Grönwald beobachtet dich. Sie hat mich gerade angerufen. Als Nächstes alarmiert sie bestimmt die Polizei.«

»Soll sie, soll sie. Altes Klatschweib. Siehst du hier irgendwo Brokkoli?«

»Nein. Ich sehe nur gammeligen Matsch.« Sein Großvater schwankte, und Bjarne hielt ihn am Arm fest. »Komm, ich helf dir aufzustehen. Hier ist kein Brokkoli. Bist du nun zufrieden?« Er mühte sich, seinen Opa auf die Füße zu stellen und gegen die Hauswand zu lehnen. Sein Stock befand sich neben der Tür, und Bjarne gab ihn ihm.

Otto Freese war nass, kalt und kreidebleich. »Danke, du bist ein guter Junge, Bjarne. Meine alten Knochen wollen eben nicht mehr so richtig. Aber ich musste es tun.«

Elsa Grönwalds schneeweißer Schopf tauchte über der Hecke auf wie ein verwehtes Vogelnest. Sie nahm hinter der Gartenpforte Aufstellung. »Kann mir mal einer sagen, was hier los ist? Hier stinkt's!«

Es stellte sich heraus, dass Otto Freese die Strecke zu Herbert Michelsens Haus zwar zu Fuß bewältigt hatte, nun aber nicht mehr in der Lage war, zum Hof der Freeses zurückzulaufen. Bjarne musste schließlich den Küster Ernst Fassbender um Hilfe bitten, der mit mürrischer Miene seinen Polo aus der Garage holte und sie nach Hause fuhr. Das Fahrrad wollte Bjarne später holen.

Er ertrug den stummen Vorwurf des Küsters, dass dadurch sein gehätscheltes Auto nass wurde, nur weil er, Bjarne, nicht besser auf den alten Herrn achtgegeben hatte, denn er war froh, dass er kein Taxi bezahlen musste. Er wollte seinen Opa so schnell wie möglich ins Warme und Trockene bringen; schließlich war doch gerade dessen Freund an den Spätfolgen eines grippalen Infektes gestorben.

»Was genau wolltest du eigentlich bei Herberts Haus?«, fragte Bjarne, als Otto Freese, umgezogen und mit einer karierten Decke über den Knien, in seinem Sessel saß. Bjarne hatte ihnen beiden einen schönen heißen Tee gekocht und nach kurzer Überlegung noch etwas von Mutters Rum, den sie zum Kuchenbacken verwendete, hineingegeben.

»Ich hab vorhin Cindy Hansen angerufen. Die hat doch in den letzten Monaten regelmäßig bei Herbert geputzt und nach ihm gesehen. Auch am Mittwoch, seinem letzten Lebenstag. Ich wusste, dass sie da war, weil ich am Mittwochvormittag noch mit Herbert telefoniert hatte. Da ging es ihm wieder so gut, dass ich nachmittags zum Kniffeln zu ihm kommen sollte. Seine Bronchien haben noch ein bisschen gerasselt. Er sagte, deswegen müsse er nachts bei offenem Fenster schlafen, um genug Luft zu bekommen. Ansonsten war Herbert wieder auf'm Dampfer. Aber als ich dann nachmittags da war, hat er mir nicht aufgemacht. Ich dachte, er hat's vergessen, oder er schläft. Die Vorhänge waren zugezogen und die Fenster alle geschlossen. Das ist mir erst heute wieder eingefallen. Warum waren die Fenster zu?«

»Vielleicht hat Cindy Hansen sie beim Putzen ja zugemacht«, schlug Bjarne vor. Bei den Hansens wurde selten gelüftet, was allerdings nicht weiter schlimm war, denn die alten Fenster in deren Haus waren alle undicht.

Otto Freese schüttelte den Kopf. »Daran hab ich auch schon gedacht. Deshalb habe ich die Hansen vorhin auch angerufen. Sie ist sich aber sicher, dass die Fenster gekippt waren, als sie mittags ging. Herbert hat darauf bestanden. Doch jetzt kommt's: Elsa hat mir vorhin erzählt, dass Adrian Pagel an dem Tag ebenfalls bei Herbert war. Er hatte es jedoch angeblich auch sehr eilig, wieder zu verschwinden.«

»Ist dieser Adrian Pagel nicht der Bruder von unserem Schlachter?« Bjarne erinnerte sich an den Typen beim Bäcker, der sich mit Damian angelegt hatte.

»Ja, ja. Ist er. Ich kenne ihn noch von früher, den Burschen.«

»Was wollte er denn von deinem Freund Herbert?«

»Das ist die große Frage, Bjarne. Ich denke, er hat den Herbert bestohlen.«

»Was gab es denn da zu holen?«

»Tja. Genau deswegen habe ich vorhin auch noch Herberts Nichte angerufen. Tine Michelsen. Sie ist ja seine Erbin.«

»Und?« Bjarne fand die Geschichten seines Großvaters von jeher klasse, während sein Vater sie immer als »Tünkram«, als zusammengesponnenes Zeug, abtat. Diese hier war ja fast schon ein Krimi.

»Ich hab sie gefragt, ob etwas fehlte. Sie sagte, sie habe schon etwas mehr Bargeld im Haus erwartet. Herbert hat ja immer betont, dass er den Banken nicht traut. Es war ein offenes Geheimnis, dass er was im Spülkasten und unter dem Treppenläufer deponiert hatte. Alle wussten das.«

»Herberts Notgroschen war also weg.«

»So ist es. Und dann habe ich seine Nichte nach Gydes Bild gefragt. Das war Herberts wertvollster Besitz. Und das ist auch nicht mehr da!«

»Gydes Bild?«

»Gyde Michelsen war Herberts Tante. Die ältere Schwester seines Vaters. Eine sonderbare Frau. Wir Jungs haben sie immer bewundert, obwohl sie zu der Zeit wahrhaftig keine junge Frau mehr war. Sie hat uns allerdings nicht beachtet. Es hieß, sie war in ihrer Jugend mal mit dem Maler Franz Kirchdorf liiert, als der eine Zeit lang hier an der Ostsee gelebt hat. Sie soll ihm Modell gesessen haben. Wenn du im Kunstunterricht aufgepasst hast, weißt du, dass Kirchdorf auch auf Fehmarn war. Er hat ihr bei seiner Abreise ein Bild geschenkt. Gyde und später auch Herbert haben es nie verkauft, sondern immer für sich behalten. Aber es ist bestimmt inzwischen so einiges wert.«

»Glaubst du, dieser Pagel wusste davon und hat das Bild gestohlen?«

»Elsa sagt, er hatte nichts bei sich, als er ging«, antwortete Otto Freese nachdenklich.

»Vielleicht war es unter seinem Mantel versteckt?« Der

Typ hatte beim Bäcker ja diesen auffälligen Ledermantel getragen.

»Dazu war das Bild zu groß. Bestimmt fünfzig mal siebzig Zentimeter, mit einem schweren Rahmen.«

»Dann hat Pagel nur das Geld genommen?«

»Vielleicht. Aber irgendjemand hat auch das Bild gestohlen.« Otto Freese runzelte die Stirn. »Es sei denn, Herbert hatte es längst woanders deponiert. Ich habe es lange nicht mehr gesehen. Es hing oben in seinem Arbeitszimmer.«

»Und warum hast du eben seinen Müll durchwühlt, Opa?«

»Ich wollte nur etwas nachprüfen. Die Hansen hat mir erzählt, dass sie Herbert am Mittwoch Brokkoli-Auflauf mitgebracht hatte. Den sollte er sich abends warm machen. Als sie Herbert am nächsten Tag tot aufgefunden haben, stand die Auflaufform sauber abgewaschen in seiner Küche.«

»Ja, und?«

»Herbert hasste Brokkoli, und er vertrug ihn nicht. Er hätte ihn niemals gegessen. Das ist doch seltsam, oder? Wo er doch dann über Nacht gestorben ist.«

»Vielleicht wollte er Cindy Hansen nicht kränken und hat den Auflauf weggeworfen und die Form gespült.«

»In seinem Müll ist der Auflauf aber nicht«, sagte Otto Freese triumphierend. »Die Mülltonne wird erst wieder Ende der Woche geleert.«

»Dann hat er das Essen im Klo runtergespült«, schlug Bjarne vor. Sein Großvater wurde langsam seltsam. Müll zu durchwühlen …

»Bei den alten Abwasserleitungen im Haus? Niemals.«

17. Kapitel

Nach der Befragung von Diego und Cindy Hansen trennten sich Broders und Pia. Sie ließ sich von dem Kollegen vor der Schlachterei absetzen, um endlich Ilona Pagel in ihrer Rolle als Gemeindesekretärin zu befragen und herauszufinden, ob sie eventuell noch mehr mit dem Pastor verbunden hatte. Broders fuhr weiter zum örtlichen Polizeirevier.

»Sie sind es? Das passt mir gerade nicht besonders«, begrüßte Ilona Pagel Pia auf dem Treppenabsatz zu ihrer Wohnung. Simone Pagel hatte die Kommissarin beinahe wortlos nach oben zu ihrer Tochter geleitet. Ihr Gesicht hatte Missbilligung und zur Schau getragene heroische Hinnahme des Unvermeidlichen ausgedrückt.

Pia zwang sich zur Ruhe. »Was immer Sie gerade zu erledigen haben – wir können uns auch währenddessen unterhalten, Frau Pagel. Die Befragung kann nicht länger warten. Es ist wichtig.« Sie war versucht, einen Fuß in die Tür zu stellen, denn Ilona Pagel machte den Eindruck, als wollte sie sie Pia jeden Moment vor der Nase zuknallen.

»Ich bin in Trauer.«

»Ich weiß«, sagte Pia sanfter. Die junge Frau sah erschreckend ungesund aus. Blass, aufgedunsen, mit entzündeten Pickeln auf der Stirn und am Kinn. Ihre Augen waren rot wie die eines Albinokaninchens. »Wenn Sie darüber reden, wird es irgendwann leichter.«

»Meinen Sie?« Sie ließ Pia eintreten. Ilona Pagel ging ihr voraus durch einen schmalen Flur voller Wäschestücke. Die Spur führte ins Bad, wo sich noch mehr Wäsche häufte.

Ilona kniete sich vor die geöffnete Waschmaschine, nahm eine Bluse in die Hand und betrachtete sie stirnrunzelnd. In der Badewanne lagen nasse schwarze Textilien. Pia setzte sich auf den Badewannenrand. Wenn jemand emotional stark betroffen war, waren Gespräche bei gewöhnlichen Tätigkeiten, die denjenigen ablenkten, oft ergiebiger, als wenn man einander steif an einem Tisch gegenübersaß.

»Das ist ja eine Menge Zeug. Ich weiß auch nie, wo die ganze Wäsche herkommt«, sagte Pia freundlich.

»Was wollen Sie wissen?«, erwiderte Ilona schroff und stopfte das Kleidungsstück in die Trommel.

Alles, dachte Pia. Sie ließ sich Ilonas letzte Arbeitstage im Pfarrbüro schildern, ebenso die des Pastors.

Ilona Pagel erzählte von dem Verhältnis zu seinen Gemeindemitgliedern, seiner Freundlichkeit und Hingabe bis hin zu den üblichen Querelen und Schwierigkeiten. Von der Opposition des Kirchengemeinderates, die anonymen Spenden betreffend, hatte Pia ja schon gehört.

»Ich habe das Gefühl, dass Sie und der Pastor sich recht nahestanden«, sagte sie vorsichtig. »Hat er Ihnen auch ab und zu anvertraut, was ihn bewegt hat oder was ihm Sorgen bereitete?«

»Natürlich. Seine Frau hat ihm ja nie zugehört, weil sie immer so beschäftigt war.«

»Hatte er mit jemandem Streit oder vor jemandem Angst?«

»Nein, eigentlich nicht. Matthias Stöver war nicht mit der Art einverstanden, wie Gregor lebt, und das hat er ihm auch gesagt. Seiner Meinung nach hat Gregor zu wenig studiert und zu viel gefeiert. Aber im Grunde waren sie sich ähnlich, und sie mochten einander.« Ihr Gesicht bekam einen weicheren Ausdruck.

»Kennen Sie auch Gregor Stöver? Sie sind doch in etwa in einem Alter.«

»Ich kenne ihn nur vom Sehen und so. Er redet nicht mit mir ... nimmt mich gar nicht wahr.«

Im Gegensatz zu seinem Vater?, dachte Pia. Laut fragte sie: »Können Sie mir mehr zu den familiären Verhältnissen im Pfarrhaus sagen?«

Ilona stopfte weitere Wäschestücke in die Trommel. Weiße und dunkle, Feinwäsche und Buntwäsche, alles durcheinander. »Klar. Sie meinen seine sogenannte Ehe, oder? Er hat sich nie bei mir beklagt, dazu war er zu anständig, aber ich habe nebenbei so einiges mitbekommen. Katharina, seine Frau, hat ihm das Leben zur Hölle gemacht.«

»Inwiefern?«

Ilona hielt in ihrer Tätigkeit inne und sah Pia an. »Sie war kalt und hat ihn immer kritisiert. Wegen Kleinigkeiten hat sie ihn angeschrien. Als das Auto im Winter mal nicht ansprang, als sie einen ›ach so wichtigen‹ Termin hatte, ist sie auf ihn losgegangen. Warum er sich nicht darum kümmere? Das sei seine Aufgabe als Mann. Worum er sich überhaupt kümmere? Weshalb er immer nur auf Wolke sieben schwebe, während sie die ganze Arbeit am Hals habe ... Und so weiter und so weiter.«

»Es soll Ehepaare geben, die leben auf diese Weise jahrzehntelang zusammen.«

»Aber die beiden nicht. Das war nicht seine Art. Sie hätten sich getrennt, wenn die Zwillinge erst einmal älter sind.«

»Hat Matthias Stöver Ihnen das gesagt?«

»Indirekt. Er hat es natürlich nicht offen aussprechen können, aber ich wusste, was er meinte.« Sie zog einen Pullover wieder aus der Trommel und hielt sich den Bauch.

»Alles in Ordnung?«

Ilona nickte mit geschlossenen Augen. »Nur die Regel.«

»Wie hat er es denn indirekt gesagt?«

Ilona drehte den Pullover auf links und las mit zusammengekniffenen Augen das Pflegeschild. »Hundert Prozent Polyirgendwas. Ich glaube, dieses Chemiezeug nimmt die Farbe nicht an.« Sie warf das Kleidungsstück auf den Boden. »Er sagte ... Matthias Stöver sagte zu mir, dass es nicht mehr lange dauern würde. Dass alles gut werde.« Sie schluchzte auf.

»Was sollte gut werden?«

»Ich will nicht darüber reden«, stieß sie hervor.

»Glauben Sie, er hätte sich für Sie von seiner Frau getrennt?«, hakte Pia nach.

»Wäre das so undenkbar?«, fuhr Ilona Pagel sie an.

»Nein«, sagte Pia.

Ilona strich sich eine verschwitzte Haarsträhne aus der Stirn. »Da sind Sie wohl die Einzige, die so denkt.«

Pia schluckte. Ilona Pagels Verzweiflung war beinahe greifbar. »Was ist eigentlich mit Ihrem Onkel, Adrian Pagel? Wissen Sie, warum er hier ist?«, fragte sie, um die junge Frau abzulenken. Vom Sitzen auf dem harten Badewannenrand tat Pia der Po weh. Doch wenn sie aufstünde, wäre das Gespräch unterbrochen, wenn nicht beendet.

Ilona nahm einen mit Wasser gefüllten Rührbecher zur Hand, der auf dem Waschbeckenrand gestanden hatte, und schüttete eine lilaschwarze Flüssigkeit aus einer kleinen Flasche hinein. »Adrian ist hier, weil er Papa überreden will, ihm die alte Mühle abzukaufen. Er ist wohl wieder mal pleite.«

»Warum beauftragt Ihr Onkel nicht einen Makler mit dem Verkauf der Immobilie?«

»Weil er es eilig hat. Er weiß, dass wir genug Geld haben und dass Mama die alte Mühle unbedingt besitzen will – sie möchte sie zu einem Restaurant umbauen.« Ilona leerte ein weiteres Fläschchen Farbe in den Rührbecher.

»Verstehen sie sich gut, Ihre Eltern und Ihr Onkel?«

Ilona lachte auf. Sie ergriff einen bereitliegenden Esslöffel und verrührte die Farbe. Mit der anderen Hand hielt sie sich wieder den Bauch. Ihre Stirn glänzte vor Schweiß. »Überhaupt nicht. Als mein Onkel mich im letzten Sommer zu sich nach Berlin eingeladen hat, ist Paps total ausgetickt. Ob er mich zu einer seiner Huren machen wolle, hat er Adrian gefragt ... Das muss man sich mal vorstellen, was ich mir hier alles anhören muss!«

»Waren Sie in Berlin?«

»Natürlich nicht.« Ilona Pagel stand auf und schüttete die angerührte Flüssigkeit in das Waschmittelfach der Maschine. »Ich weiß ja auch, womit mein Onkel sein Geld verdient.« Dunkle Tropfen spritzten auf die weißen Fliesen.

»Womit denn?«

»Mit Prostitution.« Ilona Pagel schaltete die Waschmaschine ein, und das Wasser rauschte hinein. »So, das war's. Gleich ist alles schwarz.«

Als Broders Pia wieder einsammelte, sah er hochzufrieden aus. Er summte einen aktuellen Popsong vor sich hin.

»Hast du bei der örtlichen Polizei gerade Cinderellas Schuh gefunden, den Stiefel zu unserem Stiefelabdruck?«

»Nein. Und ein passender Stiefel der Ortspolizei zu unserem Abdruck würde uns ja auch nicht viel weiterhelfen. Er könnte genauso gut beim Sichern des Tatortes entstanden sein. Wir wüssten dann nur, dass wir nicht mehr woanders nach einem passenden Stiefel suchen müssen. Aber ich habe was Besseres. Du darfst mich Großinquisitor nennen.«

»Wer ist diesmal deinem Charme erlegen?«

»Hagen Eilers, mein früherer Kollege. Er ist schließlich nach einigem Hin und Her mit der Sprache rausgerückt. Er hat nämlich den Fall der drei verunglückten Jugendlichen aus Doerkenburg untersucht, von dem Diego Hansen uns erzählt hat. Zuerst wollte er nicht so recht mit der Sprache rausrücken, warum sein Kollege Marko Blohm nicht mit von der Partie war. Es fiel mir nämlich auf, dass er immer nur von sich gesprochen hat, wenn er die Ermittlung schilderte, kein Wort von seinem Kollegen. Als ich nachgehakt habe, musste er einräumen, dass Marko Blohm außen vor war, weil er mit den Danzigers verwandt ist.«

»Mit dem Jo Danziger, der bei dem Unfall ums Leben gekommen ist?«

»Sein Neffe und Patenkind. Mit vollem Namen Jonathan Danziger.«

»Shit!«

»Hier sind ja alle irgendwie verwandt oder verschwägert«, meinte Broders und gab Gas. »Aber der Kollege hat sich das wohl ungeheuer zu Herzen genommen. Jo war das einzige Kind seiner Schwester. Blohm selbst hat keine. Er hat sich ständig gefragt, warum sie in Doerkenburg nicht besser auf diese Jugendveranstaltungen achtgegeben haben ... Kirchenveranstaltung hin oder her, das Problem ist ja bekannt. Sie hätten mehr Alkohol- und Verkehrskontrollen durchführen müssen und so weiter.«

»Dafür haben wir doch niemals genug Leute.«

»So ist es. Aber du kennst das ja. Wenn etwas so Schlimmes passiert, dann setzt der Verstand einfach aus. Zweifel, Selbstvorwürfe, Schuldzuweisungen ... Das volle Programm.«

»Der Verstand setzt aber nicht so lange aus, dass der Betroffene den Pastor erst knapp zwei Jahre später in der Sakristei erschlägt, weil der nicht besser aufgepasst und deshalb möglicherweise eine Mitschuld hat.«

»Nein«, sagte Broders. »Es sei denn ...«

»An was denkst du?«

»Es sei denn, er hat diesen Hass sehr lange mit sich herumgetragen. Und dann ist er irgendwie provoziert worden und hat rotgesehen.«

Bjarne schob vorsichtig sein Fahrrad aus der Scheune, das er früher am Abend bei Michelsen abgeholt hatte. Er stieß mit dem Vorderreifen gegen einen Metalleimer. Es schepperte. Die Tür zur Werkstatt öffnete sich.

Sein Vater stand mit in die Hüften gestützten Armen im Türrahmen. »Wer ist da? Bist du das, Lea?«

»Ich bin's nur.«

»Bjarne? Wo willst du denn jetzt noch hin?«

»Zu 'nem Freund.«

»Aber nicht zu diesem Damian, oder? Darüber haben wir doch am Wochenende ausgiebig gesprochen.«

Du hast darüber gesprochen, dachte Bjarne. Sein Vater hatte ihm befohlen, nicht mehr zu den Hansens zu fahren, bis er seine Geschichts- und Deutschnoten in den Griff bekommen hatte. Also wahrscheinlich nie mehr.

»Ich hab den ganzen Tag gelernt, und ich hab mich um Opa gekümmert. Ich hab ein Recht darauf, mich auch mal mit meinen Freunden zu treffen.« In Erwartung des väterlichen Wutausbruchs zog Bjarne die Schultern hoch.

»Ich will nicht, dass du solchen Umgang pflegst«, sagte sein Vater. »Du bist ein Freese. Wir sind in der siebten Generation auf diesem Hof und nie jemandem etwas schuldig geblieben.«

Die alte Leier. »Für mich zählen aber andere Dinge.« Bjarne schob sein Rad weiter.

»Was für ›Dinge‹ sollen das sein?«, fragte sein Vater höhnisch. »Wer bezahlt deinen Unterhalt und deine Rechnungen, dein neues Handy, das teure Fahrrad? Du bist fünfzehn; du könntest auch selbst arbeiten gehen ... Und bleib gefälligst stehen, wenn ich mit dir rede!«

»Ich will nur zu einem Freund, Computer spielen. Was ist daran verboten?«, fragte Bjarne aufgebracht.

»Statt zu spielen, solltest du mir lieber in der Werkstatt helfen. Kannst du einen Dieselmotor reparieren? Das alles hier wird schließlich mal dir gehören. Und dann wirst du sehen, wie hilfreich die Hansens sind. Die beklauen dich, während du ihnen noch die Hand reichst.«

»Wie kannst du so was behaupten?«

»Ich kenne diese Leute. Die ändern sich nicht. Und du solltest besser an deine Zukunft denken.«

»Der Hof interessiert mich nicht«, gab Bjarne zurück. Er zuckte, denn er war zu weit gegangen. Sein Vater hatte ihn provoziert, aber so hatte er das nicht sagen wollen. Bjarne wusste schon lange, dass er ein anderes Leben führen wollte als seine Eltern. Doch er hatte es ihnen schonend beibringen wollen – und erst dann, wenn er selbst wusste, was er werden wollte. Er hielt den Atem an.

»Dann verschwinde eben!« Die Werkstatttür schloss sich hinter seinem Vater. Es wurde dunkel.

Das war nun auch nicht gut.

Bjarne radelte, als wäre der Teufel hinter ihm her. Die Bewegung half ihm, sein schlechtes Gewissen zu bekämpfen. So hatte er es seinem Vater wirklich nicht sagen wollen, doch es war die Wahrheit. Er hatte Lust, etwas mit Computern zu machen oder vielleicht auch zur Polizei zu gehen. Die Polizeiarbeit fand er cool und spannend. Seine Eltern konnten nicht erwarten, dass er automatisch in ihre Fußstapfen treten wollte. Die Zeiten hatten sich geändert.

Bei den Hansens angekommen, atmete er auf. Damian und er hatten ein neues Projekt, das noch aufregender und interessanter war als *League of Fire*, das sie normalerweise spielten. Es war ein Programm, das sie selbst geschrieben hatten. Ursprünglich war es ein Projekt für die Informatik-AG gewesen. Man konnte damit Informationen sammeln, sie ordnen und miteinander verknüpfen, Muster erkennen und Widersprüche aufdecken. Damian glaubte, sie könnten damit den Mörder des Pastors finden. Das Programm war noch lange nicht ausgereift, aber sie fütterten es unermüdlich mit Daten, und bald würde es erste Ergebnisse auswerfen. Es war genial. Bjarne sah sich vor einem Raum voller Kriminalisten das Programm vorstellen. Wie der Polizeichef ihnen auf die Schulter klopfte. Wie Damian und er Interviews gaben, vielleicht auch im Fernsehen. Er lehnte sein Fahrrad gegen die Hauswand und ging um das Haus herum, um Damians Eltern nicht zu stören. Durch den Wintergarten kam man immer rein, denn das Türschloss war kaputt, seit Diego und Ethan sich dort mal gekloppt hatten.

In dem ungepflegten Garten roch es verbrannt. Aus der Feuertonne stieg eine dünne Rauchsäule auf. Die Hansens waren so anders als seine Familie. Sie scherten sich nicht um das, was die Nachbarn sagten. Sie grillten an Nikolaus, die Plastik-Ostereier hingen das ganze Jahr über im Baum, und Damians Vater fuhr ein ultracooles Motorrad. Bjarne warf im Vorbeigehen einen Blick in die Feuertonne.

»He, wer ist da?«

Er fuhr zurück. Zum zweiten Mal an diesem Abend wurde er in der Dunkelheit von jemandem überrascht. Eine Zigarette glomm auf und erhellte kurz das bärtige Gesicht von Damians Vater Helge.

»Bjarne. Ich will zu Damian.«

»Ganz schön leichtsinnig, hier im Dunkeln herumzuschleichen. Ich hätte dir beinahe erst eins übergebraten und dich dann nach deinem Namen gefragt.« Er lachte auf.

»Ich wollte nur nicht vorne anklopfen und Sie stören.«

»Bei was denn?«

»Weiß nicht.« Bjarne wandte sich zum Gehen. In einem hatte sein Vater recht: So gut er sich mit Damian und dessen Geschwistern verstand, Helge Hansen war ein unheimlicher Typ.

Der stämmige Mann trat noch einen Schritt auf ihn zu. »Was wolltest du an der Feuertonne?«

»Nichts.«

»Ach nee.« Er blies ihm Zigarettenrauch ins Gesicht.

»Damian wartet auf mich.«

»Der wartet auch noch fünf Minuten länger, bis ich mit dir fertig bin.«

»Was wollen Sie?«

»Wissen, was du hier herumzuspionieren hast.«

»Nichts. Ich wollte wirklich nichts«, sagte Bjarne mit trockenem Mund. Er konnte sich nicht erklären, was hier gerade vor sich ging.

Helge Hansen hob langsam einen Arm und stupste Bjarne mit dem ausgestreckten Zeigefinger gegen die Brust. »Ich trau dir nicht, Freese.« So was Ähnliches hatte sein Vater eben noch über die Hansens gesagt. Es war grotesk.

Die Tür des Wintergartens öffnete sich. »Lass gut sein, Helge!«, ertönte Cindy Hansens rauchige Stimme.

Bjarne sah zu, dass er an ihr vorbei im Haus verschwand. Er kam sich dabei vor wie seine Katze, wenn ihr der Hofhund auf den Fersen ist.

18. Kapitel

»Da bist du ja endlich! Ich hab noch eine Änderung in die *Mörderjagd* einprogrammiert.« Damian hockte im Schneidersitz vor seinem Computer, das schmale Gesicht nur vom Licht des Monitors erhellt.

Bjarne ließ sich neben ihn auf den Fußboden fallen und beugte sich vor. »Wir brauchen einen richtigen Namen für das Programm«, sagte er. »*Mörderjagd* ist kindisch. Außerdem kann man das Programm für alles Mögliche gebrauchen.«

»Der Name ist doch egal. Es soll für uns erst mal den Mörder vom Pastor finden, oder etwa nicht?«

»Was hast du denn noch geändert?«, lenkte Bjarne ein.

»Wir müssen ab sofort jede Info, die wir ins Programm einpflegen, daraufhin einstufen, wie gesichert sie unserer Meinung nach ist. Es gibt vier Stufen: Eins ist eine ungesicherte Information, bloßes Hörensagen. Zwei bedeutet, sie ist mit einiger Wahrscheinlichkeit wahr: zum Beispiel eine Info von einer Person, der wir nur bedingt trauen. Oder eine Presseinfo.«

»Wem kann man schon groß vertrauen, wenn es um Mord geht?« Bjarne kam sich abgebrüht vor. Sie konnten tatsächlich niemandem trauen. Nicht Damians Familie, nicht seiner eigenen. Nicht einmal einander. Das hatte Helge Hansens Einmischung ihm gerade bewusst gemacht.

»Stufe drei ist schon relativ gesichert«, fuhr Damian fort. »Und Stufe vier: Na, dann haben wir es mit eigenen Augen gesehen.«

Er zeigte ihm, wie die Bewertung in das Programm einzugeben war. Seine langen Finger flogen über die Tasten.

Bjarne erzählte ihm, was er am Nachmittag von seinem Großvater erfahren hatte. Sie stuften Otto Freeses Aussagen nach einigem Hin und Her als Information der Stufe drei ein. Bjarne überlegte, ob er Damian auch von dem Aufstand seines Vaters wegen der Feuertonne erzählen sollte, entschied sich aber dagegen.

»Über diesen Adrian Pagel, du weißt, den Typen aus der Bäckerei, habe ich ein paar Infos im Internet gefunden«, sagte Damian. »Alles höchstens Stufe zwei, doch hochinteressant. Der hat in Berlin ein Nachtlokal betrieben – das *Red Horse* –, angeblich als Strohmann für einen Berliner Motorradclub. Aber das Lokal gibt es nicht mehr. Er ist damit pleitegegangen. Und er hatte wohl auch was mit Prostitution zu tun.«

»Ist dein Dad nicht auch in so einem Club?«, fragte Bjarne.

»Das ist aber einer, wo man sich ausschließlich fürs Motorradfahren interessiert.«

»Und wie heißt der?«

»Der Name sagt dir nichts«, antwortete Damian. »Mein Dad war Member, also ein richtiges Mitglied, bei den Rothvers.« Es klang cool, fand Bjarne. Sie ließen den Namen einen Moment auf sich wirken.

»Aber wie hängt das alles zusammen? Was kann dieser Adrian Pagel mit seinem Nachtclub mit dem Pastor zu tun gehabt haben?«, überlegte Bjarne. »Die beiden kannten sich doch wahrscheinlich nicht einmal.«

»Alles ist wichtig«, beharrte Damian. »Verstehst du das Prinzip immer noch nicht? Auch die kleinste Info kann uns in Kombination mit einer anderen zum Täter führen. Aus Millionen harmloser Puzzleteilchen entsteht das Bild. Es funktioniert auf jeden Fall, du wirst schon sehen. Wir können in unserem Gehirn so viele Daten auf einmal gar nicht verarbeiten. Aber unser Programm kann es.«

»Vorausgesetzt, wir bekommen genug Daten zum Einpflegen zusammen.«

»Das liegt ja an uns.«

»Was ist, wenn der Täter irgendwie mitbekommt, was wir hier machen?«, fragte Bjarne. Er dachte an den bevorstehenden einsamen Rückweg mit dem Fahrrad.

»Der soll nur kommen!« Damian sah ihm in die Augen. »Es geht um Leben und Tod. Das wussten wir vorher, Bjarne. Die Einzige, um die ich mir Sorgen mache, ist Beni. Als ich Samstagnacht bei ihr war, da hat sie vorher schon länger im Pfarrhausgarten auf mich gewartet.«

»Ja, und?«

»Sie war draußen im Garten, als ihr Vater in der Sakristei ermordet worden ist.«

»Krass.« Nun wünschte Bjarne sich, er wäre doch heute mit Damian ins Pfarrhaus gefahren, anstatt sich um seinen Opa zu kümmern und zu Hause rumzuhängen. »Was hat sie erzählt?«

»Beni will nicht mit mir darüber reden.«

Erst auf dem Rückweg kam Bjarne dazu, darüber nachzudenken, was Beni wohl davon abhielt, mit ihrem Freund Damian über den Samstagabend zu sprechen. Eigentlich war sie die mitteilsamere der Zwillingsschwestern. Sie sagte, was sie dachte. Beni war selbstbewusst. Es passte nicht zu ihr, dass sie nicht mit Damian reden wollte. Obwohl ... sie stand unter Schock, das war ja logisch. Bjarne konnte und wollte sich nicht vorstellen, wie sie sich jetzt fühlen musste: der eigene Vater ermordet aufgefunden! Da konnte das Vater-Tochter-Verhältnis noch so schwierig gewesen sein – und das war es gewesen, daran zweifelte er keine Sekunde –, aber das war einfach nur schrecklich. Unvorstellbar. Sie würde nie wieder mit ihrem Vater reden und die Dinge klären können. Die Familie würde niemals wieder ein Ganzes sein. Und zu dem persönlichen Verlust kam dann noch das Gerede in der Schule und im Dorf.

Es geschah ja zum Glück selten, dass ein Elternteil eines Schulkameraden starb. Man hörte davon und hatte Mitleid, egal, ob es durch einen Unfall oder durch Krankheit passiert war. Ein »normaler« Todesfall war schon schlimm genug. Doch bei einem Mord blieb der zusätzliche Makel haften, dass der Ermordete – und in ihrem Fall der Pastor, gerade der Pastor! – wohl irgendwas getan hatte, dass ihm das widerfahren war. Matthias Stöver hatte so vertrauenswürdig gewirkt, über jeden Zweifel erhaben. Er war überaus beliebt gewesen, vor allem bei den Jüngeren. Okay, manchmal vielleicht etwas weltfremd, doch im Grunde hatte er immer nur das Beste gewollt. Besonders für die jungen Leute ... Niemals hätte Bjarne es für möglich gehalten, dass Pastor Stöver in ein richtiges Verbrechen verwickelt werden könnte. Vielleicht war er ja naiv. Irgendetwas musste schließlich vorgefallen sein. Oder hatte der Pastor doch nur einen Dieb in der Kirche überrascht? Gab es da etwas, das es wert war zu stehlen? Bjarne konnte sich das nicht so recht vorstellen. Immerhin stand die Kirche ja tagsüber offen, sodass jeder hineinspazieren und besagten Wertgegenstand mitnehmen konnte. Wenn der Dieb es allerdings vorgezogen hatte, im Dunkeln zu kommen, weil er nicht gesehen werden wollte ... Aber dann hätte er doch gewartet, bis auch der Pastor gegangen war. Nein, Bjarne glaubte nicht an einen Dieb, der sich vom Pastor hatte erwischen lassen.

Was er hingegen glaubte, war, dass das Computerprogramm früher oder später aufdecken würde, was wirklich passiert war. Sie mussten nur genug Daten eingeben. Er hoffte, sie hatten beim Programmieren keinen Fehler begangen. Sie sollten allerdings schleunigst herausfinden, was Beni gesehen hatte. Wen sie gesehen hatte.

Bjarnes Beine wurden immer schwerer, und das lag nicht nur

an dem kalten, feuchten Wind, gegen den er antreten musste. Er war vollkommen verkrampft. Nüchtern betrachtet, gab es nämlich nur wenige Gründe, warum Beni nicht reden wollte: Sie könnte jemanden in der Nähe der Kirche gesehen haben, den sie schützen wollte: ihre Mutter oder ihren Bruder Gregor? Vielleicht sogar ihre Schwester Conni… Nein, diesen Gedanken verwarf Bjarne wieder. Conni war zu schwach, körperlich und auch mental. Oder Beni wollte nur mit Damian nicht über jene Nacht reden, zum Beispiel – und dies erschien Bjarne mit einem Mal naheliegend – weil sie möglicherweise Damians Vater am Tatort gesehen hatte? Oder seine Mutter? Wie würde Damian wohl reagieren, wenn ihr Programm plötzlich Helge Hansen als dringend tatverdächtig ausspuckte? Würde er, Bjarne, ihm dann noch vertrauen können? Oder, und dieser Gedanke war noch unheimlicher, vielleicht hatte das Programm das ja längst getan?

19. Kapitel

Die Mutter hatte es Conni und ihr freigestellt, ob sie mit zu der Beerdigung von Herbert Michelsen gehen wollten. Freigestellt! Beni wusste, dass sie es von ihnen erwartete. Die Pflicht stand immer über den eigenen Befindlichkeiten. So hatte Katharina Stöver es ihnen beigebracht und auch stets vorgelebt. Ihre Mutter schonte sich nicht. Niemals. Und Mutters Liste der Dinge, die man eben tat, weil es sich auf dem Dorf so gehörte, war endlos lang. In ihrer jetzigen Situation, nach Vaters Tod, wurden allerdings Ausnahmen gestattet. Conni und sie waren drei Tage lang nicht zur Schule gegangen, ohne ernsthaft krank zu sein. Sie hatten den Musikunterricht geschwänzt, der ihrer Mutter normalerweise heilig war. Leider waren sie seit dem Tod des Vaters auch nur einmal kurz bei den Pferden gewesen. Dort hatte Beni beinahe für einen Moment vergessen können, was passiert war. Bei Bumerang in der Box, als er sie mit seinen weichen Nüstern angestupst hatte, als wollte er sie trösten. Wenn sie noch länger zu Hause blieb und grübelte, würde sie wahnsinnig werden.

Sie zog die schwarze Stoffhose und die Bluse aus dem Schrank, die sie für Trauerfeiern und ähnlich ernsthafte Anlässe bekommen hatte, und zog sich um. Darunter trug sie, mit einem Anflug von Aufregung und schlechtem Gewissen, die neue Unterwäsche. Sie hatte sie sich von ihrem Taschengeld gekauft. Einen winzigen String und einen BH mit Tigermuster, die sie heimlich auf der Hand waschen und ganz hinten in ihrem Kleiderschrank zwischen Handtüchern trocknen musste, damit niemand sie entdeckte.

Die Pastorin aus der Nachbargemeinde, die vorübergehend Vaters Pflichten übernommen hatte, so auch Herbert Michelsens Begräbnis, machte ihre Sache gar nicht mal so schlecht. Ihre Rede war kurz und persönlich gehalten, aber trotzdem pietätvoll und feierlich. Beni wusste, dass ihr demnächst bei der Trauerfeier für ihren Vater das Gleiche noch einmal bevorstand, und betrachtete die Beerdigung heute als Übung in Selbstbeherrschung. Geistige Abwesenheit bei körperlicher Präsenz. Conni war da ganz offensichtlich weniger erfolgreich. Sie stand in ihrem formlosen dunkelblauen Kleid neben ihr und schluchzte und zitterte so sehr, dass Beni sie am liebsten an den Schultern gepackt und geschüttelt hätte. Musste sie sich denn auch noch darum kümmern?

Der hellbraune Sarg wurde traditionell von ein paar Männern aus Herberts Nachbarschaft zwischen den knallgrünen Kunstrasendecken in die Erde versenkt. Die Pastorin sprach ein letztes Gebet und sah danach sorgenvoll zum Himmel, als fürchtete sie, es könnte jeden Moment wieder wie aus Kübeln gießen. Die Trauergäste warfen einzelne Blumen auf den Sarg oder ließen mithilfe der bereitliegenden Schaufel Erde ins Grab rieseln. Sie kondolierten Michelsens einziger Verwandter, Tine Michelsen, und gingen dann in kleinen Gruppen zum Gasthof *Mönkenbeker Hof*. Mit jedem Meter Entfernung zum Friedhof löste sich die Anspannung, und die Leute begannen wieder, miteinander zu plaudern. Die Pastorin wechselte noch ein paar Worte mit Tine Michelsen und verschwand dann mit wehendem Talar in Richtung ihres Autos. Sie hatte ja auch im Augenblick zwei Gemeinden zu betreuen. Vielleicht war ihr dieses Dorf, das es zugelassen hatte, dass sein Pastor in der Sakristei erschlagen wurde, auch unsympathisch.

Beni beobachtete Damian, der neben seiner Mutter herging und mit ihr redete. Der einzige Lichtblick der letzten Stunden. Sie freute sich, dass er zu Herbert Michelsens Trauerfeier gekommen war, denn sonst nahmen es die Hansens mit ihrer moralischen Teilnahmepflicht an Dorfveranstaltungen nicht so genau.

Im Gasthaus schaffte Beni es, sich im Gewühl der Trauergäste von ihrer Mutter und Conni abzusetzen, und kam an einem Tisch mit den Freeses und Elsa Grönwald unter, der »rein zufällig« neben dem stand, an dem Damian saß.

Damian redete leise mit Bjarne und warf ihr nur ab und zu einen verstohlenen Blick zu. Beni wagte kaum zurückzuschauen. Wie gut Damian in dem schwarzen T-Shirt und dem Nadelstreifenjackett darüber aussah. Ein bisschen verwegen, ein bisschen Mafiosi. Sie wunderte sich, dass er überhaupt von seinem üblichen Kapuzenshirt-Look abgewichen war. Mist, sie durfte ihn nicht so anstarren.

Otto Freese, der ihr gegenübersaß, ließ den Kopf hängen. Die Kuchengabel, mit der er dem Butterkuchen zu Leibe rückte, zitterte. Er tat Beni leid, denn sie wusste, dass Herbert Michelsen sein bester Freund gewesen war. Es war bestimmt schlimm, wenn man alt war und alle, mit denen man zusammen jung gewesen war, wegstarben. Wenn man allein übrig blieb. Sicher, Otto Freese hatte noch seine Familie, doch die beachtete ihn in diesem Moment gar nicht. Lea Freese unterhielt sich mit Simone Pagel am Nebentisch, und ihr Mann Karsten stand gerade auf und ging zur Bar hinüber, wo am Nachmittag schon Bier und Kurze ausgeschenkt wurden. Bjarne trank bedächtig eine Cola und schien konzentriert Damians Worten zu lauschen. Er ist eigentlich ein netter Kerl, dachte Beni. Ein bisschen langweilig. Wäre vielleicht was für Conni, wenn sie sich nicht immer so anstellen würde mit allem. Wenn ihre Schwester sich hin und wieder mit Bjarne treffen würde, wäre sie wenigstens mal beschäftigt und würde aufhören, ständig ihr, Beni, hinterherzuspionieren.

Das Stück Butterkuchen war verdrückt, und Otto Freese

saß nun etwas hilflos da. Keiner beachtete ihn, genauso wenig wie Beni.

»Soll ich Ihnen noch eine Tasse Kaffee einschenken, Herr Freese?«, fragte sie, als das Schweigen zu ungemütlich wurde.

Er sah sie verwirrt an. »Nein, nein danke, Kind.«

»Aber ich nehme noch einen Kaffee.« Elsa Grönwald schob Beni klirrend eine noch halb volle Tasse mitsamt Untertasse entgegen. »Ist zwar viel zu lasch, aber besser als gar nichts.«

Beni schenkte ihr aus der bereitstehenden Thermoskanne nach.

»Was hast du eigentlich gestern bei Herbert gesucht, Otto?«, fragte Elsa Grönwald übertrieben laut.

Beni war froh, dass die Frau sie nicht weiter beachtete. Elsa Grönwalds verbale Attacken waren gefürchtet.

Otto Freese hielt sich ungerührt die Hand hinters Ohr. »Ich versteh dich so schlecht, Elsa. Ist viel zu laut hier.«

»Hast du dein Hörgerät nicht an? Ich will wissen, was du gestern in Herberts Müll gesucht hast?«, rief sie so laut, dass der halbe Saal sie hören konnte. Ein paar Leute sahen neugierig zu ihnen herüber.

»Lohnt sich nicht. Das mit dem Hörgerät, mein ich«, erwiderte er und fischte sich noch ein Stück Butterkuchen von der Platte in der Mitte des Tisches.

Elsa Grönwald gefiel es offensichtlich nicht, so ausgebootet zu werden. Sie zeigte mit ihrem knotigen Finger auf Bjarne. »Was hat dein Großvater in Herberts Müll zu suchen gehabt?«

»Keine Ahnung«, antwortete er nuschelnd und tupfte die vor Schreck verschüttete Cola mit einer Serviette auf.

Damian hatte Beni gestern Abend am Telefon etwas von einem Brokkoli-Auflauf in Herberts Küche erzählt, der angeblich verschwunden war. Den sollte Otto Freese in Herberts Müll gesucht haben. Die Jungs hatten ein Computerprogramm geschrieben, in das sie alles eingaben, was im Dorf so passierte oder was ihnen irgendwie seltsam erschien. Das ungeklärte Schicksal des Brokkoli-Auflaufs gehörte für sie dazu. Was sie mit diesem Programm bezweckten, hatte Damian ihr nicht erklärt, doch er hatte auch ihr seltsame Fragen gestellt.

»Wer merkt in diesem Dorf eigentlich noch was?«, beklagte Elsa Grönwald sich lautstark. »Hier geht gerade etwas vor sich, und es ist nichts Gutes.«

»Lass uns bitte endlich mit diesem abergläubischen Gerede in Ruhe!«, sagte Lea Freese halblaut. »Ich kann das echt nicht mehr hören.«

Elsa ließ sich nicht aus dem Konzept bringen. »Erst ein Mord in unserer Kirche, dann werden alte Menschen bestohlen oder Schlimmeres! Wer soll sich da noch sicher fühlen?«

»Lass das die Polizei mal klären!«, entgegnete Bertram Pagel.

»Polizei, pah! Denen kann man auch nicht trauen. Der Herbert Michelsen hatte immer einen Notgroschen im Haus, aber die Tine hat nichts bei ihm gefunden. Wer's nicht glaubt, kann sie ja selber fragen ...«

Niemand beachtete sie. Doch so schnell ließ Elsa Grönwald sich nicht die Butter vom Brot nehmen. »Zumindest ist bei mir nichts zu holen, sonst würde ich auch niemanden zum Putzen in mein Haus lassen.« Sie starrte nun feindselig zu Damian und seiner Mutter hinüber.

»Ja, ja. Gestohlen«, fiel Otto Freese mit ein. »Herberts Ersparnisse, Gydes Bild, alles weg.«

Cindy Hansen schien das nicht gehört zu haben, aber Damians Kopf ruckte, und er lief rot an. Alle wussten, wer zuletzt bei Herbert Michelsen geputzt hatte und wer auch bei Elsa Grönwald sauber machte. Beni seufzte, denn in Wahrheit hatte Cindy Hansen es Michelsen erst ermöglicht, überhaupt noch allein zu wohnen. Sie hatte nicht nur geputzt, sondern auch Einkäufe für ihn getätigt und hin und wieder für ihn gekocht, weil ihm das Essen von einem Menübringdienst nicht gut schmeckte. Und diese Verdächtigungen waren nun der Dank?

»Das wird sich sicherlich bald alles klären«, erklang eine ruhige Stimme. Ann-Christine Philipps kam entschlossen zu Otto Freese hinüber. Sie legte ihm eine Hand auf den Arm. »Was passiert ist, tut mir sehr leid.«

»Ich weiß. Sie haben immer alles für ihn getan«, sagte Otto Freese gefasst.

Die Ärztin beugte sich noch ein Stück weiter zu Otto Freese hinunter, sodass Beni sie in dem wieder anschwellenden Stimmengewirr gerade noch verstehen konnte. »Ich hatte noch gar keine Gelegenheit, es Ihnen persönlich zu sagen: Herberts Tod hat mich zwar überrascht, aber Ihr Freund war auch sehr krank. Er hätte entsetzlich gelitten. So ist ihm wohl einiges erspart geblieben.«

»Er muss es geahnt haben«, sagte Otto Freese. »Und ich Idiot dachte, es ginge ihm wieder besser! Er hat mir Gydes Bild versprochen, weil wir sie beide so verehrt haben. Eine wundervolle Frau und die Muse eines berühmten Malers. Franz Kirchdorf. Kennen Sie den? Und nun ist das Bild, das er Gyde geschenkt hat, weg.«

»Das findet sich wieder«, sagte die Ärztin in beruhigendem Tonfall, als versuchte sie, ein Kind zu trösten, dem das Eis heruntergefallen war. Doch ihre Worte zeigten Wirkung. Otto nickte und bearbeitete wieder seinen Kuchen. Auch Elsa Grönwald war verstummt, aber sie warf weiterhin giftige Blicke in Cindy Hansens Richtung.

Damian saß wie erstarrt da. Beni sah ihm an, dass er mit sich kämpfte. Es ging schließlich um seine Familienehre, die er verteidigen musste. Die Ärztin war ihm jedoch zuvorgekommen. Mönkenbek wäre ohne sie ziemlich aufgeschmissen, dachte Beni. Sie hatte davon gelesen, dass es auf dem Land bald an praktischen Ärzten mangeln würde, und nicht nur an ihnen. Traurig war das. Und beunruhigend.

Ann-Christine Philipps ging nun zu Damian und sprach mit ihm. Er starrte sie zuerst unwillig an, dann entspannte er sich etwas. Was sie wohl zu ihm sagte? Beni wusste, wie schwierig es war, zu Damian durchzudringen, wenn er wütend war. Nach einer Weile nickte er, ging zur Bar hinüber und bestellte sich ein Bier. Die anderen Männer dort verhielten sich so, als wäre es das Normalste der Welt und Damian bereits einer von ihnen. Beni lockerte unauffällig die Schultern.

»Beni, Beni! Soll denn jeder hier sofort wissen, was mit dir los ist?«, fragte Gregor, der hinter ihr stand, sie leise.

Sie fuhr herum. »Ich weiß nicht, was du meinst.«

»Schau lieber mal woandershin!« Er deutete mit dem Kopf zur Bar hinüber und grinste. »Sonst ist es morgen im ganzen Dorf rum.«

Na und? Das Dorf war Beni egal. Sie sah zu ihrer Mutter hinüber, die aber mit ernster Miene mit einer alten Dame sprach und sie überhaupt nicht beachtete. »Du spinnst, Gregor«, zischte sie.

»Und du hast ein schlechtes Gewissen.«

»Gar nicht.«

»Meinst du, ich bekomme es nicht mit, wenn du dich spätabends aus dem Pfarrhaus schleichst und stundenlang im Garten lauerst?«

Beni fühlte sich ertappt. Außerdem hatte sie gehofft, nach der Trauerfeier noch mit Damian reden zu können, doch wenn ihr Bruder sich einen Spaß daraus machte, sie zu beobachten, konnte sie das vergessen.

»Du hast es ja bald geschafft«, sagte er.

»Was?«

»Alles hier. Dann kannst du diesen Langweilern den Rücken kehren.«

»So wie du?«

»Genau.«

»Vaters Geld nehmen und heimlich über ihn lästern!«

»Mensch, meinst du, mir tut jetzt nicht leid, was ich alles gesagt habe? Das ist unfair. Dass so etwas passiert, konnte doch niemand ahnen ...«

»Nein, wirklich nicht.«

Ihr Bruder wirkte nervös. Sein Blick schweifte unruhig durch den Raum. Sie konnte nicht erkennen, wen oder was er suchte. Sicher war, dass das Gespräch mit ihr nur eine Verlegenheitslösung war. Beni hatte keine Lust, ihn vor wem auch immer zu bewahren. Sie nahm sich ein Stück Kuchen von der Platte und konzentrierte sich darauf, die Mandelblättchen abzuzupfen.

»Tu nichts, was ich nicht auch tun würde«, sagte Gregor noch und entfernte sich. Hatte er unter all den »Langweilern« jemanden gesehen, mit dem er reden wollte? Wo ihn doch angeblich niemand hier interessierte? Wo es in Mönkenbek keinen gab, der spannender war als ein Aschenbecher, wie er mal den Eltern gegenüber behauptet hatte? Wer oder was ihn wohl gerade fortgetrieben hatte?

Gregor verließ den Saal des Gasthofes. Damian stand lässig an der Bar und suchte Benis Blick. Er lächelte verschwörerisch, stellte sein Glas ab und ging ebenfalls zum Ausgang. Beni erhob sich kurz darauf und folgte ihm in Richtung der Toiletten. Sie zupfte unauffällig an ihrer Hose. Einen String zu tragen fühlte sich verdammt bescheuert an. Im Gang vor den Waschräumen, wo es wie immer aufdringlich nach Klostein und Suppe roch, bog sie nach links ab und verließ den Gasthof durch den Hinterausgang. Die Tür wurde ihr beinahe aus der Hand gerissen, und der nächste Windstoß fuhr durch ihre dünne Bluse. Mist, ihre Winterjacke hing noch vorn an der Garderobe.

Damian stand hinter der Hausecke und wartete auf sie. Benis Herz klopfte.

Er zog sie an sich. Sie genoss ein paar Sekunden seine warme Nähe, dann machte sie sich von ihm los und sah sich um. Hier war es zu gefährlich. Sie konnten jeden Moment entdeckt werden. »Was machen wir jetzt?«, fragte sie.

»Zu dir ins Pfarrhaus gehen?«, schlug Damian vor. »Deine Leute bleiben bestimmt noch eine Weile hier.«

»Gregor ist aber schon weg. Und der ahnt auch was.«

Damian zuckte mit den Schultern.

Beni seufzte. Sie waren wie die zwei Königskinder, die nicht zusammenkommen konnten. Es gab keinen Ort, an dem sie mal ein bisschen allein sein konnten. Und draußen war es zu kalt. »Wir können zu den Freeses in den Pferdestall gehen«, schlug sie vor. Der Hof lag neben dem Gasthof, und die Freeses waren ja alle noch hier. Dann hätte sie auch eine Entschuldigung, falls man sie entdeckte: Sie könnte behaupten, nur ihr Pflegepferd besucht zu haben.

»Oder, noch besser, auf den Heuboden.« Damian lächelte.

Das war sogar sicherer. Nach der Trauerfeier würde Leas erster Weg sie in den Stall führen.

Sie betraten die Scheune der Freeses. Als sie ungesehen hineingelangt waren, zogen sie erleichtert die Tür hinter sich zu. Zum Glück wurde in Mönkenbek nach wie vor kaum etwas zugesperrt, auch nicht diese Scheune, obwohl hier Trecker, Anhänger und anderes Arbeitsgerät aufbewahrt wurden. Draußen heulte der Wind, sodass es ihnen im Innern der Scheune gleich viel wärmer und gemütlicher vorkam. Es roch nach Heu, Stroh und Staub. In dem vertrauten Halbdunkel atmete Beni auf. Sie zeigte Damian den Weg. Hintereinander erklommen sie die steile Holztreppe ins Obergeschoss. Sie hatten in zweifacher Hinsicht Glück: Die Besitzer vieler Pferdeställe bevorzugten weiterhin die kleinen, rechteckigen Heuballen, weil sie leichter zu handhaben waren als die großen, runden. So auch Lea Freese. Und da der Winter schon fortgeschritten war, stapelten sich die Stroh- und Heuballen nicht mehr bis unter die Deckenbalken, sondern bildeten Podeste in verschiedenen Höhen. Unten war es nur dämmrig gewesen, doch hier oben herrschte beinahe völlige Dunkelheit. Licht zu machen hatten sie nicht gewagt. Damian leuchtete kurz mit der Lampe seines Handys herum, und Beni zog ihn mit sich in den hinteren Teil des Heubodens. In der Mitte befand sich die rechteckige Öffnung, durch die die Ballen herauf- und hinunterbefördert wurden. Beni und Damian machten einen großen Bogen um das schwarz gähnende Loch im Bretterboden und suchten sich hinter einer schützenden Wand aus aufgeschichteten Heuballen eine ebene Fläche.

Damian zog das Jackett aus und breitete es vor ihnen aus. Beni ließ sich darauf nieder und zog ihn zu sich herunter. Neben dem aufdringlichen Geruch nach Heu und Staub roch sie Damians inzwischen vertrautes Duschgel und ihn selbst. Er war so aufgeregt wie sie, sein Atem ging schnell, seine Hände zitterten. Das gab ihr ein wenig Sicherheit. Beni fuhr unter sein T-Shirt. Seine Haut fühlte sich wunderbar glatt und warm an. Sie merkte, wie sich die Muskeln spannten und wieder lockerten. Sich in dieser Finsternis zu küssen fand Beni noch aufregender als neulich im Pfarrhausgarten. Sie konnte ihre Gedanken ausblenden, sich ganz auf das konzentrieren, was sie fühlte und schmeckte. Ihr war leicht schwindelig, so, als wäre sie jemand anders, gar nicht mehr sie selbst. Damians warme Hände streichelten sie unter der Bluse. Seine Finger trafen auf den Verschluss ihres BHs.

»Komm, hilf mir ein bisschen«, raunte Damian ihr ins Ohr und zerstörte damit den Zauber.

So weit waren sie bisher noch nie gegangen. Küssen und Streicheln war okay. Sich verführerische Unterwäsche zu kaufen und anzuziehen war eine Sache. Sie sich ausziehen zu lassen eine ganz andere. Beni vertraute ihm. Aber vertraute sie auch sich selbst? Da waren die endlosen Warnungen und die Horrorgeschichten, was mit Mädchen geschah, die leicht zu haben waren. Die sich nicht zurückhalten konnten und damit Schande über die Familie und sich selbst brachten. Es wurde im Pfarrhaus nicht offen ausgesprochen, doch die Erwartung, dass Conni und sie sich diesbezüglich stets vorbildlich verhalten sollten, war trotzdem spürbar.

Damian ahnte nichts von ihren Ängsten. Er zog sich das T-Shirt über den Kopf. Benis Augen hatten sich inzwischen an die Dunkelheit gewöhnt. Sie sah nun, dass durch die Ritzen der Dachpfannen letztes Tageslicht hereinfiel, in dem sie Damians flachen Bauch und die breiten Schultern erahnen konnte. Er wollte sie zu sich hochziehen, doch sie hielt ihn zurück.

»Nicht heute und nicht hier«, wisperte sie. Es war nicht das, was sie sich vorgestellt hatte. Die Kälte und das piksende Heu sowie die Möglichkeit, hier überrascht zu werden, störten sie. »Bist du enttäuscht?«

»Mach dir keine Gedanken«, sagte er, obwohl sie die Frustration in seiner Stimme hörte. Damian war wunderbar.

Die Scheunentür scharrte. Beni erstarrte. Sie hörte leise Schritte, dann eine Art Schluchzen. Was zum Teufel war das? Damian hob warnend die Hand, und Beni nickte. Eigentlich hatte sie von Anfang an das verrückte Gefühl gehabt, nicht allein hier zu sein. Aber das hatte sie verdrängt. Doch nun war es nicht mehr zu leugnen. Es war noch mindestens ein Mensch außer ihnen in der Scheune! War Gregor ihnen gefolgt? Beni lauschte und dachte, man müsse ihren Herzschlag und ihr durch die Adern rauschendes Blut auf dem ganzen Heuboden hören.

Jetzt knarrte es unter ihnen. Leise, aber regelmäßig wiederkehrend. Da waren auch Atemgeräusche! Jemand kam die

Treppe herauf. Die Härchen auf Benis Armen richteten sich auf. Nur mit allergrößter Mühe widerstand sie dem Impuls aufzuspringen. Dann konnte sie gleich »Hallo« rufen und auf Damian und sich aufmerksam machen. »Seht her: Die Pastorentochter treibt es im Heu.«

Damian wollte vorsichtig aufstehen, doch das Knistern und Rascheln der Halme kam ihnen dabei unglaublich laut vor. Er hielt in der Bewegung inne. Eine Weile hörten sie nichts, aber als Beni sich schon aufsetzen wollte, erklang wieder ein Knarren. Und dieses leise, unheimliche Schluchzen. Vielleicht war das ein Tier? Ein Marder oder eine Ratte? Der fette Hofkater?

Noch ehe Beni diesen Gedanken verwerfen konnte, gab es ein lauteres Scharren und einen hässlichen, dumpfen Schlag. Die Stille nach dem seltsamen Geräusch kroch über sie wie eine klamme Decke. Wimmerte da jemand? Dann war es wieder still. Beni glaubte, keine Luft mehr zu bekommen. Der Schweißfilm auf ihrer Haut ließ sie in der kalten Abendluft zittern.

»Was zum Teufel war das?«, flüsterte Damian nach ein paar Minuten.

Beni legte erschrocken einen Finger auf die Lippen.

Damian schüttelte den Kopf, streifte sich das T-Shirt über und griff nach dem Jackett. Langsam, um Geräusche zu vermeiden, ging Damian um die schützende Wand aus Heuballen herum. Beni zog ihre Bluse zurecht und zupfte sich Halme aus dem Haar.

Als sie an den Ballen vorbeilugten, war niemand zu sehen. Damian leuchtete mit der Handylampe in Richtung Treppe, doch im Licht der kleinen LED-Lampe tanzten nur Milliarden winziger Staubpartikel. Er schüttelte wieder den Kopf, deutete dann die Holztreppe hinunter. Beni ließ ihn vor sich hinabsteigen, obwohl sie das Gefühl hatte, dass ihr jeden Moment jemand in den Rücken fallen könnte. So ein Quatsch, beruhigte sie sich. Aber wenn dort unten Gregor oder sonst jemand auf sie lauerte, um ihr eine Moralpredigt zu halten, würde sie einfach wieder hochlaufen und sich hier oben verstecken.

Im Erdgeschoss der Scheune war es inzwischen auch dunkler. Beni konnte nur noch den unruhigen Lichtschein von Damians Telefon sehen. Als sie schon glaubte, dass sie sich getäuscht hatten, gab er einen erschrockenen Laut von sich. Eine Mischung aus Aufschrei und Stöhnen. Beni vergaß jede Vorsicht und stürzte in ihrem Bestreben, ihm zu Hilfe zu eilen, beinahe die steile Treppe hinunter.

Damian hockte auf dem sandigen Boden der Scheune. Der zitternde Lichtstrahl des Handys fiel auf eine Gestalt, die reglos am Boden unter der Luke lag.

Beni sank neben Damian auf die Knie. »Oh mein Gott! Das ist Ilona Pagel. Ist sie … tot?«

Die junge Frau lag auf der Seite, Arme und Beine in groteskem Winkel vom Körper abgespreizt. Ihr Mund stand offen, die Augen waren geschlossen. Aus ihrer Nase und zwischen ihren Beinen sickerte Blut in den Sand.

»Ich weiß nicht. Ich hab noch nie einen Toten gesehen.«

Beni blickte nach oben. Die Luke lag etwa vier bis fünf Meter über ihnen. Konnte man durch einen Sturz aus einer solchen Höhe sterben? »Sie ist da runtergefallen, während wir … wir waren beinahe direkt neben ihr!«

Damian beugte sich über Ilona und hielt sein Ohr nah an ihr Gesicht. »Ich glaube, sie atmet noch.«

»Wir müssen Hilfe holen.«

»Ich lauf rüber zum Gasthof.« Er sprang auf. »Ruf du den Notruf und bleib bei ihr! Du hast doch dein Handy dabei?«

»Damian, warte! Ich hab Angst. Was mach ich denn, wenn sie stirbt?«

20. Kapitel

»Da wären wir also wieder«, sagte Broders, während Pia und er die Mönkenbeker Dorfstraße hinunterfuhren. »Im Vorhof der Hölle.«

»Eher auf dem Flughafen in *Langoliers.*«

»Wie bitte?«

»Eine Geschichte von Stephen King«, sagte Pia. »Ein einsamer Ort in der Vergangenheit, kurz bevor die Langoliers ihn fressen.«

Obwohl es ein ganz normaler Donnerstagmorgen war, sah das Dorf verlassen aus. Die Bürgersteige waren sauber gefegt und menschenleer. Hinter der Schaufensterscheibe der Schlachterei Pagel brannte kein Licht. Auch die Jalousien einiger Wohnhäuser waren heruntergelassen. Als sie endlich eine Frau erblickten, die mit einem Eimer in der Hand vor ihrem Haus stand, drehte diese sich auf dem Absatz um, eilte hinein und knallte die Tür hinter sich zu. Vor der Bäckerei lag ein Hund, den jemand am Fahrradständer angebunden hatte, und schaute ihnen teilnahmslos hinterher.

»Kommt es mir nur so vor, oder sind wir hier gerade nicht willkommen?«, fragte Pia.

»Das meinst du nur. Ist das schlechte Gewissen.« Broders strich sich durch sein neu gestyltes Haar, das ihm danach wild vom Kopf abstand. »Bisher haben wir uns nicht gerade mit Ruhm bekleckert. Wir haben immer noch keine Ahnung, wer den besten aller Pastoren ins Jenseits befördert hat.«

Bei der gestrigen Einsatzbesprechung am späten Nachmittag war die Stimmung im Kommissariat dementsprechend gedrückt gewesen. Rist hatte alle möglichen Theorien ans Whiteboard gekritzelt, von denen aber keine den baldigen Durchbruch versprach. Sogar der Staatsanwalt Olaf Jantzen, sonst ein Muster an Contenance und gepflegter Zuversicht, hatte missmutig auf einen kurzfristigen Fahndungserfolg gedrängt. Es blieb ihnen nichts anderes übrig, als jeden Faden erneut aufzunehmen und jeden Einzelnen, der in diesen Fall verwickelt war, noch einmal gründlich unter die Lupe zu nehmen. Jedenfalls war das bis zu dem Zeitpunkt so gewesen, als die Nachricht eingetroffen war, dass Ilona Pagel schwer verletzt aufgefunden worden war. Sie befand sich im Neustädter Krankenhaus, und ihr Gesundheitszustand wurde mit »kritisch« umschrieben. Das Unglück war nach Michelsens Trauerfeier passiert, als viele Dorfbewohner noch im *Mönkenbeker Hof* zusammengesessen hatten. Ein Sturz vom Heuboden der Freeses. Ob es ein Unfall oder ein Suizidversuch gewesen war – oder ob vielleicht jemand nachgeholfen hatte –, war noch ungeklärt. Die Polizeibeamten Blohm und Eilers hatten kurz nach dem Vorfall in der Scheune mit Ilona Pagels Eltern und einigen Leuten im Gasthof gesprochen, waren jedoch nur auf Ratlosigkeit und Unverständnis gestoßen.

»Ist eigentlich irgendeiner aus unserer Abteilung auf Herbert Michelsens Beerdigung gewesen?«, fragte Pia.

»Nein. Rist hat es nicht für notwendig erachtet. Außerdem waren ja die meisten von uns bei der Trauerfeier für Wilfrieds Frau.«

Pia nickte. Sie selbst hatte auch daran teilgenommen. »Meinst du, wir hätten verhindern können, dass da noch jemand aus Mönkenbek zu Schaden kommt?«

»Hättest du dich vorsichtshalber auf dem Heuboden postiert?«, spottete Broders.

»Allein die Anwesenheit eines Polizisten hätte abschreckend wirken können.«

»Du glaubst also nicht an einen Unfall?«

Pia stieß hörbar die Luft aus. Es war blödsinnig, aber sie fühlte sich für Ilona Pagel verantwortlich. Sie war diejenige, die mit ihr gesprochen hatte. Hatte sie etwas übersehen?

»Du hättest es nicht verhindern können. Mach dir bloß keine Vorwürfe, Pia!«, sagte Broders hellsichtig. »Du kannst die Welt nicht alleine retten. Wenn es bei Ilona Pagel kein Unfall oder Suizidversuch war, haben wir es mit einem Täter zu tun, der mit dem Rücken zur Wand steht. Mal abgesehen davon, dass er auch eine gehörige Portion Glück bei seinen Aktivitäten zu haben scheint.«

»Mit etwas mehr Präsenz vor Ort wären wir vielleicht etwas schlauer in Bezug auf das, was in diesem Dorf passiert.«

»Vielleicht. Aber was nicht geht, geht einfach nicht.« Broders presste die Lippen aufeinander. Auch er hatte sich von der allgemeinen schlechten Laune anstecken lassen. Seine Miene erinnerte Pia an die Zeit, als er noch nicht mit seinem Freund Ralph zusammen gewesen war. Ihre deprimierte Stimmung würde die anstehenden Vernehmungen im Pfarrhaus nicht gerade leichter machen.

»Wie schön, dass Sie meine Mädchen hier im Haus befragen können!«, sagte Katharina Stöver, nachdem sie Pia hineingebeten hatte. Im Gegensatz zu mir und meinem Sohn, schwang unausgesprochen mit. Rist hatte sie also schon von den anstehenden Vernehmungen im Kommissariat informiert. »Beni und Conni sind hinten in ihrem Zimmer. Wenn Sie eine von ihnen allein sprechen wollen, schicken Sie einfach die andere zu mir in die Küche! Ich kann jede Hilfe gebrauchen.«

Sicher ein verlockendes Angebot für die Teenager, dachte Pia. Broders und sie hatten sich vor dem Pfarrhaus getrennt. Pia glaubte, dass sie so mehr von den Mädchen erfahren würde, und er hatte ironisch bestätigt, dass er sich nichts so sehr wünschte wie ein Plauderstündchen mit Elsa Grönwald über Michelsens Beerdigung.

Mit leidender Miene verzog sich Katharina Stöver in die Küche, und Pia ging den dunklen Korridor entlang. Die Dielen knarrten unter ihren Stiefeln. Immerhin, Beni und Conni waren noch nicht wieder in der Schule, sodass die Befragung gleich hier stattfinden konnte. Noch bevor sie die Zimmertür zum Mädchenzimmer erreicht hatte, flog auf der linken Seite eine andere Tür auf, und Constanze Stöver trat Pia in den Weg. Sie kam aus dem Badezimmer; ihr Haar war mit einem Baumwollhaarband aus dem Gesicht genommen, als hätte sie sich gerade gewaschen. Sie maß Pias Jeans und die dunkle Lederjacke mit missmutigem Blick. »Sie wollen bestimmt nur zu Beni. Wie alle. Stimmt's?«

»Ganz und gar nicht«, sagte Pia. »Wo können wir uns unterhalten?«

Constanze schien irritiert zu sein. Sie deutete mit dem Kopf den Flur hinunter und streifte das Haarband ab.

Pia folgte ihr in ein kleines Zimmer, in dem nur ein Schreibtisch mit Nähmaschine, ein Bürostuhl und ein schmales Regal Platz fanden. Conni setzte sich auf den Stuhl, und Pia lehnte sich an den Schreibtisch.

»Mutters Nähzimmer. Der einzige Raum, in dem man ungestört ist«, sagte Conni, verschränkte die Arme vor der Brust und zog die Schultern hoch. Ihre Pickel leuchteten aus dem fleckigen Gesicht. Pia vermutete, dass sie geweint hatte.

»Was bereitet Ihnen Sorgen?«, fragte Pia so einfühlsam wie möglich. Irgendetwas bedrückte das Mädchen, und es ging noch über die Trauer über den Verlust hinaus. Ihr fiel ein, dass sie die Schwestern das letzte Mal geduzt hatte. Es war mehr ein allgemeines »ihr« gewesen. Mit Constanze allein schien ihr das »Sie« größeren Erfolg zu versprechen.

»Alles. Wie meine Schwester sich neuerdings benimmt.«

»Sie sagten bei unserem letzten Gespräch, sie hätte einen Freund.«

»So kann man das auch nennen.« Constanze Stöver verzog das Gesicht. »Damian Hansen. Echt! Wie kann sie nur? Als hätte Mutter nicht schon genug Kummer!«

»Warum sollte Ihrer Mutter das Kummer bereiten?«

»Kennen Sie die Hansens?«

Pia zuckte mit den Schultern. »Kaum.«

Constanze verdrehte die Augen. »Also wirklich … die Hansens. Das geht gar nicht! Ich weiß echt nicht, was sie an Damian findet. Und dann vor allen Leuten …«

»Was ist denn vor allen Leuten passiert?«

Constanze pulte an ihrem Daumennagel herum. Die Nagelhaut war entzündet, es tat Pia schon beim Zusehen weh.

»Sie ist ihm nachgelaufen, als das ganze Dorf nach Michelsens Beerdigung im Gasthof saß. Das war so peinlich!« Sie beugte den Kopf nach vorn, sodass ihr das Haar vors Gesicht fiel. »Was haben die beiden wohl in der Scheune zu suchen gehabt? Hm? Im Heu. Da haben Beni und Damian nämlich Ilona Pagel gefunden …«

»Ich weiß. Frau Pagel ist vom Heuboden gefallen. Sie befindet sich im Krankenhaus. Ist Ihnen sonst noch etwas im Gasthaus aufgefallen? Mit wem Ilona während des Beerdigungskaffees gesprochen hat? Wann sie den Gasthof verließ? Ob sie da allein war?«

»Ich hab nicht auf Ilona Pagel geachtet. Es war alles nur schrecklich. Und dann hat Beni uns auch noch so blamiert. Ich hab ja gesehen, wie meine feine Schwester Damian hinterhergeschlichen ist.« Sie riss an ihrer Nagelhaut und steckte den Daumen kurz in den Mund, um das Blut abzulecken. »Es ist so ungerecht!«, klagte sie. »Mutter hat gestern Abend nicht mal richtig mit ihr gemeckert, weil sie wie alle nur an Ilona gedacht hat.«

»Das Leben ist oft ungerecht. Oder es kommt einem so vor. Besonders, wenn man jung ist.« Pia wusste nicht, warum sie das sagte. Es gehörte nicht in die Vernehmung. Vielleicht wollte sie nur verhindern, dass Constanze weitere Stücke aus ihrer Nagelhaut riss.

Conni musterte Pia verächtlich. »Ich glaub kaum, dass Sie das verstehen können.«

Pia wusste, was sie meinte. »Menschen, die es anfangs leicht haben und immer all das bekommen, was sie wollen, ohne sich dafür anstrengen zu müssen, werden nicht unbedingt die glücklichsten.«

Constanze ließ von ihrem Daumen ab. »Wer's glaubt!«

»Gibt es sonst noch etwas, das Sie mir sagen wollen?«

Das Mädchen strich sich die Haare zurück. Pia stutzte. Blond, lang, glatt, höchstwahrscheinlich noch niemals chemisch behandelt. Sie hätte wetten können, dass das Haar auf dem Mantel des Pastors eine ganz harmlose Herkunft hatte. Es stammte vom Kopf seiner Tochter. Am liebsten hätte sie Conni sofort um eine Vergleichsprobe gebeten, aber sie wollte das Mädchen nicht vom Reden abhalten.

»Beni war am Samstagabend im Garten«, sagte Constanze mit Blick aus dem Fenster, wo die kahlen Äste einer Kastanie beinahe die Scheibe berührten. »An *dem* Samstagabend, als unser Vater ... Das hat sie Ihnen noch nicht erzählt, oder? Man kommt von hier übers Garagendach raus.«

Pia ging die drei Schritte zum Fenster und sah hinaus. Tatsächlich. Mit etwas Geschick konnte man über das Dach der Garage in den Garten gelangen. Mit seinem alten Baumbestand und den vielen Büschen war das Gelände hinter dem Pfarrhaus unübersichtlich. Durch die Äste der Kastanie hindurch sah Pia im Hintergrund den Kirchturm in den grauen Himmel ragen.

»Sie ist hier immer rausgeklettert wie eine rollige Katze«, sagte Constanze.

Pia fragte sich, wie tief die Abneigung der Zwillingsschwester ging und was im Laufe der Jahre dazu geführt hatte. Die Garage unter ihnen schien nachträglich angebaut worden zu sein. Das Dach war mit Teerpappe gedeckt; auf der bemoosten Oberfläche stand das Wasser. Das Garagentor schwang auf. Pia sah Benedikte Stöver in einem dunkelgrauen Parka und mit einer schwarzen Strickmütze auf dem Kopf in der Garage verschwinden. Sekunden später schob das Mädchen ein Fahrrad heraus und zog das Tor wieder zu. Mist!

»Wissen Sie, wo Ihre Schwester hinwill?«, fragte sie Constanze.

»Wieso? Sie ist in unserem Zimmer und wartet sicher schon auf Sie.«

»Eben nicht.« Pia lief los.

Katharina Stöver saß am Küchentisch und beugte sich, eine steile Falte zwischen den Augenbrauen, über ein Haushaltsbuch. Auf der Arbeitsplatte standen Einmachgläser mit undefinierbarem Inhalt. Sie reagierte auf die Frage, wo Benedikte gerade hinfuhr, mit Verwirrung.

Pia rannte die Treppe hinunter und war eine Minuten später an der Pforte des Pfarrhausgartens, die weit offen stand. Keine Spur mehr von Benedikte Stöver. Pia war sich sicher, dass das Mädchen gewusst hatte, dass sie im Pfarrhaus war. Das Haus war hellhörig. War es ihr nur egal, dass sie vernommen werden sollte, oder hatte sie einen triftigen Grund, sich der Befragung durch die Polizei zu entziehen? Ersteres wäre ärgerlich, die zweite Möglichkeit beunruhigte Pia. Im Zweifelsfall unterschätzte Benedikte, wie ernst die ganze Angelegenheit war.

Pia sprang in ihr Auto. Welche Richtung sollte sie nehmen? Sie fuhr die Dorfstraße hinunter zum *Mönkenbeker Hof* und zu den Freeses. Vielleicht wollte Beni zu den Pferden? Die Scheune war bestimmt noch für die kriminaltechnische Untersuchung abgesperrt. Doch auf der Straße war kein Mädchen auf einem Fahrrad zu sehen. Nur ein einzelner Wagen kam ihr entgegen, in dem eine ihr unbekannte Frau am Steuer saß, die kaum über das Lenkrad schauen konnte. Das Mädchen musste zu finden sein! Benedikte Stöver war gerade erst weggefahren. Pia rief Broders an und instruierte ihn, sich mit der Polizei vor Ort und den Leuten von der Spurensicherung bei den Freeses kurzzuschließen. Die Kollegen sollten die Augen nach Beni Stöver offen halten und sich bei ihr melden, wenn sie das Mädchen sahen.

Am Ende des Dorfes in Höhe des Friedhofs wendete sie in einem halsbrecherischen Manöver und fuhr zurück. Keine Spur von Benedikte. Vielleicht war sie zu Damian Hansen gefahren? Nun, da das ganze Dorf wusste, dass sie zusammen waren, war es ihr wahrscheinlich gleichgültig, was die Leute über sie redeten. Aber Damian musste doch eigentlich noch in der Schule sein.

Pia entschloss sich, dennoch hinzufahren. Als sie am Haus der Hansens ankam, war bis auf das Huhn und den Hahn, die heute einander und auch sie keines Blickes würdigten, kein Lebewesen zu sehen. Sie umrundete das Gebäude in der Hoffnung, dass Damian und Benedikte trotzdem im Haus waren und ihr nur nicht öffneten. Vielleicht saßen sie ja im Wintergarten?

Pia nahm einen Pfad zwischen hüfthohen, nassen Brennnesseln hindurch. Auch im hinteren Teil des Grundstücks war niemand zu sehen. Auf der unebenen Terrasse schien das Unkraut gute Chancen zu haben, sich die gepflasterte Fläche zurückzuerobern. Pia schaute durch die regennassen Scheiben des Wintergartens, indem sie ihr Gesicht mit den Händen abschirmte, doch dort drinnen war ebenfalls keiner.

Sie musterte die Umgebung: Eine Reifenschaukel hing reglos von einem alten Obstbaum herab. Darunter lagen verfaulte und angefressene Äpfel. In dem von Schilfgras gesäumten Graben stand schwarz das Wasser. Die morschen Weidenpfähle neigten sich tief im weichen Untergrund. Sie schienen einzig durch den Stacheldraht in Position gehalten zu werden. Die von Maulwurfshügeln übersäte Wiese verlor sich im Dunst, unterbrochen nur von einem einsamen Schuppen, der wohl als Lager für Holz und Gartengeräte diente. Die Trostlosigkeit verstärkte Pias Unruhe. Sie konnte andere Wege abfahren, sie konnte Broders noch mal anrufen. Sie konnte versuchen, Benedikte selbst zu erreichen. Sie brauchte nur Katharina oder Conni Stöver nach Benis Handynummer zu fragen.

Kopfschüttelnd, weil sie nicht gleich daran gedacht hatte, zog Pia wieder ihr Telefon hervor. Auf dem Rückweg zu ihrem Auto fiel ihr Blick in die schwarze Feuertonne, die neben der Terrasse stand. Graue Asche, Holzreste ... und was war das?

Pia wollte sich in die Tonne beugen, besann sich aber eines Besseren und fand eine gelbe Kinderschaufel, mit der sie in der Asche herumstochern konnte. Sie schob das Objekt ihrer Neugierde an den Rand und lehnte es dann an die Innenwand der Feuertonne: Es handelte sich dabei um den verbrannten Überrest eines Schuhs oder Stiefels. Ein Motorradstiefel, den Schnallen nach zu urteilen ...

Benedikte Stöver ging nicht an ihr Handy. Nachdem Pia die Spurensicherung von ihrem Fund in der Feuertonne bei den Hansens informiert hatte, ging sie unruhig auf und ab, um auf die Kollegen zu warten. Weiter umherzufahren erschien ihr sinnlos. Inzwischen konnte das Mädchen schon Gott weiß wo sein.

Vor dem Haus kam ein Auto zum Stehen, und Wagentüren klappten. Sie hörte Kinderstimmen. Cindy Hansen kehrte mit ihren beiden Jüngsten, der Zwillingen, nach Hause zurück. Die Kleinen trugen nagelneue Schulranzen, das Mädchen einen rosafarbenen, der Junge einen dunkelblauen mit Rennwagen darauf, außerdem passende Turnbeutel, die sie an den Ranzen festgebunden hatten. So ein Set mit Mäppchen, Brustbeutel und allem Pipapo kostet gut und gern hundertfünfzig Euro, überlegte Pia. Dazu die Grundausstattung an Stiften, Spitzer, Schere und Lineal in doppelter Ausführung, außerdem nagelneue Markenschuhe für die lieben Kleinen. Die fünf Kinder mussten einen Batzen Geld verschlingen. Himmel, Pia wusste inzwischen, was ein Kind kostete. Konnte Cindy Hansen das mit ihren Jobs verdienen? Oder leistete ihr Mann auch einen Beitrag zum Familienunterhalt?

»Hallo. Was machen Sie denn hier?« Cindy Hansen klang nicht unfreundlich. Bei Pias Anblick wirkte sie vielmehr besorgt.

»Ich suche Benedikte Stöver. Haben Sie sie gesehen?«

»Hier bei uns?« Sie schien erleichtert zu sein und kramte nach ihrem Haustürschlüssel. »Versuchen Sie es lieber am Oldenburger Graben. Ich glaube, sie ist eben mit dem Rad dorthin gefahren.«

Pia überlegte, ob sie etwas über den Inhalt der Feuertonne und die gerade anrückende Spurensicherung sagen sollte, entschied sich jedoch dagegen. Sie ließ sich von Cindy Hansen die Stelle beschreiben, wo sie Benedikte gesehen hatte.

Beni Stöver saß auf einer Picknickbank neben der Brücke, die über den breiten Wassergraben führte. Von der Straße aus war sie nicht zu sehen gewesen, doch Cindy Hansen hatte richtig geraten, was das Ziel des Mädchens anging. Benedikte hatte die Hände unter die Oberschenkel geschoben und die Schultern hochgezogen; ihr Gesicht war blass. Pia spürte, wie die Nässe der Wiese ihr langsam die Hosenbeine hochkroch, als sie zu Beni ging. Was für ein lausiger Platz, wenn man mal allein sein wollte. Und jetzt kam sie auch noch dazu und störte.

»Ich hab dich eben vom Pfarrhaus wegfahren sehen«, sagte

Pia. »Ich muss aber unbedingt mit dir reden.« Warum duzte sie sie, während sie die Schwester siezte? Es erschien ihr natürlicher. Sie hoffte, dass sie mit dieser Entscheidung richtiglag.

»Dann reden Sie!«, erwiderte Benedikte, ohne sie anzusehen.

Pia setzte sich neben sie auf die nasse Holzbank. »Kommst du öfter hierher?«

»Nur, wenn ich allein sein will. Sie können sich gar nicht vorstellen, wie die mich alle nerven.«

»Wer? Deine Geschwister? Deine Mutter?«

»Wer sonst? Sie haben bestimmt schon von Ilonas Sturz gehört. Klar, deshalb sind Sie ja wohl hier. Seit meine Mutter weiß, dass ich mit Damian zusammen in der Scheune war, redet sie nicht mehr mit mir. Nicht richtig, verstehen Sie? Sie hat mir nur gesagt, dass sie enttäuscht von mir ist. Wie ich ihr das antun konnte, gerade jetzt, in dieser schweren Zeit. So, als hätte ich sonst was verbrochen. Dabei war das alles ganz harmlos.«

»Deine Mutter wusste noch nicht, dass du mit Damian befreundet bist, oder?«

Beni wischte mit der flachen Hand über den nassen Picknicktisch. »Nein. Dann hätte sie es mir ja verboten.«

»Vielleicht braucht sie nur etwas Zeit, um sich an den Gedanken zu gewöhnen, dass du kein Kind mehr bist.«

»So reden alle Erwachsenen.« Beni starrte zu einem orangefarbenen Abfallkorb hinüber, dem einzigen Farbklecks weit und breit. Ihr Mund zuckte.

»Ich kann schon nachvollziehen, dass deine Mutter sich Sorgen um dich macht. Sie kann gar nicht anders. Und ich mache mir auch Sorgen. Ich denke, du weißt etwas, das dich beunruhigt.«

»Ich weiß nichts.« Benis Augen wurden feucht. Sie blinzelte.

»Erzähl mir, was gestern während und nach der Trauerfeier passiert ist.«

Es dauerte eine Weile, bis Benedikte sich dazu durchringen konnte. Sie schluckte. Eine Träne rann ihr die Wange hinunter, und sie wischte sie ungeduldig weg. Pia wartete, bis Beni sich einigermaßen gefasst hatte, dann reichte sie ihr eine Packung Papiertaschentücher. Das Mädchen putzte sich geräuschvoll die Nase und berichtete anschließend in schnellen, monotonen Sätzen. Pia erfuhr, wie Beni und Damian sich hinter dem Gasthof getroffen hatten. Wie sie zusammen auf den Heuboden gestiegen waren. Was sie dort gehört und wie sie Ilona gefunden hatten. Und von Benis Angst, mit der vielleicht Sterbenden allein zu sein.

»Warum ist sie da runtergesprungen?«, fragte Beni mit erstickter Stimme. »Das ist doch grässlich!«

»Möglicherweise war es ein Unfall?«

Beni schüttelte den Kopf. »Ilona Pagel kam ganz allein auf den Heuboden. Danach war einen Moment lang alles still. Wir hörten ein Schluchzen. Dann ist sie gesprungen.«

»Bist du dir ganz sicher, dass niemand bei ihr war?«

»Ja. Sie war allein, es sei denn, jemand ist hinter ihr hergeschwebt.« Sie starrte an Pia vorbei. »Oder er war schon längst da oben. Aber dann hätten wir ihn gehört, oder?«

Pia vermutete ebenfalls, dass man auf dem Boden keinen Schritt tun konnte, ohne dass die Dielen knarrten. Und wie hätte der Täter wissen sollen, dass Ilona auf den Heuboden und in die Nähe der Luke kommen würde? Oder hatte Ilona Pagel eine Verabredung gehabt? Wenn es der jungen Frau besser ging, würde sie es ihnen hoffentlich anvertrauen.

»Wenn du irgendwas gesehen hast oder etwas weißt, was die Sache aufklären könnte, solltest du es mir sagen.«

»Ich weiß nichts.« Beni warf einen Stein in Richtung Wasser.

»Okay. Und was ist am Samstagabend passiert, als du im Garten auf Damian gewartet hast?«

»Wie kommen Sie darauf? Hat Conni, die blöde Kuh …?«

»Deine Schwester macht sich auch Sorgen. Das ist alles ein bisschen viel in letzter Zeit, oder nicht? Hast du am Samstagabend draußen etwas gesehen oder gehört?«

Das Mädchen sah mit zusammengezogenen Brauen auf den Oldenburger Graben hinaus. Pia wartete. Irgendwann legte Beni den Kopf in den Nacken und begann zu sprechen. »Es stimmt. Ich war Samstagabend draußen und hab auf meinen Freund gewartet.« Sie sagte es trotzig, als erwartete sie einen Kommentar von Pia oder eine Nachfrage. Als beides ausblieb, fuhr sie fort: »Und dann hab ich was gehört. Ich stand seitlich vom Haus, neben der Garage, und hab durch die Hecke geschaut. Es war jemand an unserer Haustür und hat geklingelt.« Beni warf noch einen Stein, den sie zu ihren Füßen aufgelesen hatte. »Ich weiß aber nicht, wer es war. Es war zu dunkel, und ich wollte mich nicht blicken lassen. Ich fand es ein wenig seltsam. Doch nicht sehr. Als mein Vater noch lebte, kamen ab und zu Leute, die dringend mit ihm sprechen wollten, wissen Sie. Auch zu ungewöhnlichen Zeiten. Ich dachte, es wäre jemand aus unserer Gemeinde, der einen Rat braucht. Es hat ihm aber niemand geöffnet. Papa war wohl noch bei der Chorprobe, Conni hat mit Kopfhörern Musik gehört, und Mutter hat wahrscheinlich schon geschlafen.«

»Moment. Um wie viel Uhr hat derjenige bei euch geklingelt?«

»Gegen halb elf.«

»Und du dachtest, dein Vater wäre noch in der Kirche?«

»Nein. Ich wusste es nicht. Ich wollte mich nicht einmischen, weil ich ja gar nicht draußen sein sollte. Dann ist der Mann auch schon wieder weggegangen.«

»Bist du dir sicher, dass es ein Mann war? Hast du ihn erkannt?«

»Nein. Es könnte jeder gewesen sein.«

»Kannst du mir wenigstens sagen, wohin der Mann anschließend gegangen ist?«

Beni sah über die Weiden in Richtung Dorf. Sie kniff die Augen zusammen. »Zur Kirche«, sagte sie leise. »Ich glaube, er ging zur Kirche.«

21. Kapitel

Pia war nass und durchgefroren, als sie ihren Kollegen Broders im Dorf wiedertraf. Zuvor hatte sie Beni zurück ins Pfarrhaus gefahren. Das Rad des Mädchens hatte bei umgelegten Rücksitzen gerade noch in den Kombi hineingepasst. Pia hatte noch einmal mit Katharina Stöver gesprochen und ihr nahegelegt, Benedikte wegen der Freundschaft mit Damian und dem Treffen auf dem Heuboden keine weiteren Vorwürfe mehr zu machen. Stattdessen sollte sie ihre Tochter darin bestärken, dass sie der Polizei alles erzählte, was sie wusste. Pia war sich nicht sicher, ob sie damit Erfolg gehabt hatte, denn auch der äußerlich so gefasst wirkenden Katharina Stöver ging es nicht gut. Sie hatte sicherlich mit ihren eigenen Gefühlen mehr als genug zu tun.

Broders schlug vor, beim Griechen im Ort zu Mittag zu essen. Sie waren die einzigen Gäste. Pia hängte ihre Jacke vor die Heizung, wo sie still vor sich hin dampfte. Die Jeans klebte ihr feucht an den Oberschenkeln. Sie schilderte Broders, was sie von Constanze und Benedikte Stöver erfahren hatte.

»Elsa Grönwald hat mir eine anschauliche Beschreibung der Trauerfeier geliefert«, sagte er, als Pia mit ihrem Bericht fertig war. Broders erzählte, dass Otto Freese Elsa Grönwald zufolge in Herbert Michelsens Abfalltonne nach einem Brokkoli-Auflauf gesucht hatte, sowie von den weiteren Verdachtsmomenten, die sich angeblich im Todesfall Herbert Michelsen ergeben hatten. Der fehlende Notgroschen, ein verschwundenes Bild. »Der Dorfklatsch blüht«, sagte er düster.

»Kein Wunder, bei allem, was hier in letzter Zeit passiert

ist.« Pia klappte die Menükarte zu. »Aber wir kommen nicht umhin, es nachzuprüfen.« Sie bestellte Bifteki, Salat und Reis, ihr Kollege Souflaki.

Als der Kellner wieder gegangen war, fuhr Broders fort. Er hatte auch mit Damian Hansen gesprochen, der in der Zwischenzeit aus der Schule nach Hause gekommen war. Seine Aussage zu Ilonas Sturz deckte sich mit der Benedikte Stövers. Außerdem hatte Schelling angerufen und ihm mitgeteilt, dass die Spurensicherung die Reste von Herrenstiefeln in der Asche der Feuertonne der Hansens sichergestellt hatte. Cindy Hansen behauptete, dass sie die Abfalltonne nur alle vier Wochen abholen ließen, um Müllgebühren zu sparen, und ihr Mann deshalb ab und zu etwas verbrannte.

»Ich würde gern wissen, was Helge Hansen beruflich macht«, sagte Pia halblaut, nachdem das Essen serviert worden war.

»Cindy Hansen ist zumindest vollauf beschäftigt.« Broders sah unschlüssig auf seinen gut gefüllten Teller hinunter. »Sie putzt im Pfarrhaus, in der Kirche und bei Elsa Grönwald. Außerdem hat sie für Herbert Michelsen gearbeitet und macht wohl auch noch bei einigen anderen im Ort sauber.«

»Sie hatte verschiedene Berührungspunkte mit dem Pastor. Ihr Sohn Diego war in der von Matthias Stöver geleiteten Jugendgruppe. Des Weiteren hat sie mit dem Pastor über ihren Sohn Ethan geredet. Über seine Schulprobleme und seine Hochbegabung. Und denk daran: Sie behauptet, der Pastor wollte ihn in einer Pflegefamilie unterbringen.« Bei dem Thema wurde Pia mulmig, und sie trank schnell ein halbes Glas Cola.

»Aber sie ist auch so ziemlich die Einzige, die ein einigermaßen wasserdichtes Alibi für den Samstagabend hat.«

»Ein Alibi, das ihre Kinder ihr geben«, sagte Pia. »Sie war mit ihnen zu Hause.«

»Zweifelst du daran?«

»Nein. Sie wird sie nicht alle dazu anhalten können, für sie zu lügen. Wir müssen Helge Hansens Alibi noch überprüfen.« Er hatte angegeben, am Samstagabend zur fraglichen Zeit in Heiligenhafen in seiner Stammkneipe gewesen zu sein.

»Was wir alles müssen!« Broders stocherte lustlos in seinem Essen herum. Er war nicht recht bei der Sache. Weder bei der Ermittlung noch bei seinem Mittagessen. So wählerisch kannte Pia ihn gar nicht.

»Nicht nach deinem Geschmack?«

»Ich bin in letzter Zeit wohl ziemlich verwöhnt«, sagte er mit einem schiefen Grinsen. »Immer diese Nobelrestaurants!«

»Ja, nervig«, bestätigte Pia ironisch. »Also mir schmeckt's.« Und warm wurde ihr allmählich auch wieder.

»Das mit Ralph wächst sich langsam zu einem Problem aus«, bekannte Broders.

Pia sah überrascht auf. Ralph war seit einiger Zeit Broders' Lebenspartner. Es kam aber eher selten vor, dass Broders über sein Privatleben sprach. Pia war die Einzige aus dem Kreise der Kollegen, der er gelegentlich etwas anvertraute.

»Ralph ist ganz schön anspruchsvoll. Er verdient so viel Geld, dass er manchmal richtiggehend abgehoben ist. Und er macht sich überhaupt keine Gedanken darüber, dass andere das alles nicht so einfach finanzieren können wie er.«

»›Andere‹ Menschen wie wir«, sagte Pia.

»Ich hasse es, wenn ich immerzu eingeladen werde. Und ich kann mich nicht revanchieren, jedenfalls nicht so, wie ich es gern möchte.«

»Versuch doch mal, das Thema anzusprechen. Er macht sich bestimmt überhaupt keine Gedanken darüber ...«

»Ja, am besten im Kreise seiner Freunde, mit denen wir immer weggehen. Alles erfolgreiche Ärzte, Anwälte und Banker.«

»Und du bist bei der Polizei. Ein Kriminalhauptkommissar. Das hat den Geruch von Gefahr und Heldentum.«

Broders musste nun doch grinsen. »Ja, ich bin der Held in

der Clique. Momentan trau ich mich kaum, einen Kontoauszug zu ziehen, so viel Geld, wie ich in letzter Zeit ausgegeben habe.«

»Iss wenigstens dein Mittagessen. Das ist wirklich gut. Und bezahlen musst du es eh.«

»Ja, Mama.«

Bei der Anrede fiel Pia ihr gemeinsames Essen mit Lars und seinen Eltern ein. Morgen Abend sollten sie sich kennenlernen, weil sich die Kuhns sowieso gerade in Lübeck aufhielten. Sie hatte sich nicht herausreden können. Es kam ihr vor wie ein Vorstellungsgespräch, wobei Pia nicht genau wusste, ob und wofür sie sich da vorstellen wollte. Sie hoffte, dass Felix im noblen *Bardewik* nicht das ganze Restaurant unterhalten würde.

Im Kommissariat 1 trafen Katharina Stöver und ihr Sohn mit einiger Verspätung zu ihren Vernehmungen ein. Manfred Rist nahm den internen Anruf, dass sie unten im Polizeihochhaus warteten, mit einem frisch eingegossenen Kaffee in der Hand entgegen. Er wollte die Ehefrau des Opfers unbedingt persönlich befragen. Die Befragung von Gregor Stöver hatte er Conrad Wohlert zugeteilt. Juliane Timmermann sollte ebenfalls bei der Vernehmung Katharina Stövers anwesend sein. Der Vorwurf sexueller Belästigung war immer schnell bei der Hand, wenn sich ernsthafte Verdachtsmomente ergaben. Und Pia hatte er ja nach Mönkenbek geschickt, um mit den Töchtern des Pastors zu sprechen. Sie wäre für die Befragung Katharina Stövers eigentlich seine erste Wahl gewesen, denn Juliane schien aus unerfindlichen Gründen mit ihm zu schmollen, aber da waren, wie gesagt, noch die beiden pubertierenden Mädchen im Pfarrhaus ... Pia als Frau und Mutter würde mit ihnen sicherlich am besten fertigwerden.

Nachdem Katharina Stöver ihm gegenüber Platz genommen hatte, starrte sie ihn mit ausdrucksloser Miene an. Sie reagierte kaum auf normale Ansprache, antwortete und bewegte sich wie ferngesteuert. Juliane hingegen mied seinen Blick, und ihre Antworten auf seine Anweisungen waren den ganzen Tag schon einsilbig. Mit ihr zu schlafen war wohl ein Fehler gewesen. Aber sie hatte es doch darauf angelegt, als sie eingewilligt hatte, nach Feierabend noch ein Glas Wein mit ihm trinken zu gehen. Dass Frauen auch immer gleich so ein Drama aus allem machen mussten.

Das Vernehmungszimmer war durch eine Schiebewand vom Besprechungsraum abgeteilt. Zwei Schreibtische standen über Eck, sodass die Person, die vernommen wurde, nicht auf den Computerbildschirm sehen, aber auch nicht ohne Weiteres aus dem Raum stürmen konnte, wenn es für sie eng wurde.

Die Vernehmung verlief zäh. »Warum haben Sie Adrian Pagel nachts im Strandhaus getroffen?«, fragte Rist sie zum wiederholten Mal.

»Ich wollte ihn wiedersehen.« Auch das war nicht neu.

»Und weshalb?«

»Nur so. Ich war neugierig.«

Er seufzte. »Worauf?«

»Was aus ihm geworden ist. Warum er wieder da ist.«

»Sie haben sich heimlich aus dem Haus geschlichen. Im Dunkeln. Warum?«

Sie starrte Rist an. »Mein Mann hätte es wahrscheinlich komisch gefunden.«

»Nicht nur der«, merkte er an. »Aber das Treffen mit Pagel war Ihnen wichtig genug, um trotzdem – heimlich – daran festzuhalten. Ein paar simple Fragen nach dem Wohlergehen, die Sie Herrn Pagel genauso gut am Telefon hätten stellen können.«

»Das ist nicht das Gleiche.«

»Wenn es nur um die Fragen geht, schon.«

»Ich lasse mir nichts unterstellen. Warum diese albernen Andeutungen?« Katharina Stöver wandte sich an Juliane. »Darf er das überhaupt?«

»Wir wollen nur herausfinden, was wirklich passiert ist.« Juliane hatte also doch nicht völlig die Sprache verloren.

»Dann finden Sie endlich heraus, wer meinen Mann ermordet hat!«, sagte die Pastorenwitwe bitter.

»Ein bisschen mehr Offenheit von Ihrer Seite wäre hilfreich«, entgegnete Rist.

So ging es eine geschlagene Stunde weiter. Rist sprang zwischendurch auf, trat ans Fenster, setzte sich wieder auf seinen Stuhl. Er spürte, wie Julianes und Katharinas Blicke ihm folgten. Die der einen waren beleidigt, die der anderen anklagend. Seine Geduld schwand. Warum redete diese Frau nicht endlich? Sie hatte doch etwas von diesem Adrian Pagel gewollt. Bestimmt hatte sie ihren Mann betrogen, oder es zumindest geplant. Es war einfach naheliegend. Und dann war Matthias Stöver dahintergekommen. Bitte, da hatten sie das Motiv.

Eine Nachricht erschien auf seinem Bildschirm. Conrad Wohlert saß im Nebenzimmer. Rist hatte ihn angewiesen, ihn sofort, auch während der Vernehmung, zu informieren, wenn sich etwas Neues ergab. Die Spurensicherung hatte vom Labor erfahren, dass das Haar, das Pia in den Dünen in der Nähe des Lagerfeuers sichergestellt hatte, aus der Mähne eines Pferdes stammte. Es war ein Pferdehaar. Das war seltsam. Es schien eher auf Lea oder Karsten Freese hinzuweisen, die ja Pferde züchteten, oder aber auf die Zwillinge des Pastors.

Diesen wunden Punkt der Frau – ihre Töchter – wollte Rist sich zunutze machen: »War noch jemand außer Ihnen beiden am Feuer?«

Katharina Stöver starrte ihn mit Augen an, die ihn an Glasmurmeln erinnerten.

»War da jemand, der Sie und Adrian Pagel zusammen gesehen hat? In einer kompromittierenden Situation vielleicht? Hat Sie jemand erpresst oder bedroht?«, schaltete sich endlich Juliane ein.

Ein Schatten flog über Katharina Stövers Gesicht, möglicherweise Zeichen einer unliebsamen Erinnerung? Rist schöpfte Hoffnung. Er beugte sich vor. »War eine Ihrer Töchter da und hat Sie mit Pagel zusammen überrascht?«

»Meine Töchter? Wie kommen Sie denn darauf?«, fragte Katharina Stöver atemlos.

Auch Juliane schaute Rist erstaunt an.

»Gewisse Spuren deuten auf die Anwesenheit von Dritten hin.«

»Nein.«

»Doch. Und Sie sind nicht ehrlich zu uns. Sollen wir Ihre Töchter ebenfalls herbestellen?«

»Nein! Lassen Sie die beiden in Ruhe! Sie wollen mich doch nur hereinlegen.«

Rist lehnte sich zurück. »Keineswegs. Ihre Töchter reiten beide leidenschaftlich gern, steht in einem der Protokolle. Da bleibt schon mal etwas an der Kleidung hängen, nicht wahr? Pferdehaare.«

Katharina Stöver stierte wieder vor sich hin, nickte dann langsam. »Ich verstehe. Aber meine Töchter haben damit nichts zu tun. Ich sag Ihnen, was ich weiß.«

»Wer war außer Ihnen und Adrian Pagel noch am Feuer?«

»Keine Ahnung. Doch es war etwas *im* Feuer.«

»Was?«, fragten Juliane und Rist gleichzeitig.

»Ein Pferdekopf. Er ist verbrannt.«

Damit hatten Rist und Juliane nicht gerechnet. Nun starrten sie ihrerseits Katharina Stöver an.

Sie holte tief Luft. »Und ich habe an dem Abend noch etwas gehört. Vielleicht interessiert es Sie, nun, da Sie mir endlich richtig zuhören.«

22. Kapitel

Am nächsten Tag fuhr Broders nach Heiligenhafen, um den Wirt der Kneipe zu befragen, in der sich Helge Hansen seinen Angaben zufolge in der Tatnacht aufgehalten hatte. Hansens Alibi wies, was die Zeitangaben betraf, ein paar Unsicherheiten auf. Hinzu kam, dass Katharina Stöver in der Nacht, als sie sich mit Adrian Pagel getroffen hatte und er niedergeschlagen worden war, ein Motorengeräusch gehört haben wollte. Das eines Autos oder eher noch das tiefe Brummen eines Motorrads. Die Stiefelüberreste in der Feuertonne der Hansens waren jedenfalls die von Motorradstiefeln. Die Flammen hatten nicht genug davon übrig gelassen, um sie mit dem Stiefelabdruck vor der Kirche abgleichen zu können. Aber dass Hansen seine Motorradstiefel zu diesem Zeitpunkt nur aus Gründen der preisgünstigen Müllbeseitigung verbrannt hatte, klang auch nicht besonders glaubwürdig.

Warum nicht Urlaub an der Ostsee?, dachte Heinz Broders, als er nach Heiligenhafen fuhr. Warum nicht ein nettes Appartement am heimischen Meer mieten? Oder auch ein kleines Hotel? Sie könnten bei jedem Wetter am Strand sein, baden, faulenzen oder sich vom Wind so richtig durchpusten lassen. Und abends würden sie frischen Fisch essen, Wein trinken und über die Ostsee schauen. Stattdessen hatte Ralph ihn gestern mit Urlaubsplänen für die Malediven überrascht. Überkandidelte Häuser auf Stelzen, die wie im Ringelreihen in babyblauem Wasser herumstanden. Ein Badezimmer, wo er auf dem Klo sitzen und durch den Glasboden die tropischen Fische anschauen konnte … Und drumherum nur Meer, Palmen und sonst gar nichts. Broders hatte erst gar nicht zu fragen gewagt, was so etwas kostete, sondern gleich gemurrt, dass es ihm zu langweilig sei. Und zu heiß. Der Flug dauere viel zu lange. Außerdem sei es nur was für Taucher, und er hasse Tauchen ... Dann hatte er auf die Gefahr von Tsunamis hingewiesen und darauf, dass in so einem Fall vom Paradies nicht mehr übrig bliebe als Fischfutter ... Ralph hatte nach ein paar Versuchen, ihn doch noch für seine Pläne zu begeistern, beleidigt die Prospekte wieder zugeklappt. Die Stimmung war in den Keller gesunken.

Das Leben mit seinem neuen Freund, die schicken Klamotten, die ständigen Frisörbesuche, das häufige Ausgehen – alles war so teuer, dass sein Konto eh schon immer kurz vor dem Kollaps stand. An einen Urlaub auf den Malediven war da gar nicht zu denken. Vielleicht eine Woche Ostsee, wenn es hochkam, zwei. Aber das konnte er Ralph nicht sagen, weil der sich dann genötigt fühlen würde, ihn zu bezuschussen oder gar einzuladen, und das wollte er natürlich auch nicht.

Broders parkte an der Stadtbücherei und ging eine Nebenstraße der Bergstraße hinunter, bis er vor Helge Hansens Stammkneipe stand. Kostenlose Parkplätze, kleine Gassen, Meeresluft und Möwengeschrei. Die Ostseeregion war doch schön.

Der Wirt, ein dürres Männlein mit einem Walross-Schnauzer, trug ein kariertes Hemd und schwarze Jeans. An der Theke saßen noch drei Männer, zwei von ihnen in Motorradkleidung. Als Broders nähertrat, fühlte er die Blicke aller Anwesenden auf sich gerichtet. Er fragte nach Walther Peemüller, der Helge Hansens Aussage, dass er den Samstagabend hier verbracht hatte, bestätigen sollte.

»Das bin ich«, sagte der Wirt.

Broders stellte sich vor und setzte hinzu, dass er von der Kripo war. »Befragung mit offenem Visier«, wie es so schön hieß. Sonst konnte man das Ergebnis seiner Mühen gleich wieder in die Tonne treten.

»Was will die Polizei denn von mir?« Peemüller dehnte das Wort »Polizei«, um ihn zu provozieren.

Broders reagierte nicht darauf. »Es geht um den vergangenen Samstagabend. Standen Sie da auch hinter der Theke?«

»Klar. Ich bin immer hier. Ist ja mein Laden.«

»Schön, dann sind Sie mein Mann.«

»Wollen Sie vielleicht was trinken? Dann redet es sich leichter«, lenkte der Wirt ein Stück weit ein.

»Ich nehm ein Pils.« Ich muss es ja nicht austrinken, nahm Broders sich vor.

Der Wirt zapfte hingebungsvoll, bis das Bier goldglänzend und mit schöner Blume vor ihm stand.

»Sieht gut aus. Sie haben bestimmt ’ne Menge Stammgäste hier.«

»Ja. Und ich verpfeif keinen.«

»Darum geht's nicht. Im Gegenteil. Ich möchte mir nur ein Alibi bestätigen lassen.«

»Und wenn ich der Polizei nicht helfe?«

»Mir ist das doch wurscht«, sagte Broders und trank bedächtig. »Im Übrigen ist es ja nicht so weit bis nach Lübeck, wenn Sie es denn vorziehen, dass wir es richtig offiziell machen.«

Kam es ihm nur so vor, oder manifestierte sich in der Riege neben ihm eine leichte Anspannung? Leder knarzte, ein klobiger Ring schabte über den Tresen.

»Um wen geht es denn überhaupt?«, fragte der Wirt und leckte sich die Lippen.

Broders vermutete, dass Walther Peemüller längst wusste, welcher seiner Stammkunden gerade ein Alibi brauchte. Wenn er nicht instruiert worden war, so doch zumindest informiert. Er führte vor den Typen am Tresen nur ein Schmierentheater auf. Das konnte er haben.

»Es geht um Helge Hansen. War der am Samstagabend hier?«

»Ach, der Helge. Klar doch.«

Das kam etwas zu schnell. Der Wirt war vorgewarnt. »Hat ihn außer Ihnen noch jemand hier gesehen?«

Peemüller schaute kurz irritiert zur Seite. »Erinnere mich nicht mehr, wer sonst noch so da war. Samstags ist hier immer viel los, und um das noch genau sagen zu können, ist es schon wieder ganz schön lange her.«

»Ich hab ihn auch gesehen.« Der Mann, der neben Broders am Tresen saß, drehte sich zu ihm um. Er hatte sich nach Piratenart ein Tuch um den Kopf geschlungen und wog etwa das Dreifache des Wirtes. »Die ganze Zeit.« Er starrte Broders an, als könnte er es gar nicht erwarten, dass er ihm widersprach.

»Noch jemand?«, fragte Heinz Broders.

»Reicht das nicht?« Der Mann fuhr sich mit einer gewaltigen Pranke durch den Bart.

»Wie heißen Sie?«

Der Hüne musterte Broders eine halbe Minute lang. Sein Atem war biergeschwängert, seine Miene streitlustig. Broders brach der Schweiß aus. Er hoffte, dass man ihm das im schummrigen Licht der Kneipe nicht ansah.

»Helge Hansen kam gegen zehn und war bis nach zwei Uhr hier«, sagte der Wirt. Ihm lag wohl nichts an einer Eskalation der Situation in seinem Lokal. »Genau genommen war Hansen der letzte Gast, bevor ich dichtgemacht habe. War 'n lebhafter Abend, nich' wahr, Eddie?«, ergänzte er. Er zapfte noch ein Bier.

»Können Sie diese Aussage bestätigen ... Eddie?«, fragte Broders.

»Klar. Alles. Was denken Sie?«

»Und Sie heißen Eddie? Und wie weiter?« Broders' Stimme klang zu seiner Verwunderung vollkommen ruhig. Und das, obwohl sich nun der Mann am anderen Ende des Tresens halb zu ihm umdrehte. Er hatte eine Glatze und ein gerötetes

Gesicht. Auf dem Mittelfinger seiner riesigen Rechten prangte ein Ring mit einem silbernen Totenschädel, der so scharfkantig aussah, als könnte er mühelos und mit einem Streich eine Gesichtshälfte zerfetzen. Broders fühlte, wie seine Haut zu spannen anfing. Der Wirt stellte noch ein Bier vor den Mann namens Eddie, der sich so bereitwillig als Zeuge angeboten hatte.

»Meffert«, sagte Eddie nach einer kleinen Pause, »Eddie Meffert. Und jetzt ist Schluss damit. Ich finde, hier stinkt's allmählich.«

Broders zwang sich, noch langsam ein paar Schlucke zu trinken. Er würde jetzt nicht nach Mefferts Adresse fragen. Die konnte er auch auf anderem Wege herausfinden. Mal die Kollegen fragen, die für Organisierte Kriminalität zuständig waren. Er setzte das halb volle Glas scheinbar gelassen wieder ab. Von wegen Alkohol entspannt. Broders wischte sich den Schaum vom Mund. »Liegt am Rauchverbot«, sagte er bedächtig. »Seitdem riecht man alles andere umso mehr. Was bekommen Sie für das Bier?«

»Geht aufs Haus«, meinte Walther Peemüller. »Aber verschwinden Sie jetzt besser!«

Das Tageslicht blendete Broders, als er aus der Kneipe trat. Er ließ sich nicht die Zeit, bis seine Augen sich an die neuen Lichtverhältnisse gewöhnt hatten, sondern ging eilig und mit einem unangenehmen Kribbeln im Nacken zu seinem Auto. Er wusste, was von diesem Alibi zu halten war. Aber vor Gericht würde es Bestand haben. Er wusste außerdem, wie beliebt die Polizei in gewissen Kreisen der Bevölkerung war.

Es war Freitag. Pia saß in ihrem Büro und schrieb Berichte. Das stellte zwar nicht gerade ihre Lieblingsbeschäftigung dar, war aber dringend notwendig. Aufgrund der reduzierten Stundenzahl kam sie mit dem Papierkram kaum noch hinterher. Sie war gerade bei ihrem zweiten Bericht und dem dritten Kaffee angelangt, als sich die Zentrale bei ihr meldete. Der Kollege stellte den Anruf eines Oberarztes aus der Klinik in Neustadt durch. Der Anrufer hatte explizit darum gebeten, Pia Korittki sprechen zu dürfen, und informierte sie nun, dass Ilona Pagel jetzt vernehmungsfähig sei. Sie habe extra nach der Kriminalkommissarin gefragt, mit der sie schon einmal geredet habe. Pia sah auf die Uhr. Es würde knapp werden. Sie sicherte die Datei und ließ alles andere, einschließlich des heißen Kaffees, stehen und liegen, um in die Klinik zu fahren.

Du bist nicht verantwortlich, sagte sie sich, als sie auf der Autobahn viel zu ungeduldig beschleunigte. Du hast nicht wissen können, dass sie vom Heuboden springt oder fällt oder gestoßen wird …

Trotzdem. Ilona Pagel war am Mittwoch mit Verdacht auf Wirbel- und Beckenverletzungen in die Klinik eingeliefert worden, und seitdem hatte noch niemand von der Polizei mit ihr reden können. Pia verließ in Neustadt-Mitte die Autobahn und ließ sich von ihrem Navigationssystem auf den Klinikparkplatz leiten. Die modernen Gebäude befanden sich zwischen Neustadt und Pelzerhaken, direkt am Strand. Die Lage suggerierte, dass man es mit einem etwas nüchtern geratenen Urlaubsresort anstatt mit einem Krankenhaus zu tun hatte.

An der Information im lichtdurchfluteten Eingangsbereich erkundigte Pia sich nach der Station, auf der Ilona Pagel untergebracht war. Als sie dort ankam und eine Schwester nach der Zimmernummer fragte, wurde sie angewiesen zu warten. Dann führte man sie ohne weitere Nachfragen in das Krankenzimmer und ließ sie mit der Patientin allein.

Ilona Pagel hatte ein Einzelzimmer. Sie war entweder privat oder zusatzversichert, oder es gab andere Gründe, warum sie allein liegen sollte. Ihr linkes Bein hing an einer Art Galgen in der Luft. Diese Position sah alles andere als komfortabel aus. Immerhin musste die junge Frau nicht mehr auf der Intensivstation versorgt werden. Unter Ilona Pagels Augen lagen tiefe Schatten, ihre Haut spannte über den Wangen und schimmerte leicht gelblich. Am meisten erschreckten Pia jedoch die Bitterkeit und Verzweiflung, mit der Ilona sie ansah.

Sie zog sich einen Stuhl heran und setzte sich vor das Fenster neben das Krankenbett. Ilona blickte nun demonstrativ zur anderen Seite.

»Sie wollen mit mir reden«, sagte Pia nach einer recht einseitigen Begrüßung.

»Der Arzt meint, dass ich der Polizei erzählen muss, was passiert ist. Aber was soll das schon nützen?«, entgegnete Ilona mit gepresster Stimme.

»Ich muss zum Beispiel wissen, ob wir Sie hier schützen müssen, Frau Pagel. Immerhin sind Sie Zeugin in einem Mordfall.«

»Bisschen spät, oder?«, höhnte Ilona.

»Also besteht Grund dazu.«

»Das habe ich nicht gesagt! Ich weiß nichts. Gar nichts.«

»Erzählen Sie mir, wie es zu dem Sturz vom Heuboden gekommen ist.«

Ilona schwieg.

Pia konzentrierte sich auf ihren Atem. Aus und wieder ein. Omm. Wer hielt das Schweigen länger aus?

»Es war ein Unfall«, sagte Ilona nach ein paar unbehaglichen Minuten.

»Was hatten Sie denn auf dem Heuboden zu tun?«

»Nichts. Die Trauerfeier war einfach unerträglich. Die ganzen Leute ... ich wollte allein sein.«

»Auf dem Heuboden der Freeses?«

»Ich dachte, da hab ich meine Ruhe.«

»Und dann?«

Ilona schüttelte stumm den Kopf. Auf ihren Wangen hatten sich nun hektische rote Flecken gebildet.

»War außer Ihnen noch jemand dort?«

»Ich weiß es nicht. Ich habe etwas gehört. Ein Rascheln. Es könnten genauso gut Mäuse oder Fledermäuse gewesen sein.«

»Auch ein Mensch?«

Sie zuckte mit den Schultern. »Ich kann mich nicht mehr erinnern. Der Arzt sagt, das kommt schon mal vor nach so einem Schock.«

»Halten Sie es denn für möglich, dass jemand Sie von dort oben hinuntergestoßen hat? Die Frage ist doch, ob man Sie vielleicht zum Schweigen bringen wollte, weil Sie etwas über den Mord an Matthias Stöver wissen und eine Bedrohung für jemanden darstellen.«

»Keine Ahnung.«

»Können wir Sie hier allein lassen, oder benötigen Sie Schutz?«, fragte Pia.

»Ich komm schon klar.«

»Sind Sie sich da ganz sicher?«

»Sicher ist nur der Tod«, sagte Ilona, nachdem sie eine Weile aus dem Fenster geschaut hatte. Sie funkelte Pia wütend an. »Ich erinnere mich nicht mehr. Ich habe überhaupt keine Ahnung, was in der Scheune passiert ist. Ich weiß nur, dass ich auf den Heuboden gestiegen bin. Das Nächste, an das ich mich erinnere, ist, wie ich hier im Krankenhaus aufgewacht bin und die Ärzte mir gesagt haben, dass ich es verloren habe.«

»Wovon sprechen Sie?« Pia beschlich eine unheilvolle Ahnung. Die Anzeichen waren deutlich genug gewesen. Sie hatte sie nur falsch gedeutet. Von wegen »die Regel«. Die Bauchkrämpfe, Ilonas ungesundes Aussehen und ihre Stimmungsschwankungen. Ilona Pagel war schwanger gewesen.

»Ist das nicht Ironie des Schicksals? Ich konnte es niemandem sagen, und ich konnte das Kind nicht bekommen. Meine

Eltern wären gestorben vor Scham. Aber nun ... nun tut es so schrecklich weh.«

»Wer war der Vater?«, fragte Pia.

Die junge Frau schloss die Augen.

»Es ist wichtig.«

Ilona Pagel hielt weiter die Augen geschlossen und presste die Lippen zusammen. Ihre ganze Haltung drückte Abwehr aus.

»War es der Pastor?«

Sie schüttelte heftig den Kopf.

»Reden Sie mit mir, bitte!«

Ilona schwieg. Als Pia nachhakte, betätigte die junge Frau den Knopf, mit dem sie das Pflegepersonal rufen konnte. Als der Pfleger ins Zimmer trat, schluchzte Ilona Pagel laut auf.

Pia wurde aus dem Zimmer geleitet. Sie verließ die Station mit einem flauen Gefühl im Magen und dem genervten Blick des Pflegers im Rücken. Immerhin hatte die Stationsschwester ihr noch grollend versichert, dass sie heute bestimmt niemanden mehr zu der Patientin vorlassen würden. Pia bat sie noch einmal eindringlich darum, sich daran auch zu halten, denn Rist würde aufgrund der unklaren Aussage Ilona Pagels niemanden zu ihrem Schutz abstellen.

Im Krankenhauskiosk kaufte Pia sich einen Schokoriegel, schlang ihn mit nur drei Bissen hinunter und spülte mit einer Cola nach. Es half nicht. Manfred Rist hatte bei der Einsatzbesprechung am Morgen schon angedeutet, dass er nicht daran dachte, Ilona Pagel im Krankenhaus bewachen zu lassen, und Pia bezweifelte, dass die neuen Informationen, die sie erhalten hatte, seine Meinung diesbezüglich ändern würden. Vielmehr würde Rist nun erst recht auf der Suizidversuch- oder Unfall-Theorie beharren. War Ilona denn in Gefahr? Im Vorbeigehen musterte Pia die Patienten, Besucher und das Personal, die auf dem Weg zu den Stationen waren. Eine anonyme Masse. Jeder konnte Ilona in ihrem Krankenzimmer aufsuchen – in einem Zimmer, in dem sie mutterseelenallein und vollkommen hilflos lag. Dass sie als suizidgefährdet galt, würde das Ganze für einen Täter noch einfacher machen ... In diesem Augenblick entdeckte Pia ein bekanntes Gesicht. Der Mann bewegte sich zielstrebig in Richtung der Fahrstühle.

»Na, so was, Herr Pagel. Ich glaube, ich habe Ihren Familiensinn unterschätzt«, sagte sie.

Adrian Pagel fuhr herum. Er sah sie überrascht an, zog ärgerlich die Brauen zusammen. »Die Kommissarin aus Lübeck. Was wollen Sie denn hier?«

»Ich habe mich gerade mit Ihrer Nichte unterhalten.«

»Lassen Sie sie endlich in Ruhe. Ilona kann Ihnen bei Ihren Ermittlungen bestimmt nicht weiterhelfen.«

»Woher wollen Sie das denn wissen, Herr Pagel? Als Außenstehender und zufälliger Besucher in Mönkenbek?«

Der Aufzug kam im Erdgeschoss an, die Türen öffneten sich, und die Fahrgäste strömten heraus. Die Wartenden schoben sich gleich darauf nach vorn. Mit ihnen Adrian Pagel.

»Warten Sie«, forderte Pia leise, aber deutlich.

»Worauf?« Er blieb mitten im Weg stehen und blockierte mit seiner massigen Gestalt teilweise den Zugang zum Fahrstuhl. Die Leute wurden nervös und drängelten. Pia sah, dass Pagel eine bunt bedruckte Papiertüte in der Hand hielt.

»Im Moment darf sowieso niemand zu Ihrer Nichte«, informierte sie ihn.

»Schütteln die gerade ihr Bettchen auf?«

»Ich kann erwirken, dass man Sie gar nicht zu ihr lässt. Aus Sicherheitsgründen.«

Adrian Pagel trat nun doch ein Stück zur Seite. Die Leute stürmten den Fahrstuhl, die Türen glitten zu. Er hob die Schultern und seufzte resigniert. »Ich will nur helfen.« Er zog ein Taschenbuch und eine Schachtel Pralinen aus der Tüte und hielt sie Pia unter die Nase. »Ilona kann in ihrer jetzigen Situation jede Aufmunterung gebrauchen, die sie kriegen kann. Ihre Eltern sind ja nur damit beschäftigt, den Skandal zu vertuschen.«

Beinahe widerwillig merkte Pia, wie Sympathie für den hochgewachsenen, nicht sehr umgänglich aussehenden Mann in ihr aufkeimte. Sah sie schon Gespenster? Oder wickelte er sie gerade mit seinem raubeinigen Charme ein? Es war zumindest eine gute Gelegenheit, Adrian Pagel noch ein wenig auf den Zahn zu fühlen.

»Wir müssen uns unterhalten«, sagte sie. »Am besten draußen. Sie kommen im Moment tatsächlich nicht ins Zimmer Ihrer Nichte.«

Er nickte und ließ Buch und Pralinen wieder in die Tüte gleiten.

Sie fanden eine ruhige Bank in einer windgeschützten Ecke in der Nähe des Klinikeingangs. Es war kühl, aber die Luft draußen roch angenehm frisch.

»Simone hat mir erzählt, was mit Ilona passiert ist. Doch warum sie heruntergefallen ist und was meine Nichte auf dem Heuboden der Freeses gesucht hat, konnte sie mir nicht erklären.«

»Ich habe eben mit ihr gesprochen. Aber das Personal hält nun ein strenges Auge auf ihre Besucher. Außer den Eltern lassen sie niemanden mehr zu ihr. Sie darf sich auf keinen Fall aufregen.«

»Dann bin ich ja ganz umsonst hierhergekommen.«

»Sieht so aus. Doch von welchem Skandal haben Sie da eben gesprochen?«

Adrian Pagel sah an Pia vorbei. »Ach, das war nur so dahergeredet. Ich kann weder meinen Bruder noch meine Schwägerin sehr gut leiden.«

»Das glaube ich Ihnen nicht. Dass es nur so ›dahergeredet‹

war, meine ich.« Sie beobachtete die Leute, die vor dem Klinikeingang herumstanden oder in Rollstühlen saßen. Es waren hauptsächlich Raucher, die sich eine Dosis Nikotin gönnten.

Adrian neigte sich ein Stück zu Pia und senkte vertraulich die Stimme. »Es gibt Gerede im Dorf, dass Ilona schwanger war und wohl durch den Sturz eine Fehlgeburt erlitten hat.«

»Wer erzählt das?«

»Stimmt es denn?«

»Das müssen Sie Ilona selbst fragen.«

»Wie denn, Sie sagten doch gerade ...« Er fasste sie in einer vertraulichen Geste am Arm.

Pia warf ihm einen Blick zu, der ihn dazu veranlasste, seine Hand wieder zurückzuziehen. Sie hörte ein Klicken und sah aus dem Augenwinkel das Objektiv einer Kamera, das auf sie beide gerichtet war. Wie in einem schlechten Spionagefilm duckte sich ein dunkel gekleideter Mann mit Sonnenbrille hinter einen Strauch. Kein Zweifel, er fotografierte sie.

Adrian Pagel, der noch nichts davon bemerkt hatte, sagte grollend: »Wenn dieser tote Pastor der Vater von Ilonas Baby war, dann ...«

Pia hörte nicht mehr, wie Pagel seinen Satz beendete. Sie sprang auf und lief auf den Mann hinter den Büschen zu. Er ließ die Kamera mit dem Teleobjektiv sinken und bahnte sich eilig einen Weg durch die Raucher. Dabei stieß er gegen einen Galgen auf Rädern, an dem ein Transfusionsbeutel mit einer klaren Flüssigkeit hing. Der Patient, der über einen Schlauch mit dem Beutel verbunden war, bedachte ihn mit einer rüden Geste.

»Stopp! Warten Sie!«, rief Pia dem in Richtung Parkplatz Fliehenden nach.

Sie lief hinterher. Die Patienten und Besucher sahen sie verwundert bis argwöhnisch an. Der Mann mit der Kamera hatte die Parkfläche erreicht. Er blickte sich einmal über die Schulter um und schlängelte sich im Laufschritt durch die Reihen der Autos. Pia folgte ihm in einem halsbrecherischen Slalom, doch sie konnte den Abstand nicht verringern. Der Mann sprang in einen grünen Golf und fuhr los. Nicht schon wieder.

Pia rannte zu ihrem Auto, das eine Reihe weiter, allerdings am anderen Ende parkte. Verdammt, wo war ihre Kondition geblieben? Sie riss japsend die Tür auf, sprang in das Auto, startete den Motor und folgte dem Golf, der soeben das Klinikgelände verließ. Als Pia ebenfalls auf die Straße gelangte, wusste sie nicht einmal, in welche Richtung der grüne Golf gefahren war. Sie bog aufs Geratewohl nach links ab und gab auf der Landstraße Gas. Verflixt, sie wollte den Typen erwischen und ihm in die Augen sehen, wenn sie ihn zur Rede stellte! Sie wollte ihn vors Schienbein treten und ihm die Kamera aus der Hand reißen ... sie auf den Boden werfen und darauf herumtrampeln. Primitive Rachegelüste. Aus beruflicher Erfahrung wusste sie, wie belastend und manchmal auch gefährlich Stalker sein konnten. Und wie hilflos die Opfer und die Justiz ihnen gegenüberstanden. Pia folgte dem Straßenverlauf noch eine ganze Weile, doch der grüne Golf blieb verschwunden.

Seufzend sah sie auf die Uhr. Wenn sie jetzt zurückfuhr, konnte sie in Ruhe Felix bei der Tagesmutter abholen und ihn und sich mental und praktisch auf das Abendessen vorbereiten. Das erste gemeinsame Essen mit Lars und seinen Eltern, vor dem ihr graute.

Auf der Fahrt nach Lübeck nagte der Ärger über den Mann, der ihr mit der Kamera nachstellte, an ihr. Wie dumm, dass sie ihn nicht erwischt hatte. Ebenso beschäftigte sie die Sorge um Ilona Pagels Sicherheit. Sie erreichte Rist auf seinem Mobiltelefon und schilderte ihm die Situation. Er sagte ihr, er denke über Schutz für Ilona Pagel nach, doch Pia vermutete, dass das alles war, was in dieser Hinsicht passieren würde.

23. Kapitel

Das Restaurant *Bardewik*, benannt nach einem ehemaligen Lübecker Bürgermeister, befand sich in der Altstadt Lübecks. Pia fragte sich, ob ein erstes Treffen in dieser noblen Umgebung, noch dazu mit einem Kleinkind, wirklich eine gute Idee war. Aber Lars' Eltern hatten sie eingeladen, und prinzipiell freute sie sich, zumindest auf Lars und das gute Essen.

Das Wetter war kühl und trocken. Pia hatte sich entschlossen, zu Fuß zu gehen und den Buggy nur für den Rückweg mitzunehmen. Dann hatte Felix sich schon ein bisschen ausgetobt, wenn sie ankamen. Zu ihrem Erstaunen war der Weg in die Altstadt von ihrer neuen Wohnung an der Adlerstraße kaum weiter als der von ihrer alten. Pia bog rechts in die Reiferstraße, kreuzte die Schwartauer Allee, ging die Marienstraße entlang und über die Marienbrücke. Von oben hatte sie einen guten Ausblick auf die Lübecker Altstadt.

Sie blieb stehen und erklärte Felix, welche Kirchtürme er von hier aus sehen konnte, doch ihn interessierte im Augenblick nur der Zug auf den Gleisanlagen unter ihnen.

»Schnell«, sagte er andächtig und deutete mit seinem kleinen Zeigefinger auf einen ICE.

Sie wanderten den Fußweg an der Trave entlang und gingen über die Fußgängerbrücke an der Musik- und Kongresshalle. An dieser Stelle dachte Pia wie beinahe jedes Mal, dass sie wohl in der schönsten Stadt der Welt wohnte. Sie gelangten in die Beckergrube, wo sich das Restaurant *Bardewik* in einem Kaufmannshaus aus dem Jahre 1585 befand.

Pia ließ sich zu einem Tisch in einer Ecke führen, an dem

Lars schon mit seinen Eltern saß. War sie zu spät? Nein, alles in bester Ordnung. Felix war die ungewohnte Situation wohl nicht geheuer. Als alle aufstanden, um sie zu begrüßen, versteckte er sich hinter Pias Beinen.

Lars trug zur Feier des Tages ein Jackett über einem weißen Hemd, dazu Jeans. Er sah gut aus. Viel besser, als Pia sich in ihrem Hosenanzug für alle Fälle (meistens waren es Gerichtstermine) und dem T-Shirt darunter fühlte. Felix war ebenfalls sauber und nett angezogen gewesen – bis er mit einem überraschenden Sprung die bestimmt einzige Pfütze im Umkreis von fünf Kilometern erobert hatte. Aus dem Muster der dunklen Spritzer auf seiner Jeans könnten die Kollegen des K6 sicher wichtige Schlüsse auf Felix' Absprungwinkel und die Entfernung zur Pfütze ziehen.

Lars zog sie zur Begrüßung an sich. »Entspann dich! Sie sind netter, als sie aussehen«, sagte er nah an ihrem Ohr und beugte sich dann zu Felix hinunter.

Lars' Stiefmutter war äußerst schlank, sehr klein und hatte rabenschwarz gefärbtes Haar. Sie trug ein hell gemustertes Kostüm, das Pia irgendwo im vierstelligen Preissegment vermutete. Der Blick der Frau wanderte langsam von Pias Frisur (wenn man den schlichten Zopf denn so nennen durfte) über den Hosenanzug bis hinunter zu den Schuhen – geputzt, doch, sie waren frisch geputzt – und wieder nach oben. Sie verzog keine Miene und machte sich nicht die Mühe, diese Musterung unauffällig vonstattengehen zu lassen. Erst danach gab sie ihr die Hand. Ihr Mann war beinahe so groß wie Lars, wog aber annähernd das Doppelte. Georg Kuhn griff mit beiden Händen ihre Rechte und schüttelte sie, dass Pia meinte, der Arm müsse ihr abfallen. Als er sich mit kräftiger Bassstimme Felix zuwandte, kroch dieser eilig unter den nächsten Tisch und lugte unter der schneeweißen Tischdecke hervor. Der Tisch war komplett eingedeckt. Pia hoffte, dass er nicht an der Decke ziehen würde.

»Entzückend, der Kleine«, sagte Heide Kuhn, als die Suppe aufgetragen wurde. Felix saß inzwischen in einem Kinderstuhl und lutschte an einer Scheibe Brot. Pia zog unauffällig einen Suppenteller aus seiner Reichweite. Lars' Stiefmutter lächelte leutselig. »Aber sicher anstrengend, so ein Wirbelwind, wenn man auch noch berufstätig ist. Wollen Sie eigentlich noch mehr Kinder?«

Pia bückte sich, um eine Stoffserviette vom Boden aufzuheben, die Felix gerade hatte fallen lassen, doch der Kellner war schneller als sie. Sie tauchte wieder auf. »Ich weiß es nicht. Im Augenblick jedenfalls noch nicht.«

Heide Kuhn warf Lars einen vielsagenden Blick zu. Der unterhielt sich jedoch gerade angeregt mit seinem Vater über Fundamente und Gipskartonplatten und bekam es nicht mit. Felix' kleines Bilderbuch fiel zu Boden, und er reckte sich danach. Der Kinderstuhl wackelte bedenklich. Pia hielt ihn fest und hob das Buch rasch auf. Eine Verlegenheitsgeste, um für einen Moment Frau Kuhns inquisitorischen Blicken zu entkommen. Wieder war der Kellner schneller als sie. Mit rotem Kopf und zerzaustem Haar richtete sich Pia wieder auf.

»Wie alt ist Ihr Sohn denn genau?«

Felix streckte ihr seine klebrigen Finger entgegen, mal zwei, mal drei, er war sich offenbar nicht ganz sicher. Pia beantwortete die Frage für ihn.

»Oh, er ist aber groß für sein Alter«, sagte Lars' Stiefmutter.

»Ja.« Pia trank einen Schluck Wein. Er war sehr lecker, kräftig und dunkelrot. Sie vertrug Wein zwar nicht besonders gut, doch er wirkte entspannend, etwas, das sie gut gebrauchen konnte. Die Unterhaltung plätscherte dahin. Der zweite Gang wurde serviert, dann der dritte. Inzwischen war das Restaurant gut gefüllt.

»Ich konnte leider keine Kinder bekommen«, sagte Heide Kuhn, nachdem Pia Felix' Essen klein geschnitten hatte. »Es geht ja nicht immer so, wie man es gern hätte.« Wieder traf Pia dieser abschätzende Blick. »Aber vielleicht wird es ja was mit Enkelkindern?«

»Wer weiß.« Pia schickte stumme Morsesignale an Lars. SOS.

»Ich kenne so einige Frauen, bei denen es mit dem Nachwuchs dann nicht mehr geklappt hat. Erst wollen sie unbedingt Karriere machen, und dann wollen sie auch noch Kinder.« Lars' Stiefmutter schüttelte missbilligend den Kopf.

»Es nützt ja nichts. Man muss ja arbeiten.«

Mit einem Mal hatte sie Georg Kuhns Aufmerksamkeit. »Was machen Sie noch gleich beruflich?«

Das wusste er Lars zufolge sehr genau. Pia hob das Kinn. »Ich bin bei der Kriminalpolizei.«

Einen Moment herrschte Stille am Tisch. Lars zog die Augenbrauen zusammen. Sein Vater starrte sie nachdenklich an, dann schien er sich zu fangen und räusperte sich.

»Und womit sind Sie da genau beschäftigt?« Er wischte sich den Mund mit der Serviette ab. Dann lehnte er sich zurück und legte den Kopf schief.

Pia atmete unhörbar aus. »Ich bin im K1 der Bezirkskriminalinspektion tätig. Das ist das Kommissariat für Kapitaldelikte.«

»Mord und solche Sachen?«

»Genau.«

»Und das finden Sie gut?«

»Es ist der Beruf, den ich mir ausgesucht habe, ja.«

»Aber das ist doch gefährlich«, warf Heide Kuhn ein. »Vor allem für eine Frau.«

»Also ich für meinen Teil nehme noch einen Nachtisch«, sagte Lars.

»Wenn noch mal Nachwuchs kommt, würden Sie doch sicherlich eine ganze Weile pausieren«, meinte seine Stiefmutter.

»Kokos-Crème-brûlée mit Früchten«, las er laut aus der Karte vor. »Und was wollt ihr?«

Georg Kuhn musterte Pia von der Seite und schüttelte missbilligend den Kopf. Sie vermutete, dass dies weder der Babypause noch der Kokos-Crème-brûlée galt.

»Was damals in Düsterbruch passiert ist, war bestimmt nicht Pias Schuld«, sagte Lars halblaut zu seinem Vater. Er klang besorgt, aber auch genervt. Offensichtlich geschah gerade das, was er insgeheim befürchtet hatte. Sein Vater erinnerte sich mal wieder daran, wie die Polizei ihn als Hauptverdächtigen bei einer Kindesentführung behandelt hatte. »Du musst das zu den Akten legen und gut.«

»So wie du?«

»Es ist nicht mehr zu ändern. Ich würde nie wieder in ein so kleines Nest wie Düsterbruch ziehen. Aber das war es für mich auch schon damit.«

»Die Polizei darf unschuldige Menschen nicht einfach eines Verbrechens bezichtigen, sie damit den Wölfen zum Fraß vorwerfen und die Sache dann, wenn sie sich nicht beweisen lässt, auf sich beruhen lassen.«

»Das war aber nicht ›die Polizei‹ schlechthin, das waren einzelne Beamte. Du kannst nicht alle über einen Kamm scheren.«

Georg Kuhn räusperte sich. Er sah Pia nun stirnrunzelnd an.

»Interessiert sich etwa auch die Presse für Ihre Arbeit, Frau Korittki?«, fragte Heide Kuhn indigniert und deutete mit dem Kopf zum Fenster.

Pia folgte ihrem Blick ... und sah zum zweiten Mal an diesem Tag eine Kamera auf sich gerichtet, von demselben Fotografen wie vorhin vor dem Krankenhaus.

»Entschuldigt mich bitte einen Moment!«, sagte Pia und sprang auf.

Auf der Straße vor dem Restaurant *Bardewik* entfernte sich der Mann eilig. Diesmal entkommst du mir nicht!, dachte Pia grimmig. Sie war emotional aufgeladen, nicht nur aus Ärger über den Stalker, sondern auch wegen der nicht ganz einfachen Unterhaltung und nicht zuletzt wegen des Weins.

Sie setzte dem Unbekannten nach, so schnell es ihr auf ihren Pumps möglich war, aber er hatte wohl zwanzig Meter Vorsprung. So bekommst du ihn nie, sagte ihr Verstand. Das wollen wir doch mal sehen!, fauchte eine zweite, recht aufgebracht klingende innere Stimme.

Der Mann lief die Beckergrube hinunter in Richtung Trave, sah sich über die Schulter um und bog dann links in die Siebente Querstraße ein. Die Schwibbögen und Giebel der alten Häuser hoben sich dunkel gegen den bewölkten Nachthimmel ab. Sie folgte ihrem Stalker in die schmale Straße. Der Bürgersteig war kaum einen halben Meter breit, das Kopfsteinpflaster uneben und rutschig. Pias Schritte hallten laut von den eng beieinanderstehenden Fassaden wider. Der Abstand zu dem Mann verringerte sich. Er hatte wohl nicht erwartet, dass sie sofort aus dem Lokal stürmen würde, um die Verfolgung aufzunehmen. Gleich hatte sie ihn. Pia sah ihn immer wieder kurz im Licht einer Straßenlaterne, dann schluckte ihn die Dunkelheit erneut. Bleib stehen, du Mistkerl!, dachte sie und knickte schmerzhaft um. Zum Rufen fehlte ihr längst die Luft. Sie rieb sich den Knöchel.

Als er ihre Schritte nicht mehr hinter sich hörte, stoppte er und drehte sich zu ihr um. Ein schlaksiger Mann in Jeans und Parka. Was hatte er vor? Wollte er sie angreifen? War er vielleicht bewaffnet? Pia war es nicht. Sie hatte auch keine Handschließen. Sie hatte nichts als diese ungeheure Wut auf ihn im Bauch.

Er hob die Kamera hoch, sodass er sie fotografieren konnte. Wahrscheinlich wollte er ein Foto von ihr machen, falls sie handgreiflich wurde. Es war wohl tatsächlich nur jemand von der Presse. Der Schmerz in ihrem Knöchel ließ nach. Sie zwang sich, ruhig und gleichmäßig zu atmen, während sie auf den Mann zuging. Sie würde mit ihm reden, mehr nicht.

Er stand neben einem Hauseingang. Ein Blitz blendete Pia, dann noch einer. Als sie wieder etwas erkennen konnte, war der Unbekannte in dem Eingang verschwunden. Sie zog am Türknauf, und die Tür ließ sich wider Erwarten öffnen. Pia fand sich in einem stockdunklen Hausflur wieder, der nach Holz und nassen Steinen roch. Sie horchte, tastete nach dem Lichtschalter, fand ihn jedoch nicht. Vor sich konnte sie nun die Umrisse eines Treppengeländers erkennen. Es zeichnete sich gegen den schwachen Lichtschein ab, der durch eine Tür mit Glaseinsatz fiel, die wohl in einen Innenhof führte. War der Mann dorthinaus verschwunden? Oder nach oben? Wohnte er in diesem Haus?

Pia wollte nicht aufgeben mit nichts als dieser Adresse als Hinweis. Er wohnte hier bestimmt nicht. Und die Anspannung und die physische Anstrengung hatten jede Menge Adrenalin und ähnlich gutes Zeug in ihrem Körper freigesetzt. Sie wollte eine Konfrontation herbeiführen.

Pia hielt die Luft an und lauschte. Sie hörte ihn atmen, doch sie sah ihn nicht. Sie meinte sogar, ihn riechen zu können. Langsam streckte sie die Hand nach dem Geländer aus, tastete sich noch zwei Schritte vor. Er war da, ganz in ihrer Nähe. Da spürte sie einen Luftzug, riss instinktiv den Arm hoch. Etwas – eine Schnur? – schlug gegen ihren Unterarm, bevor etwas Härteres ihren Wangenknochen traf. Sie schrie auf, mehr vor Schreck als vor Schmerz. Jemand eilte in der Dunkelheit an ihr vorbei. Die Haustür öffnete sich und flog scheppernd wieder zu. Er war fort.

Nachdem der erste Schock vorüber war, setzten die Schmerzen ein. Pia betastete ihr Gesicht. Ein dumpfes Pochen, begleitet von einem feineren, schärferen Ziehen. Die Kamera. Das Schwein hatte sie mit der Kamera geschlagen! Nun war er fort, und es hatte wenig Sinn, in diesem Haus nach ihm zu fahnden. Außerdem musste sie zurück. Dringend. Lars war zwar bei Felix, aber vielleicht vermisste ihr Sohn sie inzwischen dennoch. Kurz erschien ein Bild vor ihrem inneren Auge, wie Felix, müde und gelangweilt, das feine Restaurant zusammenbrüllte.

Pia verließ das Haus, warf noch einen Blick auf die Hausnummer und ging dann eilig zurück zum *Bardewik*. Ihr Knöchel schmerzte kaum noch, aber der Wangenknochen pochte im Takt ihrer Schritte.

Im Eingangsbereich des Restaurants lauschte Pia. Alles war ruhig. Kein Brüllen, kein Schreien. Pia betrachtete sich prüfend im Spiegel der Damentoilette. Gegen die Rötung und den Hautriss auf ihrer linken Wange, aus dem ein paar Blutstropfen sickerten, konnte sie wenig ausrichten. Kühlen wäre prima. Sie tupfte das Blut mit einem Papiertaschentuch ab. Dann glättete sie sich das zerzauste Haar und band es zu einem ordentlichen Zopf zusammen. Sie seufzte, hauptsächlich über ihre eigene Dummheit, und ging zurück zum Tisch der Kuhns.

Felix saß zufrieden auf Lars' Schoß und ließ sich von dessen Vater mit Crème brûlée füttern. Seine Mutter trank einen Espresso. Als Pia sich wieder zu ihnen gesellte, riss Heide Kuhn die Augen auf.

»Nur ein kleiner Unfall«, sagte Pia.

Lars beugte sich zu ihr. »Hast du ihn erwischt? Was ist passiert? Tut es sehr weh?«

»Es geht«, sagte sie so würdevoll, wie es ihr möglich war. »Aber er ist mir leider entwischt.«

»Muss das nicht genäht werden? Sonst bleibt womöglich eine Narbe zurück«, fragte Heide.

»Es ist nur ein Kratzer«, entgegnete Pia müde.

Lars' Vater schien sich inzwischen beruhigt zu haben. Vielleicht hatten die beiden Männer während ihrer Abwesenheit die Fronten geklärt. Er grinste freundlich. »Hart im Nehmen ist sie ja, deine Pia.«

»Nein«, protestierte Felix ernsthaft. Und nach kurzem Nachdenken: »Mama … weich.«

Lars biss sich auf die Lippe; wahrscheinlich versuchte er so, ein Lachen zu unterdrücken. Pia war erleichtert, dass er angesichts der verfahrenen Lage nicht seinen Humor verlor.

24. Kapitel

Den Samstag verbrachten sie zu dritt an der Ostsee. Es war stürmisch und der Himmel grau verhangen. Der Monat März stand kurz bevor, aber bisher kündigte sich noch kein Frühlingswetter an.

Lars und Pia gingen zuerst ein Stück am Travemünder Strand entlang, wo Felix durch den Sand pflügte, Steine sammelte und wie magnetisch vom Wellensaum angezogen wurde. Als er sich ausgetobt hatte, holten sie den Buggy aus dem Auto und nahmen vom Möwensteinparkplatz aus den Weg oberhalb der Steilküste in Richtung Niendorf. Der Parkplatz erinnerte Pia an die Jahre, als sie noch gesurft war. Mit achtzehn war Zeit für sie relativ gewesen. Es hatte unendlich viel davon gegeben. Nach dem Abitur hatte sie zunächst nicht so recht gewusst, was sie anfangen sollte, und war erst mal nach Frankreich und dann – der Liebe wegen – nach Tarifa in Spanien gegangen. Sie hatte noch keine Ahnung gehabt, welchen Beruf sie ergreifen sollte. Nun war sie Polizistin, bald Mitte dreißig und Mutter eines Kindes. Die Zeit war gerast und hatte sie einfach mitgenommen.

Der Weg bis nach Niendorf war weiter, als Pia ihn in Erinnerung hatte. Vielleicht, weil Felix nicht lange im Buggy sitzen wollte und Lars und sie ihn die meiste Zeit über auf den Schultern tragen mussten, wo er zappelte und Geschichten erzählte. In Niendorf aßen sie in einer der Buden direkt am Hafen Fisch und gönnten sich auf dem Rückweg auf der Hermannshöhe noch Kaffee und Kuchen, während Felix sich in einem Bällebad vergnügte. Immer wieder wurde Pia neugierig und auch mitleidig beäugt. Lars hingegen trafen regelrecht vorwurfsvolle Blicke.

»Die denken wohl, ich hätte dich verprügelt«, sagte er halblaut, als ein älteres Ehepaar ganz offensichtlich über sie tuschelte.

»Ist doch eine klare Sache«, meinte Pia. »Erst verhaust du mich, und dann führst du mich zu Kaffee und Kuchen aus, um es wiedergutzumachen.«

Als sie am späten Samstagnachmittag wieder in der Adlerstraße ankamen, sah Pia, dass sie eine SMS von Broders empfangen hatte, in der er sie um Rückruf bat.

»Die guten Neuigkeiten zuerst?«, fragte Broders.

»Klar. Ich weiß nicht, ob ich die schlechten überhaupt hören möchte.« Sollte sie sich diesen schönen Tag, den ersten seit Langem, verderben lassen?

»Dafür sorge ich schon.« Er lachte unfroh auf. »Aber unsere lieben Kollegen von der Schutzpolizei, Hagen Eilers und Marco Blohm, sind aus dem Schneider. Falsche Stiefel, vor allem passen die Schuhgrößen nicht zum Abdruck. Außerdem sind ihre Alibis bestätigt. Wer immer den Schuhabdruck vor der Sakristei hinterlassen hat, die beiden waren es nicht.«

»Das freut mich.« Polizisten, die in Verbrechen verwickelt waren, machten sich allerhöchstens in Fernsehkrimis gut.

»Pia, du hattest doch ein Pferdehaar in den Dünen nahe der Feuerstelle sichergestellt. Wir haben uns heute noch einmal mit Adrian Pagel befasst. Er hatte einen Club mit angeschlossenem Bordell in Berlin, den er wegen finanzieller Schwierigkeiten dichtmachen musste. Die Geldgeber für den Club kamen allesamt aus dem einschlägig bekannten Milieu. Pagel hat mehr oder weniger als Strohmann für sie fungiert und das Kapital komplett in den Sand gesetzt.«

»Ja und?«

»Der Club hieß *Red Horse*. Der Pferdekopf im Feuer sollte wohl eine Aufforderung und Warnung an ihn sein, schnellstens seine Schulden zu begleichen. Adrian Pagel sitzt in der Klemme. Er hat eindeutig die falschen Leute gegen sich aufgebracht.«

»Und die sollen ihm aus Berlin an die Ostsee gefolgt sein?«

»Sie müssen nicht persönlich hier erschienen sein. Vielleicht haben sie nur einen befreundeten Club um Unterstützung gebeten, ein bisschen Druck auf Adrian Pagel auszuüben. Ein Pferdekopf im Feuer und ein Schlag auf den Kopf, diese Sprache versteht wohl jeder. Rist ist schon ganz heiß.«

»Was ist mit Rist?«, fragte Pia verwirrt.

»Er denkt, dass es Helge Hansen war, der diesen ›Support‹ für den befreundeten Club geleistet hat. Rist will ein paar alte Kontakte wieder aufleben lassen, um sich das bestätigen zu lassen. Er kennt noch den einen oder anderen V-Mann aus der Szene.«

»Das ist ein Fall für die Dienststelle Organisierte Kriminalität«, sagte Pia. Bestimmt auch für das LKA in Berlin, vielleicht sogar das BKA, ergänzte sie in Gedanken.

»Ich hab ihm gesagt, er soll die Kollegen von der Organisierten Kriminalität mit ins Boot holen. Das wird er auch tun. Irgendwann. Aber ich fürchte, er zieht zuerst sein eigenes Ding durch.«

»Mist!«

»Als er das mit dem Pferdekopf hörte, konnte ich richtig sehen, was für ein Film in seinem Kopf ablief. Er sah sich wohl schon als Corrado Cattani in *Allein gegen die Mafia*.«

»Wer ist das denn?«

»Kennst du Cattani nicht? Aus der Fernsehserie? Tja, ist schon ein paar Donnerstage her … Ich vermute ja, dass Rist immer noch unter seiner Schlappe in Groß Tensin leidet. Darunter, dass du den Täter gestellt hast, während er nicht mal gemerkt hat, dass du dich in Lebensgefahr befunden hast. Das macht ihn, gelinde ausgedrückt, unvorsichtig.«

»Können wir irgendwas dagegen unternehmen?«

»Ich versuche, ihn im Auge zu behalten«, sagte Broders.

Pia bemerkte, wie sie an der verletzten Wange herumdrückte, und zog die Hand weg. »Denkst du, er unternimmt übers Wochenende noch was?«

»Das werden wir wissen, wenn er plötzlich einen bedauerlichen Unfall hatte oder ganz von der Bildfläche verschwunden ist.«

»Apropos verschwunden.« Pia berichtete, was sich am gestrigen Abend vor dem *Bardewik* zugetragen hatte.

»So ein Mistkerl!«, sagte Broders. »Ich habe das Autokennzeichen dieses grünen Golfs gestern durchgegeben. Der Wagen ist auf einen Studenten namens Steffen Weber zugelassen. Ende zwanzig, wohnhaft in Kücknitz.«

»Der Name sagt mir nichts. Was will der Typ von mir?«

»Ich nehm ihn mir mal gelegentlich zur Brust. Ganz formlos. Wirst schon sehen.«

»Broders ...«

»Ja, Engelchen?«

»Lass den Mist! Und wenn du dich schon nicht zurückhalten kannst, sei wenigstens vorsichtig.«

Manfred Rist fuhr auf die Autobahn 1 in Richtung Puttgarden. Nachdem er Lübeck, die Abzweigung nach Travemünde und die nervtötende Strecke mit der Geschwindigkeitsbegrenzung hinter sich gelassen hatte, beschleunigte er. Sein Motorrad, eine BMW R 1200 RT, hing begierig am Gas. Er würde die Maschine sicherheitshalber außer Sichtweite des Treffpunktes abstellen, aber er wollte in einer Motorradkombi in Heiligenhafen auftauchen, um nicht aufzufallen.

Es war ein nur leicht bewölkter Abend; die Temperaturen lagen um die zehn Grad. Der Halbmond tauchte immer wieder zwischen den Wolken auf. Gegen Morgen würden die Temperaturen bis auf den Gefrierpunkt sinken. Zum Arschabfrieren, jedenfalls auf dem Moped. Doch was tat man nicht alles ... Die Ermittlungen im Fall Matthias Stövers dauerten für Rists Geschmack schon viel zu lange. Das bedeutete negative Aufmerksamkeit, und zwar fortdauernd, bis sie eine Festnahme vorweisen konnten. Inzwischen waren die Zeitungsberichte über den »Pastorenmord« oder »Kirchenmord« zwar von den Titelseiten verschwunden, aber die Artikel, die im Lokalteil abgedruckt wurden, ließen kein gutes Haar an den Ermittlungen. Sogar so abgegriffene Phrasen wie »Die Lübecker Polizei tappt nach wie vor im Dunkeln« waren zu lesen gewesen. Er musste eine Verbindung zwischen den Vorgängen in Berlin, dem Angriff auf Adrian Pagel und Helge Hansen herstellen. Das wäre dann der Durchbruch. Das Übrige würde sich ergeben. Und seine Kollegin Pia saß zu Hause und hütete ihr Kind. Er grinste. Sie bekam sowieso viel zu viel Aufmerksamkeit, fand er. Sie wurde überschätzt. Dass Horst-Egon Gabler so große Stücke auf sie hielt, war wahrscheinlich dem Umstand geschuldet, dass er insgeheim auf sie stand. Rists Typ war sie ja nicht. Falls Gabler nach der Reha doch nicht mehr zurückkam – noch gab es Hoffnung –, ergab sich für ihn ja vielleicht eine Möglichkeit, Pia loszuwerden ...

Als er die Maschine in Heiligenhafen in einer Seitenstraße abstellte, spürte Manfred Rist seine Beine nicht mehr. Die Knie schienen in der gebeugten Position festgefroren zu sein. Er ging stöhnend ein paar Schritte hin und her, bis er wieder einigermaßen beweglich war. Ole Donitzki, der V-Mann, mit dem er verabredet war, hatte ihn in eine Kneipe bestellt. Es war natürlich der Laden, dessen Wirt Helge Hansen mit einem Alibi versorgte. Da er Hansen bisher noch nicht persönlich begegnet war, bestand nicht die Gefahr, dass man ihn dort erkannte.

Ole Donitzki hatte der Polizei früher schon ab und zu wichtige Hinweise geliefert. Rist kannte ihn von einer Ermittlung, die schon ein paar Jahre zurücklag. Es war gar nicht so leicht gewesen, wieder Kontakt zu Donitzki aufzunehmen, aber er hatte das Gefühl, diesmal an der richtigen Adresse zu sein. Es würde sein ganz persönlicher Erfolg werden. Niemand wusste, was er heute Abend vorhatte und wo er sich aufhielt. Er ging damit ein gewisses Risiko ein, doch wer nicht wagt, der nicht gewinnt.

Helge Hansen verkehrte in Kreisen, die möglicherweise Hilfsdienste für diejenigen in der Szene leisteten, die groß im Geschäft waren: Drogen, Prostitution, unter Umständen auch Waffenhandel. Wenn diesen Leuten jemand im Weg war, hatte er einen bedauerlichen Unfall oder verschwand einfach auf Nimmerwiedersehen. Wie allerdings der Pastor von Mönkenbek in dieser Sache mit drinsteckte, galt es erst noch herauszufinden. Wahrscheinlich hatte Stöver durch Zufall etwas aufgedeckt oder sich in Dinge eingemischt, die ihn nichts angingen. Daraufhin hatte Helge Hansen womöglich den Auftrag erhalten, Matthias Stöver zu beseitigen. Dass ihm für die Tatzeit gleich mehrere Leute aus der Szene ein wasserdichtes Alibi gaben, war in diesem Zusammenhang eher verdächtig als entlastend. Um dagegen anzukommen, brauchten Polizei und Justiz Sachbeweise oder, besser noch, einen Zeugen, der mutig oder naiv genug war, gegen diese Leute auszusagen.

Manfred Rist betrat die Kneipe und trank unter den beiläufigen Blicken der Anwesenden ein Bier. Er beobachtete, wie Ole Donitzki am anderen Ende des Tresens bezahlte und die Kneipe verließ. Rist war versucht, ihm sofort zu folgen, doch er zwang sich, sein Glas in Ruhe auszutrinken. Dann schlenderte er in den Eingangsbereich zum Zigarettenautomaten, wo er das Prepaid-Handy fand, das Donitzki für ihn zurückgelassen hatte. Er zog eine Schachtel Zigaretten und steckte das Telefon unauffällig ein. Eine halbe Stunde später würden sie telefonieren, und er würde erfahren, wo sie sich treffen konnten. Eine umständliche, jedoch durchaus übliche Vorgehensweise.

Manfred Rist fühlte sich angespannt, aber gut. Er hatte es noch nicht verlernt. Niemand in der Kneipe hatte bemerkt, was eben unter den Augen aller vorgegangen war. Er fiel nicht auf. Keiner der Anwesenden beachtete ihn. Fünf Minuten vor der verabredeten Zeit zahlte Rist ebenfalls und trat auf die Straße hinaus.

Er ging zielstrebig, doch ohne Hast in Richtung Hafen. Dann rief er Donitzki an. Der Mann klang kurzatmig, seine Stimme rau. Klar, er riskierte mehr als Rist. Auf den Graswarder sollte er kommen, zum Aussichtsturm am Ende der Straße. Also quasi ins Nirgendwo. Der abgelegene Treffpunkt behagte Manfred Rist nicht. Normalerweise bevorzugte er für solche Treffen öffentliche Orte, wo der Einzelne im Gewimmel unterging: ein Fastfood-Restaurant oder Ähnliches. Die Halbinsel Graswarder war nicht nach seinem Geschmack. Donitzki beharrte jedoch darauf, ihn dort zu treffen, alles andere sei ihm zu gefährlich. Seine Nervosität wirkte ansteckend. Noch bevor Rist etwas entgegnen konnte, war die Verbindung unterbrochen. Manfred Rist rief sofort zurück, doch er erreichte niemanden mehr. Donitzki hatte das Handy offenbar ausgeschaltet. Er musste sich entscheiden.

Pia löschte das Licht und schloss leise die Tür zu Felix' Zimmer. Sie ließ die verspannten Schultern kreisen.

Es könnte alles so schön sein, wenn nur der Streit mit Hinnerk nicht wäre. Allein der Gedanke daran verursachte ihr

Beklemmungen. Warum wollte Hinnerk eine gut eingespielte und funktionierende Regelung, bei der es Felix gut ging, über den Haufen werfen? Sah er nicht, wie diese Sache die Beziehung zwischen ihnen, und damit auch seinen Sohn, belastete? Pia wurde das Gefühl nicht los, dass eigentlich Mascha die treibende Kraft in dieser Angelegenheit war. Sie fand das schwer nachvollziehbar. Wenn Mascha unbedingt eine Familie wollte, warum bekam sie dann nicht selbst ein Kind? Hinnerk hätte sicherlich nichts dagegen. Also gab es einen anderen Grund. Pias Brustkorb wurde noch enger. Viele Möglichkeiten fielen ihr nicht ein. Eigentlich nur eine: Was, wenn Mascha gar keine Kinder bekommen konnte und das wusste?

Im Wohnzimmer hatte Lars einen der noch nicht ausgepackten Umzugskartons auf den Tisch gestellt und hob gerade CDs und DVDs heraus. »Du hast ja richtige Schätze hier.«

»Ich weiß.« Pia ließ sich auf das Sofa fallen.

Er legte etwas von Amy Winehouse in den CD-Player. Dann drehte er sich zu ihr um. »Was ist los?«

»Ihr habt mich geschafft.«

»Schläft Felix schon?«

»Er ist beim Vorlesen eingeschlafen, mitten in der Geschichte vom neugierigen kleinen Frosch.«

»Ach ja?«

»Es geht doch nichts über ein bisschen Bewegung an der frischen Luft.«

»›Ein *bisschen* Bewegung‹ ... sagte die Frau, die nicht das Dreizehn-Kilo-Kind auf den Schultern über den Strand geschleppt hat.« Lars hockte sich geschmeidig neben sie, als wäre er nicht den ganzen Tag durch Wind und Regen gelaufen.

»Das hast du doch gern für mich getan«, murmelte Pia mit geschlossenen Augen. Sie fühlte seinen Blick auf sich ruhen.

»Du bist mir was schuldig.« Beim Klang seiner Stimme stellten sich die Härchen auf ihren Armen auf, und ihr wurde warm.

»Nur keine Eifersucht.«

»Aufs Vorlesen?«

»Was ist denn deine Lieblingsgeschichte?«, fragte Pia.

»Ein Frosch kommt jedenfalls nicht darin vor.«

Wenn Lars' Agentur mal nicht mehr läuft und er auch keine Lust auf Renovierungsarbeiten hat, kann er Radiomoderator werden oder Hörbücher einlesen, dachte Pia. Die Frauen wären verrückt nach seiner Stimme.

Lars erhob sich, schob wie beiläufig ihre Beine ein Stück auseinander und legte sein Knie dazwischen. Er beugte sich über sie. »Meine Lieblingsgeschichte ist die von dem bösen Mädchen.«

»Meinst du das Mädchen, das gerade jeden einzelnen Muskel in Schultern und Waden spürt?«

Seine Hände schoben sich unter ihr Shirt. »Eher das Mädchen, das morgen früh noch ganz andere Muskeln spürt.«

Pias Bauchdecke zuckte, als er darüberstrich. Seine Finger wanderten weiter unter den Bund ihrer Jeans.

Sie atmete tief ein und aus. »Ist das eine Drohung?«

»Ein Versprechen.«

Manfred Rist schwang sich wieder aufs Motorrad. Seine Hüfte protestierte, doch er ignorierte den Schmerz. Er kurvte langsam durch die Stadt und bog auf die Straße Yachthafen, dann auf den Steinwarder und rechts in den Graswarderweg ab. Neben ihm zog sich das Hafenbecken entlang. Dahinter ging es auf die Halbinsel.

Der Graswarder war Naturschutzgebiet. Rist wusste nicht, wie weit er dort überhaupt kommen würde. Im Zweifelsfall würde er mit seinem Motorrad etwaige Absperrungen umfahren. Er hatte jedenfalls nicht vor, sich von Belanglosigkeiten wie einem Durchfahrtsverbot von einem Treffen mit seiner

V-Person abhalten zu lassen. So umfuhr er eine Schranke, ignorierte das Verbotsschild und gelangte auf die schmale Straße, die den Graswarder hinaufführte. Linker Hand lagen unbewohnt aussehende Ferienhäuser, dazwischen gab es immer wieder Durchgänge durch die Dünen zum Strand. Einige der Häuser hatten Reetdächer; die Rollläden waren größtenteils heruntergelassen. Rechts von ihm erstreckten sich hinter einem Stacheldrahtzaun die Salzwiesen. Jenseits der glatten schwarzen Wasserfläche der Ostsee in der Bucht dahinter konnte Rist die Lichter von Heiligenhafen sehen.

Der befahrbare Weg endete auf einem kleinen Platz. Der Aussichtsturm der NABU, zu dem Donitzki ihn bestellt hatte, lag hinter einem flachen Holzhaus ein Stück dahinter. Die Pforte, die das Areal abriegeln sollte, war nur angelehnt. Er stellte das Motorrad ab und ging von hier aus zu Fuß weiter.

Rist umrundete den Turm und kontrollierte, ob er allein war. Als er nichts Auffälliges feststellen konnte, entfernte er sich ein Stück und setzte sich hinter einen niedrigen Busch ins Gras. Niemand außer Donitzki wusste, wo er sich befand. Hoffte er jedenfalls. Wenn er ein mobiles Einsatzkommando hinter sich gehabt hätte, wäre er ruhiger gewesen, aber das hatte nicht zur Debatte gestanden. Der Treffpunkt war von Ole Donitzki so geschickt ausgewählt, dass sich ihm niemand unauffällig nähern konnte. Es wäre jedoch ein Einfaches für die Polizei gewesen, den Rückweg zu blockieren. Manfred Rist kontrollierte Donitzkis Handy und wog dann sein eigenes in der Hand. Nein. Es war an der Zeit, ein paar Dinge zurechtzurücken. Das hier würde er allein durchziehen.

Die Minuten vergingen. Nichts geschah. In der Kneipe hatte er vor Aufregung geschwitzt. Nun wurde ihm in den klammen Sachen unter der Motorradkombi kalt. Noch immer keine Spur von Ole Donitzki. Er sah wieder auf das Telefon, das Donitzki ihm zugespielt hatte. Nichts. Bei der V-Person anzurufen kam nicht infrage. Da war etwas schiefgegangen, oder Donitzki hatte kalte Füße bekommen.

Rist erhob sich ächzend. Seine Gelenke knirschten. Eigentlich war er zu alt für so einen Mist. Er sollte sich endgültig in Gablers Büro einnisten und anderen die Drecksarbeit überlassen.

Ein Auto fuhr den Graswarderweg entlang. Es kam schnell näher. Der Wagen hielt hinter dem Holzhaus an, die Scheinwerfer blendeten auf. Erst hörte Rist eine Autotür schlagen, dann eine zweite und eine dritte. Manfred Rist kamen erste Zweifel. Was bedeutete das? Auf jeden Fall nichts Gutes. Drei Männer näherten sich ihm so ruhig und bedächtig, als hätten sie alle Zeit der Welt. In der Motorradkluft und mit den schweren Stiefeln über die Wiese und durch den weichen Sand vor ihnen wegzulaufen, war keine Option. Rist schluckte trocken und wartete ab.

Sie stellten sich im Halbreis um ihn herum auf. Der Mond hatte sich hinter einigen Wolken versteckt, sodass Manfred Rist ihre Gesichter nicht erkennen konnte.

Der Mittlere schien der Boss zu sein. Er hob die Faust, und ein silberner Schlagring blitzte im Mondlicht auf. »Unser Kumpel ist heute Abend leider verhindert«, sagte er.

»Hat sich die Hand gebrochen, der arme Kerl«, ergänzte der Riese rechts neben ihm.

»He, ich weiß nicht, wovon ihr redet«, sagte Rist und leckte sich über die Lippen. »Das muss eine Verwechslung sein. Ich geh hier nur spazieren. Ich mache Urlaub.«

»Dann komm besser nie wieder her«, hörte Rist den Anführer heiser sagen, bevor ihn der erste Schlag traf.

25. Kapitel

Pia hatte nicht damit gerechnet, dass am Montagmorgen jemand noch schlechter aussehen würde als sie. Ihre Wange leuchtete in allen Schattierungen von Grün bis Lila und war von einem feinen Netz dunkler Adern durchzogen. An der Stelle, wo die Kante der Kamera sie getroffen und die Haut aufgerissen hatte, zierte ein schmaler Streifen Schorf ihr Gesicht. Nur mit allergrößter Selbstbeherrschung gelang es ihr, nicht daran herumzupulen. Sie hatte früher am Morgen nach der Inspektion im Badezimmerspiegel davon abgesehen, die Sache mit Schminke zu verschlimmbessern. Außerdem hatte sich Lars' Prophezeiung bewahrheitet: Sie hatte Muskelkater von jener Sorte, über die man besser nicht sprach. Pia unterdrückte ein Lächeln.

Als sie mit den Kollegen den Besprechungsraum im Kommissariat betrat, war es jedoch Manfred Rist, der alle Aufmerksamkeit auf sich zog. Er musste in einer der vergangenen beiden Nächte aus dem Bett gefallen sein. Einem zwei Meter hohen Hochbett, unter dem Metallwinkel lagerten, fügte sie nach einem genaueren Blick hinzu. Ein beinahe schwarzes Veilchen zierte sein Gesicht, und er hatte einen Cut in der Augenbraue. Die Oberlippe war eingerissen, und sein linker Arm steckte in einer provisorischen Schlinge. Rist humpelte an seinen Platz am Kopfende der U-förmig aufgebauten Tische. Beim Sprechen öffnete er kaum den Mund. Erst dachte Pia, seine Schmerzen seien so groß, doch als er in einem unbedachten Moment freudlos grinste, sah sie, dass ihm ein Stück des rechten oberen Schneidezahns fehlte. War er mit einem Radlader zusammengestoßen?

Manfred Rist handelte den Zwischenfall in Heiligenhafen in aller Kürze ab. Fragen diesbezüglich beantwortete er nicht. Stattdessen beharrte er darauf, jetzt alle Kräfte auf die Lösung des Mordfalls zu konzentrieren.

Es gab einen neuen Hinweis. Ein Spaziergänger oder, genauer gesagt, dessen Hund hatte etwas im Oldenburger Graben gefunden. Leuchtend violetten Stoff mit goldenen Stickereien … und den Spuren von Hundezähnen. Es handelte sich um die vermissten Paramente aus der Mönkenbeker Kirche. Wenn der Täter es für nötig erachtet hatte, sie vom Tatort zu entfernen und in den Graben zu werfen, bestand die Hoffnung, daran weiterführendes und beweiskräftiges Spurenmaterial zu finden. Und der Fundort sagte ihnen noch etwas: Der Täter hatte es entweder riskiert, die Paramente noch eine Weile mit sich zu führen, oder er war nach der Tat mobil gewesen. Rist vermutete, dass er mit einem Motorrad auf der Landstraße in Richtung Norden gefahren war.

»Und diese Straße führt nordwärts wohin?«, fragte Rist triumphierend. »Nach Heiligenhafen, wo der Täter sich zum Beispiel ein Alibi hätte beschaffen können.«

»Er schießt sich gerade komplett auf Helge Hansen ein«, sagte Broders zu Pia, als die Dienstbesprechung beendet war. »Er wartet nicht mal ab, was die Untersuchung des Stoffes ergibt.«

»Ich denke auch, dass Hansen in irgendeiner Form in unseren Fall verwickelt ist.« Pias Wange fühlte sich heiß an und spannte. Sie konnte Rists Schmerz und die Demütigung gerade ein wenig nachvollziehen. »Wenn die simple Nachfrage nach Hansens Kontakten und Aktivitäten dermaßen drastische Reaktionen hervorruft, dann steckt auch etwas dahinter. Entweder hat Hansen etwas mit dem Angriff auf Adrian Pagel an der Feuerstelle zu tun oder sogar mit dem Tod von Matthias Stöver.«

»Ich sehe aber kein Motiv«, entgegnete Broders.

»Wenn Rist richtigliegt, war es bei Adrian Pagel ja ein Auftrag«, sagte Pia. »Die Frage ist nur, was der Mord an Matthias Stöver damit zu tun hat.«

»Warum bestellt Rist Helge Hansen nicht einfach her?«

»Ein Überraschungsbesuch und eine kleine Polizeieskorte haben auch ihren Charme.« Pia füllte sich ein Glas mit Leitungswasser und gab eine Kopfschmerztablette zum Aufsprudeln hinein. »Dann weiß Hansen wenigstens, dass wir es ernst meinen.«

»Und nimmt sich sofort einen Anwalt.« Broders sah zu, wie Pia das Wasser mit der aufgelösten Tablette in einem Zug austrank. »Bist du dir sicher, dass du arbeiten kannst?«, fragte er.

»Warum nicht?«

»Ich hab übrigens mit dem Typen gesprochen, der dich verfolgt. Dem Besitzer des grünen Golfs, Steffen Weber.«

»Ah. Wie geht es ihm?«

»Er hat Schiss bekommen, als ich bei ihm auftauchte. Nicht, dass ich unfreundlich gewesen wäre oder so. Das ist nur ein armer Student, der sich das vorhandene oder nicht vorhandene Bafög mit einem Job bei einer Privatdetektei aufbessern wollte.«

»Detektei?«, echote Pia.

»Personenschutz, Objektschutz, private Ermittlungen. Letzteres immer hart am Rande der Legalität. Weber sagt jedoch, dass er das ab sofort nicht mehr machen wird. Er habe schon gekündigt. Er will keine Schwierigkeiten, das sei das bisschen Kohle nicht wert. Und es tut ihm leid, dass er dich mit der Kamera erwischt hat, aber du hättest ihn in Panik versetzt.«

»Ich ihn!«

»Er hat nicht damit gerechnet, dass du ihn gleich verfolgst, nur weil er ein Foto von dir macht. Er hatte Angst vor dir.«

Pia schnaubte. »Wer ist sein Auftraggeber?«

»Tja, das wollte er nicht verraten, weil er da was unterschrieben hat und angeblich sonst einen Riesenärger bekommt, den er sich nicht leisten kann.«

»Komm schon! Welche Detektei?«, fragte Pia kampflustig.

»Verrät er nicht. Du kannst Anzeige erstatten. Er sagt es trotzdem nicht.«

»Auf wessen Seite stehst du, Broders?«

»Ich gebe dir nur weiter, was ich rausgefunden habe.«

»Irgendwelche Ideen?«, fragte sie.

Broders scharrte mit den Füßen. Er mied ihren Blick.

»Komm schon!«

»Red mit deinem Ex, diesem Hinnerk. Einigt euch. Ist nur ein Vorschlag.« Er hob beide Hände.

Pia fuhr mit Broders nach Mönkenbek, um weitere Befragungen durchzuführen. Manfred Rist war ebenfalls mit ein paar Leuten dorthin unterwegs. Er hatte vor, Helge Hansen zu einer Vernehmung mit ins Kommissariat zu nehmen und dann, je nach Ergebnis, sogleich den Staatsanwalt auf einen richterlichen Haftbefehl anzusetzen.

Pia war froh darüber, heute ein wenig außerhalb der Schusslinie zu operieren. Zu weiteren möglichen körperlichen Auseinandersetzungen oder Verfolgungen fühlte sie sich noch nicht wieder imstande. Die Fahndung nach den drei Schlägern vom Graswarder lief, aber Pia – und wohl auch Manfred Rist selbst – bezweifelte, dass man die Männer würde zur Rechenschaft ziehen können, selbst wenn es gelang, sie zu identifizieren. Rist konnte sie nicht genau beschreiben; er wusste weder das Autokennzeichen noch den Wagentyp. Und wenn sie die drei doch fanden, dann würden die Männer sicherlich alle ein lückenloses Alibi vorweisen können.

Wie die Bewohner des wunderschönen Dorfes Mönkenbek, dachte Pia. Die Menschen hielten zusammen, trotz all der internen Querelen, die es geben mochte. Gegen die Polizei waren sie sich einig. Welche Streitigkeiten zwischen ihnen existierten, ging niemanden etwas an. Wurden ein toter Pastor und eine junge Frau, die beim Sturz vom Heuboden ihr Kind verloren hatte, da als Kollateralschaden betrachtet?

Nein. Der Großteil der Leute wirkte erschüttert. Die meisten beantworteten die Fragen der Beamten sicher ehrlich, aber Pia vermutete, dass sie der Polizei gegenüber nicht wirklich offen waren. Oder hatten sie bisher nur die falschen Fragen gestellt? Pia glaubte zum Beispiel nicht, dass Ilona einen Unfall erlitten hatte. Entweder war sie so verzweifelt gewesen, dass sie vom Heuboden gesprungen war, oder es hatte sie jemand hinuntergestoßen.

»Ich werde mich noch mal bei den Freeses in der Scheune umschauen«, sagte Pia zu Broders. »Ich muss Ilona Pagels Aussage nachvollziehen können. Du kommst doch mit Elsa Grönwald sowieso besser allein zurecht.«

»Klar. Die alte Dame liebt mich. Aber was zum Teufel willst du in dieser Scheune? Die Spurensicherung war stundenlang vor Ort. Sie haben zauberhafte Fotos für uns gemacht.«

»Beim Betrachten von Fotos bekomme ich kein Gefühl für die Situation.«

»Gefühl? Für einen Heuboden? Lass mich da außen vor! Ich leide neuerdings an einer Art Gräserallergie.« Er nieste zur Bekräftigung gleich mehrmals.

Elsa Grönwald stand mit dem Fernglas am Fenster, als Broders auf ihr Haus zuging. Er winkte freundlich. Die alte Frau ließ das Glas sinken und erwiderte den Gruß hektisch.

Er klopfte neugierig an ihre Haustür. »Darf ich einen Moment reinkommen?«, bat er höflich, als sie ihm öffnete.

»Wieso fragen Sie? Sie tun's ja sowieso«, lautete die Antwort.

»Danke für die Einladung.« Er trat ein. Der Geruch nach altem Haus nahm ihm nach der frischen Luft draußen beinahe den Atem.

»Was wollen Sie denn schon wieder von mir?« Sie ließ sich erwartungsvoll in einem Sessel nieder und faltete die Hände.

Auf den Sesseltrick fiel er nicht noch einmal herein. Er probierte es diesmal mit dem Hocker. Von hier aus hatte er auch einen guten Blick auf die Kirche. Das Fernglas stand wieder auf der Fensterbank.

»Beschreiben Sie doch bitte noch mal, wie der Polizist aussah, den Sie in der Nacht an der Kirche gesehen haben, als der Pastor starb«, bat Broders, der gerade eine Art Geistesblitz hatte.

»Er war ganz schwarz angezogen, schwarze Hose, Stiefel, Jacke, und er hatte diesen weißen Schriftzug *POLIZEI* auf dem Rücken, wie die Polizisten im Fernsehen«, antwortete die alte Frau indigniert.

»Haben Sie die Schrift lesen können?« Er nahm das Fernglas vor die Augen und drehte daran herum. Das Objektiv war fettig verschmiert. Viel erkennen konnte er durch das Glas nicht. Die Sache kam ihm seltsam vor.

Elsa Grönwald beharrte, dass ihre Augen noch sehr gut seien, wohl im Gegensatz zu seinen.

»Sind Sie sich sicher? Es ist ganz schön weit weg.«

»Darauf können Sie Gift nehmen! Möchten Sie ein Praliné?

Ich bekomme diese Dinger andauernd geschenkt, obwohl ich sie nicht ausstehen kann.«

Obwohl oder gerade deswegen?, dachte er. »Nein danke. Das ist wirklich zu freundlich, aber ...«

»Dem Nächsten, der damit ankommt, werd ich was husten«, sagte sie grimmig.

»Noch mal zu dem Polizisten. Könnte in Anbetracht der schlechten Sichtverhältnisse nicht auf dem Rücken des Mannes auch etwas anderes gestanden haben?«, fragte Broders.

»Glauben Sie, ich lüge?«

»Niemals. Aber bitte überlegen Sie genau. Ihre Zeugenaussage ist sehr wichtig.«

»Ich weiß, dass sie wichtig ist«, sagte die alte Dame schnaubend. »Doch was soll da sonst drauf gestanden haben, auf einer Polizeijacke? Hm? *Feuerwehr?*«

Broders ließ es dabei bewenden. Sie war überzeugt, einen Polizisten gesehen zu haben, und würde davon nicht so schnell abweichen. Doch in Schwarz kleideten sich viele, und der weiße Schriftzug könnte auch anders gelautet haben. Hatte Frau Grönwald die Arbeitskleidung eines Monteurs oder die eines privaten Sicherheitsmannes mit Firmenlogo mit der Uniform eines Polizisten verwechselt? Es könnte auch ein Motorradfahrer in dunkler Kombi gewesen sein, auf dessen Kutte der Name seines Clubs zu lesen war. Hier in der Gegend operierten zum Beispiel die »Rothvers«. Der Namenszug ähnelte in Schriftbild und Länge dem Wort »Polizei«. Was wiederum auf Helge Hansen hinweisen könnte. Rists heiße Spur. Na, der würde sich freuen.

Nachdem Pia Broders auf dem Kirchplatz abgesetzt hatte, fuhr sie zum Hof der Freeses. Sie stellte den Wagen vor den Ställen ab und ging über das holprige Pflaster zum Wohnhaus hinüber.

Bevor sie die Scheune betrat, wollte sie den Eigentümern Bescheid sagen, traf aber niemanden an. Als sie wieder am Stall vorbeikam, führte eine Frau gerade ein Pferd heraus. Pia vermutete, dass es Lea Freese war. Sie trug eine enge Reithose und hohe Lederstiefel und sah mit ihrem dunklen Haar, das sie im Nacken zusammengebunden hatte, wie eine Frau aus, die die Männerwelt in so einem kleinen Dorf schon mal durcheinanderbringen konnte. Pia stellte sich vor und erklärte ihr, was sie wollte.

Lea Freese zuckte mit den Schultern. »Tun Sie, was Sie meinen, tun zu müssen. Nur, fallen Sie uns nicht auch noch vom Heuboden!«

»Keine Sorge.« Sie sah noch, wie Lea Freese sich mit lässiger Eleganz auf den Rücken des Pferdes schwang und dann mit langem Zügel in Richtung Feldmark verschwand. Sehr cool.

Pia ging über den Hof zur Scheune. Sie hob den Riegel und zog die Tür auf, die ein Bestandteil eines großen, zweiflügeligen Scheunentores war. Drinnen roch es nach Staub und Heu. Es war schummrig. Nur durch die Ritzen zwischen den senkrechten Holzlatten und die Dachpfannen fiel ein klein wenig Tageslicht. Pia sah sich zunächst im Erdgeschoss um und scheuchte dabei eine schwarze Katze auf, die mit hoch aufgerichtetem Schwanz davonstob. Auf einem Holzregal in der Ecke lagerten Dosen mit Katzenfutter. Daneben stand eine alte Gefriertruhe, die mit Staub und leeren Futtermittelsäcken und einigen Blechdosen bedeckt war. Der Stecker der Gefriertruhe lag auf dem Boden. Neben der Truhe führte eine steile Treppe mit wackeligem Geländer ins Obergeschoss. Der andere Zugang, um Heu- und Strohballen nach oben zu schaffen, befand sich in der Mitte der Scheune in etwa fünf Metern Höhe. Eine rechteckige Luke zwischen zwei alten Eichenbalken, von denen Spinnenweben in großen Lappen herunterhingen. Schwalbennester klebten an den Balken. Den Boden darunter bedeckte

Vogeldreck. Ein verrostetes, etwa acht Meter langes Förderband stand etwas seitlich der Luke neben einer Scheibenegge. Zum Glück war Ilona Pagel auf den nackten Lehmboden und nicht auf die scharfkantigen Gerätschaften gefallen.

Pia versuchte, sich das Szenario vorzustellen: Wie beinahe alle im Dorf hatte Ilona an der Trauerfeier von Herbert Michelsen teilgenommen. Dann war sie in die Scheune gegangen. Weil sie allein sein wollte? Weil sie jemanden gesehen hatte und ihm oder ihr gefolgt war? Weil sie sich mit jemandem verabredet hatte?

Benedikte Stöver und Damian Hansen hatten sich zu diesem Zeitpunkt auf dem Heuboden aufgehalten. Ihrer Aussage zufolge hatten sie Ilona hereinkommen gehört und sie bald danach am Boden unter der Luke liegend aufgefunden.

Was hatte zu dem Sturz geführt? War es wirklich ein Unfall gewesen? War Ilona freiwillig in die Tiefe gesprungen? Oder hatte jemand sie gestoßen?

Pia schüttelte unzufrieden den Kopf. Sie erklomm die staubige Treppe und sah sich, oben angelangt, ratlos zwischen den Heu- und Strohballen um. Sie fand mühelos die Stelle, wo Beni und Damian sich versteckt hatten. Die beiden waren hier oben gewesen, im hinteren Teil des Heubodens. Pia konnte sich nicht vorstellen, dass sie Ilona durch die Luke im Holzboden hinuntergestoßen hatten. Welchen Grund sollten sie dafür gehabt haben? Sie ließ sich auf einem Heuballen nahe der Luke nieder und zupfte ratlos an den Halmen herum. Aber dass noch jemand hier oben gewesen war, sich vielleicht sogar mit Ilona verabredet hatte, war ebenso unwahrscheinlich. Wie viele Verstecke gab es hier? Wie lange konnte man vollkommen leise an einem Ort ausharren, wo morsche Bodendielen unter jeder Gewichtsverlagerung knarzten und Staub und Pollen einem in der Nase kitzelten? Pia musste an Broders' vorgeblichen Niesanfall denken.

Blieben also nur der Unfall oder die Möglichkeit, dass Ilona absichtlich gesprungen war, aus Verzweiflung oder um eine Fehlgeburt auszulösen? Die junge Frau hatte unter Schock gestanden, weil Pastor Stöver ermordet worden war. Der Pastor, in den sie verliebt gewesen war. Mit dem sie jeden Tag beruflich zu tun gehabt hatte. Wenn er der Vater ihres Kindes gewesen war und vielleicht sogar versprochen hatte, ihr zu helfen, dann war ihre Verzweiflung bis zu einem gewissen Grad nachvollziehbar. Doch was bedeutete das für die Ermittlungen im Mordfall Stöver?

Pia lehnte sich mit dem Rücken gegen einen Heuballen. Staub und Halme rieselten auf sie herab. Sie schloss die Augen und ging noch einmal die verschiedenen Möglichkeiten durch. Ilona war in den Pastor verliebt gewesen, und er hatte sie geschwängert. So weit, so schlecht. In diesem Fall hätte Katharina Stöver – vorausgesetzt, sie hätte es herausgefunden – ein Motiv gehabt: Eifersucht, Wut, Rache. Ebenso Ilona selbst, weil sie hatte feststellen müssen, dass es mit den Liebesschwüren Matthias Stövers nun, da sie schwanger war, nicht mehr weit her war und er sie mit ihrem Problem allein ließ. Dann waren da ihre Eltern, allen voran der besorgte Vater Bertram Pagel. Schwer vorstellbar, dass er den Pastor wegen der Affäre mit Ilona ermordet hatte. Aber eine diesbezügliche Auseinandersetzung konnte schon mal eskalieren. »Die meisten Mörder wissen am Morgen vor der Tat noch gar nicht, dass sie am Abend einen Menschen auf dem Gewissen haben werden«, hatte Pias erster Chef immer gesagt. Und Simone Pagel? Ihr traute Pia größere emotionale Beteiligung in Bezug auf ihre Tochter nicht so recht zu. Doch konnte sie sich da wirklich sicher sein? Und was war mit dem Onkel, Adrian Pagel? Ging die Zuneigung zu seiner Nichte so weit? Er verfolgte im Augenblick eigene Ziele, und nach allem, was sie inzwischen herausgefunden hatten, waren sie finanzieller Natur. Adrian Pagel steckte in Schwierigkeiten, derart, dass er in Berlin sogar bedroht worden war. Doch wer hatte ihm in den Dünen aufgelauert? Wollte Pagel hier in Mönkenbek wirklich nur die alte Mühle verkaufen? Das konnte sein Bruder schlicht ablehnen und musste ihm deshalb nicht eins über den Schädel ziehen. Ein Streit zwischen Brüdern, noch dazu solch ungleichen, konnte natürlich jederzeit eskalieren. Vielleicht Simone Pagels wegen? Doch nicht Simone hatte Adrian Pagel in den Dünen gefunden, sondern Katharina Stöver, seine angebliche Jugendliebe. Was hatte sie spätabends bei ihm gesucht? Ein Abenteuer? Hilfe in Bezug auf ihren Mann, der sie mit der Gemeindesekretärin betrog? Vielleicht hatte Katharina Stöver über Adrian Kontakt zu jemandem herstellen wollen, der einen schmutzigen und gefährlichen Job für sie erledigte? Gegen Bezahlung. Und Adrian Pagel, in akuter Geldnot, hatte es gleich selbst übernommen?

Pia rieb sich die Stirn. Nichts von alldem erschien ihr überzeugend genug, und Beweise für ihre Theorien hatte sie schon gar nicht. »Wer hat den Pastor mit einem Messingleuchter in der Sakristei erschlagen?« Das klang wie aus dem Spiel *Cluedo*, das Pia früher leidenschaftlich gern gespielt hatte. Es klang ... nicht real.

Unter ihr öffnete sich die Tür und klappte wieder zu. Jemand hatte gerade die Scheune betreten.

26. Kapitel

Im Erdgeschoss ging das Licht an. Durch die Luke im Heuboden konnte Pia einen Mann in dunkler Windjacke und mit einer schwarzen Baskenmütze ausmachen. Er bewegte sich langsam, beinahe verstohlen; seine Schultern waren leicht nach vorn gebeugt. Pia wollte sich zu erkennen geben, ihm etwas zurufen, doch die Art, wie er stehen blieb und mit schief geneigtem Kopf lauschte, hielt sie davon ab. Das war nicht Karsten Freese, der Ehemann der feschen Lea Freese. Und auch nicht Bjarne, ihr Sohn, der außerdem in der Schule sein sollte. Pia rutschte näher an die Luke heran, um den Mann nicht aus den Augen zu verlieren. Von hier ist Ilona Pagel in die Tiefe gestürzt, durchfuhr es sie, und der Gedanke ließ ihren Nacken kribbeln. Der Mann ging in Richtung Treppe und verschwand damit aus Pias Blickfeld. Sie hörte ein Scharren, dann ein leises Poltern, als fiele etwas zu Boden. Ein dumpfer Knall folgte. Pia stand auf und lief zur Treppe.

Ein alter Mann stand vor der geöffneten Gefriertruhe. Die Sachen, die darauf gelegen hatten, hatte er zu Boden geworfen. Als er Pia bemerkte, ließ er den Deckel wieder zufallen und starrte sie mit trotzig vorgerecktem Kinn an.

»Sind Sie Otto Freese?«, fragte Pia aufs Geratewohl. »Mein Name ist Pia Korittki. Kriminalpolizei.«

»Was tun Sie hier? Das ist doch … Hausfriedensbruch«, sagte er mit heiserer Stimme.

»Ihre Schwiegertochter weiß Bescheid, dass ich hier bin. Ich schau mir noch mal den Ort an, an dem Ilona Pagel beinahe ums Leben gekommen ist.«

Er sank ein wenig in sich zusammen. »Die arme Deern! Mein Bruder ist auch mal während der Ernte von dort oben runtergefallen. Da war er noch jung, vielleicht siebzehn. Er hatte aber nur ein paar blaue Flecken, obwohl er haarscharf neben dem Pflug aufgeschlagen ist. Wir waren damals hart im Nehmen. Stark wie Bullen und zäh wie Leder.«

»Offensichtlich hatte Ihr Bruder auch ein bisschen Glück«, sagte Pia. »Und was suchen Sie hier, Herr Freese?«

»Nichts«, behauptete er, konnte den Blick jedoch kaum von der Gefriertruhe lösen. »Ich wollte nach dem ... äh ... Propangas sehen. Was ist mit Ihrem Gesicht passiert?«

»Ein kleiner Zusammenstoß, nichts weiter. Wozu brauchen Sie in der Scheune Propangas?«

»Die Flaschen sind für Karstens Grill. Ich soll sie bei Gelegenheit auffüllen oder austauschen lassen, aber das eilt nicht. Im Winter braucht die ja kein Mensch.«

Pia steuerte auf die Truhe zu. »Aber Sie waren doch hier dran.«

»Sie täuschen sich.«

»Ich helfe Ihnen.«

»Nein!«

Pia öffnete den Deckel der Gefriertruhe und sah hinein. Die ausrangierte Truhe wurde offenbar als Stauraum für Töpfe, eine mobile Elektrokochplatte, eine Waage, Rührlöffel und Schüsseln verwendet. Aus dem Innern schlug ihr muffige Luft entgegen, weil der Deckel luftdicht abschloss und die Truhe offensichtlich schon länger nicht mehr in Betrieb war. Ein länglicher, in eine graue Decke eingeschlagener Gegenstand ganz unten auf dem Truhenboden weckte Pias Interesse. Sie zog ihn hervor, legte ihn auf die Gefriertruhe und wickelte ihn unter Otto Freeses brennendem Blick aus. Es war ein Jagdgewehr. Schon älter, aber gut in Schuss. Der brünierte Holzgriff schimmerte matt. Ein Drilling der Marke Sauer & Sohn.

»Gehört das Gewehr Ihnen?«, fragte sie im Konversationston.

»Ja. Das ist meins.« Er klang trotzig.

Pia untersuchte das Jagdgewehr. Es war nicht geladen. Sie ließ die Waffe liegen und drehte sich wieder zu Freese um. »Sie sollten es in einem verschließbaren Waffenschrank aufbewahren.«

»So was gibt es hier nicht. Mein Sohn hält nichts von Schusswaffen. Er jagt nicht oder so. Macht ihm keinen Spaß.«

»Wo bewahren Sie die Munition dafür auf?«

»Im Haus.«

»Haben Sie eine Waffenbesitzkarte, Herr Freese?«, fragte Pia.

»Äh ... nein.«

»Sonst jemand in diesem Haushalt?«

»Nein. Ich hatte eigentlich schon vergessen, dass das Ding überhaupt existiert. Es ist noch von meinem Vater, wissen Sie.«

»Es sieht aber gepflegt aus. Funktionstüchtig.«

»Man soll seine Sachen doch pflegen«, sagte er mürrisch, weil ihm klar wurde, dass er sich in Widersprüche verwickelte. »Es ist nur ein Andenken.«

»Herr Freese. Sie können die Waffe hier nicht einfach in der Truhe aufbewahren. Sie haben einen Enkelsohn, der sie finden und sich oder andere damit verletzen könnte.«

»Der Bjarne ist ein vernünftiger Junge«, argumentierte Otto Freese. »Ein Kind vom Land. Der macht keinen Blödsinn mit Waffen.«

»Trotzdem muss ich das Gewehr in Verwahrung nehmen, bis Sie eine Waffenbesitzkarte dafür vorzeigen können.«

Er sah sie störrisch an, zuckte aber mit den Schultern.

»Was wollten Sie überhaupt damit?«, hakte Pia nach.

»Nichts. Nur ansehen.«

»Herr Freese ...«

»Ich wollte das Gewehr unter mein Bett legen. Nur für den Fall der Fälle. Damit es mir nicht so ergeht wie dem Pastor oder meinem Freund Herbert.«

Pia merkte auf. »Ich werde die Waffe jetzt erst mal sicherstellen, und dann setzen wir uns im Haus zusammen, Sie übergeben mir die Munition und erzählen mir mehr von Herbert. Was meinen Sie?«

»Hab ich eine Wahl?«, fragte Otto Freese.

Als Manfred Rist mit zwei Wagen vor dem Haus der Hansens vorfuhr, war er von grimmiger Energie erfüllt. Er würde wohl nie nachweisen können, wer ihn auf dem Graswarder zusammengeschlagen hatte, aber jemand sollte dafür bezahlen. Wenn Helge Hansen etwas mit dem Mord an dem Pastor zu tun hatte, dann würde er ihm so lange zusetzen, bis er sich um Kopf und Kragen geredet hatte. Dann nützten ihm seine tollen Kontakte und die getürkten Zeugenaussagen nicht mehr viel. Rist hoffte, dass sich an den Paramenten etwas Verwertbares feststellen ließ. Wenn der Täter versucht hatte, mit dem Stoff seine Spuren in der Sakristei zu entfernen, dann würde das Labor auch etwas finden, das sie mit Hansens DNA abgleichen konnten.

Rist hievte sich aus dem Auto, ließ aber zwei Kollegen von der Schutzpolizei zum Eingang vorgehen. Zwei weitere wies er an, die Rückseite des Hauses abzusichern. Er stützte sich auf die geöffnete Beifahrertür und beobachtete, wie die Polizisten an die Tür klopften. Ein etwa siebenjähriges Mädchen öffnete ihnen. Beim Anblick der uniformierten Männer riss die Kleine die Augen auf und schüttelte heftig den Kopf.

Der Feigling schickt seine Tochter vor, dachte Rist. Das Kind wollte die Haustür wieder zudrücken, doch der Kollege war schneller und hielt sie fest.

Im Hintergrund erschien Cindy Hansen. Sie wurde blass, als sie das Polizeiaufgebot sah, und schickte ihre Tochter zurück ins Haus. An ihrer Gestik, den vor der Brust gekreuzten Armen und dem vehementen Kopfschütteln erkannte Rist, dass Hansen entweder nicht zu Hause war oder dass seine Frau ihn verleugnete. Sollte sie nur! Dann würden sie eben mit einem Durchsuchungsbeschluss wiederkommen. Seine Zunge riss wieder ein, als er damit über den abgebrochenen Schneidezahn fuhr. Er schmeckte Blut. Bis er den Beschluss hatte, würde er eben das Haus überwachen lassen.

Einer der beiden Kollegen kam mit besorgter Miene auf ihn zu. »Frau Hansen sagt, dass ihr Mann weg ist«, erklärte er. »Sie meint, er sei schon gestern Abend abgehauen. Mit dem Motorrad. Und sie weiß nicht, wo er steckt. Sie macht sich große Sorgen um ihn.«

»Blödsinn!«, entfuhr es Rist.

Doch genau so schien es zu sein. Cindy Hansen ließ die Beamten bereitwillig in jeden Winkel schauen. Es sah tatsächlich so aus, als wäre Helge Hansen mit unbekanntem Ziel von zu Hause weggefahren. Seither hatte seine Familie ihn nicht mehr gesehen.

Otto Freese hatte Pia in die große Küche des Bauernhauses geführt. Nachdem er den ersten Ärger über die Sicherstellung der Waffe überwunden hatte, schien er sich geradezu über ihre Gesellschaft zu freuen. Er übergab ihr eine Schachtel Munition und versicherte, mehr besitze er nicht, und Pia verstaute sie in ihrer Tasche. Dann setzte er Teewasser auf und kramte eine Dose mit selbst gebackenen Weihnachtskeksen hervor, die er vor Pia auf dem Küchentisch platzierte.

Sie steckte sich gerade ein Bethmännchen in den Mund, als sie per Telefon die Nachricht erreichte, dass Helge Hansen ab sofort polizeilich gesucht wurde. Rists Aktion war also fehlgeschlagen. Das würde seine Laune nicht verbessern.

Pia wärmte sich die Hände an einem Becher Früchtetee. »Was ist da noch drin?«, fragte sie, als ihr ein verräterischer Duft in die Nase wehte.

»So 'n lütter Schluck Rum. Das ist Tee-Grog. Auf den Schreck ...«

Pia beschloss, dass es beim Händewärmen bleiben würde. »Warum denken Sie, dass Sie ein Gewehr zu Ihrer Verteidigung benötigen, Herr Freese?«

»Gefällt mir eben nicht, was hier los war in letzter Zeit. Im vergangenen Jahr sind mehr gute Bekannte gestorben als in den ganzen zehn Jahren davor.«

»Glauben Sie nicht, dass das etwas übertrieben ist, Herr Freese?« Pia war skeptisch. Sie dachte an die Grippewelle, von der Katharina Stöver ihr erzählt hatte, und daran, dass einem ab einem bestimmten Lebensalter der Tod wohl immer öfter begegnete.

»Bei einigen von denen hatte man es ja erwartet. Wenn jemand schwer krank war, zum Beispiel. Aber andere ... Sogar Pastor Stöver war hin und wieder überrascht, hat er mir anvertraut.«

»Hat er sich auch zum Tod von Michelsen geäußert?«

»Nein, nicht direkt. Aber überlegen Sie doch ...«

Pia hörte sich noch einmal in aller Ausführlichkeit die Geschichte von Herbert Michelsens Ableben an. Otto Freese erzählte von seiner Verabredung zum Kniffeln, den geschlossenen Fenstern und Vorhängen und davon, dass Herbert ihm nicht geöffnet hatte. Auch von dem Brokkoli-Auflauf, der verschwunden war, und vor allem dem Bild, das angeblich der Maler Franz Kirchdorf höchstpersönlich Herberts Tante Gyde Michelsen geschenkt hatte. Das wertvolle Ölbild hatte Otto Freese von seinem Freund erben sollen. Es war genauso spurlos verschwunden wie Michelsens Notgroschen von etwa eintausend Euro Bargeld.

»Das ist alles bemerkenswert und vor allem bedauerlich«, sagte Pia, als Otto Freese geendet hatte. »Aber was genau vermuten Sie, was passiert ist?«

»Herbert ist nicht einfach so gestorben«, sagte Otto Freese. »Da hat jemand nachgeholfen. Und weil ich nicht so enden will wie mein Freund, brauche ich das Gewehr.«

»Ich glaube nicht, dass Ihrem Freund, was immer ihm auch passiert ist, eine Waffe sonderlich nützlich gewesen wäre.«

»Ich würde mich aber sicherer fühlen«, beharrte Freese.

»Sie leben nicht allein wie Herbert Michelsen, sondern mit Ihrer Familie zusammen«, sagte Pia. »Das ist auf jeden Fall sicherer. Und wir klären den Fall so schnell wie möglich auf. In Mönkenbek wimmelt es doch inzwischen von Polizei.«

Freese brummte etwas Unverständliches und trank seinen Teegrog. Pia überlegte. Interessant war, dass Elsa Grönwald auch Adrian Pagel an dem Tag bei Michelsens Haus gesehen haben wollte. War es möglich, dass Pagel so in finanzieller Bedrängnis war, dass er einen hilflosen alten Mann seiner Ersparnisse und eines Gemäldes beraubt hatte, um sich seine Gläubiger vom Hals zu halten? Und hatte er ihn ermordet, um nicht überführt zu werden? War er so verzweifelt? Adrian Pagel stammte aus Mönkenbek. Er kannte im Ort viele Leute, und er kannte wohl auch die alten Geschichten … Zum Beispiel die, dass ein berühmter Maler seiner Muse ein wertvolles Bild geschenkt hatte, das nun in der Kammer eines alten Mannes verstaubte? Warum nicht? Es war im Dorf schon einmal Kunst gestohlen worden – Kirchenkunst –, und zwar zu der Zeit, als Adrian Pagel nach Berlin verschwunden war, um »Geschäftsmann« zu werden. Da hatte er vielleicht auch schon Startkapital benötigt. Und wenn sie einen Zusammenhang vermutete, war möglicherweise auch Matthias Stöver darauf gekommen …

Sie musste den Zeitpunkt, als die Kirchenkunst verschwunden war, noch einmal mit Adrian Pagels Weggang nach Berlin abgleichen. Pia spürte ein Kribbeln in ihrem Magen. War das eine Erfolg versprechende Spur? War Herbert Michelsens Tod der Anfang von allem gewesen? Entgegen ihrer Absicht nahm sie gedankenverloren einen großen Schluck Tee-Grog und hustete.

»Na, na, Frau Kommissarin.« Otto Freese klopfte ihr auf den Rücken. »Das war doch nur 'n Lütter.«

Der »lütte« Grog brannte noch in Pias Kehle, als sie in den Wagen stieg.

Broders' und Pias Zeitplan war durcheinandergeraten. Zuerst musste sie nun das leidige Gewehr nebst Munition nach Lübeck schaffen. Sie hatte nicht die Absicht, noch lange mit der Waffe im Kofferraum spazieren zu fahren. Pia wollte gerade Broders' Nummer wählen, als sie einen Anruf erhielt. Es war Rist, der ihr noch einmal selbst berichtete, dass Helge Hansen verschwunden war und sie ab sofort nach ihm fahndeten. Sie solle jetzt zu den Hansens kommen, setzte er hinzu. Er brauche sie dort, weil ...

»Das geht nicht. Ich fahre gerade zurück in die Dienststelle«, unterbrach Pia seine Ausführungen.

»Warum das denn? Das kommt überhaupt nicht infrage.«

Pia berichtete ihm von dem Gewehr.

»Ja, ja. Ich will aber, dass du als Erstes zu den Hansens kommst«, ordnete er an. »Dir als Frau erzählt die Hansen vielleicht mehr als uns. Trink mit ihr Kaffee, plaudere über die Kids, und quetsch sie dabei ein bisschen aus. Appellier an ihre Muttergefühle, wenn gar nichts anderes hilft!«

»Ich halte das in Anbetracht der Lage nicht für sinnvoll«, stieß Pia hervor.

»Hast du eine bessere Idee? Oder liegt es nur daran, dass du schon wieder etwas anderes vorhast?«

Pia kochte. »Rist, darum geht es nicht. Ich werde zuerst dieses ...«

»Was soll das, Pia? Hast du etwa Sonderrechte?«, fuhr er sie an. »Das ist ein Dienstbefehl. Verstanden?« Er wartete ihre Antwort nicht ab, sondern unterbrach die Verbindung.

Pia versuchte mehrmals, ihn zurückzurufen, aber sein Handy war fortlaufend besetzt. Als sie endlich durchkam, drückte er sie weg. Frustriert wie er war, versorgte er jetzt wohl alle Kollegen mit neuen Aufträgen.

Pia erwog ihre Möglichkeiten. Da sie am Nachmittag noch einen Termin bei ihrem Anwalt hatte und wegen der Verhandlung vor Gericht den Donnerstag komplett freinehmen musste, war es eine schlechte Idee, dem direkten Befehl ihres Vorgesetzten jetzt nicht Folge zu leisten. Es war wirklich an der Zeit, dass Horst-Egon Gabler zurückkehrte. Neuesten Gerüchten zufolge konnte es in zwei bis drei Wochen so weit sein. Die Hoffnung starb ja bekanntlich zuletzt. Pia informierte Broders, der noch beschäftigt war, legte den Rückwärtsgang ein und fuhr zu den Hansens.

»Ihr Chef hat mir schon gesteckt, dass Sie kommen«, sagte Cindy Hansen, als sie Pia hereinließ. »Aber ich weiß wirklich nicht, wo Helge ist.« Sie führte sie in die Küche.

»Wir können ja gemeinsam ein paar Möglichkeiten durchgehen«, schlug Pia vor. Sie wollte nicht hier sein; sie sah keinen Sinn darin. Selbst wenn Cindy Hansen wusste, wo sich ihr Mann aufhielt, würde sie es der Polizei bestimmt nicht verraten.

Die Frau baute sich vor Pia auf, auch wenn sie dabei zu ihr aufschauen musste. »Sie müssen mir das einfach glauben:

Helge hat den Pastor nicht ermordet. Er stellt ja manchmal Blödsinn an. Trinkt viel, fährt zu schnell und wird auch mal lauter, solche Sachen. Aber Mord? Nee, auf keinen Fall. Und ich kenn ihn schon mein halbes Leben lang. Er kann gar keinen umbringen. Der nicht. Und jetzt muss ich in den Keller und mich um meine Wäsche kümmern. Ich habe nämlich noch fünf Kinder zu versorgen.«

»Bitte«, sagte Pia. »Erledigen Sie ruhig Ihre Arbeit. Ich warte solange und mache mir ein paar Notizen.«

Cindy Hansen sah Pia misstrauisch an, als diese sich an den Küchentisch setzte, einige Brettchen und eine Packung Toastbrot zur Seite schob und ein Notizbuch zur Hand nahm. Dann zuckte sie mit den Schultern und ließ sie allein.

Pia notierte sich, was sie heute erfahren hatte. Sie würde bis halb drei hier ausharren, wenn sie nichts Gegenteiliges von Rist vernahm. Dann würde sie das Gewehr wegbringen, anschließend Felix abholen und später zu Ralf Puschmann fahren. Ihre Mutter hatte sich bereiterklärt, Felix zu hüten.

Sie schrieb kaum fünf Minuten, als sie laute Stimmen, Getrampel und Geschrei aus dem Obergeschoss hörte. Es klang, als würde eine Horde Wildschweine massakriert.

Pia stieg nach oben. Diego und ein etwas jüngerer Junge balgten sich in einem Wust aus Klamotten, Koffern, Taschen und einer losen Matratze auf dem Fußboden eines kleinen Kinderzimmers. »Kann ich helfen?«, fragte Pia.

Die zwei waren so erstaunt über ihr Erscheinen, dass sie auseinanderfuhren und in verschiedenen Zimmerecken Zuflucht suchten. Diego lief blutiger Rotz aus der Nase, den er eilig mit dem Ärmel wegwischte. Dem Jüngeren, einem zarten, etwa elfjährigen Jungen, standen Tränen in den Augen, die er krampfhaft wegzublinzeln versuchte.

»Was machen Sie denn hier?«, fragte Diego keck.

»Deiner Mutter Gesellschaft leisten. Und ihr?«

»Wir gehen morgen auf Klassenfahrt, aber Diego nimmt mir ständig meine Sachen weg«, sagte der Jüngere.

»Heulsuse, lauf doch zur Polizei, Ethan! Los. Lauf!«

Ethan riss die Augen auf. »Sind Sie von der Polizei?«

»Ja.«

»Sie will nur Papa ins Gefängnis bringen.«

»Was erzählst du da, Diego? Die Polizei will zunächst nur mit ihm reden. Wisst ihr, wo er gerade ist?«

»Sag ihr ja nichts!«, warnte Diego seinen Bruder.

»Ich weiß sowieso nichts«, sagte der Jüngere sofort. »Und morgen fahren wir nach Föhr.«

»Das ist doch klasse. Ihr beide?«

»Diego ist sitzen geblieben«, antwortete Ethan. »Wir sind jetzt in einer Klasse.« Er strahlte sofort mehr Selbstvertrauen aus.

»Petze! Baby!«, gab sein älterer Bruder zurück.

Diego kam Pia seit ihrem letzten Gespräch verändert vor. Rastlos und frustriert. Bestimmt belastete ihn die Situation mit seinem Vater. Schon aus diesem Grund hoffte Pia, dass sie Helge Hansen bald fanden. Und dass er trotz allem unschuldig war.

Es stellte sich heraus, dass die Jungen sich um einen Schlafsack und eine Taschenlampe stritten, die sie beide mitnehmen wollten. Angeblich besaß jeder von ihnen sowohl das eine als auch das andere, doch ein Exemplar schien jeweils abhandengekommen zu sein. Pia bemühte sich um eine Lösung. Dann hörte sie Cindy Hansen die Stufen heraufstapfen.

»Wie sieht es denn hier aus?« Der Mutter-Klassiker schlechthin. Sofort ging die Litanei von Neuem los. Cindy verbot kurzerhand beiden Kindern, Taschenlampe oder Schlafsack mitzunehmen. Stattdessen holte sie Bettbezüge aus dem Schrank. Die Jungen, doch vor allem Diego, maulten darüber, fügten sich schließlich aber.

Pia hielt sich im Hintergrund. Es war auffällig, wie Diego versuchte, seinen jüngeren Bruder mit Lautstärke und Kraftausdrücken in die Schranken zu weisen, um so die Oberhand zu behalten, während Ethan argumentierte. Es sah für Pia so aus, als würde Diego seine Vormachtstellung nicht mehr lange halten können. Ethan war ihm überlegen. Das Kind, das Pastor Stöver angeblich gern in einer Pflegefamilie gesehen hätte. Das seines Erachtens mehr Förderung brauchte, als die Familie ihm geben konnte. Ethan wirkte nicht unterfordert, sondern gerade auch durch den ruppigen Diego herausgefordert.

Die Kinder begannen, ihre Sachen in die Koffer zu stopfen, und stritten sich jetzt um einen Wecker.

Cindy schüttelte entnervt den Kopf. »So geht das hier den ganzen Tag«, klagte sie, als Pia und sie die Treppe hinuntergingen. »Ich komme mir manchmal vor wie in einem Irrenhaus.«

»Wie läuft es denn in der Schule?«

»Wie schon, in dem Alter?«

»Auch bei Ethan?«

»Wie gesagt, er stellt viel Blödsinn an. Die Lehrer sagen, er macht im Unterricht nie mit. Aber was soll's. Ethan schreibt fast nur Einsen.«

»Kann die Schule ihn nicht besonders fördern, wenn er unterfordert ist?«

»Fangen Sie nicht auch noch damit an. Er durfte im letzten Jahr mal für zwei Wochen in die höhere Klasse. Dort mitmachen. Da war er dann wie ausgewechselt. Ich hab mein Kind gar nicht wiedererkannt. Der Ethan ist morgens pfeifend zum Schulbus gegangen. Doch dann hat der Direktor gesagt, das ginge so nicht, schon der Ordnung halber, sie wollten ja kein Exempel statuieren und so. Sie haben ihn einfach wieder zurück in seine alte Klasse geschickt. Seitdem hat er überhaupt keine Lust mehr. Ich wusste nicht, was ich tun soll, und Helge hasst Schule. Er ist keine große Hilfe in der Beziehung. Deswegen hab ich Pastor Stöver ja um Rat gefragt, weil der doch immer so für die Jugendlichen war ... und dann ist der ohne mein Wissen zum Jugendamt gerannt. Das glaub ich wenigstens, jedenfalls stand kurz darauf die Sozialtante bei uns auf der Matte ...«

»Dass Stöver das Jugendamt informiert hat, ist sehr unwahrscheinlich, denn egal, was Sie ihm über Ethan und dessen Probleme erzählt haben, er unterlag der seelsorgerischen Schweigepflicht.«

»Meinen Sie?«

»Ich bin mir ziemlich sicher, dass der Pastor das Jugendamt nicht verständigt hat.«

»Ach ja? Helge und ich hatten das Gefühl, er wolle uns Ethan am liebsten wegnehmen. Ich war jedenfalls stinksauer auf ihn. Aber ich hab ihn deswegen nicht umgebracht.«

»Schon gut.« Pia hob die Hände. »Ich werde jetzt sowieso gleich fahren. Dann haben Sie Ihr Haus wieder für sich. Ich denke nicht, dass Ihr Mann jeden Moment zur Tür hereinspaziert kommt.«

Um halb drei verabschiedete Pia sich von den Hansens, um zurück nach Lübeck zu fahren. Beim Aufschließen ihres Wagens stutzte sie. Das Fenster auf der Beifahrerseite war eingeschlagen, der Beifahrerfußraum und auch der Sitz waren mit Scherben bedeckt. Pia stockte der Atem, als ihr klar wurde, was das bedeutete. Das konnte kein Zufall sein. Das Auto besaß eine Zentralverriegelung, aber keine Alarmanlage. Sie lief zum Heck des Fahrzeugs und öffnete die Kofferraumklappe. Die Waffe war weg. Jemand hatte den Wagen aufgebrochen und Otto Freeses Gewehr gestohlen.

Oh, Mann! Warum war sie nicht direkt nach Lübeck zurückgefahren, wie sie es geplant hatte? Schließlich war es ein Leichtes, ein Auto aufzubrechen. Das wusste sie doch. So ein Mist! Da hatte sie eine Schusswaffe sichergestellt, damit niemand dadurch zu Schaden kam, und sie dann unbewacht in einem Fahrzeug zurückgelassen. Immerhin hatte die Munition nicht danebengelegen. Die hatte sie zum Glück in ihrer Tasche verstaut und die ganze Zeit über bei sich getragen. Obwohl sie das Gewehr nach Lübeck hatte bringen wollen, hatte Pia nicht wirklich erwartet, dass tatsächlich so etwas passieren würde. Nicht hier. Außer Otto Freese und ihren Kollegen hatte doch niemand von der Waffe im Kofferraum gewusst? Und der alte Herr war ihr so harmlos erschienen. Sie war eine Idiotin.

Pia informierte Manfred Rist von der neuen Lage. Sie versuchte, so ruhig wie möglich zu sprechen, doch den Ärger über die verhängnisvolle Dienstanweisung konnte sie nicht vollständig verbergen. »Wir müssen ganz Mönkenbek nach diesem Gewehr absuchen«, sagte sie drängend.

»Ach ja? War das Teil überhaupt noch funktionstüchtig?«

»Warum nicht?«

»Bestimmt waren das nur Jugendliche, die uns einen Streich spielen wollen.«

»Das glaube ich nicht. Und selbst wenn – ich will nicht, dass die sich die Hand, den Kopf oder sonst ein Körperteil mit einem altersschwachen Gewehr wegschießen.«

»Reg dich ab, Pia! Du sagst es ja selbst: altersschwach. Und die passende Munition fehlt auch. Vielleicht hat sich Otto Freese den Schießprügel auch nur wieder zurückgeholt.«

»Ich frage ihn gleich persönlich«, sagte Pia. »Organisiere du die Suchaktion!«

»Ich schau, was ich tun kann«, lautete die unbefriedigende Antwort. »Neben der Fahndung nach Helge Hansen.«

»Wir müssen dieses Gewehr wiederfinden, Rist.«

»Ich kümmere mich darum.«

Pia fuhr zum Hof der Freeses zurück. Als sie Otto Freese sagte, was passiert war, starrte er sie verständnislos an. Mit der linken Hand knetete er den Saum seiner Strickjacke.

»Wem haben Sie erzählt, dass ich die Waffe an mich genommen habe?«, fragte Pia schärfer als beabsichtigt.

»Niemandem«, verteidigte er sich.

»Bestimmt nicht? Irgendjemand hat gewusst, dass sie in meinem Auto lag, und ich habe es außer meinen Kollegen keinem Menschen gesagt.« Sie versuchte, ruhiger zu sprechen.

Er wiegte den Kopf hin und her. »Kann sein, dass ich es Elsa Grönwald gegenüber erwähnt habe«, gab er zu. »Sie hat mich wegen des Skatturniers im Gemeindehaus angerufen. Wir sind ein bisschen ins Klönen gekommen, und ich hab ihr erzählt, dass Sie hier waren.«

»Elsa Grönwald also.« Pia sank das Herz. »Und wem noch?«

»Keinem.«

»Ihrem Sohn? Ihrer Schwiegertochter? Bjarne?«

»Himmel, nein! Ich hab sie noch gar nicht wieder gesehen.«

Pia sprang zurück ins Auto und raste zu Elsa Grönwald.

»Sie haben mit Herrn Freese telefoniert?«, fragte sie schon an der Tür, nachdem sie sich vorgestellt und der alten Dame ihren Dienstausweis unter die Nase gehalten hatte. Trotz des kühlen Wetters fühlte Pia sich verschwitzt, und ihre Wange pochte im Rhythmus ihres Herzens. Viel zu schnell.

»Ist das vielleicht verboten?«, fragte Elsa Grönwald süffisant.

»Hat Otto Freese Ihnen von seinem Gewehr erzählt?«

Sie zögerte. »Äh, ich glaube, er war sauer, dass Sie es ihm weggenommen haben. Das waren doch Sie, oder? Was haben Sie sich dabei denn nur gedacht? Immerhin ist es sein Eigentum. Das Erbe seines Vaters.«

Pia verzichtete auf die Erläuterungen, dass Otto Freese

dafür eine Waffenbesitzkarte benötigte. »Mit wem haben Sie seit dem Telefonat mit Herrn Freese alles gesprochen, Frau Grönwald? Ich brauche jeden einzelnen Namen, und vergessen Sie bitte keinen einzigen.«

Elsa Grönwald war nach dem Telefonanruf beim Schlachter und beim Bäcker gewesen. Doch angeblich erinnerte sie sich nicht, ob sie das Gewehr dort erwähnt hatte. Dem Zucken ihres linken Augenlids nach zu urteilen, war es für sie jedoch die Story des Tages gewesen, die sie auch gleich brühwarm weitererzählt hatte. Simone Pagel hatte hinter der Theke der Schlachterei gestanden, Lisa Kömmel hatte in der Bäckerei verkauft, wo auch Katharina Stöver zugegen gewesen war. Außerdem nannte Elsa Grönwald noch einige Namen, die Pia nichts sagten. Sie notierte sie alle. Im Grunde konnte jeder in Mönkenbek auf direktem oder indirektem Weg erfahren haben, dass sie Otto Freeses Gewehr sichergestellt und in ihren Dienstwagen gelegt hatte. Und dass sie dann zu den Hansens gefahren war, war in diesem Dorf sicherlich auch kein Geheimnis geblieben, sondern hatte bestimmt zu wilden Spekulationen geführt. Es dort aus dem Auto zu stehlen war dann, rein technisch gesehen, ein Kinderspiel gewesen. Und so befand sich Otto Freeses Gewehr nun im Besitz einer Person, die nicht davor zurückgeschreckt war, am helllichten Tag einen Polizeiwagen aufzubrechen.

27. Kapitel

Als Pia Elsa Grönwalds Haus verließ, schnürte ihr die aufsteigende Panik den Hals zu. Sie rief ihren Kollegen Broders an und berichtete ihm mit kratziger Stimme, was passiert war. Er versuchte, sie zu beruhigen, aber er nahm den Vorfall ebenso ernst wie sie. Einerseits war Pia ihm dafür dankbar, anderseits war seine Besorgnis nicht eben dazu angetan, ihr ungutes Gefühl zu vertreiben, im Gegenteil. Broders schlug vor, in dieser Angelegenheit auch gleich die Kollegen Hagen Eilers und Marko Blohm mit ins Boot zu holen, die sich besser in Mönkenbek auskannten als sie.

»Ich werde mich sofort beim Schlachter und in der Bäckerei erkundigen, wer alles von dem Gewehr in deinem Kofferraum wissen konnte«, schlug Broders vor. »Danach sehen wir weiter.«

»Darum sollte ich mich kümmern. Schließlich bin ich es, die so blöd war, mich bestehlen zu lassen«, protestierte Pia.

»Rist war so blöd, dich nicht sofort zurück nach Lübeck fahren zu lassen. Er ist so versessen darauf, Helge Hansen zu schnappen, dass er alles andere darüber vergisst.«

»Ich fühle mich für das Gewehr verantwortlich.«

»Nun zerfleisch dich mal nicht selbst. Was hättest du tun sollen, nachdem Rist dich zu den Hansens beordert hat? Das Gewehr mit in ein Haus voller Kinder nehmen?«, fragte Broders.

»Ich hätte Rist eben überzeugen müssen.«

Broders lachte unfroh auf. »Ach ja? Ich kümmere mich darum, Pia. Hagen Eilers oder sein junger Kollege können mich anschließend bestimmt zurück nach Lübeck bringen. Fahr du zu deinem Anwaltstermin! Der ist auch wichtig.«

Dank Broders' Hilfe kam Pia pünktlich zur vereinbarten Uhrzeit in der Anwaltskanzlei an. Sie hatte den Dienstwagen mit dem eingeschlagenen Seitenfenster noch auf den Parkplatz am Polizeihochhaus gebracht und war dann in ihren Privatwagen umgestiegen, um zur Kanzlei zu fahren.

Eine von Puschmanns Mitarbeiterinnen geleitete sie sofort in sein Büro. Es gab Pia das Gefühl, dass sie und vor allem ihr Fall wichtiger waren, als ihr lieb sein konnte.

»Oje. Frau Korittki, hatten Sie einen Unfall?«, platzte der Anwalt heraus, nachdem Pia vor seinem Schreibtisch Platz genommen hatte.

Sie tastete irritiert nach ihrer Wange. Dank der Tablette, die sie noch eingenommen hatte, fühlte sie keinen Schmerz mehr. »Nicht direkt. Es war eher ein Zusammenstoß.«

»Mit wem oder was?«

»Eine Art Stalker. Er war mir schon aufgefallen, als ich das letzte Mal hier bei Ihnen war.« Sie fasste die Ereignisse zusammen, die letztlich zu der Verfolgung und dem Schlag mit der Kamera geführt hatten.

»Nicht schön. Ein Unfall wäre einfacher zu erklären«, sagte Puschmann. »Weiß die gegnerische Partei, wie das passiert ist?«

»Die gegnerische Partei?« Etwas in Pia sträubte sich, Felix' Vater so zu nennen.

»Nun ja. Die Kenntnis darüber, wie es zu der Verletzung gekommen ist, wäre im Augenblick Wasser auf Herrn Joosts Mühlen. Sein Hauptargument ist doch, dass Ihr Job nicht gut für Felix ist. Wenn Sie sich schon wieder bei der Ausübung Ihres Berufs verletzt haben, noch dazu, als Ihr Sohn dabei war ...« Er sah sie ruhig an.

»Schon wieder? Was soll das denn heißen?«, fragte Pia.

Puschmann blätterte in den Unterlagen. »Ich versuche nur, auf das Schlimmste vorbereitet zu sein.«

»Schon gut. Aber ich habe mir die Verletzung nicht während der Arbeitszeit zugezogen, und diese Sache stand auch in keinem Zusammenhang mit meinem Beruf. Ich nehme an ... dass es mit Felix und meinem Streit mit Hinnerk zu tun hat.«

»Können Sie das beweisen? Das ist eine harte Anschuldigung. Da werden Fragen kommen.«

Pia berichtete, was ihr Kollege Broders über den Mann mit der Kamera herausgefunden hatte. Dass er für eine Privatdetektei gearbeitet hatte.

Puschmann richtete sich in seinem schwarzen Ledersessel auf. »Wer hat die Detektei beauftragt, Sie beschatten zu lassen?«

»Das habe ich noch nicht in Erfahrung gebracht. Ich kenne weder die Detektei noch den Auftraggeber.«

»Haben Sie Anzeige erstattet?«

Pia errötete. »Nein.«

Der Anwalt seufzte. »Es wäre schön, wenn wir Herrn Joost mit dem Auftrag für die Detektei in Verbindung bringen könnten. Einerseits. Denn dann hätte er eine Art Mitschuld an dem, was Ihnen und Felix in der Nähe des *Bardewik* passiert ist.«

»Felix ist gar nichts passiert.«

»Andererseits«, fuhr er ungerührt fort, »wenn Herr Joost Sie hat überwachen lassen, dann hat er nun wahrscheinlich noch mehr Material, mit dem er versuchen wird, vor Gericht nachzuweisen, dass Sie für die dauerhafte Betreuung Ihres Kindes nicht so gut geeignet sind wie er.«

»Was meinen Sie damit?«, fragte Pia.

Puschmann zuckte mit den Schultern. »Vorkommnisse in Ihrem Leben, die Sie verantwortungslos, unstet, leichtlebig und zu risikofreudig darstellen.«

»Das bin ich nicht.«

»Ich sagte ›darstellen‹.« Der Anwalt setzte seine Brille ab.

»Das würde Hinnerk nicht tun«, entgegnete Pia.

»Das weiß man nie, glauben Sie mir. Entweder steckt Herr Joost dahinter, oder diese Sache hat mit Ihrem Beruf zu tun.« Er massierte seinen Nasenrücken. »Oder haben Sie noch eine dritte Option? Gibt es einen abgewiesenen Verehrer?«

Pia schüttelte stumm den Kopf.

Das Gespräch dauerte über eine Stunde. Als Pia sich von Ralf Puschmann verabschiedete, gab er sich professionell zuversichtlich. »Also dann. Passen Sie gut auf sich auf, Frau Korittki. Es sollte jetzt nichts mehr schiefgehen. Wir sehen uns am Donnerstag im Gericht.« Er gab ihr die Hand und sah ihr fest in die Augen. Spätestens in diesem Moment wusste Pia, dass ihr eine Verhandlung mit ungewissem Ausgang bevorstand.

Am Abend, als Felix im Bett war und schlief, stand Pia mit ihrem Telefon in der Hand vor dem Küchenfenster und rang mit sich. Sollte sie Hinnerk anrufen oder lieber nicht? Sie wollte wissen, ob er den Privatdetektiv auf sie angesetzt hatte. Doch was sollte das bringen? Falls es so war, würde sie furchtbar wütend werden. Das wäre dann auch nicht hilfreich. Falls er nicht hinter der Überwachung steckte, nun, dann war sie beinahe so schlau wie vorher. Und würde er es überhaupt zugeben, wenn sie in so einer Mörderstimmung bei ihm anrief? Wenn er es bestritt, würde sie ohnehin Zweifel haben. Doch es fiel ihr einfach niemand sonst ein, der ein Motiv hatte, sie observieren zu lassen.

Eventuell vorhandene Fotos würden vor Gericht wahrscheinlich gar nicht als Beweismittel zugelassen werden, hatte ihr Anwalt ihr versichert. Gleichwohl könnte das Vorhandensein solcher Aufnahmen den Richter, besonders, wenn die Fotomotive seiner Fantasie überlassen blieben, dennoch unbewusst in seiner Entscheidung beeinflussen. Kein Rauch ohne Feuer. Sie hätte jetzt gern mit Lars darüber gesprochen, doch ausgerechnet heute hatte er ein Basketballspiel und würde danach, übrigens auf ihren Vorschlag hin, zu sich nach Hause fahren. Sollte sie ihn anrufen? Er würde bestimmt kommen, wenn sie ihn darum bat. Doch dann würde er heute Nacht auch nicht zur Ruhe kommen, und Pia wusste, dass er am nächsten Tag einen Termin hatte, der für seine Agentur wichtig war.

Pia, die sonst gut allein sein konnte, lief wie ein aufgezogenes Spielzeug durch die neue Wohnung. Immer wieder schlich sie in Felix' Zimmer und lauschte im Dunkeln auf seinen regelmäßigen Atem. Immerhin, bisher schien er von den Problemen zwischen ihr und seinem Vater nichts mitzubekommen. Das sollte er auch nicht. Hoffentlich ging alles gut.

Die schlechten Neuigkeiten warteten schon auf Pia, als sie am Dienstagmorgen den Besprechungsraum im Präsidium betrat. Otto Freeses Gewehr war nicht aufgetaucht. Gleich beim Aufwachen war es ihr wieder eingefallen, zusammen mit all dem anderen, was ihr auf der Seele lag. Auch die Kollegen hatten keine Erfolge vorzuweisen. Die Personenfahndung nach Helge Hansen war bisher ergebnislos verlaufen.

Broders berichtete, was er am Vortag von Elsa Grönwald erfahren hatte: Die alte Dame hatte eingeräumt, in der Tatnacht an der Kirche nur einen schwarz gekleideten Mann mit einem weißen Schriftzug auf dem Rücken gesehen zu haben. Das Wort POLIZEI hatte sie vermutlich auf die Entfernung eher erraten als gelesen. Möglicherweise hatte der Unbekannte in Wahrheit eine Kutte mit dem Namen des Motorradclubs ROTHVERS getragen. Die Worte ähnelten einander in Länge und Schriftbild.

»Mein Reden! Aber ich habe trotzdem nicht genug Leute«, stieß Rist unwirsch hervor. »Wenn wir wenigstens die Kneipe in Heiligenhafen rund um die Uhr überwachen könnten. Ich wette, ein paar Kumpels von Hansen, die dort abhängen, wissen, wo er sich aufhält.«

»Frag doch noch mal deine V-Person«, murmelte Broders halblaut.

»Wie wäre es, wenn du noch einmal dorthin fährst?«, schlug Rist vor. »Du scheinst da ja besser aufgenommen zu werden als ich.«

»Sorry. Ich muss weiterhin die Suche nach dem gestohlenen Gewehr koordinieren. Bevor womöglich etwas damit passiert. Das Aggressionspotenzial in Mönkenbek scheint ja ganz beachtlich zu sein. Wenn jemand diese Waffe benutzt und ein anderer dadurch zu Schaden kommt, dann haben wir ein echtes Problem.«

»Tu das«, sagte Rist. Pia spürte, dass die verschwundene Waffe für ihn keinerlei Priorität besaß. Er hatte sich in die Fahndung nach Helge Hansen verbissen.

Den Vormittag verbrachte Pia in ihrem Büro. Sie sichtete noch einmal die Akte zum Mordfall und erledigte ein paar Telefonate. Am Nachmittag hatte sie frei und wollte etwas mit Felix unternehmen. Sie war gerade mit den Gedanken bei der Planung dieses Vorhabens, als sich ein Kollege aus der Zentrale bei ihr meldete.

»Ich hab hier einen etwas seltsamen Anrufer. Ich denke, der ist was für euch.«

»Was will er denn?«

»Warte, ich stell ihn dir durch.«

Pia meldete sich.

»Hallo? Kann ich bitte Ihren Vorgesetzten sprechen?« Der

Stimme nach zu urteilen, schätzte Pia den Mann auf um die sechzig. Der Tonfall klang belehrend.

»Worum handelt es sich? Und wer sind Sie?«

Er nannte seinen Namen. »Es geht um Ihre Fahndung nach dem Motorradfahrer«, sagte er. »Ich habe da etwas beobachtet.«

»Und was ist das?«

»Äh? Wollen Sie mich nicht weiterverbinden?«

»Nein.«

»Was ich zu sagen habe, ist nichts für eine Schreibkraft wie Sie.«

»Sie sind bei mir goldrichtig«, erwiderte Pia ruhig. »Ich hoffe, Sie verschwenden nicht meine Zeit.«

»Sie arbeiten auch an dem Fall?«

»Sagen Sie, was Sie zu sagen haben, oder ich lege auf.«

Auf diesen Ton schien er sich zu verstehen. »Also gut. Ich wusste ja nicht ... Ich habe den Mann gesehen, den Sie suchen. Also den, auf den die Beschreibung und das Kennzeichen passen.«

»Wann und wo?«

»Sonntagabend gegen zehn. Hier bei uns im Dorf. Er stand am Straßenrand und hat an seinem Motorrad geschraubt. Als ich an ihm vorbeiging, sagte er zu mir so etwas wie: ›Glotz nicht, Alter!‹ Unverschämtheit! Da hab ich mir sein Kennzeichen gemerkt und es zu Hause aufgeschrieben. Es war übrigens ziemlich verdreckt. Absichtlich unkenntlich gemacht, vermute ich jetzt, aber ich konnte es trotzdem lesen, weil ich eine Taschenlampe dabeihatte.«

Pia ließ sich die Adresse des Anrufers sowie das Kennzeichen und eine Beschreibung des Motorrades und des Fahrers geben.

»Haben Sie gesehen, in welche Richtung er weitergefahren ist?«

»In Richtung Ostsee. Sein Motorrad klang nicht gut. Es schepperte, als er es anließ, und der Mann fluchte … Sehr weit dürfte er damit wohl nicht mehr gekommen sein.« Er klang höchst zufrieden.

Pia gab den Hinweis an Manfred Rist weiter. Er schlang offensichtlich gerade sein Mittagessen herunter, als sie anrief.

»Ist da was dran? Kennst du das Kaff?«, murmelte er mit vollem Mund, kaute hörbar und schluckte.

»Ein Dorf kurz vor der Ostsee. Wenn Hansen weiter in Richtung Küste gefahren ist und sein Motorrad tatsächlich kaputt war, dann hält er sich jetzt vielleicht auf einem der Campingplätze in der Gegend versteckt.«

»Im Winter?«

Pia gefiel der Gedanke. »Da ist wenig los. Ist doch ideal, wenn man für eine Weile untertauchen will.«

»Hast du irgendwas, das diese Theorie untermauert, Pia?«

»Ich war doch gestern bei Cindy Hansen«, sagte sie. Innerlich grollte sie noch immer über diesen Dienstbefehl. »Zwei ihrer Söhne packten gerade ihre Sachen für eine Klassenfahrt, und die Kinder vermissten einen Schlafsack und eine Taschenlampe.«

»So was wird nicht nur auf Campingplätzen benötigt.«

»Nein. Aber wenn ich vorhätte, mich im Winter in einem Wohnwagen zu verstecken, wäre das das Erste, was ich einpacken würde.«

»Ich kümmere mich darum.« Das Gespräch war beendet.

Pia starrte ihr Telefon an. Nun, dann sollte er das tun.

Der Campingplatz, auf dem Helge Hansen sich vermutlich aufhielt, lag direkt an der Ostsee. Rist war nach dem Hinweis des Anrufers, dass Helge Hansen in Richtung Küste unterwegs gewesen sein sollte, sofort in hektische Aktivität verfallen.

Unter anderem hatte er Cindy Hansen nach Lübeck beordert und noch einmal eingehend dazu befragt. Juliane Timmermann hatte sich scheinbar mitfühlend nach ihren Kindern erkundigt. »Wer kümmert sich denn um sie, während Sie hier bei uns in Lübeck sind?«

Rist hatte Cindy Hansen kurz darauf unmissverständlich klargemacht, dass sie erst wieder nach Mönkenbek zurückkehren könne, wenn sie ihnen verraten habe, wo ihr Mann steckte. Cindy Hansen hatte schließlich entnervt eingeräumt, dass Helge tatsächlich einen Freund hatte, der einen Wohnwagen an der Ostsee besaß. Ihr Mann hatte sogar einen Schlüssel dazu und war schon öfter dort gewesen, um seinen Rausch auszuschlafen, wenn er mal wieder zu viel getrunken hatte. »Dann lasse ich ihn nämlich der Kinder wegen nicht ins Haus.« Sie wisse jedoch nicht, ob er dieses Mal auch dorthin gefahren sei. Er habe sie nicht eingeweiht.

Nachdem Rist erfahren hatte, was er wissen wollte, hatte er Cindy Hansen gnädig nach Hause zurückkehren lassen. Juliane begleitete sie und behielt sie im Auge, damit sie ihren Mann nicht warnen konnte.

Dem Pächter des Campingplatzes zufolge hielt sich zurzeit niemand in besagtem Wohnwagen auf. Jedenfalls hatte sich keiner bei ihm angemeldet. Erkundigungen vor Ort ergaben jedoch ein ganz anderes Bild der Lage. Ein Nachbar auf dem Platz hatte nachts Licht in dem betreffenden Wagen gesehen und Geräusche gehört, sich aber zunächst nichts dabei gedacht. Bei einer weiträumig durchgeführten Suchaktion hatte die Polizei Hansens Motorrad in einem Bootsschuppen in der Nähe des Campingplatzes sichergestellt, wo Hansen es vorsorglich unter ein paar Müllsäcken verborgen hatte. Und so hielt sich nun eine Einsatzgruppe des SEK im Schutz der Dünen bereit, um den Zugriff vorzunehmen.

28. Kapitel

Das trübe Licht des regnerischen Tages ging unbemerkt in eine frühe Dämmerung über. Der Leiter des Einsatzkommandos, ein Hüne mit dem Decknamen Robin, war für die Durchführung des Zugriffs zuständig. Er erläuterte Rist seinen Plan. Die Einsatzgruppe, sieben Männer und eine Frau, allesamt in dunklen Overalls und mit Helmen und Skimasken ausgerüstet, nutzten das schwindende Tageslicht, um sich unauffällig um den Wohnwagen herum zu postieren. Die wenigen benachbarten Trailer, die augenblicklich bewohnt waren, waren sicherheitshalber evakuiert worden. Die Hand voll Camper saßen in der kleinen *Strandbar* auf dem Gelände, die der Pächter eigens dafür geöffnet hatte, tranken Kaffee und Bier, diskutierten aufgeregt und warteten.

Die Polizei wusste nicht, ob Hansen bewaffnet war. Ein weiteres, nur schwer kalkulierbares Risiko war, dass sich in den meisten Anhängern Gasflaschen befanden, die explodieren konnten und somit eine erhebliche Gefahr für die nähere Umgebung darstellten.

Der Zugriff sollte jeden Moment erfolgen. Rist musste ein Stück abseits des Geschehens bei den Einsatzfahrzeugen warten. Die erzwungene Untätigkeit nervte ihn. Er hatte den Wohnwagen, in dem Hansen vermutet wurde, nur kurz aus der Ferne gesehen. Drinnen brannte kein Licht. Kein sichtbares Zeichen von Leben. Vor dem Anhänger stand ein schmuddeliges Vorzelt in Grün- und Blautönen, dessen Rollo heruntergelassen war. Auch die Vorhänge an den Fenstern des Wohnwagens waren zugezogen. Man konnte nicht hineinsehen, aber möglicherweise spähte Hansen durch einen Spalt zwischen den Gardinen ja heraus?

Immerhin hörte Rist den Funkverkehr der SEK-Kollegen mit an. Nach ein paar Minuten des Wartens gab Robin durch, dass sie zu zweit vor dem Vorzelt standen; zwei weitere Männer hatten sich ein Stück hinter ihnen postiert und gaben ihnen Deckung, unter ihnen der Präzisionsschütze. Der Rest der Einsatzgruppe beobachtete den Wohnwagen aus einer etwas größeren Entfernung, war jedoch jederzeit bereit einzugreifen.

»Zugriff erfolgt«, hörte Rist Robin leise sagen. Ein ratschendes Geräusch wurde übertragen. »Das Vorzelt ist offen.«

Der Kollege am Einsatzwagen bestätigte. Danach war eine Weile alles still. Rist wusste, dass die SEK-Leute keinen Schlüssel für den Wohnwagen besaßen. Das Türschloss musste aufgebrochen werden. Auf diese Weise konnten sie beim Stürmen des Wagens nicht auf das Überraschungsmoment zählen. Rist hörte, wie die Tür geöffnet wurde, dann ein Poltern. Eine gefühlte Ewigkeit später meldete Robin, dass die Zielperson gefunden, überwältigt und gesichert sei.

Helge Hansen litt zum Zeitpunkt des Zugriffs an einem schlimmen Kater. Er leistete der Einsatzgruppe kaum Widerstand, sondern erbrach sich noch auf dem Weg aus dem Wohnwagen auf seine Stiefel. Zu Rists Enttäuschung befanden sich keinerlei Schusswaffen, sondern nur ein Klappmesser und ein Schlagring in Hansens Besitz.

Helge Hansen wurde nach Lübeck ins Polizeizentralgewahrsam überstellt. Inzwischen war es acht Uhr zweiundzwanzig und stockdunkel. In der *Strandbar* herrschte eine geradezu ausgelassene Stimmung. Und Rist freute sich auf die anstehende Vernehmung. Er sah zu, wie Helge Hansen in den Polizeiwagen bugsiert wurde.

»Eh, was soll das alles? Ich bin unschuldig«, rief Hansen immer wieder. »Ihr bellt den falschen Baum an!«

Doch der wütende Protest konnte Rist nicht erschüttern. Er war der Aufklärung des Mordfalls Matthias Stöver ganz nah, das fühlte er.

Pia schreckte hoch, als etwas sie im Schlaf an der Schulter berührte. Sie sah das unglückselige Gewehr vor sich, von dem sie gerade geträumt hatte, und zuckte zusammen.

Etwas strich ihr durchs Haar.

Pia blinzelte. Im schummrigen Licht, das aus dem Flur hereinfiel, erkannte sie Lars' Gesicht direkt vor ihrem eigenen. Nacken und Rücken taten ihr weh. Ein warmes Gewicht lastete auf ihrem Bauch.

»Ich dachte, ich wecke dich lieber«, sagte er leise. »Wenn du in der Haltung die ganze Nacht verbringst, kannst du dich morgen früh garantiert nicht mehr rühren.«

Pia lag zusammengekauert auf dem Sofa. Mehr auf als neben ihr hatte sich Felix mit seiner Bettdecke zusammengerollt und schnarchte leise vor sich hin. Seine Wangen waren gerötet, der kleine Mund stand leicht offen. Sie bewegte sich vorsichtig, um ihn nicht aufzuwecken. Beim Versuch, sich ein wenig aufzurichten, bemerkte sie, dass ihr Arm eingeschlafen war. Er gehorchte ihr kaum. Das große Bilderbuch rutschte von ihrem Schoß. Lars fing es auf, bevor es polternd zu Boden fallen konnte, und legte es auf den Couchtisch.

»Wie spät ist es denn?«, flüsterte sie.

»Kurz nach neun.«

»Ich weiß auch nicht, warum ich eingeschlafen bin.«

»Weil du zum Umfallen müde warst? Komm, ich helfe dir.« Er nahm Felix samt Decke auf den Arm und erhob sich mit ihm aus der Hocke, als wöge der Junge keine dreizehn Kilo.

Pia stemmte sich in eine sitzende Position hoch, stellte die Füße auf den Boden und rieb sich den kribbelnden Arm. »Ich hab ihm vorgelesen, und irgendwie haben wir dann wohl beide den Absprung nicht mehr geschafft.«

Lars trug Felix ins Kinderzimmer, ohne dass der Junge aufwachte. Pia, die den beiden folgte, rührte es zu sehen, wie vorsichtig und zugleich sicher er ihn hielt. Sie deckte Felix zu, legte seinen heißgeliebten Schlafhasen neben ihn und gab ihrem Sohn einen Kuss auf die Stirn.

»Hast du überhaupt schon was gegessen?« Lars schloss leise die Kinderzimmertür und sah sie prüfend an.

»Nur eine Banane. Ich wollte auf dich warten, und du?«

»Auch nicht viel mehr. Ein paar Kekse im Büro.«

»Hat deine Besprechung bis eben gedauert?«

»Beinahe. Ich war danach noch kurz zu Hause, hab mich umgezogen und ein paar Sachen eingepackt.«

Pia lächelte. Also wollte er über Nacht bleiben, das gefiel ihr. »Und ... war der Kundentermin erfolgreich?« Sie wusste, dass Lars sich nicht sicher gewesen war, ob er diesen Auftrag bekommen würde.

»Ich habe mir zwar den Mund fusselig geredet, aber ja, am Ende habe ich den Kunden überzeugt.«

Sie inspizierten den Inhalt des Kühlschranks, und Pia wärmte einen Auflauf auf, der noch vom Vortag übrig war. Als alles fertig war, nahmen sie ihr Essen und die Getränke auf einem Tablett mit ins Wohnzimmer. Da Pia nach dem Albtraum von dem Gewehr keine Lust mehr hatte, weiter an ihren Job zu denken, ließ sie sich von Lars erzählen, wie sein Termin verlaufen war. Er schilderte das Meeting so lustig, dass sie lachen musste.

»Du hast eben die besseren Argumente«, sagte sie leichthin, nachdem er geendet hatte.

»Ich hoffe doch.« Lars sah sie prüfend an.

»Ist irgendwas?«

»Pia. Ich weiß, dass das Treffen mit meinen Eltern nicht optimal verlaufen ist ...«

»Tut mir leid, dass ich dem Typen hinterhergerannt bin«, sagte sie reumütig. »Ich hätte ihn besser ignorieren sollen.«

»Nein. Ich wollte, *ich* hätte mir den Kerl vorknöpfen können. Aber du warst zu schnell. Bevor ich überhaupt mitbekommen habe, was los ist, bist du schon hinter ihm hergerast.« Er grinste bei der Erinnerung.

»Echt? So schlimm?«, fragte Pia verlegen.

»Beeindruckend.«

»Deine Eltern haben das bestimmt etwas anders gesehen.«

»Ich fand es gut. Du lässt dir nichts gefallen. Ich mag das. Mein Vater übrigens auch.«

»Wirklich?« Sie fasste sich an die verletzte Wange.

»Hat sich inzwischen herausgestellt, wer der Typ war und was er von dir wollte?«

Pia erzählte, was Broders herausgefunden hatte.

»Ein Privatdetektiv? Glaubst du, dass das auf Hinnerks Mist gewachsen ist?«

Pia hob die Schultern. »Eigentlich nicht. Es passt nicht zu ihm. Ich kann es aber nicht mit Sicherheit sagen.«

»Der Termin vor Gericht macht dir zu schaffen.«

»Ich habe Angst davor«, bekannte sie.

»Soll ich nicht doch mitkommen?«

»Ich muss das allein durchstehen, Lars.«

Seine Augen funkelten unheilvoll. Er würde womöglich dem gegnerischen Anwalt an die Gurgel gehen. Im Augenblick sah er jedenfalls so aus, als hätte er Lust dazu.

»Es gefällt mir nicht«, sagte er schließlich. »Doch es ist deine Entscheidung. Ich muss aber irgendetwas tun, verstehst du? Ich kann nicht einfach nur rumsitzen und abwarten.«

»Du hilfst mir.«

»Ich weiß nicht, ob mir das genug ist.«

Ihr wurde ein wenig beklommen zumute. »Wie genug?«

»Ich will mehr, Pia.«

Helge Hansen wird den Rest seiner guten Jahre hinter Gittern verbringen, dachte Rist. Dafür werde ich sorgen. Er blieb die ganze Nacht auf der Dienststelle, rekapitulierte die Fakten und las auch sämtliche Berichte noch einmal durch. Gegen vier Uhr am nächsten Morgen hatte er sich eine Taktik zurechtgelegt. Er beschloss, sich noch für zwei Stunden in seinem Büro aufs Ohr zu legen.

Vor dem Einschlafen stellte er sich vor, wie Hansen im Polizeizentralgewahrsam schmorte. Der Aufenthalt in einer Zelle, ohne Gürtel, ohne Schuhe, auf einer schmalen Pritsche, konnte einen gewöhnlichen Kriminellen schon ein wenig weichkochen. Besonders, wenn er einen Kater hatte, ihm übel war und er fror. In der gegenüberliegenden Zelle befand sich gerade ein Mann, der zu seinem eigenen Schutz hatte fixiert werden müssen. Bei der Einlieferung hatte er unentwegt gebrüllt. Die rauen Schreie und unflätigen Bemerkungen, die von den nackten Wänden zurückgeworfen und verstärkt wurden, zermürbten alle, die ihnen ausgesetzt waren.

Helge Hansen hatte am vergangenen Abend natürlich noch einen Anwalt benannt und gefordert, dass dieser bei der Vernehmung anwesend sein müsse. Klar, er wusste, dass ihn »die Seinen« nicht im Stich lassen würden! Rist grinste zynisch. Er musste sicherlich nicht selbst für die Anwaltskosten aufkommen. Doch Manfred Rist hatte dem Strafverteidiger, der in der Szene eine bekannte Größe war, am Abend noch mitteilen lassen, dass sie nicht vor neun Uhr am nächsten Tag Zeit für die Vernehmung finden würden.

Am nächsten Morgen ließ Rist den Tatverdächtigen früh wecken. Gegen acht Uhr ordnete er dann an, ihn in den Vernehmungsraum im siebten Stock des Polizeigebäudes bringen zu lassen. Hansen sollte sich ruhig schon mal ein paar Gedanken zum Verlauf des Tages und seiner nächsten Lebensjahre machen. Währenddessen schaltete Rist sich kurz in die Dienstbesprechung seiner Kollegen ein. Er musste sicherstellen, dass die anderen nicht faul auf ihrem Hintern saßen, während er wieder mal alles allein unter Dach und Fach brachte. Wenn ich nicht alles anschiebe und kontrolliere, passiert aber auch gar nichts!, dachte er grimmig. Es wurde Zeit, dass hier ein anderer Wind wehte.

Doch der Morgen verlief für Rist nicht nach Plan. Er hatte nicht erwartet, dass er *so* müde sein würde. Er konnte sich kaum bewegen, seine Augen brannten und sonderten unentwegt eine krümelige Substanz ab. Sein Magen war übersäuert; er bekam kaum den Kaffee herunter, ohne Galle aufzustoßen. Als Juliane eine mitfühlende Bemerkung machte, stauchte er sie zusammen. Sie setzte ein so beleidigtes Gesicht auf, dass er kurzerhand Broders an ihrer Stelle mit in den Vernehmungsraum nahm.

Helge Hansen, der mit gleichmütiger Miene neben seinem Anwalt saß, sah hingegen erstaunlich ausgeruht aus. Rist begrüßte die Anwesenden, stellte sie der Form halber einander vor und sprach die einleitenden Sätze. Broders hatte den Computer hochgefahren und schien ansonsten den Dingen ihren Lauf lassen zu wollen. Das war gut. Sowohl der Anwalt als auch dessen Mandant trugen eine provokante Selbstsicherheit zur Schau.

Rist legte als Erstes die durchsichtigen Plastikbeutel mit den angekokelten Stiefelüberresten aus Hansens Feuertonne auf den Tisch. »Kommen Ihnen die bekannt vor?«

»Was soll das denn sein?«

Rist erläuterte den Fund. Das K6 hatte sogar die Marke der Motorradstiefel herausgefunden.

»Was hat das mit mir zu tun?«

»Diese Überreste lagen in Ihrer Feuertonne, Herr Hansen.«

»Diese kleine Ratte«, murmelte Hansen. Sein Anwalt runzelte die Stirn.

»Wen meinen Sie?«, fragte Rist.

»Den Bengel der Freeses. Der hat bei mir rumspioniert. Aber wenn ich mich recht erinnere, könnten es wohl doch meine gewesen sein«, räumte Hansen ein. »Ich hab neulich Abfall verbrannt. Um Müllgebühren zu sparen.«

»Warum diese Stiefel?«

»Die waren kaputt.«

»Inwiefern?«

»Weiß ich doch nicht. Schlecht verarbeitet ...«

»Was für ein dummer Zufall, wo wir gerade nach Stiefeln in Zusammenhang mit einem Mordfall suchen. Ich habe das Gefühl, Sie haben etwas vor der Polizei zu verbergen. Am besten, Sie sagen uns gleich, warum Sie sie wirklich verbrannt haben.«

»Dazu müssen Sie sich nicht äußern«, erklärte der Anwalt ruhig.

Rist spielte seine nächste Karte mit Bedacht aus. Er bluffte. »Das Profil der Stiefel stimmt mit einem Abdruck am Tatort überein.«

Der Anwalt richtete sich leicht in seinem Stuhl auf.

»Was? Das ist nicht wahr!« Hansen war ein wenig blasser geworden.

Rist beglückwünschte sich innerlich. Äußerlich ruhig sagte er: »Sie waren am Tatort und haben danach die Stiefel vernichten wollen, nicht wahr? Einen anderen Grund, sie zu verbrennen, gibt es nicht.«

»Jetzt fällt es mir wieder ein: Ich war mit meiner Frau an und in der Kirche. Ich hab ihr am Freitag geholfen, die große Leiter reinzutragen, weil sie am Himmel über der alten Kanzel etwas putzen musste. Der Pastor hatte es ihr aufgetragen. Da hatte ich die Stiefel auch an.«

»Auch ...«, sagte Rist zufrieden.

»Wie fast immer«, stieß Hansen hervor.

»Das ist doch Haarspalterei. Die Erklärung für das Vorhandensein des Abdrucks ist mehr als einleuchtend«, sagte der Anwalt.

»Erst wenn sie bewiesen ist.« Rist beugte sich vor. »Und *auch* war schon ganz richtig. Sie waren nämlich noch mal dort, Herr Hansen. Am Samstagabend. Zur Tatzeit.«

»Dafür haben Sie keine Beweise«, wandte der Anwalt ein.

»Zwei Zeugen«, erwiderte Rist leise. »Ihr Mandant ist gesehen worden.«

»Quatsch!«, begehrte Hansen auf. »An der Kirche ist es doch viel zu dunkel. Da kann man unmöglich jemanden erkennen.«

»Woher wissen Sie, wie dunkel es dort um die Uhrzeit war?«

»Ich kenn mich aus in meinem Dorf, was meinen Sie?«, gab Hansen zurück. »Diese Scheinwerfer bringen nicht viel. Die strahlen nur den Turm an.«

Rist brachte Helge Hansen dazu, die Kleidung zu beschreiben, die er am Samstagabend getragen hatte. Er musste die Wahrheit sagen, denn er war seinem Alibi zufolge ja in Heiligenhafen gewesen, wo es bestimmt Zeugen gab, die sich ebenfalls daran erinnerten, wie er später dort aufgetaucht war. Rist triumphierte innerlich, als Hansen zu der Kutte kam, die er über der schwarzen Motorradkombi getragen hatte. Die Kutte seines Motorradclubs, den Rothvers, mit dem weißen Namensschriftzug in Großbuchstaben, den Elsa Grönwald fehlgedeutet hatte.

»Jemand hat den Schriftzug hinten auf ihrem Rücken gesehen. Der leuchtet ja geradezu in der Dunkelheit.«

Hansen strich sich durch den Bart. »Schon gut. Ich war ja auch da«, sagte er. »Aber ich hab keinen umgebracht.«

Der Anwalt sah ihn überrascht an. »Sie müssen sich zu solchen Anschuldigungen nicht äußern.«

»Es kommt ja doch raus, also wieso nicht gleich?«

Rist beugte sich noch weiter vor, um nichts zu verpassen.
»Herr Hansen ...«, warnte der Anwalt.
»Lassen Sie mich! Das ist wichtig. Ich war sauer auf Pastor Stöver, weil er meiner Frau solche Angst eingejagt hat. Von wegen, unser Ethan soll in eine Pflegefamilie. Das war am Samstagabend. Ich kam gerade nach Hause, und Cindy saß heulend im Wohnzimmer. Ich bin gleich zu ihm hin, um das zu klären.«
»Zu wem?«
»Herr Hansen, ich denke, Sie sollten ...«
»Ich weiß, was ich tue«, sagte Helge Hansen fest. »Ich bin am Samstagabend zum Pfarrhaus gefahren und hab geklingelt; das war so gegen halb elf, aber es hat mir keiner aufgemacht. Danach bin ich zur Kirche, um den Pastor zu suchen.« Er erzählte freimütig, dass er richtig sauer gewesen sei, doch dass er nicht vorgehabt habe, Matthias Stöver etwas anzutun. »Ich hab nur mit ihm reden wollen.«
Rist triumphierte innerlich. Es waren immer die gleichen Geständnisse, immer der gleiche Tenor. Er hatte allerdings nicht damit gerechnet, dass Hansen derart schnell zusammenklappen würde, noch dazu, da ihm der Anwalt zur Seite stand. Aber sein Sieg war durchaus verdient. Er hatte ein lädiertes Gesicht und nur noch einen halben Schneidezahn. Und er hatte die Nacht durchgeackert ... »Was passierte dann?«, fragte er.
Helge Hansen schüttelte wie ungläubig den Kopf. »Die Tür zur Sakristei war nicht abgeschlossen. Ich bin rein, weil ich Licht gesehen habe. Der Pastor lag bäuchlings auf dem Boden in seinem Blut. Er war mausetot. Ich hab extra nachgeschaut. Dabei bin ich dummerweise in das Blut getreten. Da hab ich gedacht, dass ihr mich drankriegen würdet für einen Mord, den ich gar nicht begangen hab. Meine Fußabdrücke in der Blutlache, Fingerabdrücke am Türgriff ... Ich war echt am

Arsch. Ich bin in Panik geraten und hab mir den ersten Stofffetzen gegriffen, den ich finden konnte. So ein lila Teil. Damit habe ich meine Spuren weggewischt und alles abgerieben, was ich berührt hatte. Dann bin ich mit dem blutigen Lappen raus zu meinem Motorrad und erst mal losgefahren. Ich wollte nur weg. Den Stoff hab ich kurz darauf um einen Stein gewickelt und in den Oldenburger Graben geworfen. Dann bin ich weiter nach Heiligenhafen, weil mir klar war, dass ich ein Alibi brauche.«

»Sie geben also zu, dass Ihr Alibi falsch ist?«

»Hören Sie mir nicht zu? Ich sagte gerade, der Pastor war schon tot, als ich kam. Sie pinkeln dem Falschen ans Bein. Ihr Mörder läuft noch da draußen rum.«

Rist stieß verächtlich die Luft aus. In seinem abgebrochenen Zahn zog es dabei wie im Tor zur Hölle. Das war alles Hansens Schuld. Und nun kam er mit dieser Geschichte. Das Unschuldslamm! Und das Schlimme, das wirklich Schlimme an dieser Version der Ereignisse war, dass sie durchaus glaubwürdig klang. Das fand der Anwalt anscheinend auch, denn er nickte Hansen beruhigend zu. Rist sah seine Felle davonschwimmen.

»Sie haben vier Kinder?«

»Fünf«, erwiderte Hansen.

»Alle Achtung. Hübsche Leistung. Das schafft nicht jeder«, sagte er wie beiläufig.

»Was soll das werden?«, fragte der Anwalt alarmiert.

»Ich mein nur. So eine große Familie zu ernähren kostet bestimmt eine schöne Stange Geld.«

»Lassen Sie das meine Sorge sein!«

»Oder die Ihrer Frau. Sie geht putzen, nicht wahr?«

»Was soll das heißen?«

»Sie bringen nicht genug Geld nach Hause, um Ihre Familie zu versorgen. *Das* soll es heißen.«

Helge Hansen wollte aufspringen, doch der Anwalt hielt ihn zurück.

»Hoppla«, ließ Broders sich zum ersten Mal über seine Tastatur hinweg vernehmen.

»Unterlassen Sie die unsinnigen Provokationen!«, fuhr der Anwalt Rist an. »Oder ich werde mich über Sie beschweren.«

Manfred Rist ignorierte ihn und fixierte stattdessen weiter Helge Hansen. »Sie sind nicht der Typ, der seine Frau für sich ackern lässt, nicht wahr? Auch wenn Sie momentan arbeitslos sind, wie wir erfahren haben, haben Sie bestimmt Ihre Einkünfte.«

»Ich weiß mir zu helfen«, sagte Hansen stolz. »Und ich habe Freunde.«

»Freunde sind gut. Besonders solche wie die in Ihrem Club. Die Rothvers halten zusammen, oder? Da gibt es immer wieder einträgliche Nebenjobs, stimmt's?«

»Dazu äußert mein Mandant sich nicht.« Der Anwalt klang gereizt.

Rists Theorie stützte sich auf die Annahme, dass Hansen über seinen Club in Verbindung zu den Leuten stand, denen Adrian Pagel in Berlin mit seinem in Konkurs gegangenen *Red Horse* in die Quere gekommen war. »Sie hatten einen Auftrag, der gut bezahlt wurde«, sagte Rist. »Sie sollten Adrian Pagel, dem Bruder des Schlachters, Angst einjagen. Sie haben ihn mit dem Feuer aus der Strandhütte gelockt und als gruselige Dreingabe vor seinen Augen einen Pferdekopf verbrannt.«

»Adrian Pagel und ein Pferdekopf? Hübsche Idee«, spottete Hansen. »Aber so war es nicht.«

»Hat Pagel Sie entdeckt, und Sie haben ihn deshalb niedergeschlagen? Oder hat Katharina Stövers Ankunft Sie irritiert.«

»Katharina Stöver?«, sagte Hansen verblüfft. »Was wollte die denn da?«

»Sie geben es also zu!«

»Mein Mandant gibt gar nichts zu«, stellte der Anwalt fest.

»Ihr Mandant hat Herrn Pagel niedergeschlagen und ist dann geflohen. Die Frau des Pastors hat ihn gesehen.«

»Dann hätten Sie Herrn Hansen längst festgenommen und dem Haftrichter vorgeführt. Und außerdem: Dafür haben Sie mich so früh herzitiert?«, fragte der Anwalt. »Letztlich nur, weil mein Mandant ein Feuer in den Dünen angezündet hat?«

»Er hat einen Pferdekopf verbrannt, Adrian Pagel mit dem Feuer aus dem Haus gelockt und ihn dann brutal niedergeschlagen.«

»Erstens: Unerlaubt Feuer zu machen ist bloß eine Ordnungswidrigkeit. Selbst in den Dünen. Ein Pferdekopf ist nur eine Sache, auch wenn in einem solchen Fall immer sämtliche Tierschützer auf die Barrikaden gehen, und ...« Er hob die rechte Hand wie zum Schwur. »Mein Mandant hat beobachtet, wie Herr Pagel gestürzt ist und sich den Kopf aufgeschlagen hat. Dass immer die bösen Buben in den schwarzen Lederjacken schuld sind, wenn so was in ihrer Nähe passiert, ist in unserer Gesellschaft ja ein weit verbreitetes Vorurteil.«

»Ihr Mandant war zweimal zufällig zur Tatzeit am Schauplatz eines Mordes beziehungsweise eines gewalttätigen Angriffs? Er ist beide Male geflohen und hat sich dann auch noch ein falsches Alibi besorgt.«

»Das ist doch nur menschlich. Herr Hansen stand unter Schock. Er dachte in diesem bedauernswerten Zustand, dass es das Beste für ihn sei, sofort von dort zu verschwinden. Was er, nur nebenbei bemerkt, heute bedauert. Aber die folgenden Ereignisse lassen diese Sorge sogar als gerechtfertigt erscheinen. Sie haben ihm im Verlauf der Ermittlungen mit unhaltbaren Verdächtigungen zugesetzt, sodass er eine Auszeit an der Ostsee brauchte. Von dort haben Sie ihn dann wiederum vollkommen grundlos mit einem SEK-Team hervorgezerrt und haben ihn vorgeführt wie einen tollwütigen Hund. Ich weiß nicht, ob das nicht noch ein Nachspiel haben wird.«

»Warum ist er nicht freiwillig aus dem Wohnwagen gekommen?«

»Er hat Sie gar nicht gehört.«

»Er hat einen Menschen niedergeschlagen. Auf die gleiche Art und Weise, wie Pastor Stöver ums Leben gekommen ist.«

»Falsch. Pagel ist immer noch gestürzt. Das alles deckt sich vermutlich haargenau mit Adrian Pagels Aussage und bestimmt auch mit der dieser ...« Er schnippte mit den Fingern.

»Pastorengattin«, ergänzte Hansen.

»Adrian Pagel traut sich nur nicht, Anzeige zu erstatten«, stieß Rist hervor. »Er hat Angst um sein Leben.«

»Herr Kommissar. Was soll das denn jetzt werden?«, fragte der Anwalt spöttisch.

»Hauptkommissar.«

»Sei es drum. Sie haben keinerlei Beweise. Sie haben nichts außer Ihren Vorurteilen. Und wir«, er sah seinen Mandanten von der Seite an, »würden jetzt gern gehen. Herr Hansen möchte endlich duschen, ausgiebig frühstücken, die Kleidung wechseln ... Alles, was einen Menschen erst so richtig zu einem Menschen macht, nicht wahr, Herr Hauptkommissar?«

Die Tatsache, dass er als freier Mann das Polizeihochhaus verlassen konnte, schien Hansen so richtig Oberwasser zu geben. Er würde sicherlich nicht zuerst duschen und frühstücken, wie sein Anwalt betonte, sondern in die nächste Kneipe gehen, um seinen vermeintlichen Sieg zu feiern. Im Flur wandte sich Hansen mit gespielter Anteilnahme an Rist. »Oh, Mann. Was ist da eigentlich mit Ihrem Gesicht passiert? Sind Sie irgendwo gegengelaufen? Sieht ja böse aus.«

»Ganz vorsichtig«, zischte Rist. »Wir sind noch lange nicht fertig miteinander.«

Juliane ging an ihnen vorbei. Hansen starrte ihr nach. »He, endlich mal ein Lichtblick hier bei der Kripo. Ansonsten ist euer Flur ja eher eine Art Geisterbahn. Mit richtigen Erschreckern.«

Broders und auch Hansens Anwalt schienen Mühe zu haben, ein Grinsen zu unterdrücken. Rist wahrte die Fassung, indem er sich vorstellte, wie er irgendwann in nicht allzu ferner Zukunft im K1 aufräumen würde.

Von den Ereignissen in ihrer Dienststelle hatten Pia und ihr Kollege Michael Gerlach nichts mitbekommen. Nach der kurzen Besprechung waren sie direkt nach Mönkenbek aufgebrochen.

Den Weg dorthin würde Pia inzwischen beinahe im Schlaf finden. Der Küster hatte sich gemeldet, weil er der Polizei etwas mitzuteilen hatte. Das klang interessant. Danach wollten Pia und Gerlach noch mit Adrian Pagel sprechen. Rist, der womöglich andere Pläne und Ansichten zum weiteren Vorgehen hatte, war am Morgen nicht in der Lage gewesen, klare Anweisungen zu erteilen.

Pia bog auf die Landstraße, die über die weite Ebene in Richtung Mönkenbek führte. Die Flügel der Windmühlen ragten unbeweglich in das trübe Grau. War es nur eine tief hängende Wolkendecke, oder war das Nebel? Sie musste an den Witz denken, man solle die Windräder endlich abschalten, um Energie zu sparen. Aber dann hätte man ja weniger Wind …

Nicht der kleinste Windhauch regte sich. Die Welt schien stillzustehen. Der Eindruck verstärkte sich, als Pia durch das menschenleere Dorf fuhr. Sie waren mit zwei Autos unterwegs, und sie war geradezu erleichtert, als Gerlachs Wagen im Rückspiegel aus dem Dunst auftauchte. Er parkte auf dem Kirchplatz neben ihr.

Ernst Fassbender öffnete ihnen die Tür und begrüßte sie mit einem verwunderten Seitenblick auf ihren Kollegen. Pia stellte ihm Gerlach vor. Die Irritation über die Anwesenheit ihres Kollegen ignorierte sie. Der Küster führte sie in eine altmodische, aber klinisch saubere Küche.

Fassbender räusperte sich, sah zu Gerlach und schien zu dem Schluss zu kommen, dass es egal war, ob er nur Pia oder auch ihrem desinteressiert wirkenden Begleiter berichtete. Er erläuterte weitschweifig die Situation in der Kirchengemeinde, wie sie zu Matthias Stövers Lebzeiten gewesen war. Er schilderte den unterschwelligen Konflikt zwischen den Mitgliedern des Kirchengemeinderats und dem Pastor. »Wir wollten alle nur das Beste für unsere kleine Gemeinde«, sagte er. »Aber über das Wie haben wir leider oft, zu oft, gestritten.«

»Können Sie da etwas konkreter werden?«

Der Küster erzählte, wie sie zuletzt – und ganz besonders heftig – über Kirchenfenster kontra Jugendarbeit diskutiert hatten. Bei dem Streit war es im Grunde jedoch um die grundsätzliche Marschrichtung in der Gemeindearbeit gegangen: Sollte der Erhalt des Bestehenden im Mittelpunkt der Bestrebungen stehen, oder sollte man endlich den Aufbruch zu etwas völlig Neuem wagen? »Unser Pastor war ein guter Mensch mit sehr festen Ansichten, von denen er auch nicht abwich«, schloss Fassbender. »Ich fürchte, ein paar von uns sind damit nicht gut klargekommen. Da habe auch ich keine Ausnahme gemacht.«

»Wollen Sie andeuten, dass einer von Ihnen ihn deswegen umgebracht haben könnte?« Oder ein paar von Ihnen gemeinsam?, schoss es Pia durch den Kopf. *Mord im Orient-Express* als Vorbild? Nein, das war lächerlich.

»Natürlich nicht.« Er riss die Augen auf. »Ich weiß nicht, wer den Pastor ermordet hat. Wirklich nicht. Ich will Ihnen eigentlich auch etwas ganz anderes beichten.«

»Beichten?«, echote Gerlach.

»Ich muss mit jemandem darüber reden.« Er setzte ein entschlossenes Gesicht auf. »Ich hatte der Polizei doch von den anonymen Spenden für unsere Kirche erzählt.«

Pia nickte.

»Wissen Sie, ich war nicht ganz ehrlich. Es war eigentlich noch mehr Geld als die erwähnten tausend Euro. Ich habe ... ich habe einen dieser Umschläge an mich genommen. Darin befanden sich ebenfalls fünfhundert Euro. Ich dachte, wir streiten sowieso nur wieder um das Geld ...«

»Und da haben Sie es lieber eingesteckt, um weitere Konflikte zu vermeiden?«, fragte Gerlach.

»Nein. Ich brauchte es! Dringend. Es ist so schwer mit Lotti, seit sie nicht mehr arbeiten kann und alles immer teurer wird. Da war diese unerwartet hohe Rechnung für die Autoreparatur – ich konnte schon gar nicht mehr schlafen deswegen. Wir brauchen doch ein Auto, und ein neues zu kaufen ist einfach nicht drin. Dazu kam die Heizkostennachzahlung, die Zuzahlungen für Lottis Medikamente. Da bin ich schwach geworden. Aber ich gebe es zurück. Mit Zinsen.«

»Warum sagen Sie uns das?«

»Ich kann mit der Schuld nicht mehr leben.«

»Das ist aber nicht der einzige Grund, oder?«, hakte Pia nach. »Sie denken, die Spenden könnten irgendwie in Zusammenhang mit dem Mord stehen.«

»Ich frage mich die ganze Zeit, wer das viele Geld, es sind inzwischen ja insgesamt eintausendfünfhundert Euro, anonym unserer Kirche zugedacht hat.«

»Und was für ein Motiv der Spender wohl hatte«, fügte Pia hinzu. »Was hat Matthias Stöver eigentlich dazu gesagt?«

»Er meinte, wir sollten das nicht hinterfragen. Es sei ein Geschenk, das wir weise einsetzen müssten.«

»Stöver könnte herausgefunden haben, wer der Spender ist.

Er könnte sich mit ihm in der Sakristei getroffen haben, um darüber zu reden«, sagte Gerlach.

»Aber wieso sollte derjenige den Pastor umgebracht haben?«, fragte Pia.

»Wer weiß, woher das Geld stammte. Vielleicht war es ja gestohlen«, überlegte Gerlach laut.

Der Küster nickte. Das war wohl auch seine Befürchtung. Und er hatte nicht darauf hinweisen wollen, ohne sich gleichzeitig von seiner eigenen Schuld reinzuwaschen. Andererseits war es auch denkbar, dass der Pastor Fassbender bei einem erneuten Diebstahl erwischt hatte, und es war zu einer Auseinandersetzung mit den bekannten Konsequenzen gekommen. Die Geldsumme erschien auf den ersten Blick nicht so groß, dass sie einen Mord rechtfertigte, aber die Tatsache, dass das Geld ursprünglich der Kirche zugedacht war, verlieh der Sache ein hohes moralisches Gewicht. Und im Fall Ernst Fassbenders wäre es zudem um dessen berufliche Existenz gegangen ... Ein diebischer Küster wäre sicher sogar für Pastor Stöver untragbar gewesen.

»Ich habe noch eine ganz andere Frage«, sagte Pia, bevor sie gingen.

»Ja?«

»Hier ist doch vor vielen Jahren mal Kirchenkunst gestohlen worden.«

Der Küster erstarrte. »Meinen Sie die Silberkelche und das Altarkreuz? Ich hatte nichts damit zu tun. Ehrlich.«

»Können Sie mir sagen, wann genau das passiert ist?«

»Ich war damals noch relativ neu hier. Es war im Frühsommer 1990. Ich erinnere mich so genau daran, weil es mein Einstellungsjahr ist.«

»Wie hoch war denn der Wert dieser gestohlenen Gegenstände?«, fragte Gerlach interessiert.

»Unschätzbar, da unwiederbringlich«, antwortete der Küster. »Aber auf dem Schwarzmarkt hätten die Sachen angeblich nur acht- bis zehntausend DM gebracht, hieß es damals.«

Startkapital für Berlin?, dachte Pia. »Ist der Fall je gelöst worden?«

»Nein. Nicht, dass ich wüsste.«

29. Kapitel

Als Nächstes stand die Unterredung mit Adrian Pagel an. Die Fahrt hinaus in Richtung Ostsee und Leuchtturm blieb Pia und Gerlach jedoch erspart. Bertram Pagels Bruder wohnte zwar immer noch in dem Ferienhaus am Strand, doch Pia hatte ihn vor ihrer Abfahrt aus Lübeck angerufen und ihn in den *Mönkenbeker Hof* beordert.

Wie erwartet war in dem Gasthaus am späten Vormittag noch nicht viel los. Die Wirtin geleitete sie in ein Hinterzimmer des eigentlichen Gastraums. Pia und Gerlach waren etwas zu früh dran und bestellten sich einen Kaffee. Bis auf ein weit entferntes Klappern aus der Küche und das Knarzen von Gerlachs Stuhl war es vollkommen ruhig in dem Raum. Der Nebel war dichter geworden, schien gegen die Fenster zu drücken und alle Geräusche von draußen zu absorbieren. Als Michael Gerlach zwei Zuckertütchen aufriss, den Inhalt in seine Tasse streute und den Kaffee umrührte, klang das Klirren des Löffels gegen das Porzellan unnatürlich laut.

Obwohl Pia ihren Kollegen schon lange kannte und auch ab und zu mit ihm zusammenarbeitete, hatte sich zwischen ihnen nie die selbstverständliche Vertrautheit eingestellt wie zwischen Broders und ihr. Natürlich vertraute sie Gerlach. Auf die Art und Weise, wie sie allen Kollegen in ihrer Abteilung vertraute. Allen bis auf einen vielleicht, aber das war ein anderes Thema. Michael Gerlach gab grundsätzlich nur wenig von sich preis. Aber vielleicht dachte er das Gleiche auch über sie?

Die Tür sprang auf, und Adrian Pagel legte einen bühnenreifen Auftritt hin. Er sah sich wild um, bleckte die Zähne zu einem breiten Lächeln und kam dann mit Riesenschritten auf ihren Tisch zugestürzt. »Was für ein Morgen«, sagte er und ließ sich breitbeinig auf einen der freien Stühle fallen. Mantel und Mütze behielt er an.

Die Wirtin sah zur Tür herein, und er gestikulierte heftig. »Kaffee, Gabi! Viel und schnell und heiß, wenn's geht.«

»Moin erst mal. Klar doch, Adrian. Einen Pott Kaffee?«

»Pott«. Das war das Zauberwort. Pia sah etwas enttäuscht auf ihre Porzellantasse hinunter.

»Du bist eine Lebensretterin. Heißen Dank«, rief Adrian Pagel der Frau hinterher. Sie zwinkerte ihm zu und rückte ihren Ausschnitt zurecht, bevor sie sich wieder zurückzog.

»Man muss Bündnisse schmieden, wo immer sich einem die Chance dazu bietet«, sagte Pia amüsiert.

»Klar. Sie haben sich ja heute auch Verstärkung mitgebracht, Frau Korittki.« Pagel musterte Gerlach, als überlegte er, ob er sich lieber mit ihm anlegen oder mit ihm verbrüdern sollte.

»Das sieht nur so aus. In Wahrheit steht mein Kollege Gerlach auch bloß auf den tollen Kaffee hier«, sagte Pia.

Michael Gerlach runzelte die Stirn.

»Verstehe.« Pagels Gesicht wurde ernst. «Ich habe gehört, dass Helge Hansen gestern Nacht von einem Sonderkommando hochgenommen und verhaftet worden ist.«

»Er ist bei uns in Lübeck. Aber ich habe keine Ahnung, wie seine Vernehmung verlaufen ist.« Pia wartete ab, bis die Bedienung den bestellten Kaffeepott vor Pagel abgestellt und nach einem gekonnten Hüftschwung die Tür wieder hinter sich geschlossen hatte.

»Nichts gegen ein trautes Beisammensitzen. Aber warum bin ich hier?«, fragte Pagel.

»Es sind nur noch ein paar Kleinigkeiten für das Gesamtbild zu klären.« Pia sah ihm in die Augen. »In welchem Jahr haben Sie Mönkenbek als junger Mann den Rücken gekehrt?«

»1990, direkt nach der Abifeier.« Er klang beinahe wehmütig. »Mein Vater hat mich damals immer wieder in ein Grundsatzgespräch verwickelt. Er wollte, dass ich eine Metzgerlehre mache und danach bei ihm einsteige. Ich habe das abgelehnt. Tja, nach der Schule hat er mich noch einmal gefragt. Als ich ihm gesagt hatte, was ich von seinen Plänen halte, musste ich mein Elternhaus verlassen. Ich hatte einen Koffer mit meinen Klamotten und ein paar Hundert Mark in der Tasche. Mehr nicht.«

»Und damit sind Sie nach Berlin gegangen?«

»Ja.«

»Warum ausgerechnet Berlin?«

»Es waren aufregende Zeiten damals. Aufbruchsstimmung. Ich dachte, ich käme vielleicht erst mal in der Hausbesetzerszene unter.«

»War es so?«, fragte Gerlach.

»Nein. Ich lernte jemanden kennen.« Er grinste. »Eine Frau.«

»Und was war mit Katharina Stöver? Damals wohnte sie doch auch noch hier.«

»Ja, aber sie hieß natürlich noch nicht Stöver. Ich habe sie gefragt, doch sie wollte nicht mit. Im Nachhinein betrachtet, war das wohl auch ganz gut so. Aber wir hatten so viele Pläne! Ich dachte damals, sie wäre die Frau meines Lebens. Komisch, nicht?«

»Es geht«, meinte Gerlach.

»Mit achtzehn ist man eben noch voller Ideale«, sagte Pagel gleichmütig. »Jedenfalls, wenn man ein Herz hat.«

»Manchmal holen einen alte Gefühle ja auch wieder ein.« Wenn er solche Klischees bemühte, konnte Pia das auch.

»Ach, Sie meinen, wegen neulich? Das war nichts als ein rein freundschaftliches Treffen.«

»Warum dann so spät und so geheimnisvoll? Sie hätten sich doch zum Beispiel auch hier treffen können?«

Pagel zog eine Augenbraue hoch. »Kathi steckte in einer Krise und wollte mit jemand Unbeteiligtem darüber reden. Wollen Sie ihr das etwa vorwerfen?«

»Nein. Wir wollen nur gern die Wahrheit erfahren. Stattdessen kratzen wir eine Schicht Unwahrheit nach der nächsten ab. Wann kommen wir endlich zum Kern dieser Angelegenheit?«

Adrian Pagel sah Pia nachdenklich an. »Sie verstehen es nicht. Ich kann Ihnen nicht helfen.«

Pia stand auf. Gerlach sah sie überrascht an.

»Zeitverschwendung«, sagte sie.

Gerlach erhob sich ebenfalls.

Adrian Pagel zuckte mit den Schultern.

»Was war denn los? Warum bist du so schnell gegangen, Pia?« Sie standen wieder draußen bei ihren Autos. Der Nebel war inzwischen so dicht geworden, dass der Gasthof in zwanzig Metern Entfernung nur noch schemenhaft zu erkennen war.

»Es ist besser so.«

»Wie bitte? Pagel hat vielleicht etwas mit der gestohlenen Kirchenkunst zu tun. Der Zeitpunkt passt, und er hat quasi zugegeben, dass er damals nicht genug Ersparnisse hatte, um in Berlin neu anzufangen.«

»Ich weiß. Darum war es ja besser, an diesem Punkt abzubrechen.«

»So kenne ich dich ja gar nicht.«

»Wenn es sich hier wirklich um gestohlene Kunst handelt, dann hat vielleicht auch das Gemälde, das bei Herbert Michelsen vermisst wird, etwas damit zu tun. Adrian Pagel ist am Mittwoch vor zwei Wochen, als Herbert Michelsen gestorben ist, in Mönkenbek angekommen. Seltsam, nicht? Und Elsa Grönwald hat Broders erzählt, dass Pagel Michelsen an diesem Tag, dem Tag vor dessen Tod, einen Besuch abgestattet hat.«

Gerlach pfiff durch die Zähne.

»Wenn wir weitergefragt hätten, hätten wir Pagel am Ende noch als Beschuldigten vernehmen müssen, mit allen Konsequenzen: sogar mit dem Hinweis auf sein Recht auf einen Anwalt. Das macht sich am Kaffeetisch im Dorfgasthaus nicht so gut.«

Gerlach nickte. »Und wenn er nun abhaut?«

»Um genau das zu vermeiden, wollte ich ihn auch nicht wissen lassen, was wir inzwischen alles erfahren haben. Außerdem hoffe ich, dass Adrian Pagel zu wenig Geld hat, um unterzutauchen. Er ist doch offenbar völlig pleite. Würde er sonst in der lütten, sicher ungeheizten Holzhütte seines Bruders unterkriechen?«

»Was sollte dieses Treffen mit ihm, wenn du von diesem Punkt an sowieso nicht weiter nachhaken wolltest?«

»Ich brauchte noch ein paar Hintergrundinformationen, mit denen ich Katharina Stöver gleich beeindrucken kann.«

Gerlach sah auf die Uhr. »Jetzt noch? Das stand nicht auf unserer Liste. Und ich hab gleich noch einen Termin in Lübeck.«

»Das schaffe ich auch allein. Und bei Adrian Pagels offizieller Vernehmung im Kommissariat bist du dabei. Jedenfalls, wenn es nach mir geht.«

»Du solltest hier eigentlich nicht allein herumlaufen und Fragen stellen. Nicht, nachdem …«

»Ich weiß, was mir gestern passiert ist.« Es nervte sie, an das Gewehr erinnert zu werden. »Mit Katharina Stöver werde ich fertig. Außerdem werden ihre beiden Töchter gleich aus der Schule zurück sein.«

»So etwas sagen die in den Horrorfilmen auch immer, kurz bevor …«

»Tatsächlich?« Pia setzte ein gewinnendes Lächeln auf. »Ich guck so was nicht. Ich hab schon genug Horror. Wir sehen uns.«

Gerlach rollte mit den Augen: »Genau *das* sagen die immer.«

Benedikte Stöver saß im Schulbus. Sie hatte den Kopf gegen die vibrierende Fensterscheibe gelehnt und schaukelte Mönkenbek entgegen. Der Motor des Busses röhrte, als der Fahrer auf der schnurgeraden Landstraße beschleunigte. Die Ausdünstungen von etwa vierzig Schülern jeden Alters hatten die Scheiben beschlagen lassen, und das Kondenswasser – oder der Schweiß?, überlegte Beni – rann an der Innenseite herunter. Sie rückte ein Stück von der Fensterscheibe ab. Durch den Schmier darauf konnte sie die Wiesen, den kleinen Sportflughafen von Mönkenbek und den Oldenburger Graben im dichten Nebel kaum noch erkennen. Der Anblick deprimierte sie sowieso.

Neben ihr am Gang saß ihre Schwester Constanze und hielt ihren Rucksack mit den Armen umschlungen. Sie hatte die Augen geschlossen und ließ sich willenlos vom Schlingern des Busses durchrütteln. Fasziniert beobachtete Beni, wie Connis Wangen zitterten.

Die Sitzreihe vor ihnen war leer, obwohl viele Schüler stehen mussten. Jeder in diesem Bus wusste, dass Ethan neulich auf die beiden Sitze gepinkelt hatte. Die meisten Polster waren aufgeschlitzt oder mit obszönen Kritzeleien verunziert. Beni vermutete, dass schon ihre Mutter in diesem Vehikel zur Schule kutschiert worden war … Vielleicht hatte man damals noch Pferde davorgespannt, so lange, wie das vermutlich her war. Sie drehte sich um. Damian saß mit Bjarne ganz hinten. Er beachtete sie nicht. Es war ein ungeschriebenes Gesetz, dass sie niemals in der Öffentlichkeit nebeneinandersaßen und schon gar nicht miteinander redeten, wenn es nicht aus schulischen Gründen erforderlich war. Aber wahrscheinlich wusste jetzt eh die halbe Welt über sie Bescheid.

Sie passierten das Ortsschild von Mönkenbek.

Normalerweise wartete nach der sechsten Stunde niemand mehr am Bushäuschen, um jemanden abzuholen. Die besorgten Mütter waren nur nach der vierten und fünften Stunde da, wenn die ganz Kleinen nach Hause kamen. Doch heute standen Damians jüngste Geschwister, Leroy und Deborah, an der Haltestelle. Sie hielten einander an den Händen, und seine Schwester, die von allen nur Debbie genannt wurde, hüpfte wie ein Flummi auf und nieder, als der Schulbus näher kam. Damian und seine Geschwister hielten zusammen. Nicht so wie Conni, Gregor und sie. Aber Cindy Hansen ließ die beiden Kleinen sonst nie so weit allein gehen. So abgeschieden das Dorf auch war, der Durchgangsverkehr auf der Hauptstraße konnte ganz schön nerven und stellte für Katzen, Hunde und kleine Kinder eine Gefahr dar.

Der Bus hielt ein paar Meter hinter dem Haltestellenhäuschen an. Beni erhob sich, die Lehne ihrer Sitzbank fest im Griff, und schob sich hinter Conni in Richtung Ausgang, vorbei an den Mitschülern, die noch eine längere Fahrt vor sich hatten. Weil es im Gang so eng und die Zeit, die ihnen zum Aussteigen zur Verfügung stand, knapp war, wurden die Schüler unruhig. Einige reagierten wie immer aggressiv.

»Ey, du Zwerg, lass uns durch!«

»Wie denn, vor lauter Lachen?«

»He, Digger …«

»Autsch!«

»Fick dich doch.«

Beni zuckte immer noch zusammen, wenn solche Kraftausdrücke fielen. Damian und sie trafen zufällig am hinteren Ausgang zusammen und sprangen als Letzte hinaus, gerade als die Türen zischend zuflogen. Benis Rucksack blieb zwischen den Gummidichtungen stecken, und sie zerrte ihn mit aller Kraft heraus, bevor er mitgerissen wurde.

»Alles in Ordnung?«, fragte Damian, sein Gesicht dicht vor ihrem.

»Deine Geschwister sind da«, sagte sie verlegen, weil sie sich von allen Seiten beobachtet fühlte.

Damian nickte und wandte sich den beiden Kleinen zu. Sie schienen sich über seine Ankunft zu freuen, machten aber irgendwie auch einen verwirrten und bedrückten Eindruck. Leroys Gesicht war mit Schokolade verschmiert, und Debbie trug bei dem Schmuddelwetter rosafarbene Sandalen, die ihr sichtlich zu klein waren.

»Komm schon«, sagte Conni und zerrte am Arm ihrer Schwester. »Guck nicht so blöd! Die reden schon alle genug über euch.«

Was sich dann ereignete, sollte sich noch Monate später in Benis Gedanken abspulen wie ein Horrorvideo in Endlosschleife. Damian ging in die Hocke und breitete die Arme aus, um die Zwillinge zu begrüßen. Leroy war schneller als seine Schwester und lief auf ihn zu. Hinter Debbie boxten sich ein paar ältere Jungen. Einer stolperte und fiel gegen das kleine Mädchen vor ihm. Debbie taumelte mit weit aufgerissenen Augen zur Seite; ihr offener Anorak flatterte. In diesem Moment fuhr der Bus schwungvoll an, und sie wurde von dem gewaltigen Vorderrad mitgerissen.

30. Kapitel

Pia war auf dem Weg zum Pfarrhaus. Da sah sie den Schulbus mit eingeschalteter Warnblinkanlage kurz hinter der Bushaltestelle stehen. Auf dem Fußweg und auf der Straße neben dem Bus liefen Schüler aufgeregt hin und her. Einige weinten, andere schrien, alle sahen verstört und hilflos aus.

Pia bremste, ließ die Scheibe herunterfahren und fragte ein älteres Mädchen, was denn los sei.

»Ein Unfall ... Es hat einen Unfall gegeben«, stotterte sie.

Pia hielt hinter dem Bus und schaltete das Warnblinklicht ein. Sie sicherte den Unfallort mit dem Warndreieck. Da sie an diesem Tag ein Poolfahrzeug fuhr, das mit einem Blaulicht ausgerüstet war, griff sie kurzerhand danach, setzte es aufs Dach und lief dann auf die Menschenansammlung zu.

Zeitgleich mit ihr passierte Ann-Christine Philipps den Unfallort. Als die Ärztin hinzutrat, wichen die Schüler erleichtert auseinander. Pia folgte ihr. Vorn am Bus lehnte der Busfahrer. Er stand offensichtlich unter Schock. Der Mann war weiß wie Kalk, raufte sich die Haare und wiederholte wieder und wieder, dass er die Kleine nicht habe sehen können.

Pias Blick fiel auf das etwa sechs- oder siebenjährige Mädchen, das reglos neben dem großen Bus zwischen Fußweg und Straße auf dem nassen Asphalt lag. Kleidung und Gesicht des Kindes waren schmutzig. Eine rosafarbene Sandale war in den Rinnstein gerollt. Der dünne Arm hinter dem riesigen Vorderrad wirkte unnatürlich verdreht. Als Dr. Philipps die Kleine berührte, schrie sie schrill auf. Die Ärztin legte dem Kind beruhigend die Hand auf die Stirn und sprach leise auf es ein.

Dann tastete sie mit beiden Händen routiniert Kopf und Körper des Mädchens ab. Als sie zur rechten Schulter kam, runzelte Ann-Christine Philipps besorgt die Stirn. Offenbar konnte sie der Kleinen die Jacke nicht ausziehen, ohne dem Kind große Schmerzen zu verursachen.

»Ich rufe einen Rettungswagen«, sagte Pia. Sie wusste nicht, ob sich schon jemand darum gekümmert hatte. Beinahe alle Schüler hatten heutzutage ein Mobiltelefon dabei, doch ob sie in einer solchen Situation in der Lage waren, es sinnvoll einzusetzen, war fraglich. Auch vor ihr wichen die Jugendlichen und Kinder zurück, als sie wieder aufstand. Nur Damian blieb neben dem verletzten Mädchen knien und streichelte ihr beruhigend über das Haar. Offenbar war es seine Schwester Deborah, die verunglückt war. Die Zwillinge waren sieben, hatte Cindy Hansen gesagt, das kam hin. Was für eine schlimme Zeit der Junge gerade durchmachte. Der Vater zunächst auf der Flucht, dann auf einem Campingplatz von Einsatzkräften überwältig und in Polizeigewahrsam genommen, die Schwester in einen schweren Verkehrsunfall verwickelt.

Nachdem man Pia in der Rettungsleitstelle versichert hatte, dass ein Krankenwagen bereits auf dem Weg zur Unfallstelle sei, beugte sie sich wieder zu Ann-Christine Philipps hinunter. »Was kann ich tun? Kann ich irgendwie helfen?«

»Sie braucht ein Beruhigungs- und Schmerzmittel«, antwortete Dr. Philipps, ohne den Blick von Deborah zu lassen. Sie wirkte beinahe abwesend, war offensichtlich ganz auf die Untersuchung konzentriert. Ihre Hände wanderten ruhig und zielgerichtet über den Kinderkörper.

Pia sah auf.

»Ich hol Ihre Arzttasche«, sagte Damian sofort. »Ist die im Wagen, Frau Philipps?«

»Nein, warte!«, rief die Ärztin, doch Damian hörte sie nicht mehr.

»Die Hunde, verdammt! Im Auto sind meine Hunde!«, sagte Ann-Christine Philipps, ohne den Blick von Debbie zu wenden. Um ihren Mund zuckte es besorgt.

»Soll ich Damian helfen?«, fragte Pia.

Debbie warf unruhig den Kopf hin und her. Die Ärztin musste sie festhalten.

»Nein, ich brauche Sie hier. Sie müssen mir mit der Kleinen helfen«, gab sie knapp zurück.

Pia hielt das Mädchen fest, und Ann-Christine Philipps fuhr mit der Tastuntersuchung fort. »Ich kann hier nicht viel tun«, murmelte sie und sah zu ihrem Wagen hinüber, als überlegte sie, ob sie außer den Medikamenten etwas hatte, was dem Mädchen helfen könnte. Nach einer Weile schaute sie Pia wieder an. »Ihr Arm ist auf jeden Fall ausgekugelt«, sagte sie leise. »Genaueres wird die Röntgenuntersuchung im Krankenhaus ergeben. Außerdem sollte ihr Kopf genau untersucht werden. Sie ist damit auf dem Asphalt aufgeschlagen. Wann kommt nur endlich dieser verflixte Rettungswagen?«

Pia sah auf die Uhr. »Er muss jeden Moment da sein.«

»Und meine Tasche?«

Pia wollte sich erheben, doch die Ärztin hielt sie zurück. Beni schluchzte, und Pia legte ihr beruhigend die Hand auf den Arm. »Es wird alles wieder gut, Beni. Debbie ist in besten Händen.«

Damian kam zurück und übergab Ann-Christine Philipps die Arzttasche. Auf seinem Gesicht hatten sich hektische Flecken gebildet. Die Ärztin sah kaum auf, sondern riss gleich die braune Ledertasche auf. Dann zog sie eine klare Flüssigkeit in eine Spritze und injizierte sie dem Mädchen.

Bald hörte Debbie auf zu wimmern, ihr Atem wurde ruhiger. Sie schloss die Augen.

»Sie ist bewusstlos«, sagte Pia, als Benis Schluchzen wieder lauter wurde. »Das ist jetzt besser für sie.«

Endlich hörten sie in der Ferne das Martinshorn. Pia sprang auf, um den Rettungswagen einzuweisen. »Sie schafft es«, murmelte sie, und es klang wie ein Mantra. »Jetzt kann ihr geholfen werden. Sie schafft es, Beni, keine Angst.«

Einige Zeit später war Deborah Hansen auf dem Weg ins Krankenhaus. Ihre Mutter, die kurz vor der Abfahrt des Rettungswagens ebenfalls am Unfallort eingetroffen war, hatte mitfahren dürfen. Damian, Beni und ein paar andere Schüler standen am Straßenrand und sahen dem Krankenwagen nach. Auch Pias Kollegen von der Schutzpolizei waren inzwischen vor Ort, fotografierten den Bus, befragten den Busfahrer und notierten sich die Namen möglicher Zeugen.

Ann-Christine Philipps kontrollierte ihr Mobiltelefon. Sie sah angespannt und auch ein wenig verärgert aus. »Ich wollte eigentlich an meinem freien Nachmittag nach Hamburg fahren, aber jetzt ist mir nicht mehr danach.« Sie verzog seufzend das Gesicht und schaute an sich hinunter. »Außerdem sollte ich mich wohl umziehen.«

»Das Mädchen hatte Glück, dass Sie gerade vorbeigekommen sind«, sagte Pia.

Die Ärztin lachte bitter auf. »Ja, Glück im Unglück, die arme Kleine! Es war gut, dass *er* da war. Damian, warte mal bitte!«

Die Schülergruppe löste sich gerade auf, und auch die Anwohner, die hinzugekommen waren, gingen zurück in ihre Häuser. Damian Hansen hob den Kopf und kam zögerlich auf sie zu.

»Toll, dass du so schnell reagiert hast. Ich brauchte die Tasche wirklich dringend«, sagte die Ärztin zu ihm.

»War doch klar.« Damian sah verwirrt und erschüttert aus. Das Entsetzen stellt sich oft erst nach einem solchen traumatischen Erlebnis ein, dachte Pia. Als Debbie noch verletzt am Boden gelegen hatte, hatte Damian erstaunlich gefasst gewirkt und überlegt gehandelt. Nun zitterten seine Hände.

»Alles in Ordnung?«, fragte die Ärztin mitfühlend.

»Ja … ja, alles okay.«

»Kommst du klar?« Sie sah in die Richtung, in die der Krankenwagen eben mit Damians Mutter und Schwester verschwunden war. »Bist du nach dem Schreck gerade etwa gleich allein zu Hause, Junge?«

»Ich werde mich um Leroy kümmern. Mama ist ja mit im Krankenhaus, und Diego und Ethan sind auf Klassenfahrt. Und ob Papa zurück ist …« Er schaute kurz zu Pia hinüber und zuckte dann mit den Schultern.

Erst jetzt bemerkte Pia Debbies Zwillingsbruder, der mit verweintem Gesicht an der Hand von Bjarne Freese neben dem Bushäuschen stand. Sie fragte sich, ob Helge Hansen noch im Polizeihochhaus oder wieder frei und eventuell schon zu Hause war. Doch sie wollte den kleinen Leroy, der ihr das vielleicht beantworten konnte, jetzt nicht mit dieser Frage belasten.

»Ich geh auch mit zu euch«, sagte Bjarne, als er Pias Blick auf sich ruhen spürte. »Ist doch okay, Damian, oder?«

Sein Freund nickte.

Die Ärztin kniff die Augen zusammen. »Ist wirklich alles in Ordnung? Ihr kommt jetzt allein zurecht?«

Damian wippte nervös auf den Fußballen auf und ab. »'türlich.«

»Also gut.« Ann-Christine Philipps lächelte. »Falls doch was sein sollte, ruf mich an. Ich bin zu Hause erreichbar.«

Sie nickte Pia und den Schülern zu und ging zu einem dunkelblauen Van hinüber, der mit eingeschalteter Warnblinkanlage am Straßenrand stand. Dr. Philipps stieg ein, wendete in einem großen Bogen und fuhr in Richtung Dorfmitte davon.

Die Scheiben des Wagens waren dunkel getönt, sodass Pia die Hunde nicht sehen konnte. Aber sie waren da, wie unschwer zu hören war.

Pia wartete, bis Damian und Bjarne mit dem viel kleineren Leroy in der Mitte im Nebel verschwunden waren. Ihre Kollegen würden noch eine Weile an der Unfallstelle beschäftigt sein. Pia vergewisserte sich, dass sie hier nicht mehr gebraucht wurde, und ging zu ihrem Auto, um das Warndreieck und das Blaulicht wieder zu verstauen. Sie würde genau zur Mittagszeit im Pfarrhaus aufkreuzen. Beni und Conni waren bestimmt auch gerade dort angekommen und berichteten Katharina Stöver schon von dem Unfall.

Sie fuhr die letzten Meter und parkte direkt vor dem düster wirkenden Backsteingebäude. Pia stieg die vier Stufen hinauf und klingelte. Es dauerte eine Weile, bis Katharina Stöver ihr öffnete.

Pia hatte sich zwar telefonisch angekündigt, hatte sich aber durch Deborah Hansens Unfall an der Haltestelle verspätet. Katharina führte Pia ins Wohnzimmer, wo sie schon einmal miteinander gesprochen hatten.

»Wissen Sie jetzt endlich, wer Matthias das angetan hat?«, fragte die Pastorenfrau gleich zu Anfang des Gesprächs. Sicherlich hatte sie schon von Hansens Festnahme auf dem Campingplatz gehört.

»Wir verfolgen eine aussichtsreiche Spur«, sagte Pia vage.

Katharina Stöver zog hilflos die Schultern hoch. »Was ist, wenn Sie ihn nicht finden? Wenn ich niemals erfahre, was passiert ist?«

»Ich kann Ihnen natürlich nichts versprechen, aber ich bin mir sehr sicher, dass wir den Mord aufklären werden.«

»Matthias nützt das auch nichts mehr, oder? Demnächst ist

erst einmal die Trauerfeier. Wenn die nur schon hinter mir läge!«

»Wir können auch später miteinander reden, wenn es Ihnen heute zu viel ist«, bot Pia an.

»Das bringt ja doch nichts. Und ich kann gerade jede Ablenkung gebrauchen, die ich kriegen kann. Fragen Sie einfach.«

»In welcher Beziehung stand Ihr Mann zu Adrian Pagel? Wie haben sie sich kennengelernt?«

»Das weiß ich gar nicht so ganz genau. Als wir hergezogen sind, weil Matthias diese Gemeinde übernommen hatte, lebte Adrian ja schon lange in Berlin. Es war sowieso eine etwas seltsame Situation, weil ich ja quasi nach Hause gekommen bin und die meisten im Dorf noch kannte, Matthias aber nicht. Zuerst habe ich ihn immer allen möglichen Leuten vorgestellt und ihm alles über sie erzählt, was ich wusste. Harmlose Sachen, um ihm den Einstieg zu erleichtern und das Gefühl zu geben, er gehöre dazu. Doch das wollte er gar nicht. Er wollte unvoreingenommen auf die Menschen hier zugehen. Wissen Sie, die Leute mochten ihn. Jedenfalls die meisten. Er hatte eine gute, ruhige Art, mit allen zu reden und ihnen zuzuhören. Die ersten Probleme gab es, als im Kirchengemeinderat ein paar weitreichende Entscheidungen zu treffen waren.«

»Was passierte da?«

»Ach, die Mitglieder des Gemeinderates waren es von Matthias' Vorgänger gewohnt, ihn immer auf ihrer Seite zu haben. Aber Matthias hatte nun mal seine eigenen Vorstellungen. Besonders mit Simone Pagel und ihrem Mann ist er nicht gut klargekommen. Nicht, dass ich damit andeuten will, sie wären in den Mord verwickelt …«

»Keine Sorge. Ich weiß das schon einzuordnen. Noch mal zu Adrian Pagel …«

»Tja. Beim letzten Sommerfest tauchte plötzlich Adrian hier

auf. Da war er noch ganz obenauf, ist mit einem gecharterten Flugzeug gekommen, hat im Hotel in Dahme gewohnt. Seine Geschäfte liefen wohl noch bombig. Und er hat eine Weile mit Matthias geredet. Ich sah es und war besorgt, weil ... weil ich doch mal mit Adrian zusammen war. Aber anscheinend hatten sie sich nur über die Gemeinde und die Kirche unterhalten. Das ist meines Wissens das einzige Mal, dass sie Kontakt hatten.«

Pia versuchte, sich Adrian Pagel vorzustellen, wie er aufgeräumt mit dem Pastor über die Gemeindearbeit plaudert, doch es wollte ihr nicht so recht gelingen. Es sei denn, Pagel hätte damit irgendeinen eigennützigen Zweck verfolgt. »Und Sie? Hatten und haben Sie noch Kontakt zu Herrn Pagel, von dem Abend in den Dünen einmal abgesehen?«

»Nein. Das war das erste Treffen seit Langem. Ich weiß auch nicht, was da in mich gefahren ist. Ich wollte wohl einfach austesten, ob ich es fertigbringe, etwas zu tun, das mir keiner mehr zutraut. Nicht einmal ich selbst.« Katharina Stöver versuchte, den letzten Satz mit einem Lächeln abzumildern, doch Pia hatte das Gefühl, sie meinte ihre Worte todernst.

»Hat Ihr Mann herausgefunden, dass Sie bei Pagel an der Strandhütte waren?«

»Nein. Und selbst wenn ...«

»Was hätte er getan, wenn er es herausgefunden hätte?«

»Es ist ja nichts passiert. Er hätte mit mir geredet. Sicherlich nicht mit Adrian.«

»Okay. Aber mal angenommen, Ihr Mann hätte Adrian Pagel verdächtigt, ein Verbrechen begangen zu haben oder eines begehen zu wollen. Hätte er ihn dann zur Rede gestellt?«

Sie schaute verunsichert. »Was für ein Verbrechen?«

Pia wählte ihre Worte mit Bedacht. »Pagel steckt in finanziellen Schwierigkeiten. Was für Möglichkeiten hätte er hier?

Seinen Bruder und seine Schwägerin um Geld anzugehen. Jemand anders um Geld zu bitten. Oder etwas zu stehlen. Fällt Ihnen dazu etwas ein?«

Sie errötete. »Hier gibt es nicht viel, das einen Diebstahl lohnt.«

»Vielleicht Kunst?«

»Ach, das liegt doch Ewigkeiten zurück.«

»Woran denken Sie?«

»Hier ist mal was aus der Kirche geklaut worden. Wertvolles altes Silber und so. Das ist aber, wie gesagt, lange her.«

»Davon habe ich schon gehört. Glauben Sie, dass Adrian Pagel in besagten Diebstahl verwickelt gewesen ist?«

Sie zögerte. »Das weiß ich doch nicht!«

»Er könnte es wieder versucht haben.«

»Das kann ich mir nicht vorstellen.«

»Adrian Pagel steckt in finanziellen Schwierigkeiten. Er hat sich mit Leuten angelegt, die vor seinen Augen einen Pferdekopf haben verbrennen lassen, um ihn zu warnen. Wussten Sie, dass sein Lokal in Berlin *Red Horse* hieß?«

»Nein. Und es interessiert mich auch nicht. Wenn mein Mann irgendetwas Kriminelles hier in Mönkenbek vermutet hätte, egal, wen es betrifft, dann wäre er zur Polizei gegangen. Da bin ich mir absolut sicher.«

Pia überlegte, wie sie weiter vorgehen sollte. Katharina Stöver hatte nicht bestritten, dass Adrian Pagel hinter dem Kirchendiebstahl von 1990 gesteckt haben könnte. Entweder war es ihr selbst schon in den Sinn gekommen, oder sie hatte Pagel damals sogar dabei geholfen. Aber der Silber-Diebstahl war jetzt nicht Gegenstand der Untersuchung. Und als Motiv nach so langer Zeit war er einfach zu schwach. Also ein neuer Diebstahl? Hatte Matthias Stöver Adrian Pagel auf frischer Tat in der Kirche ertappt? Dagegen sprach, dass es in der Mönkenbeker Kirche seit dem letzten Diebstahl angeblich nichts mehr von Wert zu holen gab. Bei dem Mord musste es um etwas anderes gegangen sein.

»Hat Ihr Mann sich Ihnen gegenüber eigentlich mal zu dem Tod von Herbert Michelsen geäußert?«, tastete Pia sich weiter vor.

»Es tat ihm leid. Und er war ein wenig überrascht, dass es genau jetzt passiert war. Herbert Michelsen soll ja auf dem Weg der Besserung gewesen sein, und Matthias wollte, glaube ich, deshalb auch noch mal mit Ann-Christine reden. Michelsen hatte diese scheußliche Grippe, die überall umging. Sogar Conni lag ein paar Tage mit hohem Fieber im Bett. Aber um auf Michelsen zurückzukommen: Es passiert doch meistens anders, als man es erwartet. ›Der Tod kommt wie ein Dieb in der Nacht‹«, zitierte Katharina Stöver.

»Hat Ihr Mann noch mehr zu Herbert Michelsens Tod gesagt?«

»Ja. Er konnte die Beerdigung erst in der folgenden Woche abhalten, und er wusste, dass einige der Alten dann wieder reden und sich Sorgen machen würden. Einige sind noch sehr abergläubisch hier.«

»Gab es noch etwas anderes außer dem Aberglauben? Kam Ihrem Mann an Michelsens Tod etwas seltsam vor?«

»Nicht, dass ich wüsste.«

»Hat er das Gemälde erwähnt?«

»Gydes Bild? Das angeblich von diesem berühmten Maler sein soll? Davon weiß beinahe jeder im Ort. Ich hab es sogar mal gesehen. Ich mag diese Art Malerei ja nicht: falsche Farben und ein grober Strich. Das können meine Zwillinge besser. Aber was verstehe ich schon von Kunst? Ich habe mich nur immer gefragt, warum die alte Gyde Michelsen das Bild nicht verkauft hat, wenn es wirklich so wertvoll war, wie sie behauptet hat. Die Frau war arm wie eine Kirchenmaus.«

»Sie hat es stattdessen ihrem Neffen Herbert Michelsen vererbt. Und nach seinem Tod ist es nun auf einmal weg.«

Katharina Stöver nickte. »Das habe ich auch schon gehört.«

»Wusste Adrian Pagel von dem Gemälde?« Pia liebte und hasste den Moment, wenn sie den Finger in die Wunde legte.

Katharina Stöver verschränkte die Arme vor der Brust. »Das fragen Sie ihn bitte selbst.«

Das werde ich, dachte Pia und erhob sich. Sie verabschiedete sich, und Katharina Stöver geleitete sie hinaus.

Beni saß im Flur neben der Garderobe auf dem Boden und zog sich gerade die Schuhe an.

»Wo willst du schon wieder hin? Du bist doch gerade erst aus der Schule gekommen«, sagte ihre Mutter.

»Wir haben nichts auf.«

»Darum geht es nicht. Ich möchte, dass du heute zu Hause bleibst.«

Beni sah auf. »Mama, ich bin keine elf mehr.«

»Dann solltest du wissen, was sich gehört. Heute fährst du nicht mehr durch die Gegend. Denk daran, was morgen für ein Tag ist.«

»Glaubst du, ich denke nicht jede Sekunde daran?!«

»Schon gut.« Katharina Stöver strich sich fahrig die Haare zurück. »Ich bin mit meiner Weisheit am Ende. Hab ich euch irgendetwas getan? Könnt ihr nicht ein Mal machen, worum ich euch bitte?«

»Dann bitte doch und befehle nicht ständig!« Beni klang jetzt weniger aggressiv, eher verzweifelt.

»Bitte.«

Das Mädchen blinzelte heftig und schüttelte dann den Kopf. »Tut mir leid. Ich muss zu Damian. Ich erreiche ihn nicht. Er reagiert nicht auf meine WhatsApps und SMS. Ich muss wissen, ob bei ihm alles in Ordnung ist und ob er schon was von Debbie gehört hat.«

»Ich fahr gleich noch bei den Hansens vorbei und schau nach, wie es den Jungs geht«, sagte Pia. Das war sicher nicht das, was Beni sich wünschte, aber vielleicht würde es ihr trotzdem helfen.

Benedikte zögerte, warf noch einen Blick auf ihre Mutter und nickte dann. Sie zog sich die Schuhe wieder aus.

»Soll ich anrufen, wenn ich mehr weiß?«, fragte Pia.

»Würden Sie das tun?«

Pia nickte. »Deine Nummer habe ich ja.«

»Dann bleibst du also heute zu Hause?« Katharina Stöver klang erleichtert.

»Wenn mich Conni nicht die ganze Zeit nervt.« Beni stapfte an ihnen vorbei in das Mädchenzimmer.

Katharina sah Pia an. So ist es, sagte ihr Blick. Machen Sie es erst mal besser.

Der Nebel war inzwischen in Sprühregen übergegangen. Pias Scheibenwischer quietschten über die schmutzige Windschutzscheibe, als sie zu den Hansens fuhr. Nach den Kindern – war Damian noch ein Kind? – zu schauen, die gerade einen Schicksalsschlag nach dem anderen verkraften mussten, war bestimmt nicht die schlechteste Idee.

Der schwarze Hahn hockte mit nass glänzendem Gefieder auf den Eingangsstufen, ruckte mit dem Kopf und gab den Weg zur Haustür nur sichtlich widerwillig frei. Das zerrupfte Huhn war verschwunden.

Pia klopfte. Klopfte noch einmal. Wartete. Hämmerte mit der Faust gegen das Holz. Daran, dass bei den Hansens niemand zu Hause sein könnte, hatte Pia nicht gedacht. Sie umrundete das Haus, wobei sie wieder zwischen den klatschnassen, hüfthohen Brennnesseln hindurchmusste.

»Damian!«, rief sie, als sie sah, dass im Obergeschoss auf der

Rückseite des Gebäudes ein Fenster gekippt war. »Bjarne! Leroy! Hört ihr mich?« Vielleicht sollten die Hansen-Kinder grundsätzlich niemandem die Tür öffnen, wenn keiner der Erwachsenen zu Hause war? Aber Damian war doch schon fünfzehn. Oder hatten Bjarne, Damian und Leroy Angst? »Damian, ich bin's, Pia Korittki von der Polizei.«

Keine Reaktion. Pia schaute durch eine der nassen Scheiben in den Wintergarten. Auch nichts. Unruhig trat sie von einem Fuß auf den anderen. In was hatte sie sich da bloß wieder hineinmanövriert? Sie musste so langsam ans Zurückfahren denken. Spätestens in einer Viertelstunde sollte sie aufbrechen. Mit Fiona hatte sie verabredet, dass sie Felix um vier abholte, eher früher. Inzwischen befürchtete Pia sogar, dass ihr irgendwer vor dem Haus der Tagesmutter auflauern und es dokumentieren könnte, wenn sie auch nur drei Minuten zu spät kam.

Pia drückte gegen die Tür des Wintergartens. Die Glastür ließ sich öffnen. Das Schloss war defekt. Pia lauschte. Im Hintergrund, wahrscheinlich in der Küche, plärrte ein Radio. Also war bestimmt jemand zu Hause.

»Damian?«, rief sie laut und vernehmlich, doch sie erhielt wieder keine Antwort. Hm. Wenn sie nun einfach fuhr, ohne sich vergewissert zu haben, dass mit den Jungen alles in Ordnung war, würde sie heute keine ruhige Minute mehr haben. Also musste sie nachschauen gehen. Wenn tatsächlich niemand da war, okay. Dann konnte sie überlegen, wie am besten weiter vorzugehen war. Und wenn sie die Jungen antraf, wusste sie wenigstens, was los war.

31. Kapitel

Der Wintergarten sah aus wie bei ihrem letzten Besuch. Die Magnettafel verkündete immer noch, dass *Mama lib* war. Die Nudeln »kochten« nach wie vor in der Puppenküche, hatten sich aber jetzt in einen gelblichen Schleim verwandelt. Es roch ein bisschen ranzig, so, als läge irgendwo hinter den Topfpflanzen eine tote Maus und ginge gerade in einen mumifizierten Zustand über.

Durch den Wintergarten gelangte Pia in den Wohnraum. Sie rief noch mal, erwartete aber schon keine Antwort mehr. Die drei Jungen waren möglicherweise auch nur schnell irgendwohin gegangen. Vielleicht zum Bäcker? Oder zu Bjarne nach Hause? In der Diele war es so schummrig, dass Pia das Licht einschaltete. Sie selbst hatte früher immer Zettelchen mit Nachrichten auf dem Bord im Flur hinterlassen, wenn sie weggegangen war, ohne ihrer Mutter Bescheid sagen zu können. Doch das war vor dem Zeitalter des Handys gewesen. Auch hier hielt sich niemand auf. Stirnrunzelnd betrachtete sie die zum Bersten volle Garderobenleiste mit den Jacken, Schals und Mützen und die Schuhberge, die sich darunter auftürmten. Pia versuchte, sich zu erinnern, was die Jungs vorhin angehabt hatten, aber sie konnte es nicht mehr sagen. Nur Debbies verschmutzter Anorak und die einsame rosafarbene Sandale im Rinnstein waren ihr noch deutlich in Erinnerung.

In die Küche warf Pia bloß einen flüchtigen Blick. Der Tisch war abgeräumt, die Arbeitsplatte stand jedoch voller Küchenutensilien und Lebensmittelpackungen. Es war nicht ersichtlich, wann hier wie viele Personen zuletzt gegessen hatten.

Tatsächlich war das Radio eingeschaltet. Auf N-Joy berichtete ein Nachrichtensprecher von einem Stau auf der A 1, sodass Pia aufmerkte. Es betraf aber das Stück zwischen Stapelfeld und Bargteheide. Wahrscheinlich hatte es auf Höhe der Raststätte Buddikate kurz vor Hamburg wieder einmal gekracht. Pia würde von hier aus wohl ungehindert bis Lübeck durchkommen. Trotzdem. Sie musste sich beeilen.

Im Erdgeschoss gab es noch ein Elternschlafzimmer. Ein Doppelbett mit gepolstertem Kopfteil und Volant dominierte den Raum. Darauf Plüschtiere und Kissen, außerdem ein verspiegelter Kleiderschrank, dessen Türen alle einen Spaltbreit offen standen, sodass Ärmel und Hosenbeine hervorlugten. Hatte sie gerade ein Geräusch gehört, oder war das Scharren von nebenan aus dem Radio gekommen? Pia hatte keine Lust, unter den Blicken der leblosen Plüschwesen mit den harten Glasaugen im Bettkasten nachzusehen oder Kleiderschranktüren aufzureißen. Hier spielte niemand Verstecken mit ihr. Hoffte sie jedenfalls.

Sie stieg die schmale Treppe ins Obergeschoss hinauf. Inzwischen hatte sie zu rufen aufgehört, denn sie erwartete nicht mehr, eines der Kinder anzutreffen. Sie wollte nur noch rasch in den restlichen Räumen nachsehen, um dann mehr oder weniger beruhigt von hier verschwinden zu können.

Eines der Kinderzimmer kannte sie ja schon. Darin hatte sich seit dem Streit der Brüder nichts verändert, außer dass die zwei Koffer, die hier gestanden hatten, fehlten. Es gab noch ein zweites Zimmer mit einem Etagenbett und ein weiteres, winzig kleines, das offensichtlich Damians Reich war. Alles gruppierte sich um den Schreibtisch mit dem Laptop.

»Damian, wo bist du?« Pia murmelte inzwischen nur noch.

Sie hatte ihre Zeit verschwendet. Mist, sie hätte gleich fahren sollen, als ihr niemand geöffnet hatte. Was sollte sie Beni sagen? Vielleicht hatte Damian sich mittlerweile schon bei ihr gemeldet, saß im Pfarrhaus und ließ sich von Benedikte oder Katharina Stöver mit selbst gebackenem Kuchen trösten.

Pia ging die Treppe wieder hinunter. Nichts wie raus hier. Sie hatte keine Lust, plötzlich Helge Hansen in seinem eigenen Haus gegenüberzustehen. Der war vielleicht schon auf dem Weg hierher.

Dann hörte sie wieder das Scharren. Es kam nicht aus der Küche, sondern aus dem Elternschlafzimmer. Das »Damian?« blieb Pia dieses Mal im Hals stecken.

Pia zog ihre Dienstwaffe. Sie hatte den Kindern nicht mit einer gezogenen Pistole gegenübertreten wollen, um sie nicht zu erschrecken, doch darauf konnte sie nun keine Rücksicht mehr nehmen. Das Metall in ihrer Hand war fest, schwer und warm von ihrer Körperwärme.

»Wer ist da?«, fragte sie in den leeren Flur hinein.

Nichts.

»Damian, Bjarne, Leroy?«

Stille.

»Polizei. Kommen Sie mit erhobenen Händen heraus! Ich bin bewaffnet.«

Da. Sie hörte eine Art Fiepen. So leise, dass es kaum wahrnehmbar war. Aber dennoch ... Die Härchen auf Pias Armen stellten sich auf.

Sie musste an das Meerschweinchen ihrer Schwester Nele denken, das mit ihr ein Zimmer geteilt hatte. Scharren, Rattern, Fiepen. Hatte sie nur ein Haustier übersehen, das im Elternschlafzimmer untergebracht war?

Pia stieß die Tür auf, die klappernd gegen einen Stuhl mit Kleidungsstücken prallte. Sie ging hinein, kontrollierte hastig jede Ecke, trat prüfend gegen den Bettkasten. Hatte sich darin jemand versteckt? Doch das Geräusch, mehr ein Wimmern jetzt, kam eindeutig aus Richtung des Kleiderschranks. Beherzt riss Pia die angelehnte Schranktür auf. Nur Kleidung, die dicht gedrängt auf Bügeln an einer Kleiderstange hing. Zwei Schrankböden mit Pullovern darüber. Einer darunter. Der untere Boden bewegte sich kaum merklich. Oder spielten ihre Augen ihr einen Streich? Pia hob den Boden an und entdeckte die zusammengerollte Gestalt eines Kindes. Leroy! Es war unglaublich, wie klein der Junge sich gemacht hatte.

Selbst als Pia den Boden anhob, rührte Leroy sich nicht.

Sie strich ihm über die Schulter. Er zitterte. »Du musst keine Angst vor mir haben. Ich tue dir doch nichts, Leroy. Ich bin die Polizistin von vorhin. Ich war auch an der Bushaltestelle und wollte nur schnell mal nach euch schauen. Wo sind Damian und Bjarne?«

Pia erreichte mit viel gutem Zureden, dass Leroy sich freiwillig aus seinem winzigen Versteck bewegte. Das hier war kein Spiel für ihn gewesen. Etwas hatte ihm so große Angst eingejagt, dass ihm nur noch eingefallen war, sich zu verstecken. Sich unsichtbar zu machen. Zu verschwinden. Oder hatte er sich ihretwegen verborgen? Nein, das glaubte Pia nicht, denn er tastete nun Hilfe suchend nach ihrer Hand. Seine Finger fühlten sich eiskalt an.

Die Feuerwehr hatte oft damit zu kämpfen, dass kleine Kinder bei einem Brand in Panik gerieten und sich vor den vermummten Feuerwehrleuten, die sie retten wollten, versteckten. Deshalb konnten sie manchmal fatalerweise auch nicht mehr rechtzeitig gefunden werden. Pia hatte Felix Feuerwehrleute mit ihren Atemschutzmasken gezeigt und ihm eingeschärft, zu ihnen hin-, keinesfalls vor ihnen wegzulaufen.

Sie trug Leroy hinaus an die frische Luft und setzte ihn auf das Dach ihres Autos, das sie mit dem Ärmel zuvor trocken gewischt hatte. Zum Glück hatte es inzwischen zu regnen aufgehört. Im Vorbeigehen hatte sie eine der Kinderjacken von der Garderobe genommen, die sie dem Jungen nun um die Schultern legte. Pia fand noch einen Schokoriegel in ihrer Tasche, den sie ihm überließ. Sie überlegte, ob es besser sei, gleich von hier zu verschwinden, doch Leroy weigerte sich, in ihren Wagen zu steigen. Wahrscheinlich hatten seine Eltern ihm eingeschärft, niemals mit einem Fremden mitzufahren. Und das war ja auch gut so. Außerdem – wer immer hier gewesen war, er war nicht mehr zu sehen.

»Erzählst du mir, was passiert ist?«

Es dauerte eine Weile, bis der Junge zu reden begann. Die Worte kamen zuerst nur vereinzelt und von Schluchzern unterbrochen, doch dann fasste er sich. Schließlich konnte Pia sich ein ungefähres Bild davon machen, was früher am Nachmittag passiert war.

Leroy war mit Damian und Bjarne nach Hause gegangen. Sein Bruder hatte für alle drei Tiefkühlpizza im Ofen aufgebacken. Nach dem Essen war Leroy ins Schlafzimmer seiner Eltern gelaufen, um sein Piratenschiff zu holen. Da hatte jemand an die Haustür geklopft. Vom Flur her waren laute Stimmen zu hören gewesen. Damian hatte etwas geschrien; er war sehr aufgeregt gewesen, ganz anders als sonst ... Leroy war vor Angst in den Schrank gekrochen. Nein, er wusste nicht, wer da gekommen war. Jemand hatte seinen Namen gerufen, doch Damian hatte sehr laut und sehr streng gesagt, dass Leroy bei den Nachbarn zum Spielen sei. Dann war die Haustür ins Schloss gefallen, und es war ganz still gewesen. Leroy hatte zuerst gedacht, dass es sich um einen Streich handele, den die großen Jungs ihm spielten. Dass Damian und Bjarne ihn gleich suchen kommen würden. Doch nichts passierte. Irgendwann war dem Jungen klar geworden, dass er sich wirklich ganz allein im Haus befand.

Bei der Erinnerung daran begann er wieder zu weinen. Leroy wusste nicht, wie lange er sich im Schrank versteckt hatte.

»Aber dann hab ich dich gehört ... « Mit seinem kleinen Finger deutete er auf Pia.

Das klang nicht gut. Es hörte sich so an, als wären Damian und Bjarne nicht freiwillig fortgegangen. Die beiden hätten Leroy bestimmt nicht ohne zwingenden Grund allein zurückgelassen. Damian hatte »sehr laut und sehr streng« gesagt, dass sein kleiner Bruder nicht zu Hause sei. Hatte es auch eine Warnung an Leroy sein sollen, sich bloß nicht im Flur blicken zu lassen? Hatte Damian seinen Bruder vor jemandem schützen wollen? Vor jemandem, der Bjarne und Damian ... ja, was? Entführt hatte?

»Hast du die Stimme wirklich nicht erkannt, Leroy?«, fragte Pia drängend. »Haben die Jungs vielleicht einen Namen genannt?«

»Nein. Weiß nicht.«

»Hast du gehört, ob es ein Mann oder eine Frau war?«

Leroy schüttelte, immer noch schluchzend, den Kopf.

»Überleg noch mal, Leroy. Bitte.«

Der Junge sah sie verwirrt an. Vor lauter Aufregung bekam er Schluckauf.

»Schon gut. Wir finden deinen Bruder und Bjarne.« Pia legte ihm beruhigend die Hand auf den Arm. »Ich benachrichtige meine Kollegen von der Polizei. Die tollen mit den richtigen Uniformen, okay? Sie werden uns helfen, Damian und Bjarne zu finden.«

Sie telefonierte, ohne den Jungen auf dem Autodach aus den Augen zu lassen. Er knabberte noch an dem Schokoriegel, als Polizeimeister Marko Blohm eintraf. Sein Kollege Hagen Eilers war unterwegs und würde eine Weile brauchen, bis er hier sein konnte. Pia informierte auch ihr Team in Lübeck über die Lage. Marko Blohm kümmerte sich derweil um Leroy.

Anschließend versuchte Pia, im Dorf etwas über den Verbleib der älteren Jungen herauszufinden, und löste mit ihrem Anruf bei den Freeses und Stövers große Besorgnis aus. Keine Spur von Damian Hansen oder Bjarne Freese. Beni Stövers Gefühl, dass etwas nicht stimmte, hatte sie also nicht getrogen.

Bis Verstärkung aus Lübeck hier war, würde es eine Weile dauern. Leroy, der zunächst vom Erscheinen Marko Blohms abgelenkt gewesen war, zitterte nun vor Aufregung und Kälte. Außerdem hatte gerade wieder ein feiner Regen eingesetzt, der sie alle langsam, aber sicher durchnässte.

Marko Blohm bot an, den Jungen im Streifenwagen aufs Revier zu fahren und sich dort um ihn zu kümmern, während Pia am Haus auf das Eintreffen der Verstärkung wartete. Es schien die beste Lösung zu sein, denn Leroy blühte bei der Aussicht, mit Blohm in einem richtigen Polizeiauto mitfahren zu können, sichtlich auf.

Als der Kollege mit dem Jungen fort war, fiel Pia siedend heiß ein, dass sie Felix abholen musste. Die Chance, es in Anbetracht der Umstände noch rechtzeitig nach Lübeck zu schaffen, lief gegen null. Sie rief ihre Mutter an, die zum Glück versprach, sich darum zu kümmern und sich gleich auf den Weg zu Fiona zu machen.

Als das geklärt war, stand Pia einen Moment unschlüssig vor dem Haus der Hansens. Was sollte sie tun? Bis ihre Kollegen eintrafen, konnte Bjarne und Damian Gott weiß was passiert sein. Sie wollte hier nicht untätig herumstehen, während kostbare Zeit verstrich, hatte aber zugesagt, auf dem Grundstück zu bleiben, für den Fall, dass die beiden vermissten Jungen doch noch zurückkehrten.

Pia überlegte: Wer hatte die Jugendlichen gezwungen, das Haus zu verlassen, und warum? Hatten die beiden womöglich mit ihrer Schnüffelei im Dorf etwas herausgefunden, das

Matthias Stövers Mörder gefährlich werden konnte? Pia hätte gleich nach dem Vorfall beim Bäcker nachhaken und Damian und Bjarne zur Rede stellen müssen. Verdammt, warum hatte sie es nicht getan? Weil es ihr zunächst nicht so wichtig erschienen war? Weil sie die beiden nicht ernst genommen hatte mit ihren Fragen?

Sie versuchte, sich in den Unbekannten hineinzuversetzen, der die Jungen entführt hatte. Hatte er die beiden mit einem Auto weggebracht? Es erschien ihr unwahrscheinlich, dass es jemandem gelingen sollte, zwei Halbwüchsige gegen ihren Willen in einen Wagen zu zwingen und dann mit ihnen davonzufahren. Selbst wenn er ein Gewehr – Otto Freeses Gewehr? – in seinem Besitz hatte. Doch er könnte einen der Jungen dazu gezwungen haben, sich ans Steuer zu setzen. Nein, selbst wenn Damian oder Bjarne schon Auto fahren konnten, was ja für Jugendliche, die auf dem Land aufgewachsen waren, nicht unüblich war, wäre das am helllichten Tag zu riskant gewesen. Und zu Fuß? Wie weit kam man zu Fuß?

Vor dem Haus erstreckte sich die Landstraße in Richtung Dorf. Da konnte man allzu leicht von vorbeifahrenden Autofahrern gesehen werden. Also waren die drei höchstwahrscheinlich nicht dort entlanggegangen.

Pia umrundete einmal mehr das Haus. Auf der Terrasse hinter dem Wintergarten blickte sie sich suchend um. Die Wiese mit den Obstbäumen sah genauso aus, wie sie sie in Erinnerung hatte: Die Reifenschaukel unter dem knorrigen Obstbaum hing reglos im Nieselregen, der Reifen glänzte vor Feuchtigkeit. Das nasse Gras stand beinahe kniehoch.

Von der Terrasse aus führte eine Art Trampelpfad durch die Wiese, der sich im grauen Dunst verlor. Niedergetretenes Gras. Erst vor Kurzem niedergetreten ... Bei ihrer Ankunft früher am Nachmittag war ihr diese Spur gar nicht aufgefallen. Pias Blick folgte der Trittspur bis zu dem Schuppen am hinteren Ende des Grundstücks. Das Gebäude sah alt und vernachlässigt aus. Der Schuppen war in Fachwerkbauweise errichtet, das steile Satteldach teils mit vermoosten Ziegeln, teils mit Wellblech gedeckt. An der Außenwand stapelten sich Holzscheite bis unter die Regenrinne.

Waren die Jungen und ihr Entführer dort drin? Es schien Pia nicht ratsam zu sein, sich dem Gebäude auf direktem Weg zu nähern, denn ein kleines Fenster in der Seitenwand zeigte in ihre Richtung. Pia tat so, als hätte sie das niedergetretene Gras nicht bemerkt, und wandte sich wieder dem Haus zu. Als sie vom Schuppen aus nicht mehr gesehen werden konnte, bog sie rasch nach links ab und suchte sich an der Grundstücksgrenze entlang einen Weg durch Büsche und Bäume in Richtung des kleinen Gebäudes. Sie hatte kurz erwogen, auf Verstärkung zu warten, fürchtete jedoch, dass die Jungen in akuter Gefahr waren. Sie musste herausfinden, was los war. Zumindest einen umfassenden Lagebericht wollte sie geben können, sobald ihre Kollegen eintrafen.

Das Durchqueren des Gebüschs am Rande des Grundstücks entpuppte sich als mühsames Unterfangen. Zweimal musste Pia unter dem alten Drahtzaun hindurchkriechen, der die Grundstücksgrenze markierte, weil auf der Seite der Hansens kein Durchkommen war. Sie rutschte in den Graben, der parallel zum Zaun verlief. Im Nu waren ihre Hose und ihre Jacke durchnässt und schmutzig, und Pia unterdrückte einen Fluch.

Endlich hatte sie die Rückseite des Schuppens erreicht, die gleichzeitig offenbar als eine Art Sperrmülllagerplatz genutzt wurde. Da stand ein Sofa, das so aussah, als wohnte eine ganze Nagergroßfamilie in den aufgerissenen Polstern. Ein verschossener Sonnenschirm hing abgeknickt in seinem schmutzigen Ständer. Die Ausfachungen der Rückwand des Schuppens wölbten sich bedenklich nach außen. Im holzverschalten Giebel direkt unter dem First befand sich ein weiteres kleines

Fenster, das für Pia jedoch unerreichbar war. Selbst wenn sie auf den grüngrau verfärbten Plastikgartenstuhl stieg und auch noch den alten Farbeimer zu Hilfe nahm, der in der Nähe lag, würde sie nicht ins Innere des Gebäudes sehen können.

Stattdessen kämpfte sie sich über lose Bretter und durch Brombeerranken bis zur Vorderseite des Schuppens. Hier befand sich eine breite, zweigeteilte Holztür, jedoch kein weiteres Fenster. Und sie hatte richtig gesehen: Der Trampelpfad über die Wiese endete genau vor dem Schuppen. Die Tür war geschlossen. Der rostige Riegel war zurückgezogen. Pia versuchte, durch einen Spalt zwischen den Holzplanken ins Innere des Gebäudes zu spähen, doch es war unmöglich. Sie legte ein Ohr an die Tür und lauschte. Zunächst hörte sie nur undefinierbare Geräusche. Sie wollte schon alle Vorsicht sinken lassen und einfach die Tür öffnen, als im Schuppen ein unterdrückter Aufschrei erklang.

»Jetzt bist du dran, los!«, erklang es kurz darauf scharf. »Deine Hände.«

»Ich denk überhaupt nicht daran«, antwortete eine vor Angst schrille Jungenstimme, die Pia als die Damians erkannte. Trotz und Panik schwangen darin mit.

»Ich hab ein Gewehr, Damian. Soll ich deinem Freund damit ins Knie schießen?«

»Das Gewehr von Bjarnes Opa tut's doch sowieso nicht mehr«, höhnte Damian.

»Soll ich das jetzt gleich mal ausprobieren?«

»Das wagen Sie nicht! Mein Pa kommt jeden Moment nach Hause. Wenn mir was passiert, dann …«

Er versuchte, Zeit zu gewinnen. Die andere Stimme war recht tief, gehörte aber unzweifelhaft einer Frau. Mit wem zum Teufel redete Damian Hansen?

»Klappe halten! Dein Pa ist ein Idiot. Nimm die Hände auf den Rücken! Los!«

Pia zog die Augenbrauen zusammen, als sie die Stimme erkannte. War es möglich?

»Ich bin doch nicht…« Damians Protest endete mit einem leisen, dumpfen Geräusch. Dann war es still im Schuppen. Täuschte sie sich, oder war das tatsächlich die Stimme der Ärztin gewesen?

Wieso sie? Pia hatte sie als hochmotivierte, idealistische Frau kennengelernt, die für ihre Patienten durchs Feuer ging. Den Menschen zu helfen war ihre Berufung, hatte sie gesagt, und Pia hatte ihr das ohne jeden Zweifel abgenommen. Alle in Mönkenbek hatten stets in den höchsten Tönen von Ann-Christine Philipps gesprochen, ihre Hilfsbereitschaft und ihr Engagement gelobt. Und doch schien es eine Seite an Dr. Philipps zu geben, von der niemand etwas ahnte.

Jedenfalls bedrohte sie Damian mit einem Gewehr. Otto Freeses Gewehr? Was hatte die Ärztin mit den Jungen vor? Wollte sie sie zum Schweigen bringen? Wie viel Zeit blieb den beiden noch?

Pia stand mit klopfendem Herzen da. Sie sah auf die Uhr. Es waren erst zwölf Minuten vergangen, seit sie mit der Dienststelle in Lübeck telefoniert hatte. Mit sofortiger Hilfe konnte sie nicht rechnen. Und dass sie nun von drinnen nichts mehr hörte, erschien ihr noch besorgniserregender als der kurze verbale Schlagabtausch zuvor.

Pia zog ihre Dienstwaffe aus dem Holster und brachte sich in Position. Sie holte tief Luft, denn was sie vorhatte, war riskant. Sie riss die Tür auf und stand dann seitlich im Türrahmen, die Pistole im Anschlag.

»Polizei! Nehmen Sie die Hände hoch, Frau Philipps!«

Pias Augen benötigten einen Moment, um sich an das fahle Dämmerlicht im Schuppen zu gewöhnen. Zuerst sah sie Bjarne. Er kauerte schräg links von ihr zusammengesunken auf dem gestampften Lehmboden, mit dem Rücken an ein Eisengitter gelehnt, das wohl mal zu einem Tierverschlag gehört hatte. Sein Kopf hing herunter, er rührte sich nicht. Damian lag hinter ihm auf einem kleinen Haufen alten Strohs; Ann-Christine Philipps kniete neben ihm. Ihr Kopf war herumgefahren, als Pia die Tür aufgestoßen hatte. Das Gewehr, den gestohlenen Drilling, hatte sie neben sich abgelegt.

Pia wollte gerade aufatmen, als sie die Spritze in der Hand der Ärztin erkannte. Die Kanüle war mit einer milchig weißen Flüssigkeit gefüllt.

Dr. Philipps starrte Pia überrascht an. »Waffe weg!«, stieß sie hervor. »Eine falsche Bewegung und der Junge ist tot.«

»Nehmen Sie die Hände hoch!«, wiederholte Pia laut.

Ann-Christine Philipps machte keinerlei Anstalten, dem Befehl Folge zu leisten. »Sind Sie allein? Natürlich sind Sie allein«, höhnte sie. »Werfen Sie die Pistole zu mir rüber. Wenn Sie die Jungen retten wollen, tun Sie genau, was ich sage!« Die Nadel näherte sich Damians Hals. Pia sah, dass er blinzelte. Die Ärztin bemerkte es offenbar nicht; sie schien voll und ganz auf Pia konzentriert zu sein.

Freeses Gewehr ist höchstwahrscheinlich nicht geladen, überlegte Pia. Die Munition hatte sich zum Zeitpunkt des Diebstahls in ihrer Handtasche befunden. Doch Pia wollte nicht ihr Leben oder das der Jungen darauf verwetten. Blitzschnell überdachte sie ihre Möglichkeiten.

»Sie haben Leroy vergessen. Der Junge war eben auch noch im Haus und hat alles mit angehört. Der Schuppen ist von der Polizei umstellt.«

»Was Sie nicht sagen! Und da schicken Ihre Kollegen Sie ganz allein vor?«

»Ja. Um mit Ihnen zu reden. Sie wollen den Jungen doch gar nichts tun. Sie sind Ärztin aus Berufung. Sie brennen dafür, Leben zu retten. Lassen Sie Damian und Bjarne gehen. Sie sind doch noch Kinder.«

Pia sah eine Regung im Gesicht der Frau, Zweifel oder gar Bedauern, doch nur für einen Moment. Dann nahmen ihre Züge wieder den harten, entschlossenen Ausdruck an. Pia stockte der Atem. Wenn Ann-Christine Philipps die Nadel der aufgezogenen Spritze weiter in Damians Richtung bewegte, dann würde ihr nichts anderes übrig bleiben, als auf sie zu schießen.

32. Kapitel

Ann-Christine Philipps lachte selbstgefällig auf. »Sie verstehen nichts, Frau Korittki. Sie haben keine Ahnung, wer ich bin. Ich bin nicht nur irgendeine kleine Landärztin. Ich bin eine Heilerin. Eine Heldin. Ich helfe den Menschen wirklich. Ich opfere mich für sie auf. Solange ich denken kann.«

»Dann lassen Sie die Jungen gehen!«

»Das ist leider nicht möglich. Ich muss jetzt ein bisschen Zeit gewinnen, um verschwinden zu können.«

»Es ist vorbei, Frau Philipps.«

»Sie verstehen es nicht. Die meisten Menschen verstehen es nicht. Ich werde *gebraucht*. All das Leid, das unsinnige Leid! Irgendjemand muss etwas dagegen tun.«

»Sie haben Herbert Michelsen getötet.« So musste es sein!

»Ich habe ihn *erlöst*. Und nicht nur ihn. Ich bin dazu fähig, Menschen von ihrem Leid zu befreien, ihnen Erlösung zu schenken. Sie, Frau Korittki, können doch im Grunde nichts, als nervige Fragen zu stellen und sinnlos in der Gegend herumzuballern.«

Damian starrte Pia eindringlich an. Seine Muskeln schienen sich anzuspannen. Dr. Philipps bemerkte es nicht.

»Aber dafür kann ich das richtig gut. Schießen, meine ich.« Pia redete, um die Ärztin von dem Jungen abzulenken. »Ich könnte jetzt auf Ihre Beine oder Arme zielen, aber da Sie Damians Leben gefährden, entscheide ich mich vielleicht anders und schieße Ihnen gleich in den Bauch. Als Ärztin wissen Sie, was das bedeutet.« Pia trat einen Schritt näher und brachte sich damit in eine bessere Schussposition. »Lassen Sie die Jungen gehen.«

»Schluss mit dem Gequatsche«, sagte Ann-Christine Philipps. »Ihre Kollegen kommen bald her. Sie werden zuerst im Haus nachsehen, aber dann …« Sie drückte den Kolben der Spritze ein paar Millimeter hinunter, sodass ein Tropfen der milchigen Flüssigkeit auf Damians Hals fiel. Er zuckte nicht, aber sein Blick fixierte Pia, als wartete er auf ihr Zeichen. Pia nickte ihm unmerklich zu.

Damian fuhr hoch, stieß gleichzeitig den Ellenbogen nach hinten und brachte die Ärztin, die immer noch über ihn gebeugt neben ihm kniete, zu Fall. Ann-Christine Philipps landete auf der Seite, die Spritze entglitt ihr und rollte über den Boden. Dr. Philipps reagierte schnell und versetzte Damian einen Tritt in die Nieren, sodass er aufstöhnte und wieder zu Boden ging. Die Ärztin robbte vor und versuchte, die Spritze zu fassen zu bekommen. Es war unmöglich, auf sie zu schießen. Damian war viel zu nah bei ihr. Pia trat ein paar Schritte vor und kickte die Kanüle weg, die klirrend außer Reichweite unter einen Rasenmäher rollte.

Ann-Christine Philipps stieß einen wütenden Schrei aus, umfasste Pias Bein und riss es ihr weg. Pia stürzte und versuchte, auf der Angreiferin zu Fall zu kommen, doch die drehte sich unter ihr weg, und Pia landete auf Ellenbogen und Knien, die Pistole immer noch fest umklammert. Als Dr. Philipps danach zu greifen versuchte, wich Pia ihr aus und kehrte ihr einen Moment den Rücken zu. Sofort umfasste die Ärztin Pias Hals und drückte zu.

Ann-Christine Philipps Hände waren kräftig, und Pia gelang es nicht, sich aus dem Würgegriff zu winden. Sie bekam keine Luft mehr, und Panik stieg in ihr auf. Aus dem Augenwinkel sah Pia, dass Damian wieder auf die Beine kam. Er packte Ann-Christine Philipps Haar und riss sie zurück. Ihre

Hände lösten sich von Pias Hals. Mit vereinten Kräften gelang es ihnen, die Ärztin bäuchlings zu Boden zu werfen. Pia drückte ihr keuchend ein Knie in den Rücken. Mit Damians Hilfe legte sie Ann-Christine Philipps Handschließen an.

»Sie sind vorläufig festgenommen«, stieß Pia hervor. »Wegen des Verdachts des Mordes an Matthias Stöver und Herbert Michelsen. Außerdem haben Sie Bjarne Freese und Damian Hansen mit einer gestohlenen Waffe bedroht und entführt.«

Erst als die Handschließen klickten, schien Ann-Christine Philipps klar zu werden, dass sie verloren hatte. Sie starrte Pia mit vor Wut verzerrtem Gesicht an. Das gelockte, dichte Haar stand ihr wirr vom Kopf ab. Ihre Augen glänzten, als hätte sie hohes Fieber.

Damian wischte sich das Blut unter der Nase weg.

»Was ist mit Bjarne?«, fragte Pia atemlos.

Damian beugte sich zu seinem Freund hinunter und klopfte ihm leicht auf die Wange. Bjarne zuckte, und seine Lider flatterten.

»Keine Sorge. Der kommt bald wieder zu sich«, sagte die Ärztin. »Propofol. Ein Hypnotikum. Er ist nur bewusstlos. Ich bin doch kein Unmensch. Die beiden hätten gar nichts gemerkt.«

Damian sah sie entsetzt an. »Was gemerkt?«

Pia folgte Ann-Christine Philipps Blick, der von dem Rasenmäher zu einem Benzinkanister gewandert war, der auf einem Mauervorsprung darüber stand.

»Es wäre ganz leicht gewesen. Es hätte euch nicht wehgetan. Und für die Polizei wäre die Sache klar gewesen. Sie hätte gedacht, ihr hättet im Schuppen geraucht oder gekifft. Das alte Heu brennt doch wie Zunder ...«, sagte die Ärztin seltsam abwesend. »Ein schlimmer Unfall, aber im Grunde hatte es ja irgendwann so kommen müssen, bei all dem brennbaren Zeug, das Helge Hansen hier lagert ...«

Um einundzwanzig Uhr zehn klingelte es an der Haustür. Katharina Stöver schreckte von ihrer Handarbeit auf. Sie erwartete keinen Besuch und wollte so spät auch niemanden sehen. Seit Matthias' Tod kamen keine verzweifelten oder Rat suchenden Gemeindemitglieder mehr zu allen möglichen Uhrzeiten zum Pfarrhaus. Es klingelte noch einmal. Fordernder. Katharina seufzte. Beni und Conni würden noch aufgeschreckt werden. Dabei war sie froh gewesen, dass sie sich still in ihrem Zimmer beschäftigen. Ärgerlich erhob sie sich und stand kurz darauf Adrian Pagel gegenüber, der sich in dem Versuch, vor dem Regen Schutz zu suchen, in den Hauseingang drückte.

»Was willst du denn hier?«, platzte es aus ihr heraus.

»Darf ich reinkommen?« Er sah sich über die Schulter um. »Aber hier draußen ist es auch gemütlich.« Er grinste schief. »Ich meine, wegen der Nachbarn …«

»Weißt du, wie egal mir das Gerede der Leute inzwischen ist? Komm rein! Willst du was trinken? Kaffee? Tee? Wasser?« Katharina ging ihm voraus die Treppe hinauf, führte ihn ins Wohnzimmer und schaltete den Fernseher aus.

»Hast du nichts Stärkeres?«

»Einen Wein?«

»Meinetwegen, ja.«

Katharina war schnell zurück und schenkte Weißwein in zwei Gläser. Sie tranken. Einen Moment saßen sie schweigend da.

»Ich hätte nie gedacht, dass Ann-Christine zu alldem fähig ist«, sagte Katharina schließlich. »Sie war doch immer so engagiert, so selbstlos …«

»Und sie ist ja auch die Tochter vom guten alten Dr. Philipps, oder? Den hab ich als kleines Kind mit dem lieben Gott gleichgesetzt. Wie er Masern, Windpocken und Scharlach kuriert hat – magisch. Von Wind und Wetter und anderen Unbilden ließ er sich nicht aufhalten. Ein Held!«

Katharina drehte das Glas in der Hand. »Wie Ann-Christine. Komisch. Als sie es mir sagten, dass sie es war, die Matthias umgebracht hat, war ich zunächst überrascht. Aber nur kurz. Dann war es so, als hätte ich es tief in meinem Inneren schon gewusst. Seltsam, oder? Vielleicht liegt es aber auch nur daran, dass ich Ann-Christine nie mochte ...«

»Ich dachte, ihr wärt so was wie beste Freundinnen gewesen«, spottete er. »Die Stützen des Dorfes.«

»*Sie* war die Stütze des Dorfes, zusammen mit Matthias. Das hat sie mir ja auch immer zu verstehen gegeben: Die beiden haben *wirklich* etwas für die Menschen getan, hatten eine wichtige Mission. Sie waren ach so unverzichtbar für das körperliche und das geistige Wohlergehen der Leute in Mönkenbek. Ich durfte nur die ›niederen Arbeiten‹ verrichten, zu denen sie keine Lust hatten. Den Kaffee für den Altenkreis kochen, Kuchen fürs Sommerfest backen und Matthias den Rücken freihalten. Nein, nein, meine Arbeit war in den Augen dieser schlauen Akademikerin nichts wert.«

»Du bist ganz schön bitter geworden«, sagte er.

»Nein, nur realistisch.«

»Und du wolltest das doch alles so.«

»Ich wollte mit Matthias zusammen sein. Ich wollte ein gutes und sinnvolles Leben führen. Und ich war zufrieden. Ich glaube, das war ich wirklich, bis wir nach Mönkenbek gezogen sind. Da kam *sie* ins Spiel: Ann-Christine Philipps. Alle haben hier nur von ihr geredet. Wie selbstlos und aufopferungsvoll sie ist. Wie sie bei Nacht und Nebel Hausbesuche macht. Wie sie stundenlang zuhört, Krankenwache hält, Kindertränen trocknet. Und wie sie den alten Leutchen kleine Geschenke mitbringt, um sie aufzuheitern, mal einen am Wegesrand geschnittenen Zweig, mal einen Topf Primeln ... Und alle haben sich gewundert, warum sie nicht einen ebenso tollen Mann an ihrer Seite hat. Aber das war doch glasklar: Diese Frau war unerträglich in ihrer Selbstherrlichkeit und ihrem zur Schau gestellten Altruismus. Wie sie sich andauernd über alles Mögliche mit Matthias absprechen musste. Wie sie zusammen mit ihm die Last des gesamten Dorfes getragen hat. Er hat versucht, sie auf Distanz zu halten, war oft genervt von ihr, doch er wollte sie auch nicht verprellen. Und Matthias war im Grunde ja ebenfalls der Meinung, Ann-Christine sei unverzichtbar im Dorf.«

»Glaubst du, die beiden hatten was miteinander?«

Katharina sah Adrian in die Augen. »Klar, dass *du* diese Frage stellen musst. Aber nein, er hat in ihr mehr die Institution gesehen als die Frau.«

»Das hat er dir gesagt?«

»Nein. Aber es war so. Eigentlich hat sich nie ein Mann ernsthaft an sie herangetraut, zumindest erinnere ich mich an keinen einzigen. Deshalb war sie vielleicht auch so einsam und so schrecklich anstrengend. Als hätte jeder, der ihr näherkam, instinktiv gespürt, dass sie für ihre Mission am Ende … über Leichen geht.« Katharina schauderte. Sie kämpfte mit sich und ihren Gefühlen. »Doch ich kann es trotzdem nicht begreifen«, sagte sie schließlich erstickt. »Matthias' Tod ist so grausam und so sinnlos! Die Polizei vermutet, dass er Ann-Christine auf die Schliche gekommen ist. Die vielen Sterbefälle im Dorf, meine ich, allen voran der von Herbert Michelsen. Das soll *sie* auch gewesen sein.«

»Hat Matthias dir gegenüber denn mal was erwähnt? Dass er Ann-Christine in Verdacht hat, eine Mörderin zu sein?«

»Nein. Aber er hatte sich gewundert, als Herbert Michelsen gestorben ist. Er sagte zu mir, dass er bei Gelegenheit mit Ann-Christine darüber sprechen wolle. Doch ich habe mir nichts dabei gedacht … Ich kenne sie ja auch seit meiner Kindheit. Sie war immer über jeden Zweifel erhaben. Alle haben ihr vertraut. Wie konnte sie so etwas tun?«

Nun liefen ihr die lange zurückgehaltenen Tränen über das Gesicht.

Adrian Pagel stand auf und legte den Arm um Katharina. Einen kurzen Moment ließ sie sich von ihm trösten, dann machte sie sich von ihm los.

»Es geht schon wieder.«

Er richtete sich auf und sah auf sie hinunter. »Ich reise morgen ab, Kathi. Ich bin hergekommen, um es dir persönlich zu sagen. Bertram und ich sind uns einig geworden, was den Verkauf der Mühle betrifft. Ich musste etwas mit dem Preis runtergehen, aber er hat trotzdem noch zu viel bezahlt. Vielleicht, um mich ein für alle Mal loszuwerden?« Er zwinkerte ihr zu. »Doch was soll's.«

»Kommst du denn jetzt in Berlin klar?«

»Fürs Erste wird es reichen.«

Katharina putzte sich die Nase. »Das mit dem brennenden Pferdekopf in den Dünen, das hatte mit deinen Geschäften in Berlin zu tun, oder?«

Er zögerte. »Wie viel weißt du darüber?«

»Die Leute hier reden halt. Es soll Helge Hansen gewesen sein, und es heißt, dass es eine Warnung war. Du schuldest jemandem Geld. Und wenn ich die Methode des Geldeintreibens berücksichtige, dann hast du dich mit ziemlich unangenehmen Leuten eingelassen.«

»›Total unangenehm‹ könnte man sie auch nennen.«

»Findest du das komisch?«

»Nein, eigentlich nicht. Vielleicht suche ich mir ja zur Abwechslung mal einen anständigen Job.« Er grinste schief. »Ich habe beste Absichten. Also, Kathi... Willst du nicht mitkommen?«

»Wie kommst du denn darauf?«

»Ich dachte nur, weil du mich neulich Abend am Strand so dringend sprechen wolltest.«

Sie schwieg einen Moment. »Nein, Adrian. Ich brauchte nur jemanden zum Reden. Einen Außenstehenden. Da solltest du nicht zu viel hineininterpretieren.« Sie zögerte. »Stimmt es eigentlich, dass du Herbert Michelsen das Kirchdorf-Bild stehlen wolltest?«

»Was? Wer sagt das denn? Ich gebe zu, ich habe es mir angeschaut, weil ich neugierig war. Aber ich hätte versucht, es ihm günstig abzuschwatzen. Ehrlich. Ich beklau doch keine alten Leute!« Er warf ihr einen treuherzigen Blick zu.

»Nein, Adrian. Ich komme nicht mit dir nach Berlin. Ganz bestimmt nicht. Was sollte ich da auch?«

»Hier kannst du doch auch nicht bleiben.«

»Nicht in diesem Haus, nein.«

»Du willst gar nicht frei sein, nicht wahr? Wolltest es nie?«

»Frei? Wohl nicht. Sonst wäre ich schon vor all den Jahren mit dir fortgegangen. Es stimmt. Ich habe mich in letzter Zeit unglücklich gefühlt. Aber das ändere ich nicht, indem ich weglaufe. Ich kann nur hier etwas an meinem Leben ändern.«

»Jeder, wie er mag«, sagte Adrian Pagel.

»Genau«, bestätigte Katharina. »Meine Kinder brauchen mich, und ich brauche sie.«

»Ja, aber wie lange noch?«

»Ich schätze mal, für immer.«

Er lachte auf.

»Das verstehst du nicht, Adrian.«

»Was machst du denn hier, Pia? Ist heute nicht deine Gerichtsverhandlung?« Broders blinzelte sie aus roten Augen an. Er sah zum Umfallen müde aus.

Es war der Morgen nach Anne-Christine Philipps Festnahme. Pia fühlte sich nicht viel besser, als ihr Kollege nach der durchgearbeiteten Nacht aussah. Auch sie hatte kaum Schlaf gefunden, allerdings aus anderen Gründen. »Die Verhandlung beginnt erst um elf Uhr«, sagte sie. »Vorher ist für mich ganz normale Arbeitszeit.«

»Gib es zu, ich soll dich ein bisschen ablenken«, spottete er. »Aber wenn du glaubst, wir hätten hier nichts Besseres zu tun, irrst du …«

Broders' ruppige Art tat Pia wohl. Mitleid würde sie jetzt nur noch nervöser machen.

»Habt ihr schon was von Debbie Hansen gehört?«

»Die Kleine, die den Busunfall hatte? Es ist wohl noch relativ glimpflich abgelaufen. Sie soll auf dem Weg der Besserung sein.«

»Das ist gut.« Pia ließ sich auf den Stuhl ihm gegenüber fallen und stützte den Kopf in die Hände. »Erzähl mir, wie es mit der lieben Frau Philipps gestern weitergegangen ist.«

»Es war eine unterhaltsame Nacht, so viel steht schon mal fest. Nachdem sie sich mit ihrem Schicksal abgefunden hatte, *wollte* die Frau mit uns reden. Ob du es glaubst oder nicht: Sie hält sich für eine Wohltäterin und Märtyrerin, und wir sind die ignoranten bösen Cops, die alles verdorben haben und sie daran hindern, weiterhin das Gute zu tun.«

»Wieso hat sie Menschen getötet? Sie ist Ärztin. Sie hat studiert, um Menschenleben zu *retten*. Sie hat einen Eid geschworen.«

»So fing wohl auch alles an: Ann-Christine Philipps hat die Praxis ihres Vaters in Mönkenbek mit viel Enthusiasmus und Idealismus übernommen. Sie musste einen Kredit aufnehmen, um zu modernisieren, und hat dann festgestellt, dass sich das Ganze nicht so richtig rechnet. Obwohl sie, wie sie sagte, beinahe rund um die Uhr gearbeitet hat. Einige Kollegen ihres Vaters, die in etwa so alt waren wie er, haben ihre Landarztpraxen längst dichtgemacht, ohne dass ein Nachfolger gefunden wurde. Ann-Christine Philipps hingegen war eine Landärztin vom alten Schlag, die sich echt eingesetzt hat, eine von der raren Spezies, die sogar noch viele Hausbesuche machen. Sie ist an ihren eigenen Ansprüchen zerbrochen.«

Pia runzelte die Stirn. »Und da hat sie angefangen, ihre Patienten umzubringen?«

»Wenn du mich fragst, war sie überfordert – nicht zuletzt, gerade *weil* sie so hohe Ansprüche an sich selbst hatte –, außerdem einsam und in existenziellen Schwierigkeiten. Da war keiner, der ihr mal zugehört hat.«

»Außer dem Pastor. Das hat sie mir gegenüber jedenfalls so dargestellt.«

»Ja, außer Matthias Stöver. Sie hat gesagt, sie beide hätten einen ähnlichen Kampf ausgefochten. Aber Stöver war verheiratet und hatte eine Familie. Es klang ein bisschen so, als hätte sie gern mehr von ihm gehabt als nur seine Kollegialität und Freundschaft.« Broders griff nach der Thermoskanne auf seinem Schreibtisch. »Kaffee? Ich brauch noch einen.«

Pia nickte, und er schenkte ihnen zwei Becher voll ein.

»War sie etwa auch verliebt in Matthias Stöver? So wie Ilona Pagel?«

Broders zuckte mit den Schultern. »Sie sagt, es sei mehr als Freundschaft gewesen. Sie nannte es ›Seelenverwandtschaft‹. Letztlich ist es auch egal. Es begann jedenfalls damit, dass sie eine schwer krebskranke Patientin hatte, die sie um Sterbehilfe gebeten hat. Die Ärztin behauptet, es sei sowieso nur eine Sache von Tagen, höchstens Wochen gewesen, und sie habe es nicht mehr ertragen, die arme Frau so leiden zu sehen. Im Gegenzug hat die Patientin ihr aus lauter Dankbarkeit etwas Schmuck und Bargeld gegeben. Dafür haben wir natürlich nur Dr. Philipps Wort. Ann-Christine Philipps sagt, sie habe es aus Mitleid getan, sie habe die Frau wirklich ›erlösen‹ wollen. Das Geld, das sie im Gegenzug erhielt, hat sie als anonyme Spende in der Kirche hinterlegt. Auch damit habe sie Gutes tun wollen. Dann kamen neue Schwerstkranke, und wieder ›half‹ sie ihnen auf ihre Bitte hin. Und spendete den ›Lohn für ihre Dienste‹ anonym der Kirche, insgesamt tausendfünfhundert Euro. Das deckt sich also mit der Aussage des Küsters. Aber das Geld, das die Kranken ihr überließen, hat ihr dann wohl auch irgendwann bei ein paar fälligen Rechnungen aus der Patsche geholfen. Sie behauptet allerdings steif und fest, dass sie alles aus rein altruistischen Gründen getan hat, selbst als sie das Geld zum Begleichen ihrer privaten Schulden einsetzte. ›Wo würden denn die Kranken in Mönkenbek und Umgebung bleiben, wenn ich meine Praxis auch noch schließen müsste?‹, hat sie mich mit großen Augen gefragt. Sie scheint tatsächlich keinerlei Unrechtsbewusstsein zu haben und hält sich nach wie vor für eine große Menschenfreundin.« Er schüttelte ratlos den Kopf. »Insgesamt hat Ann-Christine Philipps offenbar an die zehntausend Euro für ihre zweifelhaften Dienste erhalten. Man kann nur staunen, was die Kranken ihr so ›vermacht‹ haben.«

»Vermacht – oder sie hat es ihnen gestohlen.«

»Das zu beweisen wird schwer. Dann kam die Grippewelle dieses Winters, unter der viele, vor allem ältere Patienten, litten. Es wird uns noch eine Weile beschäftigen, im Detail zu ermitteln, für welchen Todesfall sie konkret verantwortlich zu machen ist. Herbert Michelsens Tod geht auf jeden Fall auf ihre Rechnung. Den alten Mann hatte es auch ziemlich heftig erwischt. Ann-Christine Philipps ging davon aus, dass er sterben würde. Und dann hat sie an das wertvolle Bild gedacht, das sich in seinem Besitz befand, und an Michelsens Notgroschen. Ich glaube, zu diesem Zeitpunkt hatte sich die Sache bereits verselbstständigt, und aus der ›Erlöserin‹ war längst – von ihr selbst unbemerkt – eine Sterbehelferin in eigener Sache geworden. Sie braucht eine neue Heizung, ihre ist bald nicht mehr zu reparieren, sagte sie, doch das Geld dafür hat sie nicht. Ihr Kreditrahmen ist durch den Praxisumbau ausgeschöpft. Und da hat dieser Michelsen, den sie nach seinem Tod bestehlen wollte, doch die Unverfrorenheit besessen, sich wieder zu erholen! Sie war jeweils in ihrer Mittagspause bei ihm, um ihm eine Vitaminspritze zu geben. An dem bewussten Mittwoch, als Herbert Michelsen starb, überraschte sie Adrian Pagel, der Michelsen wohl gerade besucht hatte. Sie sagt, er habe es bei ihrer Ankunft sehr eilig gehabt, wieder zu verschwinden. Sie nimmt an, er wollte Michelsen bestehlen. Er hatte aber nichts bei sich, als er gegangen ist. Das Kirchdorf-Bild war noch da. Doch Ann-Christine Philipps wurde klar, dass Adrian Pagel ihr ›ihre‹ Beute vor der Nase wegschnappen könnte. Wie gesagt, da hatte sich die Sache mit der Sterbehilfe längst verselbstständigt.«

Pia nickte.

»Also dachte die Ärztin, jetzt oder nie, und hat statt der Vitaminspritze Luft in Michelsens Vene injiziert.« Er schnaubte. »Als Herbert Michelsen tot war, hat sie die Vorhänge zugezogen und alles so gerichtet, als wäre er erst viel später im Schlaf gestorben. Sie würde ja am nächsten Tag selbst den Totenschein ausstellen, und da konnte sie auch den vermuteten Todeszeitpunkt nach eigenem Gutdünken festlegen. Ein Fehler ist ihr aber unterlaufen: Sie wollte besonders schlau sein und hat den Brokkoli-Auflauf verspeist, den Cindy Hansen Michelsen mitgebracht hatte. Sie wollte es so aussehen lassen, als hätte er noch zu Abend gegessen und sei erst irgendwann in der Nacht gestorben. Sie hat nicht gewagt, den Auflauf anderweitig zu entsorgen, und sie wusste nicht, dass der alte Mann Brokkoli hasste. Aber Otto Freese wusste es.« Broders verzog den Mund zu einem Grinsen, doch es sah nicht fröhlich aus. »Einen Fehler machen sie immer, ist das nicht beruhigend?«

»Die, denen keine Fehler unterlaufen, bekommen wir nur nie zu Gesicht«, sagte Pia.

»Stimmt auch wieder. Aber Ann-Christine Philipps machte

sogar noch ein paar mehr. Der Pastor wunderte sich ein wenig über Michelsens Tod. Nicht, dass nicht öfter Leute sterben, von denen man denkt, sie hätten sich gerade wieder erholt. Aber im Fall von Herbert Michelsen hat ihn wohl irgendetwas beunruhigt. Vielleicht waren es die geschlossenen Fenster, vielleicht hat seine Nichte das fehlende Bargeld erwähnt ... Pastor Stöver wollte sein Unbehagen mit jemandem teilen und hat Ann-Christine in aller Freundschaft darauf angesprochen, ob ihr auch etwas Ungewöhnliches bei ihrem letzten Hausbesuch aufgefallen sei. Da geriet sie in Panik. Sie wusste, dass der Pastor am Samstagabend an der Chorprobe in der Kirche teilnehmen würde. Und auch, dass er nach einer solchen Probe immer als Letzter die Kirche verließ, und zwar durch die Sakristei. Sie hat also gegen halb zehn Uhr ihre Hunde angeleint und ist scheinbar zu ihrem üblichen Hundegang aufgebrochen, doch sie hat stattdessen dem Pastor in der Sakristei aufgelauert.«

»Ihr Alibi«, sagte Pia. »Sie wurde mit den Hunden gesehen. Und jeder wusste, dass die Tiere bellen, sobald sie allein sind. Also konnte sie sie nicht irgendwo zurückgelassen haben. In der Sakristei hätten die Hunde außerdem Spuren hinterlassen. Was hat sie also mit ihnen gemacht?«

»Sie hat ihren Schal im Knick gelassen und den beiden Hunden befohlen, darauf aufzupassen. Regelmäßiges Training auf dem Hundeplatz. Brave Tierchen. Sie hat es uns ganz stolz erzählt.«

»Hatte der Pastor sie denn wirklich verdächtigt? Hat er sie beschuldigt, Michelsen getötet zu haben? Wäre er dann nicht eher zur Polizei gegangen?«

»Er wollte wohl erst mal vorfühlen. Wahrscheinlich hat er den vagen Verdacht gehabt, dass etwas faul war an Herbert Michelsens Tod. Aber wenn er die Ärztin für die Verantwortliche gehalten hätte, hätte er bestimmt anders reagiert.«

»Sie hat ihn von hinten erschlagen. Was ist in der Sakristei genau vorgefallen?«, fragte Pia.

»Tja, was jetzt kommt, widerspricht im Grunde ihren ausgeklügelten Vorbereitungen, was ihr Alibi betrifft. Erst wollte Dr. Philipps nur herausfinden, was Matthias Stöver wusste. Doch dann kam alles anders, hat sie uns gesagt. Sie hat dem Pastor erzählt, dass sie verschiedenen Patienten das Sterben ›erleichtert‹, sie ›erlöst‹ hat. Sie hat ihm auch gestanden, dass sie dadurch an Geld und Wertsachen gekommen ist. Dass sie aber einen beachtlichen Teil dieses Geldes der Kirche gespendet hat. Sie wollte von ihm die Bestätigung, dass das, was sie getan hat, richtig war. Die Ärztin war überzeugt davon, dass Pastor Stöver und sie ein gemeinsames Ziel haben und zusammengehören. Als ihm klar wurde, was sie da sagte, hat er sich entsetzt von ihr abgewandt. Seine Ablehnung und Zurückweisung waren wohl der Auslöser. Demnach hat sie ihn im Affekt erschlagen. Bei der Vernehmung war sie immer noch wütend auf ihn, brach sogar einmal in Tränen aus. Sie hat ihn geliebt, und der Pastor wollte sie einfach nicht verstehen. Es tue ihr zwar leid, sagte sie, aber sie hält sich für vollkommen unschuldig an allem. In ihren Augen ist sie ein guter Mensch«, sagte Broders.

Pia dachte daran, wie effizient und sachkundig Ann-Christine Philipps sich um Debbie Hansen gekümmert hatte. »Wie man sich in einem Menschen täuschen kann. Und warum hat sie Otto Freeses Gewehr gestohlen?«

»Sie hat Elsa Grönwald beim Bäcker von dem Drilling reden hören. Und sie hatte schon länger gedacht, dass ihr eine Schusswaffe nützlich sein könnte, wenn es mal hart auf hart kommen sollte. Sie sah deinen Dienstwagen nach dem Besuch beim Bäcker vor dem Haus der Hansens stehen und vermutete, dass das Gewehr noch im Kofferraum lag. Also parkte sie ein Stückchen abseits, damit vorbeifahrende Autofahrer ihren

Wagen nicht bemerkten. Dann schlug sie das Beifahrerfenster ein und öffnete deinen Wagen. Sie hat das Gewehr in einen der Müllsäcke gepackt, mit denen sie die Ladefläche ihres Autos immer vor dem Schmutz der Hundepfoten schützt, und in einem Holzstapel im Wald versteckt. Die Waffe sollte natürlich nicht bei ihr zu Hause oder in der Praxis herumliegen.«

»Und dann hat sie sie dazu benutzt, Damian und Bjarne zu entführen. Was wussten die Jungs eigentlich, das ihr hätte gefährlich werden können?«

»Tja, das war großes Pech: Ann-Christine Philipps wollte gestern Mittag nach Hamburg fahren, um Michelsens Bild einem Hehler anzubieten. Da geschah der Unfall an der Bushaltestelle. Die Ärztin hielt an und benötigte zu Debbies Versorgung ihre Arzttasche. Damian ging ungefragt an ihren Wagen, um sie zu holen. Normalerweise hätten die Hunde bestimmt jeden davon abgehalten, sich im Wagen umzuschauen. Aber Damian kannten sie – er ging ab und zu mit ihnen spazieren, wenn sie verhindert war –, und er hatte keine Angst vor ihnen. Er hat das Bild von Michelsen gesehen … oder hätte es zumindest sehen können. Sie konnte sich in diesem Punkt nicht sicher sein.«

»Nachdem Cindy und Debbie Hansen mit dem Krankenwagen fortgefahren waren, hat die Ärztin Damian auch so seltsame Fragen gestellt«, erinnerte sich Pia. »Ob er allein klarkomme. Ob er nicht doch Hilfe brauche. Ich habe es für die Besorgnis einer verantwortungsvollen Ärztin gehalten, dabei wollte sie sich nur vergewissern, ob er gleich allein zu Hause sein würde. Ich habe einfach nicht geschaltet.«

»Wie solltest du auch? Es ging bei ihr zuletzt um alles oder nichts. Sie ist in den Wald gefahren, zu der Stelle, wo sie das Gewehr versteckt hatte. Sie ließ die Hunde im Auto und ist mit der Waffe zurück zum Haus der Hansens gelaufen. Dort hat sie Bjarne und Damian gezwungen, mit ihr zu kommen. Leroy war zu der Zeit im Schlafzimmer und hat sich vor ihr versteckt. Sie wähnte ihn bei den Nachbarn. Also ist sie mit den beiden großen Jungen zum Schuppen gegangen.«

»Ganz schön gewagt«, murmelte Pia.

»Sie sagte, sie hätte die Jungs nicht einfach erschießen können. Erstens hatte sie keine Munition, und zweitens sollte es wie ein bedauerlicher Unfall aussehen. Sie dachte immer noch, sie käme davon. Ihr Plan war, die Jungen betäubt im Schuppen zurückzulassen und dann alles in Brand zu stecken. Vor ein paar Jahren hat es in der Gegend schon mal einen Unfall mit rauchenden Jugendlichen in einer Feldscheune gegeben.«

»Hat sie das auch noch als Notwehr-Handlung gesehen?«, fragte Pia, »oder hat sie wieder ein selbstloses Motiv angeführt?«

»Ann-Christine Philipps hält sich für eine echte Menschenfreundin, die nur das Beste will. Aber wenn man sie, so wie wir, in die Enge treibt, dann muss sie eben handeln und schwerere Geschütze auffahren. *Sie* wollte doch den Jungen nichts tun. Wir haben sie dazu getrieben.« Er rieb sich die Augen.

»Hast du eigentlich das Bild von Michelsen gesehen? Ist es hier?«, wollte Pia nach einem Moment des Schweigens wissen.

»Es ist schon sichergestellt, doch ich habe ein Foto davon gemacht. Soll ich es dir zeigen?« Broders rief die entsprechende Datei auf und drehte den Bildschirm seines Computers, sodass Pia die Aufnahme betrachten konnte. »Ganz nett, nicht?«

Pia nickte. Sie kannte ein paar Bilder von Franz Kirchdorf aus dem Museum in Lübeck, aus der Kunsthalle und auch aus Kunstbildbänden. Dieses hier hatte sie noch nie gesehen. Es zeigte eine Gruppe von Menschen, die eine Art Reigen tanzten und deren Körper in Orange- und Grüntönen vor dem so typischen Preußischblau leuchteten, das Pia von anderen Gemälden Kirchdorfs her kannte. Die Lichtverhältnisse waren dramatisch. Im Hintergrund meinte Pia, unter dunklen Wolkenbergen eine Ostseelandschaft zu sehen, die sie an die Dünen hinter der Strandhütte der Pagels erinnerte.

»Es ist toll«, sagte sie. »Ich hoffe, Otto Freese kann sich noch eine Weile daran erfreuen.«

Broders gähnte.

Pia sah auf die Uhr. »Du solltest jetzt langsam mal nach Hause fahren und dich aufs Ohr legen.«

»Mach ich auch. Hab ich dich denn lange genug abgelenkt?«

»Das hast du«, bestätigte Pia.

»Viel Glück!«

»Danke. Das kann ich brauchen.« Als sie aufstand, zitterten ihre Knie.

33. Kapitel

Der nette blonde Pfleger mit dem Bart, der in Ilona Pagels Gegenwart immer Witzchen machte, betrat das Krankenzimmer. »Besuch für Sie, Frau Pagel. Ein junger Mann.«

Er kam zu ihrem Bett und sammelte mit geübtem Griff das Essenstablett ein. Dabei zwinkerte er ihr zu und verdrehte amüsiert die Augen. Hinter ihm trat zu Ilonas Überraschung Gregor Stöver ein.

Den können Sie gleich wieder mit hinausnehmen, hätte sie dem Pfleger am liebsten hinterhergerufen. Doch Gregor stand bereits mitten im Zimmer. Ihre Bettnachbarin, eine Sechzehnjährige mit einem Trümmerbruch des rechten Unterschenkels, die vor ein paar Tagen eingeliefert worden war, beäugte ihn neugierig.

»Hi, Ilona.«

»Was machst du denn hier, Gregor?«

»Ich hab gerade Beni und Damian Hansen hergefahren, weil sie Debbie besuchen wollen. Und da dachte ich ...«

»Da dachtest du, du könntest mir auf die Nerven gehen, während du wartest.« Ilona ließ ihr Kopfteil noch ein Stück höher fahren. Sie musterte ihn. Er sah nicht gerade glücklich aus. Kein Wunder, nach allem, was passiert war. Sie deutete auf den einzigen Besucherstuhl, der sonst beinahe durchgehend von den Freundinnen ihrer Zimmergenossin mit Beschlag belegt wurde. »Setz dich, dann muss ich nicht so zu dir hochschauen.«

Er nahm zögernd Platz, sah aus dem Fenster, auf ihren Nachttisch mit den Büchern und Blumen, zur Tür. Erst dann schaute er Ilona wieder ins Gesicht. »Wie geht's dir denn so?«, fragte er.

»Na ja, so einigermaßen. Mit etwas Glück werde ich wieder ganz gesund. Und dir?«

»Schlecht«, bekannte er. »Ich realisiere erst jetzt so langsam, dass mein Vater wirklich tot ist. Haben sie dir schon gesagt, dass ...«

»Ann-Christine Philipps. Ich kann das gar nicht glauben.«

»Ich auch nicht. Ich fand sie als Ärztin immer so toll«, gestand er. »Dass ausgerechnet sie ... Nee, das hätte ich echt nicht gedacht.«

»Ich habe ihr nie wirklich vertraut.« Ilona kam sich sehr abgebrüht und welterfahren vor, als sie das sagte.

Gregor schien ihre Worte zu überdenken. Doch eigentlich wollte er bestimmt etwas anderes zur Sprache bringen. Und Ilona gedachte nicht, ihm dabei zu helfen.

»Stimmt es«, brachte er schließlich stockend hervor, »stimmt es, dass du ... schwanger warst?«

»Wer sagt das?«

Er zuckte mit den Schultern. »Das willst du nicht wissen. Du kennst doch die Leute in Mönkenbek. Stimmt es denn?«

»Ja. Aber ich hab es verloren.«

»Als du vom Heuboden gestürzt bist.«

»Es war ein Unfall.«

»Ilona, das glaube ich einfach nicht. Niemand fällt einfach so da runter. Was wolltest du überhaupt in der Scheune der Freeses?«

»Ich wollte allein sein. Früher, als ich noch bei Lea geritten bin, da bin ich oft da hochgestiegen, wenn mir alles zu viel wurde. Ich bin dann manchmal ganz nah an die Luke herangegangen, so nah, wie ich es wagte, und hab mir vorgestellt, wie es wäre, wenn ich herunterfiele. Wie es sich wohl anfühlen würde. Was die anderen dann wohl sagen würden: meine

Eltern, die anderen Mädchen im Stall, die mich geschnitten haben. Doch dieses Mal ist mir schwindelig geworden, als ich da stand.«

»Und ist es ... war es von ...« Er schluckte krampfhaft.

»Ja, es war von dir.«

»Aber wir haben doch nur ein Mal miteinander ... Ich meine, ich hab doch aufgepasst. Bist du dir wirklich sicher?«

»Ich bin mir hundertprozentig sicher, Gregor. Tut mir leid.«

»Ich ... verdammt, warum hast du mir nichts davon gesagt?«

»Weil du mir auf deine zauberhafte Art von Anfang an klargemacht hast, dass du nichts von mir willst. Von diesem einen Mal in der Strandhütte am Leuchtturm einmal abgesehen, als wir beide zu betrunken waren, um noch klar denken zu können. Sollte ich mich da noch weiter von dir demütigen lassen?«

Ihre Zimmergenossin tat so, als wäre sie ganz und gar in die Lektüre ihrer Girlie-Zeitschrift vertieft, doch sie kannte das Heftchen bestimmt schon in- und auswendig. Ilona vermutete, dass sie die Unterhaltung in ihrem Zimmer genoss wie sonst nur die neueste Folge ihrer Lieblingssoap.

»Ich hab das gar nicht so gemeint. Und außerdem dachte ich, dass du mich auch nicht so besonders findest.«

Tue ich auch nicht, du bist *ihm* nur so verdammt ähnlich, dachte Ilona. Zumindest äußerlich. Laut sagte sie: »Es war ein Fehler. Es ist nicht mehr zu ändern.«

Gregor sah auf seine Hände herab. »Ab und zu würde ich gern die Zeit zurückdrehen können. Ich hab mir das in den letzten Tagen öfter gewünscht. Aber das kann niemand. Wir müssen mit dem ganzen Mist leben.«

Darüber hätte dir dein Vater mehr erzählen können, wenn du ihm mal zugehört hättest, ging es Ilona durch den Sinn, doch sie behielt es für sich. »Ja«, sagte sie stattdessen und schloss die Augen. »Müssen wir.«

Sie wartete eine Weile. Dann hörte sie, wie Gregor aufstand und ohne ein weiteres Wort das Zimmer verließ.

Im Gerichtssaal des Lübecker Amtsgerichts, in dem eben noch geschäftiges Treiben geherrscht hatte, kehrte langsam Ruhe ein. Pia saß neben ihrem Anwalt Ralf Puschmann, der einen besorgten Blick in die Unterlagen warf. Nach der Begrüßung auf dem Flur hatte er zunächst Pias Gesicht begutachtet und genickt, als befände er es für präsentabel genug. Die Verletzung durch die Kamera war kaum noch zu sehen.

Der Anwalt der gegnerischen Partei, Maschas Bruder, war ein blasiert aussehender Mann mittleren Alters mit lockigem, pomadisiertem Haar. Er redete lächelnd auf Hinnerk ein. Der schaute nur schweigend vor sich hin und schien gar nicht aufzunehmen, was ihm erzählt wurde. Insgesamt sah Hinnerk so aus, als hätte er in der vergangenen Nacht auch nicht viel Schlaf bekommen. Was tun wir hier eigentlich?, fragte Pia sich. Sie zwang sich wieder, ruhig ein- und auszuatmen, wie schon den ganzen Morgen über.

Durch die Fenster des Sitzungssaales fiel das trübe Licht eines verregneten Februarvormittags, das Pias Gefühl der Bedrohung noch steigerte. Der Raum roch nach Staub, altem Holz und Angstschweiß.

Vor dem Gerichtssaal hatte Pia in einer kleinen Gruppe wartender Leute auch Maschas dunklen Schopf erkannt. Da sie ein Stückchen größer als Hinnerks Freundin war, hatte sie deren grauen Haaransatz erkennen können. Zu viel Stress? Zu viel selbst gemachter Stress, dachte Pia böse. Mascha hatte sich mit einer extravagant gekleideten Frau unterhalten, die Pia noch nie zuvor gesehen hatte. Vielleicht die Frau des gegnerischen

Rechtsanwalts, Maschas Schwägerin? Das Ganze wurde anscheinend zu einer riesigen Familienaffäre aufgebauscht, dabei ging diese Angelegenheit doch nur Hinnerk, Felix und sie etwas an.

Lars, der ebenfalls darauf bestanden hatte, Pia zu begleiten, musste draußen warten wie alle anderen Angehörigen oder Freunde. Pias Mutter war nicht anwesend. Pia hatte ihr versprochen, sie anzurufen, sobald der Richter das Urteil gefällt hatte. Es war ihr lieber so. Die Anwesenheit von ihr nahestehenden Menschen hätte sie nur noch nervöser gemacht.

Die Verhandlung zog sich in die Länge. Letzten Endes führte Hinnerks Anwalt wie befürchtet ins Feld, dass Pias Beruf grundsätzlich nicht mit den Pflichten einer Mutter zu vereinbaren sei. Er wies auf die Gefahren hin, denen Pia sich angeblich absichtlich aussetzte, ihren Umgang mit Verbrechern, den sie durch ihren Beruf zwangsläufig pflegte, und die nicht planbaren Arbeitszeiten.

Ralf Puschmann war auf diese Argumentation vorbereitet. Er hielt dagegen, dass Felix' Vater, der in Kürze eine Stelle als Assistenzarzt in einem Klinikum annehmen würde, noch viel weniger Zeit für sein Kind haben würde. Hinnerk habe dann ebenso wenig planbare Arbeitszeiten zu erwarten, und auch sein Beruf sei mit gewissen gesundheitlichen Risiken verbunden. Man denke nur an die Ansteckungsgefahr, die Nachtschichten und die stundenlangen Bereitschaftsdienste im Klinikbetrieb. Seine Mandantin hingegen befinde sich als Beamtin in einem gesicherten Arbeitsverhältnis. Sie habe seit der Geburt ihres Kindes ihre Arbeitszeit reduziert und verzichte damit auf einen Teil ihres Gehalts, um so oft wie möglich für ihren Sohn da zu sein. Außerdem habe sie gerade eine neue Wohnung bezogen, um auch die Wohnsituation mit einem großen Kinderzimmer und einem geschützten Innenhof zum Spielen für ihren Sohn noch kindgerechter zu gestalten. Ohnehin sei die jetzige Situation des Vaters überhaupt nicht von Interesse, da ein Studium nur eine vorübergehende Beschäftigung darstelle und es bei dieser Verhandlung ja gerade darum gehe, eine langfristige Lösung für den kleinen Felix zu finden.

Pia beobachtete den Richter, der sich von Puschmanns Ausführungen nicht im Geringsten beeindruckt zeigte. Er betrachtete Pia mit zusammengezogenen Augenbrauen. Der gute Mann überlegt gerade, ob ich mich wohl geprügelt habe oder ob ich einen Unfall hatte, dachte Pia. Sie versuchte, sich wieder ein wenig zu entspannen, denn sie ahnte, dass das noch nicht alles gewesen sein konnte, der selbstgefälligen Miene des gegnerischen Anwalts nach zu urteilen.

Dieser stand lächelnd auf und argumentierte, dass der Vater und auch dessen neue Partnerin durch ihre gesicherte Lebenssituation dem Kind ganz andere Entwicklungsmöglichkeiten bieten könnten. Auf Nachfrage des Richters berichtete er großspurig von einem »Musikkindergarten« und einem anspruchsvollen Kleinkinderturnen.

Der Richter kommentierte das nicht, sondern erklärte nur, dass die neue Lebenspartnerin des Vaters bei der Entscheidung des Gerichtes nicht berücksichtigt werde.

»Der Lebenswandel der Mutter ist aber grundsätzlich nicht dazu geeignet, dass ein kleines Kind bei ihr lebt«, sagte Hinnerks Anwalt mit einem langen vorwurfsvollen Blick zu Pia.

»Das müssen Sie schon begründen.« Der Richter klang nun interessiert.

Der Anwalt hielt mit einem Mal einen Stapel Fotos in Din-A4-Format in der Hand. Er blätterte sie vor den Augen des Richters durch und tat so, als sähe er sie sich noch einmal an. »Frau Korittki pflegt Umgang mit verschiedenen Männern. Hier: einmal vor der Neustädter Klinik in vertraulichem Gespräch. Dann hier: In einem Dorfgasthof beim Essen; da ist ein anderer Mann bei ihr. Und hier: spät, sehr spät abends in einem

Lokal. Da ist ihr zweijähriger Sohn sogar dabei, obwohl er längst im Bett sein sollte!«

Ralf Puschmann sah Pia alarmiert an. Dann räusperte er sich vernehmlich. »Diese Fotos sind durch den Einsatz eines von der Gegenpartei engagierten Privatdetektivs entstanden. Dieser hat meine Mandantin verfolgt und belästigt, einzig zu dem Zweck, ihrem Ansehen in dieser Verhandlung zu schaden. Die Fotos dürfen vor Gericht keine Berücksichtigung finden.«

Der Richter sah neugierig von einem zum anderen.

Pia dachte an das, was Puschmann bei einer Vorbesprechung gesagt hatte: dass der Richter sich unbewusst eine Meinung über ihren Umgang bilde, und zwar keine gute, auch und besonders wenn er die angeblich belastenden Fotos gar nicht zu Gesicht bekäme. Sie fühlte Wut in sich aufsteigen und stand auf. »Ich möchte mich dennoch zu den Fotos äußern«, sagte sie laut und deutlich.

Hinnerks Anwalt lächelte sie an, dabei verengten sich seine Augen zu schmalen Schlitzen.

»Frau Korittki«, sagte Ralf Puschmann warnend.

»Ich weiß, dass ich mir nichts vorzuwerfen habe. Also: Was soll auf den Fotos Verwerfliches zu sehen sein? Zeigen Sie sie doch mal her!« Sie hielt Hinnerks Anwalt auffordernd die Hand hin.

Er zog die Bilder zurück und sah sie herablassend an. »Ihr Anwalt sagt, die Fotos dürfen nicht berücksichtigt werden.«

»Die Aufnahmen sind harmlos.« Pia sah den Richter an. »Wir sprechen hier von zwei beruflichen Begegnungen. So wie sie auch Felix' Vater, Hinnerk Joost, tagein, tagaus im Hörsaal oder in der Mensa mit Kommilitoninnen und Kommilitonen hat.«

Hinnerk sah sie mit unbewegtem Gesicht an.

»So wie sie jeder von uns hat«, fuhr Pia fort. »Rechtsanwälte, Polizisten, Ärzte, Handwerker, Richter ... alle. Wir alle treffen Menschen beiderlei Geschlechts bei den verschiedensten Gelegenheiten und reden mit ihnen. Ich kann übrigens sagen, was genau diese Fotos zeigen, ohne sie je gesehen zu haben. So aufregend ist mein Leben nämlich nicht, dass ich mich nicht erinnern könnte, was ich in letzter Zeit unternommen habe. Auf dem einen Foto sieht man mich, wie ich mit einem Zeugen vor der Klinik in Neustadt rede. Wir hatten etwas miteinander zu besprechen. Es ging um meine aktuelle Ermittlung. Dieser Privatdetektiv, übrigens nur ein Student mit einem kleinen Nebenjob, hatte sich in einem Gebüsch versteckt und mir heimlich mit der Kamera aufgelauert. Als ich es bemerkt habe und ihn fragen wollte, wer er sei und warum er mich fotografiere, ist er weggelaufen. Das andere Foto wird mich mit meinem Kollegen Heinz Broders in einem Restaurant beim Mittagessen zeigen, anders kann es nicht sein. Hinnerk Joost wird ihnen gern bestätigen, dass auch er dieses Treffen für absolut harmlos hält, weil er diesen Kollegen nämlich kennt. Ist es nicht so?«

Hinnerk zog kaum merklich den Kopf zwischen die Schultern, nickte aber pflichtschuldig.

»Und was dieses Lokal angeht, in dem ich abends mit Felix war: Es handelte sich um eine kleine Familienfeier im *Bardewik*. Die Eltern meines Freundes wollten mich und meinen Sohn gern bei einem Abendessen kennenlernen. Felix hat es gut gefallen, und am nächsten Tag konnte er außerdem ausschlafen, weil ich nämlich das Wochenende freihatte und ganz für ihn da war.«

»Ich danke Ihnen für Ihre erhellenden Ausführungen«, sagte der Richter.

Pia setzte sich. Ihr Herz klopfte zum Zerspringen. Ralf Puschmann sah erst zum Richtertisch, dann zu ihr. Sie konnte seinen Blick nicht recht deuten, und ihr wurde kalt.

34. Kapitel

Vor dem Gerichtsgebäude fiel Pia Lars in die Arme. »Es bleibt alles, wie es ist«, flüsterte sie. Ihr Herz schlug immer noch wie verrückt, und ihr Mund war trocken. »Felix bleibt bei mir. Er bleibt bei uns.«

Lars drückte sie fest an sich. Unter seiner Berührung ließ das Beben, das sie kurz vor der Verkündung des Urteils befallen hatte, allmählich nach.

»Das ist gut. Sehr, sehr gut«, sagte er. »Ich konnte mir aber auch nicht vorstellen, dass die Verhandlung anders ausgeht.«

»Oh, das weiß man, ehrlich gesagt, nie«, bemerkte Ralf Puschmann, der Lars' letzten Satz gehört hatte. »Ich freu mich für Sie, Frau Korittki.« Er schüttelte ihr die Hand. »Wissen Sie, als der gegnerische Anwalt diese Fotos auspackte, da hat der Richter so seltsam geschaut, dass ich schon alle unsere Felle davonschwimmen sah.«

Pia schüttelte den Kopf. »Dass sie die Aufnahmen tatsächlich eingesetzt haben, kann ich immer noch nicht fassen. Das war ein so mieser Versuch, mich in Misskredit zu bringen.«

»Immerhin traf es uns nicht vollkommen unvorbereitet«, sagte der Anwalt.

»Sie waren nicht damit einverstanden, dass ich mich zu den Fotos geäußert habe, oder?«, fragte Pia ihn.

»Nun ja, ich …«

»Sie haben mir zweimal gegen den Knöchel getreten.«

Lars runzelte die Stirn.

»Sie waren nicht aufzuhalten«, sagte Ralf Puschmann entschuldigend. »Ich wusste mir keinen anderen Rat. Aber Sie haben Ihre Sache gut gemacht. Ich weiß offen gestanden nicht, ob ich es unbedingt besser hinbekommen hätte. Nun können wir die gute Nachricht feiern.« Er sah Lars an. »Sie war wirklich sehr überzeugend.«

»So ist sie.«

»Ich habe nur die Wahrheit gesagt.« Pia fand Puschmanns Bemerkung unangemessen. So toll das Ergebnis zunächst auch war: Auf Hinnerk und sie kamen harte Zeiten zu, was den Umgang miteinander und die Absprachen wegen Felix betraf. Sie hatte das so nicht gewollt.

»Entschuldigt mich bitte einen Moment.« Pia ging ein paar Schritte zur Seite, um zu telefonieren. Höchste Zeit, ihrer Mutter die guten Neuigkeiten zu überbringen.

Als Pia am Freitagmorgen ins Kommissariat kam, lag der siebte Stock wie ausgestorben da. Die übliche Hektik – Stimmengewirr, Kommen und Gehen über den Flur, Läuten der Telefone – fehlte. Natürlich sorgte die Lösung des Mordfalls Matthias Stöver für eine gewisse Entspannung im Team, auch wenn die Erkenntnis über die Zusammenhänge eher Bestürzung oder zumindest Nachdenklichkeit ausgelöst hatte. Doch es wartete noch eine Menge Arbeit auf sie alle. Die Ärztin hatte noch kein umfassendes Geständnis abgelegt. Sie mussten herausfinden und vor allem beweisen, für welche Todesfälle in Mönkenbek und Umgebung Ann-Christine Philipps tatsächlich verantwortlich war.

Pia hatte den vergangenen Nachmittag mit Felix und Lars verbracht. Die Anspannung wegen der Verhandlung war nur langsam von ihr abgefallen. Außerdem hatte sie so viele Überstunden angehäuft, dass sie sowieso nicht wusste, wann sie die je wieder abbauen sollte.

Als Pia nun den Gang zu ihrem Büro hinunterging, waren sämtliche Türen, die sonst offen standen, geschlossen. Am Türrahmen des Besprechungsraums hing ein Zettel, auf dem Rist in krakeliger Handschrift vermerkt hatte, dass die Frühbesprechung verschoben sei. Auf wann, blieb sein Geheimnis. Die Tür war abgeschlossen, aber Pia vernahm im Innern des Raumes leise Geräusche, die sie nicht zuordnen konnte. Wo waren nur alle Kollegen?

Sie versuchte es bei Broders, Gerlach, Wohlert und Juliane, doch die Büros waren verwaist. Als sie zu Manfred Rist hineinschaute, erschrak Pia über sein Aussehen. Sein Gesicht war noch nicht so gut abgeheilt wie ihres, sondern schillerte nun in allen Meeresfarben.

»Was ist denn hier los? Warum findet heute Morgen keine Besprechung statt?«

»Sie ist nur verschoben.«

»Und wo sind die Kollegen alle?« Es fehlte gerade noch, dass schon wieder ein neuer Mordfall hereingekommen war. Aber dann hätte man sie doch verständigt.

»Wir treffen uns um zehn Uhr.« Rist klang genervt. »Wo die anderen sind – keine Ahnung. Hier macht ja eh jeder, was er will.«

Pia zuckte mit den Schultern und ließ ihn mit seiner schlechten Laune allein. Sie ertappte sich dabei, wie sie im Gang stand und sich mit einem Fingernagel auf die Schneidezähne tippte. Kopfschüttelnd ließ sie die Hand sinken. Was war hier los? Mit großen Schritten ging sie zurück zum Besprechungsraum und klopfte energisch. Hinter der Tür erklang ein Tröten, dann ein Kichern. Broders' Kopf erschien im Türspalt.

»Ach, du bist's, Pia! Wir dachten schon, es sei der große Meister. Kannst du schweigen?«

»Klar. Was macht ihr da, Broders?« Im Hintergrund hörte sie Juliane nervös lachen. Etwas Rotes tauchte hinter Broders' Kopf auf. Dann ein Knall, der sie beide zusammenzucken ließ.

»Passt doch auf!«, sagte Broders über die Schulter in den Raum hinein und trat dann zur Seite, um Pia hineinzulassen. Der nüchterne Besprechungsraum hatte sich in eine fröhliche Jahrmarktszenerie verwandelt. Trauben von bunten Luftballons hingen am Whiteboard und an den Fenstergriffen. Gemusterte Servietten mit Clowns und Luftballons zierten die grauen Resopaltische, auf denen Schalen mit Keksen und Schokobonbons standen. Eine Girlande spannte sich über der Kopfseite des Raumes.

»Feiert ihr Kindergeburtstag?«, fragte Pia. Gleichzeitig durchforstete sie ihr Gehirn nach einem Dienstjubiläum oder runden Geburtstag eines Kollegen, den sie vergessen hatte.

Gerlach stand am Fenster und blies mit einer Luftpumpe weitere Ballons auf, die Juliane ihm reichte.

Broders grinste. »Na, was denkst du, bedeutet das?«

»Du weißt, ich kann Spannung schlecht aushalten.« Doch nun stieg in Pia eine leise Ahnung auf, und ihr Herz vollführte einen freudigen Hüpfer.

»Gabler kommt zurück! Wahrscheinlich ab Montag. Aber auf jeden Fall will er heute um zehn schon mal bei uns vorbeischauen, um uns allen Hallo zu sagen. Wir haben es gestern Abend erfahren.«

Pia ließ sich auf einen der Tische sinken, der noch nicht flächendeckend dekoriert war. »Tatsächlich? Das ist ja großartig!« Deshalb hatte Rist wohl eben so missmutig dreingeschaut. Wenn Gabler zurück war, musste Manfred Rist die Leitungsfunktion wieder abgeben. Wer weiß, ob er überhaupt in der Abteilung bleiben will, wenn er wieder Horst-Egon Gablers Kommando unterstellt ist, überlegte Pia. Ein Rückschritt, und wenn auch nur aus einer vorübergehenden Position, war für sein übergroßes Ego bestimmt nicht so leicht zu verkraften.

»Du kannst dich noch nützlich machen«, sagte Gerlach und drückte ihr ein Paket Filzstifte in die Hand. »Mal doch das Transparent *Willkommen zurück!* Du hast von uns allen die schönste Schrift.«

Horst-Egon Gabler hatte sich verändert. Früher war er kantig, kräftig und ein wenig unnahbar gewesen. Dabei hatte er Sicherheit und Kompetenz ausgestrahlt. Seine Mitarbeiter hatten seine Entscheidungen stets akzeptiert, ohne sie jemals direkt infrage zu stellen. Heute sah er mager, beinahe ausgemergelt aus; gleichzeitig jedoch wirkte Horst-Egon Gabler weniger distanziert als früher. Seine Augen leuchteten aus dem schmalen, von vielen Linien gezeichneten Gesicht. Er schien sich ehrlich zu freuen, seine Kollegen wiederzusehen. Mit einigen von ihnen hatte er sehr lange Zeit zusammengearbeitet. Das Aufhebens, das um ihn gemacht wurde, die fröhliche Willkommensparty im dekorierten Besprechungsraum, war ihm ganz offensichtlich nicht einmal unangenehm. Auch das war untypisch.

Er setzte sich vorn auf die Ecke des Tisches, seinen Stammplatz, den Manfred Rist nicht auszufüllen vermocht hatte. Rist hatte sich in den hintersten Winkel des Raumes zurückgezogen, den Kopf auf eine Hand gestützt, und folgte der feierlichen Begrüßung mit einem gleichgültigen Gesichtsausdruck.

»Es ist richtig schön, wieder hier zu sein«, sagte Gabler mehrmals und sah sich zufrieden um. »So schön, euch alle wiederzusehen!«

»Mal schauen, ob du das am Ende der nächsten Woche, wenn wir die Deko wieder abgehängt haben, auch noch so siehst«, meinte Broders grinsend.

Gabler stand auf und schnippte einen vorwitzigen Ballon zur Seite, der sich aus der Dekoration gelöst hatte. Er blickte von einem Kollegen zum anderen. »Ich werde aber nicht zurückkommen«, sagte er schließlich. »Nicht in diesen Job. Ich habe lange darüber nachgedacht, und ich finde, es ist Zeit, meinen Platz für einen oder eine Jüngere frei zu machen. Neue Besen kehren bekanntlich gut. Ich werde in den Vorruhestand gehen. Meine Frau und ich haben lange gerechnet und uns dann entschlossen, den nächsten Lebensabschnitt irgendwo zu verbringen, wo häufiger die Sonne scheint.«

Pia schluckte. Sie war vollkommen überrascht, obwohl diese Entscheidung im Grunde vorhersehbar gewesen war. Es hatte im Vorfeld genügend Anzeichen dafür gegeben. Der gesunde Menschenverstand hätte es ihr sagen müssen. Doch sie hatte es nicht wahrhaben wollen. Und den Kollegen erging es in diesem Augenblick nicht anders. Das erkannte Pia an den bestürzten und traurigen Mienen ringsum. Ihr Blick wanderte weiter zu Manfred Rist. Er spürte wohl, dass sie ihn ansah, denn er wandte ihr im selben Moment das Gesicht zu. Seine Augen musterten sie unbewegt; die Pupillen wirkten winzig. Pia fühlte Kälte in sich aufsteigen, als sie der Abneigung und des stillen Triumphes darin gewahr wurde. Ihre Situation, die albernen bunten Ballons im Raum, ließen sie an Kirchdorfs Bild denken: Menschen, in leuchtenden, plakativen Farben gemalt, wie sie sich der Gegenwart erfreuen. Und die dunkle Wolkenbank, die sich bereits unbemerkt am Horizont hinter ihnen auftürmt.

Hier ging gerade eine Ära zu Ende.

Nachbemerkung

Die im Roman beschriebenen Figuren und die Handlung habe ich mir ausgedacht. Eventuelle Ähnlichkeiten mit realen Personen oder Ereignissen sind rein zufällig und nicht von mir beabsichtigt. Das Dorf Mönkenbek ist fiktiv, ebenso der Maler Franz Kirchdorf, der Campingplatz an der Ostsee, die alte Mühle, die Kirche, die Kneipe in Heiligenhafen, der Motorradclub und das *Red Horse*.

Wieder einmal möchte ich all jenen danken, die mir beim Schreiben von *Ostseefeuer* geholfen haben: meinen wunderbaren Testlesern Britta Langsdorff, Kay Schnittker, Melanie Almstädt-Schnittker, Edith Almstädt und Torsten Becker, der mir auch meine Fragen, die Arbeit eines Pastors betreffend, beantwortet hat. Zwei Zuhörer auf einer Lesung haben mir freundlicherweise den Kontakt zu dem Jäger vermittelt, der mir Otto Freeses Jagdwaffe vorgeschlagen hat. Alle Fehler, die sich möglicherweise trotzdem in den Roman eingeschlichen haben, gehen allein zu meinen Lasten. Mein Mann Hans-Christian hat mich wieder bei einigen meiner Recherchetouren mit dem Landy herumgefahren und Fotos für mich gemacht.

Ein großes Dankeschön geht auch an meine Lektorin Karin Schmidt, meine Außenlektorin Dorothee Cabras, meine Agentin Franka Zastrow und an das unschlagbare Team des Verlags Bastei Lübbe. Zu guter Letzt danke ich meiner wunderbaren Familie, die an mich glaubt, mich unterstützt und es mit mir als Autorin aushält. Das ist bestimmt nicht immer ganz einfach.

Nichts ist tiefer als menschliche Abgründe - ein neuer Fall für Pia Korittki

Eva Almstädt
OSTSEESÜHNE
Pia Korittkis
neunter Fall
Kriminalroman
368 Seiten
ISBN 978-3-404-16928-3

Im Feuerlöschteich auf einem Bauernhof entdeckt ein Postbote eine halb verweste männliche Leiche. Von den Bewohnern des Hofes, einem Ehepaar und seinem 16-jährigen als zurückgeblieben geltenden Sohn, fehlt jede Spur. Pia Korittki übernimmt die Ermittlungen - und findet heraus, dass vor Jahren ein merkwürdiges Gerücht im Dorf kursierte, dem jedoch nie jemand nachgegangen ist: Auf dem Hof soll damals ein Mädchen gefangen gehalten worden sein ...

Ein Fall für Fall - Lederhosen inklusive

Michael Peinkofer
SCHNEEFALL
Kriminalroman
304 Seiten
ISBN 978-3-404-17131-6

Krimiautor Peter Fall steckt in einer Schaffenskrise. Sein Verleger schickt ihn in die Alpen, was so gar nicht Peters Fall ist. Hier, in stiller Abgeschiedenheit, soll er endlich seinen nächsten Roman zu Ende schreiben. Doch ein Schneesturm sorgt dafür, dass Peter Falls Leben aus den Fugen gerät. Unvermittelt findet er sich in einem kleinen Bergdorf wieder, das infolge des heftigen Schneefalls komplett von der Außenwelt abgeschnitten ist. Als dann auch noch ein Mord geschieht, bitten die recht merkwürdigen Dörfler Peter um Hilfe. Der lässt sich darauf ein, denn was keiner weiß: Der Mörder geht genau nach seinem neuen Roman vor - dem, den er noch gar nicht fertig geschrieben hat ...

Bastei Lübbe

Werde Teil der Bastei Lübbe Welt
You Tube
www.luebbe.de/Meinewelt
Lesen, rezensieren, Bücher gewinnen
Lerne Autoren, Verlagsmitarbeiter und andere Leser kennen